U0856544

热烈祝贺第二届大西南文学论坛在我校召开

第二届大西南文学论坛集体合影

开幕式：白浩　蔡雯　高远东　王德强　刘大先　刘卫东　李骞（从左至右）

主题发言：白浩《大西南文学的山地文明特性与动力机制》
赵卫华　白浩　高远东（从左至右）

以姓氏拼音排序

艾自由

多洛肯

房　锐

胡　辉

胡沛萍

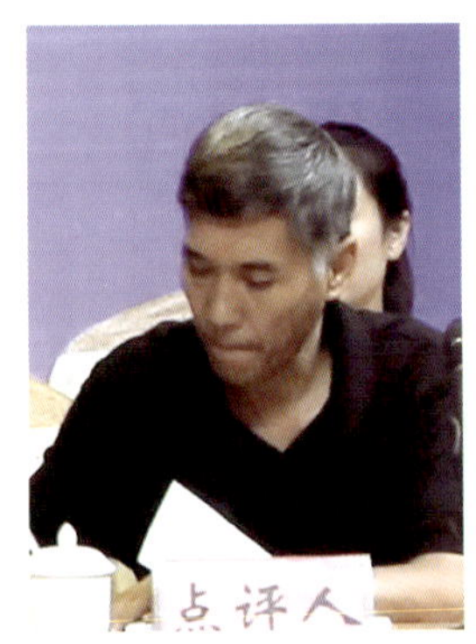

李跃红

廖久明

刘永丽

龙　珊

彭　超

谭光辉

王　琳

晏　红

尹子能

于昊燕

袁耀林

袁智中

赵　雷

赵亚宏

周仁政

周　翔

四川师范大学
中国当代文学研究会 大西南文学研究中心 主办

大西南文學論壇

流沙河题

第3辑

朱寿桐 白 浩◎主编

西南师范大学出版社
国家一级出版社 全国百佳图书出版单位

图书在版编目(CIP)数据

大西南文学论坛. 第 3 辑 / 朱寿桐，白浩主编. 一重庆：西南师范大学出版社，2018.6
ISBN 978-7-5621-9400-2

Ⅰ. ①大… Ⅱ. ①朱… ②白… Ⅲ. ①地方文学史一西南地区一文集 Ⅳ. ①I209.97一53

中国版本图书馆 CIP 数据核字(2018)第 125569 号

大西南文学论坛 · 第 3 辑
DAXINAN WENXUE LUNTAN
朱寿桐　白　浩　主编

责任编辑：张　昊
装帧设计：闰江文化
封面题签：流沙河
排　　版：重庆大雅数码印刷有限公司 · 杨建华
出版发行：西南师范大学出版社
地址：重庆市北碚区天生路 2 号
邮编：400715　市场营销部电话：023-68868624
http://www.xscbs.com
印　　刷：重庆共创印务有限公司
幅面尺寸：170mm×240mm
印　　张：20.25
字　　数：386 千字
插　　页：4 页
版　　次：2018 年 9 月　第 1 版
印　　次：2018 年 9 月　第 1 次印刷
书　　号：ISBN 978-7-5621-9400-2

定　　价：65.00 元

学术委员会

目录

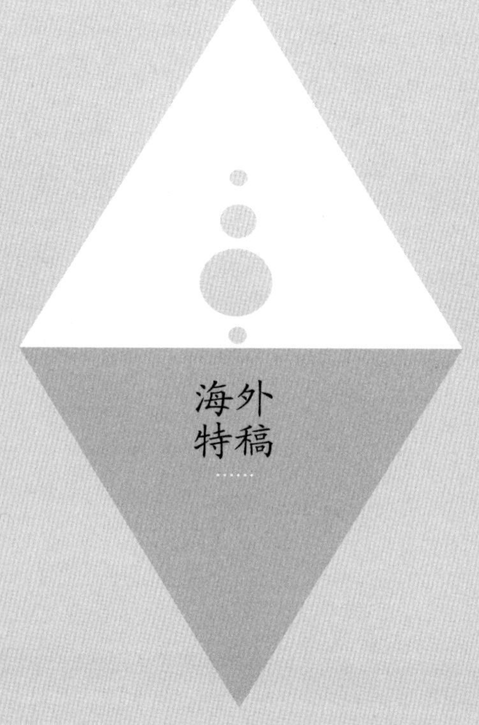
海外特稿

作为一种生活方式的写作

罗福林(Charles A. Laughlin)[①]

通常我们在看现代中国的文学的时候,会更关注其如何评论历史和民族身份认同,而不太注意作者在多大程度上表达了一种生活哲学或对原则的遵奉。但是在中国的文学写作同样建立起一幅关于生活方式的景象(隐含作者),引发或诱导一个群体乐于接受作者的个性(隐含读者),这一点不亚于对中国实际事物的讨论,无论这种写作是革命的、保守的抑或表面上不问政治。

本书观照了一种文章体裁,名曰"小品文",它出现在20世纪20年代,不久就达到受欢迎的顶峰,直至抗日战争爆发的1937年。小品文文体象征着一种写作方式,一种建立和维系作者与读者的文学共同体领域的具体体现,它在中国以往的文化历程中多次自我彰显,到了现代中国和当代中国,仍具有极大的吸引力。

大多数小品文所代表的写作方式及生活方式,可以被称为一种"闲情文学"。而从一开始我就要强调的是,"闲情文学"不只包括小品文,特别是在明清帝国时代晚期(1368—1911年),也包括在此之前。中国的写作者

---

① 罗福林(Charles A. Laughlin):美国弗吉尼亚大学东亚语文系讲座教授。本文为《闲情文学与中国现代性》(The Literature of Leisure and Chinese Modernity,夏威夷大学出版社,2008年,中译本待出)一书的导论,赵元译。

们已历经了一个漫长的传统(由远远更为庞大的读者群所支持),他们感到对文学而言,还有超越政治抱负、忠义道德以及伦理赞颂之外的表达,尽管事实上正统儒家在诠释文学时经常把后者视为文学创作的最高宗旨。

闲情文学继承并整合了至少三个传统,可以追溯到中国文学史早期阶段,但居于儒家主流文化的边缘。首先,对儒家学说进行戏谑的哲理评论,以战国时期的《庄子》最为著名,这是道家学派的两部奠基著作之一(另一部为神秘的诗体文本《道德经》)。第二个为隐士传统,以六朝诗人陶潜为代表,他们卓尔不群地抛却了官位,去过一种农夫和隐士的简朴生活,在身后留下关于其文学功绩的记载。隐士传统在政治和道德上受到挫败的低调不同于哲学上的道家。最后,闲情文学也可归为佛教对中国文化的影响,尤其在所涉及的欲望与超越的辩证关系上。当闲情写作成为严肃的写作时,就会关注到世俗欢乐之短暂的悲剧性,即便正当我们彻底沉浸于其中的精致的欢乐之时。正是这种容许培植精致品味的超然之语,才不等同于——实际上还经常反对——快乐主义者的寻欢作乐。到了帝国时代晚期,作为对传统中儒家世界观的替代体系的补充,城市生活刺激的激增把写作者的注意力吸引到很多新的欢悦享乐领域,从乡村简朴的充沛茁壮转变为最精致复杂的城市奢华。都市化还提供了新的更为多种多样的收入来源,使得文学人士越来越不再关注国家的命运。这种转变还使得高级文化也赢得了富裕的僧侣和具有社会抱负的商人的青睐。与佛教的联系使得现代闲情文学研究尤为引人入胜,因为它照亮了20世纪作家与佛教思想的相遇,这一点可见于作家本人的阅读,或通过文化人物苏曼殊、李叔同等彰显出来。

在此语境下,培育赋有意味的私人生活及其文学形式的表达,就替代了以公务员考试体系为代表的服务于国家和君主的目标。对此种生活方式的追求可能尚未在帝国时代末期的文人生活中占主导地位,可是到了晚明时代,确实存在一种羽翼丰满、践行甚广的替代,这在中国历史上还是第一次。空间的建构,无论在实际中的还是文学上的,都显露出闲情逸致——凝睇自然的风景,沉思珍本或古董,倾听音乐,享用茶酒——恰为闲情文学的环境氛围及最常见的主题素材。晚明闲情文学体现在诗歌、日渐多样化的散文形式以及明清白话小说的重要章节当中。在此意义上,与其说它是一个流派,毋宁说它是一种人们借以转化和维系身份的模式,所以我将其称为一种“写作方式”。到了明季，被称为小品文的低调短篇散文成为其中最独特的代表形式。

闲情文学与中国现代性

闲情文学的前现代遗产，是在对儒家学说的功利主义和救赎言论做出道家的、出世的、佛教的批评之际宣告产生的，它运用的琐事、讽刺和幽默不仅诉之于魅力快乐美学，而且还从容不迫地奚落了自负的写作。与此同时，它肯定了另类的价值，这经常与儒家学说顽固的道德阐释相冲突——诸如友谊、浪漫的爱情、美以及各种各样简单却复杂的享乐事物。然而，此处强调一点，闲情审美并不因“愉悦”而疲惫；它还意味着要认识并培育情感生活复杂而矛盾的本质——尤其是其矛盾的消极面，这通常被儒家思想予以简单的否定。

闲情文学遗产不仅为对严苛的儒家道德的批判，亦为对感情丰富、赋有趣味的生活之愉悦的赞颂。就活生生的经验而言，这种批判/赞颂模式的基础在晚期帝国时代中国的城市中心已经极具规模，那里有越来越多的怀才不遇的文学精英，发掘出更多途径去打发他们的时间和才智，使得娱乐和流行表演艺术获得空前发展。在此语境下，“有学问的人”不仅限于参加公务员考试的文人学士阶层，还包括通常亦为杰出文化人物的佛教和道教教士和居士。文化的学习也扩展到商人以及其他中等阶层人物，他们已经学习了读和写，想努力通过公务员考试晋升到文人阶层。甚至即使在失败之时，中等阶层者也要通过其文学或经济的资本，介入文化的生产和消费。大多数情况下，这意味着对一种文化生活的积极参与或予以资助，其中可能包括戏剧表演、写作、小说文本传播以及城市风月场上其他炫目迷醉的自娱自乐的活动。这部分社会文化生活，跟20世纪新文化运动的反传统者所要攻击和推翻的儒家社会专制无关。尽管如此，闲情文学仍因其明显的轻浮颓废而时不时成为攻击的对象，然而这并未削弱对仍采用其文化产品的现代文人的吸引(主要表现为文本和表演的形式)。

夏志清在其著名的《中国小说史略》的后记《中国妄想：中国现代文学的道德负担》中观察到，中国文学的现代性在某种角度上跟欧洲文学的现代性恰好相反，因为它热衷于对现代化的技术经济陷阱进行无拘无束的讽刺。欧洲的现代性，他认为，是一个不同于中国现代文学精神的世界，因为它观照了技术进步、财富积累、偏见的威力以及不轻的焦虑;除此之外,它还被视为对浪漫主义反古典精神的回应。权威的欧洲现代主义者对现代社会混乱的质疑经常要诉诸古典(对欧洲而言为古希腊古罗马)资源,从而反讽地编织了日常存在琐事的神话。

被普遍接受的中国现代文化史叙述中,中国现代文学的首要驱动力是呼吁社会历史角度的、可以从根本上改变中国的社会关系,引领一个史无前例的自由与繁荣时代的救赎文学。此种文学通常由于过度热衷于进步和未来,而不能将读者或作者引向那种给欧洲现代主义者打上烙印的特殊矛盾。而且,那些在突出其城市背景上与欧洲的现代主义者最相似的作家,他们的疏离、讽刺和精神分析主题,至少20世纪30年代,还为数甚少,并在其本人的文学影响力中不占主导。然而,很多人还没有意识到,因为政治和文学派别的影响,非正式的散文写作在整个20世纪二三十年代的广泛传播,它对于传统文化的异军突起、离经叛道,对幽默和讽刺的强调,在中国现代文坛如此罕见,以至于被认为至少比革命现实主义小说、戏剧和诗歌更具现代性,后者在之后成为中国现代文学的核心标准。

鉴于在汉语和英语文学史上这种散文流派鲜受瞩目,短小随意的篇章又那么微不足道,这样一种观察可能很容易被驳回。然而此处所描述的闲情文学却是每一位最重要的现代中国作家文学实践的重要组成部分。很多时候,它构成了创建现代汉语写作标准的前沿,可以肯定它在教育中扮演了重要角色,它还充当着训练年轻的汉语写作者运用母语、培养文学灵感的工具。此外,他们经常通过这种形式表达对其身处的世界的文学回应。

《论语》半月刊上关于吸烟的著名谈论反映了闲情文学的传统性和现代性之间的关联。对《论语》半月刊投稿者有十个亦庄亦谐的制约因素(十诫),要求写作者必须认可"诸如吸烟、啜茗、赏花和读书"的癖好。把这些活动描写为"癖好"明显具反讽意味,它们是无辜的,除了抽烟,对个人及其周围的人都无甚妨害。然而,这些活动却可以在独处中被享受,不系以任何职业或国家目标,它们大概最称得上闲情活动。进而,把吸烟加入进来并肯定它也适合这一条律,我们可以明确地说个人有权按照自己的喜乐支配哪怕部分时间,乃至享受一种非生产性的孤独的愉悦。

那么,如果我们将工业社会的"闲情"分成三种类型——一个人独自或跟家人一起打发时光,“消极的闲情”如享受电视、收音机,还有电影,或者“积极的闲情”,如投入业余爱好、消遣娱乐或体育运动,抽烟的习惯应被归入第一类,但是《论语》却认为抽烟属于第三类闲情的培育方式。尤其以林语堂为例,关于吸烟的讨论不仅标榜着嗜好本身,还象征着一种个人主义的态度以及边缘化的离经叛道的魅力。而且,讨论的态度本身,也是最随意的——东拉西扯,实为一种幽默态度——在20世纪30年代的文坛上异常活跃。

置身现代工业社会来分析闲情,可能会起到检验闲情在中国现代文化当中的地位的作用,但是对于我们跟闲情在中国的文学表达之间的关联,我们必须调整看法。这方面或许可以通过对林语堂赞扬吸烟的观察来进行总结,尽管香烟(或烟斗或雪茄,皆为他所推崇)负载着明确无疑的西化现代性内涵,这种闲情享受在另一种情形下却是一个丰富的传统,就像“啜茗”,在工业现代性发端之前已经存在很久。对愉悦的培育以及关于愉悦培育的文化讨论在中国都有漫长的历史,跟闲暇时光和工业劳动的现代性对立无关。后一种对立把闲情定义为工人、职员、店员、经理人在生产劳动之外参与的追逐活动。在前现代的中国语境中,在文人当中,实际上更难辨别“生产劳动”,它实际上把写作、国家管理、军队指挥的方式跟闲暇活动区分开来。欧阳修(1007—1072年)《醉翁亭记》即为一例。在这篇文章中,欧阳修这位宋代杰出文豪,纪念了他所任职地的一座亭子,从此处他可以饱览本地的风景。同样,在现代中国的愉悦培植中也有超越职务之外的存在,超越了只缔造有意义的事物的企图。可以肯定,存在一种超越社会官僚体系职责之外的观照传统,面向自然美,并通过欣赏戏剧、小说或非叙事性的散文来培育情感灵性。

吸烟及其他个人享乐在现代中国承担起上述任务的事实,跟对待文化差异或曰跨文化交流的姿态有着千丝万缕的关联。林语堂的评论攻击了以吸烟来夸饰的片面西化现象和对英式言行举止的膜拜,按他的观点,这些都只是从前现代中国文化那里接受而来的姿态癖好的现代显现。然而,即使跟传统有着明显的联系,像吸烟这种主题的散文还是没有构成对“基本的中国性”的明确主张,就跟它们在当时中国文坛上引起争议的地位一样。“论语派”的批评可能还引证了跟此问题同样性质的诸如“不充足的中国性”的问题。

闲情文学用语言描述的不断流逝的日常居家空间经验，经常夹带着怀旧情怀。这种时空结合本身就是闲情文学作者悉心培育的目标。日常，成为与乏味的哲理教条相反的具体经验的象征。这种从道德哲学的观点来看可称之为“琐碎”的对具体性的追求，却被中国的闲情文学的倡导者深切地分享。自从帝国时代晚期以来，通常的情形还要更早，文人的散文写作就被成套包装起来，也就是，根据住所或工作室的名称冠名结集。一位作者的身份由他的工作室尤其是别有意味的居室名称来标识。那名称转而又标识着各种创作结集的身份。

这样的例子数不胜数，诸如张岱的《陶庵梦忆》、纪昀的《阅微草堂笔记》、蒲松龄的《聊斋志异》、袁枚的《随园诗话》等等。许多现代散文作者都把他们的书以相似的方式冠名，那不只是一种文学上的风习和技巧问题。周作人（苦雨斋）、丰子恺（缘缘堂）、夏丏尊（平屋）、梁实秋（雅舍）都或多或少地建造、改装或想象了他们的住所或工作室，赋予其简洁和精致的愉悦，他们极其重视这种空间的培育以及命名的社会性规矩，使他们的写作跟环境以及环境的名称联系起来。

作家个人以空间命名来确认身份，于是空间内部也就呈现出他或她的个性特征。因为私人住宅的设计、建造和装饰带有这种悉心的情结，空间反过来也就成为作为私人个体的作者的地位以及心性气质的象征。与此同时，这样的住宅还外延到由文本和艺术品所形成的世界，这个世界由赋有灵感和学问的作者所构造。这个世界可能划定了中国的民族或文化界线，也可能没有。作者们在作品的标题上体现出对其书房和居室如此的重视，还经常把序言中至少一半的篇幅用来记叙居室里的故事，也可能一连几篇文章都用来讲述在那里生活的小插曲——从家庭生活趣事到显耀朋友的来访，再到作者自己悠闲地摆弄家具、植物以使居住环境更加高雅，等等，不一而足。

20世纪二三十年代的小品文

一种现代的文学形式与前现代的写作模式呈明显直线性独特缠绞在一起，这在中国是罕见的。小说、戏剧以及诗歌皆未享有与散文同样的跟传统的和谐关系。以诗歌为例，因为现代文学意味着采用白话文，在这个意义上，很难（就诗的情形来说可以说不可能）采用传统的形式来写作现代诗。而且，在胡适的《文学改良刍议》中前现代的文学被认为有很多弊病（模仿，无病呻吟，滥调套语，用典，对仗），这些在诗歌中最为明显。可以说，小说、戏剧更加受惠于前现代（主要是帝国时代晚期）的叙事实践，但即便如此，这些关联也受到压制或未被意识到，辩论性的写作和批评都声称它们完全打破了传统的形式。

现代散文在文学革命的氛围下出现，直接与欧洲的纯文学接轨，同时把前现代的古文和八股文远远甩在后头。但是，仅仅 10 年之后，到了 1932 年，周作人就已经在基本审美和伦理道义的水准上把它跟晚明时代的小品文联系起来，同时还宣称这一现代散文事业为新文学运动最成功的体裁是白话文体最大的成功。周主张，现代散文应该与前现代的散文区分开来，因为它使用了白话文的语言媒介，但这种区别体现在散文上要比体现在其他体裁上的程度更浅一些。近观散文的实践，很难再坚称它在 20 世纪 30 年代属于严格的白话文形式。

现代小品文，因为具备文学的感性并继承了前现代的闲情文学，所以它还代表了对把汉语的古文和白话文简单二元对立的批判。它通过趣味性地杂糅混合二者而对这种对立进行了挑战。实际上它挑战了"传统"与"现代"的鲜明对立，而新文化运动、文学革命乃至五四运动就建立在这种对立之上。尽管其支持者和捍卫者并未着手进行系统的显著的辩证批评，我仍认为，正是这种并非一本正经的散文实践——闲情文学——提出了以建立社会改革或革命工具型文学为使命的 1917—1921 年的文化运动到底该以什么方式定义"传统"的问题。正如西奥多·赫特斯所表明的，新文学的目标视野本身就可以追溯到前现代的主流行列，实际上可以说它代表了前现代文学的正统视野。而尽管经常被看作"传统"，现代闲情文学却理应被更有效地视作传统的从容反对者，而且在 20 世纪中国文学的发展中，它无疑是现代的。

爆发于 1917 年文学革命至 1937 年抗日战争开始之间的散文随笔，也是中国现代文学史上最少故事叙述者之一，然而其重要性却足以使夏志清先生在他的《中国现代小说史》中至少予以简短的论述：

在中国文学史语境中，小品文的传承首先意味着对传统的感性的维护。自从文学革命以来，尽管小说大受欢迎，却也始终有人专门写作小品文……实际上此流派不仅为本土传统的一个支流，而且补充了实验性的小说、诗歌和戏剧的未尽之意，满足了写作者和读者的个性需要……所以人们经常会在现代中国作家身上发觉对传统道德感和审美偏好的古怪执着，否则在理智上甚至也包括感情上就要受托于一种新的意识形态。人们发现，甚至就连郭沫若、巴金这样的进步作家，尤其在他们的偶尔的个人化写作中，对故乡和童年的怀旧，对花朵和宠物的喜爱，以及一种根深蒂固的非儒即道的崇敬都构成与他们的革命行动世界完全相异的呈现。在一个传统情感一直在严肃文学中遭压制的时代，小品文的写作对于很多作家而言，就成为一种个人的需要。

周作人通过十几部抑或更多的各种各样的散文卷册的出版以及跟兄长鲁迅共同创办富有影响力的评论杂志《语丝》(1924—1930年)和小型评论周刊《骆驼草》(1930年)，开辟出了这条道路。其他许多著名作家也纷纷出版了个人散文、随笔、小品文专集。然而人们注意到小品文并未将这种势头看作一种现象，却得力于小品文在文学杂志上的传播。此类钟情于小品文的杂志(尤其是《论语》《宇宙风》《人间世》)从1932年起相继出现，周作人与林语堂更是利用报刊积极推广了小品文：

1932年这一群人(论语派)的首领林语堂，创办了一份幽默刊物《论语》，当即获得成功。在1934年和1935年，他又出版了两种相似的杂志来推动小品文和其他类型的个人化写作，这就是《人间世》和《宇宙风》。这些刊物对左联构成一股极大的逆流，甚至在进步学生界也享有广泛的声誉。当情况显示对此类杂志的温和的攻击对于遏制这股潮流几乎不起作用，左联不得不推出一份自己的个人化刊物，《太白》，以抵制林语堂的影响。

20世纪30年代的小品文现象在很大程度上是林语堂影响文坛的结果。1934年被定为“杂志年”或“小品年”，正如当时讨论此现象的舆论所言，林语堂和他的刊物对这一现象起到推波助澜的作用。他的周刊《论语》专门写作讽刺文学，嬉笑怒骂、针砭时事、臧否人物，另一部周刊《人间世》于1934年4月问世，是一份小品文专刊。《人间世》的“编者按”直接向20世纪30年代早期的社会觉醒救赎文学开炮：“现代汉语文学十四年来唯一的成功是小品文。尽管在小说的创作上有好的作品，它们还是受益于小品文的训练而诞生。小品文……以个人为中心，采取闲适的调子，与其他形式区分开来，呈现出西方人所谓的'个性风格'。"这番大胆的陈词在文学的竞技场上激起了关于小品文的写作是否适宜于现代时代的论战。这一论题将在后面第四章末尾予以详细讨论。

尽管林语堂及其追随者从容不迫的挑衅姿态助推了20世纪30年代文坛的两极分化，并把小品文引发的论争带到公众讨论的前沿，但是在林语堂身上，那种直言不讳把话说满的态度以及对晚期帝国文学的推崇，却远不及我们在周作人身上所看到的。林语堂阐明了小品文问题的核心，却没有对推进晚期帝国的闲情文化趣味发挥举足轻重的作用（除了间接言及）。他用英语对前现代中国文化的研究，较之他的中文出版物更接近与周作人的结盟，这一点并非微不足道。还有，周作人及其作品在《人间世》中倍受赞誉，在杂志的篇幅中居显著地位。

林语堂关于帝国晚期散文流传最广的文章包括两部分，题目为"论文"（上、下），应和了沈启无《近代散文抄》（1932年）。林的这两篇文章的题目是对袁宗道（1560—1600年）所作公安派著名宣言的回应，那篇宣言可谓前现代小品文形式的发起文。林语堂对公安派与竟陵派的反应与周作人近似。他将这些流派的反传统与西方浪漫主义的反传统以及胡适的反传统进行了比较，他还把他们的不足——来自文学语言的局限——比作一个放大了脚的妇女（此处或许暗示了胡适对所作白话诗的自评）。通过对比，他得出结论，金圣叹的《〈水浒传〉序》倒更像"天足"。

在该文题为"性灵"的第二部分中，林语堂借用周作人的术语"载道"和"言志"，且遵循周作人的本义。但是林尤其满意于这部文集的题目（袁宗道曾著同题文章《论文》——译者注），因为它强调了公安派散文家为中国文学史上的现代性之父。他以特立独行的勇气，林语堂式的方式，把晚期帝国文学最重要的语词之一——"性灵"（James Liu 译作 native sensibility），简单地诠释成了"自我"（性灵就是自我）。对于林语堂，以及林所阅读的公安派散文家而言，自我表达必然意味着反正统、反古典；于是，林语堂对尤其以梁漱溟和梁实秋为代表的白璧德新古典主义在中国的影响予以了否定。写作无所谓新旧之分，却有真假之辨：古典主义在本义上是虚伪的，因为古人本身并没有效仿他们的祖先。

及至《中国新文学大系》(1935年)出版——其中包括20世纪20年代问世的两卷散文，宣布“散文为现代中国的文学中最大的成功传奇”也就顺理成章了。胡适在《五十年来中国之文学》(1922年)中写道：“白话散文很进步了。长篇议论文的进步，那是显而易见的，可以不论。这几年来，散文方面最可注意的发展，乃是周作人等提倡的‘小品散文’……这一类作品的成功，就可彻底打破那‘美文不能用白话’的迷信了。”1928年，朱自清在散文集《背影》的序文《论现代中国的小品文》中引用了胡适的评论，又补充道，尽管数年以来戏剧和小说有了长足进步，现代诗歌的发展远不及胡适所预估的那么可观，但是最大的进步乃在于小品散文。朱自清认为，现代散文的成功在很大程度上归因于散文在前现代就是一个特权文体，以至于它的现代对应物也顺承了它的威望。但是获得威望的是正式的散文，而非那种发端于晚明被称为小品文的非正式的随笔。实际上朱自清把现代中国的散文比作了严格的考试文章八股文，官样范式的文物，哲理的写作。另一方面，早在1930年，周作人就开始把振奋的现代形式跟特别的随意形式——序言、题跋、私人信件、阅读注释——联系起来，而小品文这一术语恰可归为这类形式。而且，他还过度地强调“小品文是文学发展的极致”，并把这种观点贯穿到整个20世纪30年代的各种写作当中，对此我将在全书予以讨论。

甚至鲁迅在怀有敌意的《小品文的危机》(1933年)中，尽管反对可以用来概括大多数小品文的个人主义精神的极速发展，但最后也不得不承认它们对于文学市场的占领。在承认20世纪20年代中国散文与其他新文学流派同样取得非凡的成功上，鲁迅出人意外地附和了胡适和郁达夫。鲁迅在此使用的是广义的小品文术语，里面暗示包括了所有具有文艺特点的短小的散文写作，其中包括被称为随感、随笔、小品文、杂感以及散文的诸种文体。然而，“危机”一文意在把一种特定的小品文——由周作人及其追随者所写——讽刺为一种古董古玩类的小摆设，其习气陈旧、颓废堕落的执笔者和读者将其置于书架待把玩欣赏。鲁迅声称，尽管小品文对中国现代文学是重要的，但不该成为小摆设，而应成为“匕首和标枪”，写作就是批评和进攻，这一形象今天总是会跟鲁迅的讽刺性杂文联系起来。

夏志清在注解上述引文时说，这场小品文危机是通过刊物《太白》的问世来解救的。《太白》是一本散文刊物，在创办者当中，左联成员徐懋庸、陈望道以及“白马湖作家群”中的散文作家叶圣陶、朱自清扮演了突出的角色。刊物在1934年9月20日一期中声明了讨论小品文所针对的目的（小品文只以中立的姿态随带提及），也没有提左联的名字。杂志的目的可见徐懋庸的《要办一个这样的杂志》一文，意在通过采用“大众的”语词写作散文来推广大众语。

根据危机说的说法，小品文的问题在于轻浮喜乐（作者的态度），缺乏对国家事务的关怀（内容），尤其是推崇个人主义和闲适（潜藏在写作中的意识形态）。然而，这期专门刊载小品文和漫画的《太白》专刊，并非只简单地责难了这种散文，还就小品文应该写成什么样式的问题提出多种多样的展望。我将对这些论述在本书第四章予以更详细的展开，但在此希望指出的是，由危机说所断言的小品文的正当用途包括：对小说写作的训练，教育的媒介，尤其是科学知识的普及，当然还充当中、高等学校中文课写作范式。提出最后一种建议者，多数业已将想法付诸担任教员的实践或纳入教育出版物当中。

受新文化运动的反传统激进立场的影响，现代散文与其前现代对应物的温和关系也被看作彻底的颠覆，尤其因其实践者同时亦为更具政治色彩的进步文学流派的代表作家。那么，为什么这种表达方式吸引了现代人，而不是让自己更彻底地抛开传统，尽情地投身到现代世界的中国进步事业当中？难道正如夏志清所说，是当一个人面对现代性、革命和进步这些严厉而疲倦的事实时，对于惬意的怀旧、对所熟悉事物的沉湎并倾向于以历史悠久的方式表达感受的精神需求问题吗？夏对此事的态度，可能夸大了“传统”情感与现代经验之间的对立。我要指出的是，这种表达本身就构成了现代性形成的复杂方式，其对于西方和中国的感受都要做到公正。为什么在中国为了获得文化上的现代性，就必须要与文学进行“斗争”。

“旧体诗应否入现当代文学史”专题

揭开现当代文学史缺失的一角

——再论旧体诗词应入中国现当代文学史

曹顺庆　高小珺[①]

纵观我国学术界的百余本现当代文学史论著，各版本都对特定历史环境下的文学革命运动、文学思潮和流派、作家作品进行了不同程度的思考，从而在文学史中呈现出不同的思路和模式，而20世纪80年代末期在学术界掀起的“重写文学史”的浪潮也在一定程度上影响了现当代文学史的书写。不过有一点值得我们注意，民国以来的众多现当代文学史都“不约而同”地将旧体诗词排除在外，并不真正认可旧体诗词。在笔者看来，旧体诗词不但没有彻底绝迹于“五四”以后的文学活动，而且又以一种独特的文学形式参与了中国现当代文学的发展历程，理应重新纳入中国现当代文学史的书写。对于旧体诗词我们应该改变思维定式，在多元文学史观指导下重新认识在现当代文学中熠熠生辉的旧体诗词。

一、旧体诗词在中国现当代文学史的收录情况

从民国前期至今，我国所涌现出的各种版本的中国现当代文学史论著

① 曹顺庆：四川大学杰出教授，教育部“长江学者奖励计划”特聘教授，中国比较文学学会会长；高小珺：四川大学文学与新闻学院硕士。

（包括修订版、再版）总共有300余本之多。其中绝大多数编写者以“五四”作为新旧文学的分水岭，视“五四”新文学（包括新文化运动）为中国现代文学史的开端，以中国现代革命史的时间发展顺序对应不同时期的文学现象。有的专设章节介绍现当代文学史上杰出的文学领袖，如鲁迅、郭沫若、茅盾、巴金、老舍；有的则以“三十年”精炼概括现当代文学史及作家作品；有的以文体为纲，分体裁梳理不同历史时期下的文艺创作。不过由于大多数文学史对于旧体诗词的疏漏而造成了一种旧体诗词没有参与中国新诗、中国现当代文学建设的假象。据笔者不完全统计，在这300余本现当代文学史论著中，涉及旧体诗词的仅有如下24本：

序号	作者	文学史版本	出版社	出版时间	旧体诗词收录情况
1	胡适	《五十年来中国之文学》	《申报》50周年纪念特刊《最近五十年》	定稿于1922年3月出版于1929年	收录晚清诗坛著名诗人金和及其部分诗作
2	《“中华民国”文艺史》编纂委员会	《“中华民国”文艺史》	台湾正中书局	1975年6月	简述了“开国时期”、抗战时期、“复兴时期”的旧体诗情况
3	七省（区）十七院校《中国现代文学史》编写组	《中国现代文学史》	内蒙古教育出版社	1980年6月	简述了毛泽东、周恩来、彭湃、邓中夏、陈毅、恽代英、夏明翰、刘伯坚、朱德、董必武、杨靖宇、李兆麟、叶挺、陈然等无产阶级革命家和革命烈士的诗词
4	郭子刚等	《中国当代文学史初稿	人民文学出版社	1980年12月	简述了毛泽东诗词和老一辈无产阶级革命家的诗词
5	二十三省市教育学院	《中国现代文学史》	福建教育出版社	1985年5月	收录了柳亚子、鲁迅、郁达夫的旧体诗

续 表

序号	作者	文学史版本	出版社	出版时间	旧体诗词收录情况
6	汪华藻、陈远征、曹毓生	《中国当代文学简史(1949—1982)》	湖南人民出版社	1985 年 7 月	收录了中华人民共和国成立后的一些老一辈无产阶级革命家的诗词，以及当代诗人学者的旧体诗词
7	公仲	《中国当代文学史新编》	江西教育出版社	1985 年 9 月	收录了毛泽东诗词，并简介了周恩来、朱德、董必武、陈毅、叶剑英、吴玉章、徐特立、谢觉哉、林伯渠等老一辈革命家的旧体诗词
8	钱基博	《现代中国文学史》	岳麓书社	1986 年 5 月	1.收录了中晚唐诗：包括樊增详、易顺鼎(附：僧寄禅、三多、李希圣、曹元忠)、杨圻(附：汪荣宝、杨无恙)； 2.宋诗：包括陈三立(附：张之洞、范当世及子衡恪方恪)、陈衍(附：沈曾植)、郑孝胥(附：陈宝琛及弟孝柽)、胡朝梁、李宣龚(附：夏敬观、诸宗元、奚侗、罗惇㬊、何振岱、龚乾义、曾克耑、金天羽)； 3.词：包括朱祖谋(附：王鹏运、冯煦)、况周颐(附：徐珂、邵瑞彭、王蕴章、龙沐勋) 4.曲：王国维、吴梅(附：童斐、王季烈、刘富染、魏戫、姚华、任讷、卢前)

续 表

序号	作者	文学史版本	出版社	出版时间	旧体诗词收录情况
9	张钟、洪子诚、佘树森、赵祖谟、汪景寿	《当代中国文学概观》	北京大学出版社	1986 年 6 月	简介了旧体诗概况和《毛主席诗词》
10	邱岚	《中国当代文学》	辽宁教育出版社	1986 年 6 月	简述了毛泽东、陈毅等革命前辈的诗词
11	华南四学院现代文学教研室	《中国当代文学史简编》	广东高等教育出版社	1986 年 7 月	简述了一些老一辈无产阶级革命家的诗词
12	张暹明	《当代文学新编》	辽宁大学出版社	1988 年 10 月	简述了毛泽东及周恩来、朱德、董必武、陈毅等人的旧体诗词
13	十二院校合编	《中国当代文学史稿》	河南人民出版社	1989 年 12 月	简述了当代诗坛上旧体诗词的概况
14	戴克强、廉文澂	《中国当代文学》	陕西人民教育出版社	1990 年 3 月	简述了毛泽东和一些老一辈革命家的诗词
15	舒其惠、汪华藻	《新中国文学史》	湖南文艺出版社	1990 年 4 月	收录了陈毅、赵朴初的旧体诗词
16	雷敢、齐振平	《中国当代文学》	陕西师范大学出版社	1990 年 12 月	收录了毛泽东同志和一些老一辈无产阶级革命家的诗词
17	党秀臣	《中国现当代文学》	高等教育出版社	1994 年 6 月	收录了毛泽东等老一辈无产阶级革命家的诗词
18	孔范今	《二十世纪中国文学史》	山东文艺出版社	1997 年 6 月	介绍了旧式文人的旧体诗文，以及新式文人的旧体诗作

续 表

序号	作者	文学史版本	出版社	出版时间	旧体诗词收录情况
19	田中阳、赵树勤	《中国当代文学史》	湖南师范大学出版社	1998 年 7 月	简述了当代旧体诗词概况,主要介绍毛泽东旧体诗词
20	黄修己	《20 世纪中国文学史》	中山大学出版社	2004 年 11 月	概述了"五四"后中华诗词(旧体诗)的发展
21	周晓明、王又平	《现代中国文学史》	湖北教育出版社	2004 年 9 月	分别介绍了"五四"时期、30 年代以及战时战后的旧体诗词情况
22	周成平	《中国当代文学实用教程》	南京师范大学出版社	2006 年 6 月	简述了郭沫若等老一辈诗人的诗歌创作
23	苏光文、胡国强	《20 世纪中国文学发展史》	西南师范大学出版社	2008 年 7 月	介绍了毛泽东等人的旧体诗词
24	谭伟平、龙长吟	《现代中国文学教程》	高等教育出版社	2011 年 3 月	简述了旧体诗词概况

需要说明的是钱基博先生所著的《现代中国文学史》虽以"现代"命名,不过作者多以历代作家形成章节目录,运用相当的篇幅论述了古代文学的源流和发展脉络。在诗歌部分,也多以介绍清末民初的旧体诗词为主,仅留有一节叙述现代新文学和白话文。鉴于该书没有从文学史的角度书写"五四"文学革命和新文学的概况,因此学术界更倾向于将其界定为一部具有参考价值的"人物史"或"近代中国文学作家列传"。

经笔者考察发现,这些收录了旧体诗词的中国现当代文学史论著大多以文体为纲呈现文学史的发展历程,并且偏重史实,尤其是新、旧社会转型时期文学之间的关联性。它们没有对旧体诗词采用"一刀切"的分法,而是着眼于整个中国文学史,把它作为新中国文学发展中不可分割的一部分。从所收录的旧体诗词内容上看,以毛泽东诗词为主,选取了一些反映革命战争生活,歌颂人民解放战争、社会主义革命的伟大胜利和新中国的建设以及一些咏物抒怀、感事赠友的诗作，如《沁园春·长沙》《沁园春·雪》《七律·长征》《采桑子·重阳》《卜算子·咏梅》《水调歌头·游泳》《蝶恋花·答李淑一》《七律·答友人》，并且高度肯定了毛主席诗词的革命内容、艺术形式和对诗坛深远的影响力。此外还收录了老一辈革命家如周恩来、朱德、陈毅、董必武、叶剑英、吴玉章、徐特立、谢觉哉、林伯渠，以及文化名人、学者如柳亚子、苏曼殊、郭沫若、赵朴初、鲁迅、郁达夫、于右任、臧克家、朱自清、周作人、聂绀弩、陈寅恪、老舍等较有代表性的旧体诗作。

二、旧体诗词缺席于中国现当代文学史的原因探析

在笔者看来，旧体诗词长期缺席于中国现当代文学史主要有以下几个方面的原因。

（一）社会剧变和“西学”思想的冲击

清末民初是中国政治发生变革、社会转型、文化新旧交替的一个非常特殊的时期。从时代环境来看，国内外各种矛盾冲突激烈，我国与封建主义、帝国主义的矛盾日益激化，中国人民面临着亡国灭种的危机。1840 年的鸦片战争引发了我国封建社会的解体和传统文学观念的解体，清朝在1883 年的中法战争、1894 年的中日甲午战争中的惨败使中国开始丧失精神上的自信。接踵而至的“百日维新”、八国联军侵华、日俄战争、辛亥革命不断向中国社会发起冲击，在颠覆国人对于西方列强和西方文化认知的同时也激发了中国思想界主张变革的意识。1897 年，达尔文进化论传入中国，影响着包括陈独秀、李大钊、胡适、鲁迅在内的大批知识分子以及后期文学革命的理论；同一时期林纾大量译介的西方文学名著震惊了国内文坛。在中国社会由传统走向现代，中西方文化、思想发生剧烈碰撞的同时，一场检讨“旧文化”的迅猛浪潮很快在国内掀起，许多知识分子意识到只有彻底摧毁封建思想，革新文学这一作为舆论的重要传播手段，才能实现政治体制、思想、军事和科学技术的根本性变革和中国社会的现代化。西学东渐之后，旧学与新学之争演变为中学与西学之争，一些外国传教士、资产阶级、先进的知识分子开始积极寻找根治中国社会和思想的药方，他们向西方寻找“真理”，将西方资本主义国家的文艺思潮、文学风格、创作方法大量引入，很快在中国文坛形成“全盘西化”的思想，传统文化开始严重流失。黄遵宪、夏曾佑、谭嗣同、梁启超等人发起“诗界革命”将白话引入人们认为

最难变革的诗坛，提倡用白话新诗创作解放诗歌表现力。梁启超主张："过渡时代，必有革命。然革命者，当革其精神，非革其形式。吾党近好言诗界革命。虽然，若以堆积满纸新名词为革命，是又满洲政府变法维新之类也。能以旧风格含新意境，斯可以举革命之实矣。"[①]随后应运而生的"五四文学"更是打着"提倡新文学，反对旧文学"的口号，猛烈攻击包括旧体诗词在内的中国传统文化。遵循"西化"思想的白话新诗先驱们对传统诗歌发起全面挑战，力求彻底突破中国古典诗歌以文言文为载体、被特定格式和韵律约束的局限，创造出一种与众不同的新诗体。在这场新诗革新运动中的各大报刊"或出于认同新文学运动，或为顺应时代文化潮流，纷纷改用白话，一般不再发表旧体诗了"[②]。

对于旧体诗词的衰落，许多人无论主动与否都只能选择跟随主流。尽管其间仍有少数刊物如《学衡》就设有"文苑"专栏坚持刊登与白话新诗相对抗的旧体诗词，但也无法扭转旧体诗词失落的事实。对于包括旧体诗词在内的中国传统文化的衰落，刘梦溪先生批判了"五四"精英们所做的不是在一定范围内检讨传统，而是"对几千年的传统文化和文化传统作一次总清理，是全面系统地攻击中国文化传统的一切规则、理念、秩序和信仰，包括力图摧毁集中藏有传统文化密码的一些文化典范。他们想彻底和传统决裂、想彻底抛弃造成中国落后的封建传统这个难堪的'包袱'，然后好走一条新的路。他们认为可以引导自己走向新路的，只有西方文化"[③]。曹顺庆教授认为"五四"时期所建立的"二元对立"思维模式不仅造成了一种对科学的盲目崇拜，并且"逐步演变成为统领社会意识的价值尺度和精神权威"[④]，并成为人们反传统的重要依据，甚至影响到当下中国现当代文学史的书写。如今许多中国现当代文学史编写者依然深受当时"西学"观念的影响，把旧体诗词一概判定为"旧"的象征，对于现当代文学史中的旧体诗词没有引起足够的重视。

（二）由旧体诗词本身引发的争议

自 20 世纪 80 年代起，关于旧体诗词在文体韵律、内容、语言方面的问题成为学术界讨论的热门话题。就文体韵律来说，旧体诗词从古体、楚辞

---

① 梁启超：《饮冰室诗话》，人民文学出版社，1959 年，第 51 页。

② 周晓明、王又平：《现代中国文学史》，湖北教育出版社，2004 年，第 354 页。

③ 刘梦溪：《论文化传统的流失与重建（下）》，《紫光阁》，2004 年第 12 期。

④ 曹顺庆：《唯科学主义与中国文论的失语》，《当代文坛》，2011 年第 4 期。

到近体，尤其是近体诗词历来讲求对仗、平仄、用韵、格律，对于“整、俪、叶、韵、谐、度”六要素都有着非常严格的要求和规范。朱光潜先生就曾在《论中国诗的韵》中挑出了旧诗的韵书存在“古今南北几一律”的毛病，如今不少文学史编写者奉行“白话文至上”的准则，认为旧体诗词的文体形式代表着与“新”相对的迂腐、陈旧，声称现代社会和现代人复杂多变的情感只有新格律、新形式的诗歌才能满足，而旧体诗词无法适应当下特有的审美趣味和思维方式。他们因此草率地将文体作为衡量诗词是否入史的唯一标准，区别对待新诗和旧诗，甚至对于同一作家在现代创作的旧体诗词和新诗也是如此，于是才出现了一批文学史中只谈郭沫若、朱自清、郁达夫等文学家的新诗，而不提及他们同样是优秀的旧体诗词创作者的怪事。

从内容上看，旧体诗词一向被视为“士大夫”文学、“高雅”文学，只为社会精英群体服务，存在远离群众、“平民性”不足的弊病。清末民初的诗坛，复古的风气盛行一时，旧体文学整体风格偏向“衰老、疲顿、酸腐、凄惶、意兴萧索、眷故恋旧”[①]。许多旧体诗人们也大唱“挽歌”凭吊过去，营造出一种浓郁的衰败情绪。在当时风云变幻的时代环境里，革命政权更需要的是富有时代精神、豪迈宏大、积极进取的诗词，以作为革命武器参与社会斗争，而旧体诗词却还保持着一种“出世”的姿态黯然神伤，因而免不了被淘汰的命运。再反观那些被收录于文学史的几位政治领袖、革命家们和一些文化名人如柳亚子、苏曼殊、郭沫若、赵朴初、鲁迅、郁达夫、于右任、臧克家等人的旧体诗词能够在新、旧诗歌之间发挥承上启下的作用，如南社成员苏曼殊的诗被赞“上承黄遵宪，下启五四新文学”，有清新秀丽之气。或符合时代发展的潮流和趋势，表现了对时局、民生、社会的关注，趋时而进；或超越“小我”的局限，拥有更广阔的意境和格局，如红极一时的毛泽东诗词充满对人民的鼓舞和为革命事业奋斗的激情。以诗歌作为革命武器的政治诗人柳亚子，其诗被称赞为“慨当以慷，卑视陆游、陈亮，读之使人感发兴起”[②]，充满爱国主义激情，而辛亥革命中著名政治家于右任的诗则“内容厚实，有一股特殊的豪健之气”[③]。

“随着西学东传与改革浪潮的兴起，知识分子意识到要真正实现变革，

① 周晓明、王又平:《现代中国文学史》，湖北教育出版社，2004 年，第 357 页。
② 周晓明、王又平:《现代中国文学史》，湖北教育出版社，2004 年，第 357 页。
③ 周晓明、王又平:《现代中国文学史》，湖北教育出版社，2004 年，第 357 页。

必须从器物学习上升至思想转变，而语言的变革是其中十分关键的一环。”①1896 年梁启超在《变法通议》中以今人文字与语言的分离已经十分普遍，当前文言文存在与日常用语差距较大、在广大群众中难以传播的问题为由攻击旧体诗词。学者们也认为语言的古今隔阂代表不同性质的文化形态，他们试图说明“现代”一词具有特定的时代内涵，仅限于用现代白话新诗表达当下的生活和文学现象，而旧体诗词的“非现代性”与所谓的“现当代”文学史是格格不入的。王泽龙、陈国恩教授就以现代作家所做的旧体诗词不具有现代性为由，反对旧体诗词入中国现当代文学史。

（三）革命话语的主导和领导者的文学效应

在黄修己先生看来，当今 21 世纪的中国现代文学史都是“革命史”，是“政治革命史”也是“文学革命史”，在话语权控制下的旧体诗词成为政治权力争夺的媒介和革命话语权斗争的工具，不同时期兴盛的旧体诗词都顺应着政治话语的需求。抗日战争时期为了利用旧有的民族文学形式表达内在的民族情感为抗战服务，旧体诗词一度中兴；1960 年初在缓和的政治氛围下，涌现出了一批以歌颂建设成就为主的旧体诗词；在 1966 年开始的“文革”中，一些有特殊政治地位和革命身份的知识分子被打成右派，他们创作的许多旧体诗词在恐怖高压的政治环境下遭到大肆打压，只有被当作革命领袖指示的毛主席诗词广为流传。

1897 年，近代白话文运动先驱裘廷梁在《苏报》上发表了著名论文《论白话为维新之本》，将“白话”与中国的政治变革、智民强国联系起来，主张与文言文决裂。1917 年胡适发表的《文学改良刍议》针对旧文学弊病提出“八事”的主张，猛烈抨击旧文学体系，发出了“五四”文学革命的正式宣言。陈独秀紧随其后，号召推倒“委琐陈腐”“妖魔”的封建旧文学，建设以西方近代文学为楷模的新文学，并得到钱玄同、刘半农等人的响应，他们先后加入“文学革命”阵营。与此同时，陈独秀、李大钊、傅斯年、罗家伦等人通过《每周评论》《新潮》等报刊宣扬新文学、白话文，以扩大影响力。文学革命家如鲁迅、胡适、周作人、刘半农、沈雁冰、瞿秋白、郑振铎、田汉、黄仲苏积极译介外国文学作品，冲击传统文学的话语体系。1957 年 1 月，毛泽东主席在给《诗刊》的《关于诗的一封信》中谈道：“诗当然应以新诗为主体，旧诗

① 曹顺庆、郭明浩：《话语权与中国文学史研究》，《南京大学学报（哲学・人文科学・社会科学）》，2013 年第 5 期。

可以写一些，但是不宜在青年中提倡，因为这种体裁束缚思想，又不易学，这些话仅供你们参考。”该观点提出后很快被奉为圭臬，虽然也在一些善于写作旧体诗词的革命前辈中产生了积极影响，但一时间报纸上几乎只刊登新诗，可谓“连篇累牍，不嫌其多；拖沓松散，不嫌其长；甚至粗制滥造也不厌其鄙”[①]。全国报刊除了极少数政治领袖、老革命家的作品以外，其他人写的旧体诗无论质量高低与否，体裁新颖与否都很难有立足之地。诗歌革命中的领导者和革命家们的指示同样是文学史编写的一条重要参照标准，并且在革命话语权主导下的许多文学史都只书写胜利者的历史，对于过去就被批判为“桐城谬种，选学妖孽”的旧体诗词则采取坚决抵制的态度。

三、旧体诗词应入中国现当代文学史的原因

（一）旧体诗词及其诗人群在现代的蓬勃发展

即使是“五四”以后，旧体诗词的创作同样有一支阵容庞大、能够与新诗相抗衡的诗人队伍。现代时期的许多人都创作了大量精彩的旧体诗词，各界人士中不乏创作旧体诗的主力军，有既是新文学运动的猛将又是旧体诗坛巨擘的鲁迅、郭沫若、茅盾、郁达夫，有作为革命领袖、开国元勋的毛泽东、周恩来、朱德、董必武、陈毅、林伯渠、谢觉哉、陶铸、叶剑英，还有文化名人和专家学者柳亚子、梁启超、王国维、钱锺书、赵朴初、林散之、沙孟海、王学仲、于右任、霍松林、苏曼殊、叶圣陶、老舍、田汉、萧军、臧克家、聂绀弩、姚雪垠、公木、何其芳、韦君宜、荒芜、王力、夏承焘、俞平伯、蒯伯赞、刘永济、沈祖棻、周汝昌、朱光潜、张伯驹、胡乔木、邓拓、吴宓、王力、苏步青、季羡林……他们共同汇聚成中国现当代文学史上旧体诗词的一股强有力的潮流。

抗战时期的文学创作开始重新关注民族的历史和文化，旧体诗词这种传统的民族文学形式得到广泛运用。在“文化大革命”中，旧体诗词的隐蔽创作成为“当时的一股文学暗流”[②]，许多人将其视为情感宣泄的方式。20世纪70年代末，党的十一届三中全会对文艺创作进行了拨乱反正，文坛上开始出现“百花齐放，百家争鸣”的局面，对旧体诗词的态度开始转变，旧体

① 刘勋政：《请公平地对待旧体诗歌——给诗歌界的一封公开信》，《求索》，1982年第4期。

② 王建平：《文学史不该缺漏的一章——论20世纪旧体诗词创作的历史地位》，《广西大学学报（哲学社会科学版）》，1997年第3期。

诗词得到自由的发展空间，迅速走向兴盛。在全国的许多地方如广东、山东、湖南、上海、甘肃、吉林、江西、贵州等地的旧体诗社和报刊纷纷破土而出，如《当代诗词》《江西诗词》《爱晚诗刊》《乌蒙诗刊》以及多卷本的“中华诗词”系列丛书和权威刊物《中华诗词》等。1987 年，全国性的中华诗词学会在北京成立，拥有 4000 多名会员，20 世纪 90 年代以来全国各地有 1000 多个诗词社团，拥有来自社会各界的会员数万人，可谓诗社蜂起、诗刊层出。同时，市面上还涌现出众多旧体诗词集和专刊，如《周恩来青年时代诗选》《陈毅诗词选集》《朱德诗选集》《董必武诗选》《沈尹默诗词集》《夏承焘词集》《怀安诗选》《〈东风〉旧体诗词选》《野草诗词选》《五四以来诗词选》，包括诞生于“四五”运动中的《天安门诗抄》也是一部以旧体诗词为主抒发现代思想的代表作，这都足以见得在经历了由低潮重返高潮之后，旧体诗词在现代仍然具有旺盛的生命力，能够在一定的时空中流行。并且从思想内涵和艺术特色来看，旧体诗词同样能够彰显出“现代性”特色，“以旧风格含新意境”。它们真实地反映了革命历史，记录了从五四运动、九一八事变、抗日战争、解放战争、“文化大革命”的十年苦难、“四五”运动到改革开放后的一系列社会、生活的变迁和特殊历史语境下一代文人的心路历程，无不散发着时代的气息。

“每一种文体的兴衰，同作品的思想内容一样，受着社会历史的制约，只要有适宜它生存、发展的土壤，就不会轻易退出历史舞台”[①]。一些学者认为，如今旧刊的重印之所以能够唤起读者的新鲜感，并出现各种“热”，是由于之前对旧体诗词的冷落所致，前几年的“徐志摩热”“沈从文热”“《围城》热”“胡适热”“周作人热”“林语堂热”“梁实秋热”等都是如此。在笔者看来，有意回避和漠视现当代史上的旧体诗词或许能够蒙骗一时，但这种“‘瞒和骗’的做法”[②]势必会在对文学创作的重新调研中暴露出来。既然旧诗与新诗双峰并立已经成为不争的事实，多年来新诗也没能取代或战胜旧诗，两者都以各自的形态活跃在当下的文坛，共同丰富着文学的内涵，就应当为旧体诗词正名，承认旧体诗词的确参与了中国现代文学、历史的书写。

① 聂德祥:《旧体诗词创作刍议》,《东疆学刊》,1985 年第 2 期。

② 倪墨炎:《现代文坛随录》,上海人民出版社,1989 年,第 204 页。

(二)新诗与旧诗紧密的承继关系/现代新诗中的“恋旧”情结

对于“五四”后的旧诗与新诗的关系问题，黄修己先生认为，在旧诗和新诗之间还存在着一个“惯性滑行”[①]阶段。在这个阶段中的新、旧诗歌共同构成相互交叉、此消彼长的关系，陆耀东先生则直言“‘中国现代诗歌’包含旧体诗和新诗”[②]。诞生于文学革命中的白话诗一方面借鉴了近代西方的文学样式，另一方面又不自觉地效仿民族传统。对于新诗向旧诗的模仿，笔者认为，一方面是因为旧体诗词经历了上千年的发展已经形成一套高度成熟和完备的话语体系，具有很强的延续性和承继性，它们不可能因受到新文化运动的威胁就凭空消失；另一方面是许多新诗创作者在早期就接受过古典文学的熏陶，在旧体诗词方面有很高的素养，对于旧体诗词有一种特殊的情愫，并且在新诗创作中会不自觉地诉诸传统的诗歌表现手法，所以一些新诗看似脱离了旧诗词的束缚，但我们多少能从中体会到旧体诗词的意境和格调。正如一些学者所言，无论“五四”新文学运动拥护者们是如何叫嚣打倒旧文学、旧诗词的，实际上他们还是站在旧诗词的肩膀上写作新诗的。新诗与旧诗是相对而言的，不存在“一刀切”的分法，正所谓“没有晚清，何来五四”，许多文学问题和文学思潮的发展都是一脉相承的关系。更何况“五四”不只意味着破旧立新，更开启了新诗与旧诗并立的新格局，若生硬地将新诗与旧诗词分离开来，反而会将文学事件之间相互重叠、错综复杂的事实简单化，最终割裂中国文化。中国诗歌的发展，从史料记载最早的《弹歌》中的二言体、三言体，到上古歌谣、《周易》《诗经》中的四言体，再到楚辞体、五言体、七言体、杂言，词、曲、白话新诗都是在已有形式的基础上“推陈出新”，既“学古”又“变古”，并且现代一些优秀的新诗如余光中的《乡愁》、舒婷的《致橡树》、北岛的《回答》、顾城的《一代人》《远和近》也都是在继承旧诗词优势的同时呈现出新的时代特色。对于旧体诗词的优势，刘长焕认为其节奏的回环往复、抑扬顿挫有利于表现情感的倾泻和收束，用韵是为了推进起承转合的诗意，再现丰富的内心世界，承载民族情感、文化意义，这也正是旧体诗词经久不衰的魅力所在。

此外，不仅新诗与旧诗存在紧密的承继关系，黄修己、倪墨炎、周晓明

---

① 黄修己:《拐弯道上的思考——20年来现代文学研究的一点感想》,《文学评论》,1999年第6期。

② 陆耀东、龙泉明、唐仁君:《中国新诗研究的历史与现状——访陆耀东》,《湖南社会科学》,1989年第3期。

等一些学者还发现了现代诗歌的发展历程中的一个非常有趣的现象:不少文化精英,包括新文学运动的先驱鲁迅、郁达夫、茅盾、胡适、郭沫若、俞平伯、康白情又勒马回缰作旧诗,他们在新诗创作之后反而表现出对旧诗更深厚的眷恋,有的甚至到了晚年只写旧诗的地步。新文学先驱们的创作心理是矛盾的,他们一方面发誓要做传统的造反者,另一方面又因为摆脱不了对根深蒂固的传统的依恋,而去寻找一种现实需求和个人喜好中的平衡,用不同的方式表情达意。对此,有学者认为这"既是历史的必然,又难逃一种割裂的依恋与惶然心情。中国新诗发展历史中出现的反复与曲折,都似乎在印证这一点"[①]。新诗的"恋旧"情结维系着新诗与传统诗歌的承继关系,揭示了"五四"以后存在的多元文化和旧体诗词在现代文学中的特殊地位。"在公开的场合下,他们对旧体诗口诛笔伐,但私下里他们并没有停止旧体诗的写作。他们写诗一般都不公开发表。"[②]俞平伯就曾为他的白话诗文集《燕知草》题有一首旧体诗,原在流传的手抄本扉页上,后来公开出版时被删除。朱自清、茅盾、鲁迅也有旧体诗,只是不发表。不仅如此,旧体诗的形式甚至出现在外文翻译中,有学者对此评价:"这简直是对五四新文学运动初期'欧化诗'的一百八十度的大转弯,对'欧化诗'作者的讽刺性的大玩笑……出人意料的是,有的外国诗,用旧体诗形式竟比用自由体形式翻译更受读者的欢迎。"[③]旧体诗词虽然是一股支流,但与新诗的发展却是并驾齐驱的,而新诗的"恋旧"情结也说明两者之间有一种割舍不断的承继关系和延续性。现代旧体诗词的创作不仅丰富了文学形式,对于新诗的发展也有一定的启示意义和参考价值。

在笔者看来,虽然旧体诗词几经劫难,但是仍然能够在当代诗坛占有一席之地,就说明旧体诗词在现代是客观存在的,并且其中一些珍贵的传统经验也值得新诗学习和借鉴。当前我们需要修正认识上的偏差,摆脱"五四"新文化运动先驱们对旧体诗词的成见,尊重史实,以一种更为理性和实事求是的态度将"五四"后的旧体诗词纳入中国现当代文学史,取其精华、去其糟粕,与新诗共同促成当代诗歌的繁荣发展。这对推进中国新诗、文学史研究乃至中华民族文化的长远发展都是极为关键的。

---

① 任天石主编:《中国现代文学史学发展史》,江苏文艺出版社,2002年,第353页。

② 周晓明、王又平:《现代中国文学史》,湖北教育出版社,2004年,第355页。

③ 倪墨炎:《现代文坛随录》,上海人民出版社,1989年,第202页。

旧体诗可写入现代文学史

黄维樑[①]

1918年1月的《新青年》发表了胡适的诗四首、沈尹默的诗三首、刘半农的诗两首，都是用白话写的。这是中国新文学的第一批新诗。胡适的《一念》如下：

我笑你绕太阳的地球，
一日夜只打得一个回旋；
我笑你绕地球的月亮，
总不会永远团圆；
我笑你千千万万大大小小的星球，
总跳不出自己的轨道线；
我笑你一秒钟行五十万里的无线电，
总比不上我区区的心头一念！
我这心头一念：
才从竹竿巷，忽到竹竿尖；

① 黄维樑：香港中文大学学士，俄亥俄州立大学博士。香港中文大学中文系教授，玛卡莱斯特学院(Macalester College)及四川大学客席讲座教授。著有《中国诗学纵横论》《香港文学初探》《文心雕龙：体系与应用》《突然，一朵莲花》等二十种著作。

忽在赫贞江上，忽在凯约湖边；
我若真个害刻骨的相思，
便一分钟绕遍地球三千万转！

诗末有作者自注："竹竿巷，是我住的巷名。竹竿尖，是吾村后山名。"至于赫贞江，则为美国纽约州的 Hudson River。胡适曾在纽约市的哥伦比亚大学深造，"哥大"就在赫贞江畔。凯约湖则为纽约州的 Cayuga Lake。胡适也曾在美国的康奈尔大学深造，"康大"在凯约湖边。

《一念》中颇有一些科学知识：地球绕着太阳转，月亮绕着地球转，千千万万的星球，有其轨道，电波的速度是每秒 50 万里。《一念》有现代的科学知识，用的是白话（语体）文的词汇和句法，诗句有长有短。这些都与传统诗词很不相同，的确有一番新的气象，不愧为新诗。与传统诗词相同的，是押韵。

胡适提倡新诗的文章《谈新诗》写于 1919 年 10 月，副题为"八年来一件大事"，意思为：文学革命（包括诗的革命）是辛亥革命（1911 年）以来的一件大事。此文强调"新"，强调"打破传统"。胡适认为新诗是"诗体的大解放"，使内容可以"充分表现"出来。传统诗歌重格律，包括"音节"，胡适认为新诗也要注意音节，但那是"自然的音节"。发出"解放"和"自然"的新声之际，胡适向旧体裁宣战，他认为："五七言八句的律诗决不能容丰富的材料，二十八字的绝句决不能写精密的观察，长短不一的七言、五言决不能委婉表达出高深的理想与复杂的感情。"胡适的言论偏激，这里不及细说。

新诗和《谈新诗》的出现，正当很多中国知识分子要割掉中国传统文化的革命时期。破旧立新！要立的是西方文明的、先进的"新"。19 世纪末 20 世纪初，"自由诗"在欧美兴起，惠特曼和法国象征派诗人，稍后的现代主义诗人如艾略特（T.S. Eliot），从十四行诗等西方传统的格律"牢笼"走出来，写作新体，成为时尚。中国不少人崇洋趋新，以胡适等为先锋，也就自由地写诗了。用口语体或者说用白话来写诗，不袭用传统的格律来写诗，当然有理由，有创意。以自由诗为大宗的新诗，很快就流行起来、壮大起来。新诗人、现代诗人、现代主义诗人、后现代主义诗人辈出；诗集、诗刊、评论文章如林如海；从王瑶、刘绶松启其端的新文学史在论及诗歌部分时，都只论新诗，而不论现代人写的旧体诗。20 世纪 90 年代，在香港举行的一个香港文学研讨会上，一位与会者介绍其香港现代文学作品选集，说主编者把旧体诗词“圈”出去（他这番话引起另一位与会者的强烈不满，二人差点吵起架来）。

从徐志摩、闻一多、卞之琳到余光中、流沙河、痖弦、黄国彬等等，新诗的名家辈出，佳作以至杰作琳琅，光辉了现代汉语文学史的篇页。然而，胡适以来新诗这百年老店货色参差不齐，因为次货劣品混杂，而坏了名声。海峡两岸暨香港、澳门以至全球其他地方的汉语新诗，珍珠混着鱼目。台湾新诗的“现代化”道路走得早、走得远，问题大概在各地中也是最多的。例如，台湾的新诗评奖很多，得奖作品常因为晦涩难懂而被人投诉。有时连评判阅卷的人也迷然惑然，愤然责骂，甚至罢当评判。一次，我读两位著名资深诗人 YGZ 和 XM 对参赛“诗”篇的评语，下面原文照引：“意象跳得太快，甚至互相排斥”“太晦涩”“太杂太繁”“读了三遍，仍不明所以”“取象怪异，如入洪荒，乱象毕露”“非常异类，难寻脉络”。我当时也是评判者之一，意见无异。YGZ 先生年前在台湾一个文学研讨会上，更针对新诗说了重话：“什么大报设的现代诗奖，我不再做评判了。现代诗沉沦了，我不再读现代诗，宁可读古老的《诗经》《楚辞》！”

内地或有内地背景的新诗作者呢？北京大学一位教授评论某享盛名的诗人，说其诗中“组合这些语词的逻辑链条只能是一种超现实主义的非逻辑的联想轴”，他“在淡化自己的政治身份的同时，追求的是‘诗更往里走，更想探讨自己内心的历程，更复杂，更难懂’”。

年前读到朱子庆《旧体诗“逆袭”？》一文，该文列举资料，说明旧体诗有复兴的迹象。为什么复兴？朱氏说原因之一是“新诗表现令人失望”。确实有很多令人失望的所谓新诗，这些书写其实不能称之为诗。旧体诗有复兴的迹象？其实一百年来，在神州大地与海外，汉语旧体诗仍然有很多人在写、在发表、在被阅读、在被研究。鲁迅、闻一多、郁达夫、钱锺书等新文学作家，都写旧体诗。以新诗集《红烛》《死水》等闻名的闻一多，甚至转而写旧体诗，更说了一句“勒马回缰作旧诗”，显然是“返旧厌新”了。闻一多发表过《诗的格律》一文，认为新诗不宜太过自由奔放、参差不齐，他写的新诗是有格律的。

胡适打倒旧体诗，态度决绝。百年来写旧诗和写新诗的人，每有新旧泾渭分明，甚至彼此对立、不能共存于诗国的。这实在不幸。其实诗之为诗，不论新旧，都应该有章法，都应该大体明朗而相当耐读。新诗与旧体诗,各有其强项与弱点。对于两者,我们应该有持平的态度。以律诗和绝句为代表的旧体诗,句式整齐、声韵铿锵、便于记诵,这是它形式上的优点。新诗在便于记诵方面,大逊于旧体诗。但它长短开阖皆宜,有弹性。今天写新诗,固然由于古典诗杰作太多、成就太辉煌,今人难以超越,也由于新诗形式较为自由,可以相体裁衣,使形式和内容作最佳的配合。旧体诗讲究辞藻,有一套常用的词汇,很多今人写的旧体诗不欢迎俚俗字眼、排斥当代话语,因此读起来古雅而欠时代感。新诗则容纳古今词汇,读起来较亲切而富时代色彩。但旧体诗仍有价值,可唱酬,娱人娱己,可反映与批判时代社会。另一方面,我们要警惕那些写法杂乱、内容晦涩的所谓新诗。

新诗和旧体诗的优劣如此,诗人和读者,乃可各就其兴趣,选择新或旧而写之、而读之。当然,诗人和读者也可既拥新也抱旧,成为诗歌的"多妻主义者"。旧体诗词句式整齐、声韵铿锵、词汇典雅,确有其吸引力。"雅"之外,旧体诗词以及对联,我认为还有"礼"的作用。遇上喜庆典礼、装饰名胜古迹,典雅的诗、词、对联就会老而弥坚地"廉颇"起来,使之显得隆重、高贵。这雅与礼让我想起"雅礼协会"(Yale—China Association)。"雅礼"与"耶鲁"同为 Yale 的音译。"耶"是虚词,又使人想起耶稣、耶律等外来姓名;"鲁"则有任性、率真之意,粗鲁更是贬义词。新诗、旧诗各有优劣,刚才阐释过。新诗之发轫,有外国的影响。其形式上相对的自由,则予人任性、率真的感觉。然则新诗者,耶鲁耶?旧诗者,雅礼耶?不论"雅礼"与"耶鲁",两个译名者均可以并存,新诗与旧诗也如此。既然如此,编撰汉语新文学史(即"五四"以来的中华文学史)的,就应该在论述新诗之际,也纳入旧体诗。"一代有一代的文学",唐有诗,宋有词,元有曲,诚然。但是,宋朝苏东坡写的诗(体式是唐朝的近体诗),中国文学史有论述。清朝纳兰性德写的词(体式是宋朝李清照那种词),中国文学史有评介。为什么"五四"以来所写的旧体诗,我们应该"圈"出去?

当然,文学史是个"筛",有选择的。《南齐书·文学传论》说:"若无新变,不能代雄。"《文心雕龙·通变》称:"文律运周,日新其业。"西方论文者,也无不强调创新;艾略特的名文《传统与个人才华》说的也是此意。文学要求创新。抄袭古人的作品,模仿而没有"新变"的作品,自然不能登堂入"史"。我认为应该入史的旧体诗,大致可分为两类。一是新文学家(诗人、散文家、小说家、剧作者等)而兼写旧体诗,其旧体诗精妙、新隽、可诵者,如上述所举鲁迅、闻一多、郁达夫、钱锺书等的吟咏。二是旧体诗之精妙、新隽、可诵且有时代意义者，有时代意义这一点非常重要。今天所说的旧体诗，主要指唐代以来的近体诗，也可广阔一点兼指古体诗、宋词和元曲。千多年来，旧体诗有多少杰作？如果今人写的旧体诗，格律照旧、题材照旧、章法照旧、辞藻照旧，把这些诗放在唐诗、宋诗、宋词、清词的集子里，其情其景与古人无异，令人分不清作者是今人还是古人，令人看不到有何现代的色彩和情怀，则这些书写就没有入史的价值了。

我从来没有参与过文学史的编写，更没有能力和时间独力编写文学史——哪怕"只是"香港文学史。但在评论香港文学时，我顾及旧体诗——那些我认为有现代意义的旧体诗，那些一看就看出是今人写的旧体诗。下面举些香港的例子，先举今人的"古诗"。香港一位诗人写南京秦淮河畔夫子庙附近的乌衣巷，有下面的一首七绝：

更无栖燕乌衣巷，犹有垂杨白鹭洲。
淮水曲环夫子庙，一泓流尽古今愁。

此诗切地切景，不无诗人的感慨，然而，说它是唐宋元明清人的作品，都是可以的，因为它完全没有今人今事的任何印记。20 世纪 90 年代一个香港青年，写了一首《赠人移居外国》：

一川芦荻一林霜，立尽穷秋断尽肠。
沥沥山河空似画，纷纷鸿雁已成行。
风吹泪颊芙蓉冷，露坠愁眉木叶苍。
两梦相逢明月里，神州同觅路茫茫。

此诗有情有景，对仗及格，声韵无失，颇有家国之思。问题是：读者实在看不到任何与香港此地、"九七"此时、移民此事有关的语言。

已故香港中文大学中文系教授苏文擢当年的作品就不同了。同样是写"九七"移民，苏氏的《九七谣》，多的是"基本法""法制""李鸿章""天安门"等词语。开头的"去即去矣何多言，不去即留毋自煎，胡为痴索居英权，美加澳纽尤纷然"，更令人一读而知写的是此地此时此事的香港"九七"移民潮。《赠人移居外国》丝毫没有时代社会的烙印,古味浓郁;《九七谣》事近语新,绝不可能是仿古或古人的篇章。

苏文擢《九七谣》写于1990年,两年后“末代港督”彭定康上任。彭氏的施政惹起很多争议,负责香港回归事务的高级官员鲁平曾斥他为“千古罪人”。1993年苏文擢有《咏彭定康》一诗,“公平”“民主”“直选”等现代政治社会词语都出现了。此篇对彭氏颇多讽刺,最后四句是:“物价腾无已,薪劳怨有声;颇疑终误港,计不到民生。”苏氏是儒者,一生弘扬孔子之道,常以苍生为念,句中“民生”二字是其诗作的一个关键词。

1991年的五百字长诗《长安居——为港局而作》,就涉及民生。苏氏感时忧港,对“殖民”者兴“民运”、搞“直选”、倡“人权”以至收留“越难民”等等,都有非议。对楼价“疯狂”攀升,抨击尤烈。诗中以“胡人”称殖民者英国人,说他们工于心计,如“狼之狠”,又如“老狐狸”:“咄此老狐狸,狡狯声不扬;阳护而阴伤,巧毒真难当。”在这里,诗人的民族情绪高涨,此诗大可用近时流行的后殖民主义文学理论来加以阐释。

香港一向尺金寸土。20世纪90年代初,楼价升势持续(至1997年而达至惊人的高峰),苏氏写此诗时,楼价每平方英尺达三四千港元,分期付款供楼的中产阶级市民,成为论者说的“供楼奴”。《长安居》直言香港居大不易,此诗诚然有白居易“为时为事而作”的精神,带批判性写实主义的色彩。近年大陆各个城市的楼价上升,与香港或明或暗地作城市发展竞赛的长三角和珠三角诸城,如上海、广州、深圳,升幅尤大(最近一两年香港楼价之高,经过通货膨胀调整后计算,更差不多是1997年高峰期的两倍)。《长安居》关于楼价的片段,除了“人蛇”“银行”“通涨”“议员”的今物今语为本文所关注外,其夹叙夹议的“今事”——当前时代社会的事件、现象——也值得征引:

先看楼与地,索价人无良。
广厦千万间,豪门暴利忙。
一尺逾三千,升势尤疯狂。
购者果谁辈,人蛇绕长廊。
求之银行贷,子母廿年长。
转手囤放间,如借尸还阳。

小民势所趋，饮酖言甘芳。
全家血汗力，取慰四堵墙。
官府快聚敛，议员管他娘。
通涨此其因，尸咎谁声张。
压抑云有计，乃官样文章。

香港其他这类富有时代色彩的旧体诗还有很多。1999 年香港中文大学有一个“香港文学国际研讨会”，会上原香港大学教授陈耀南宣读论文《香海黉宫怀国步，汉唐旧体绘新情——香港大专教师文言诗作的华夏情怀》，其所论述的作品，即属此类。2015 年同校的一个名为“风雅传承：民初以来旧体文学国际学术研讨会”的研讨会上，我宣读论文《竹枝词“风”词足资……——以蒋彝作品为例试论这种轻型诗的文体特色和文史意义》，所评介的旧体竹枝词，笔法活泼风趣之外，正以其有时代特色而为我所看重。这里不能细细引述说明了。近年香港学术界编辑出版了一套《香港文学大系 1919—1949》，其中一本是旧体文学选集，表示了兼收并蓄的态度，值得肯定。像上述苏文擢的旧体诗（还有词），各体具备，或典雅或俚俗，形象性强且章法俨然，又具时代意义，撰写香港文学史的人，怎能让他成为遗珠？

刚才说的是香港的情形。钱锺书说：“东海西海，心理攸同；南学北学，道术未裂。”神州大地和宝岛台湾以至兴旺澳门，自然应该有此同理心、同道路。上面说了我认为应该入史的两种旧体诗。此外，如果有今人发表旧体诗，其诗格律照旧、题材照旧、章法照旧、辞藻照旧，完全没有时代的影子、时代的气息，却又吸引了大量读者，甚至“粉丝”百万千万，社会影响显著，成为一种“现象”的，则秉持撰写文学史的社会学原则，贯彻法国“年鉴学派”主张，也应把其人其事，纳入史册。

顺便一提西方的情况。十四行诗（sonnet）13 世纪从意大利兴起，格律严谨，数百年来是西方最重要的格律诗体。19 世纪末 20 世纪初，自由诗的写作成为时尚，然而十四行诗并没有因此销声匿迹，而是传“声”者众——“sonnet”一般中译为商籁体，也有人（记忆中是施颖洲先生）翻译为声籁体。弗罗斯特（Robert Frost）、米莱（Edna St. Vincent Millay）、叶芝（William Butler Yeats）等多家，都常用此“旧体”发表心声，叶芝的《丽达与天鹅》一首，更几乎是每一本选集必“圈”，而文学史必提的。

旧体诗词进入现代文学史的理由与实践

陈思和[①]

对于“旧体诗应否入现代文学史”的问题，既是文学史理论的问题，也是文学史实践的问题。从实践的层面上说，旧体诗词的创作早就在当代文学史著作里进入了章节。在我读书的时代，当代文学史里可以没有胡风的七月派，没有穆旦、陈敬容的现代诗，但是必定有老一辈无产阶级革命家的诗词章节。那些诗词，不论是否符合格律音韵，基本上都是以旧体诗词的形式出现的。后来的文学史写到“文革”时期的潜在写作，大约也都会写到一些旧体诗词的创作，如严家炎教授主编的《二十世纪中国文学史》里，曾经写到聂绀弩、牟宜之的旧体诗词，似乎也没有受到过什么质疑。因此说，在这一个实践层面上而言，“旧体诗应否入现代文学史”的问题是完全可以解决的。

而没有解决的，是文学史观的问题。我们今天研究现代文学史这个概念，是否还停留在新文学史的概念？新文学运动兴起之初，确实是从反对旧体诗词形式开始发难的。先是反对旧体诗，提倡白话诗（新诗）；进而是反对文言文，提倡白话文；反对旧文学，提倡新文学。所以，尽管提倡新文学的作家也可以写出一手很好的旧体诗，如鲁迅、郁达夫、田汉等，但是作

① 陈思和：复旦大学中文系教授。

为一种旧诗歌形式，是不能算作新文学创作成果的。我们在文学史著作里介绍作家人格的时候，可以引用某些旧体诗，如鲁迅的“横眉冷对千夫指，俯首甘为孺子牛”“寄意寒星荃不察，我以我血荐轩辕”等，经常为文学史著作介绍鲁迅时所用，但不是作为新文学创作的内容。这个观念到了20世纪50年代以后现代文学作为一门学科建设起来，到了20世纪80年代学术界开始提倡“二十世纪中国文学”概念的时候，都没有得到解决。近几年有的学者提倡“民国文学”的概念，大约就是着眼于突破这样一个观念：我们现在面对的是新文学的文学史，还是从整个现代社会的概念出发，来考察所有的文学现象？

应该承认，以前我们的文学史观是狭隘的，是为服务于政治而设计的。按照原有的新文学史的观念来设计文学史，有许多文学现象难以包含在文学史的视野之内。自20世纪80年代提倡“二十世纪文学史”“重写文学史”以来，这些旧观念就应该逐步改变。2005年，我提出了文学史的先锋与常态的问题。在我的文学史框架中，新文学运动是一种先锋文学运动，它以激进的革命形态推动社会与文学、文化的互动，其影响带动了整个中国文学的发展，成为现代文学的核心力量。它的发展方向也是中国现代文学的发展方向。但是先锋文学不是中国现代文学的全部内容，确实有大量的非主流的文学现象存在，有的接近新文学，有的接近旧文学，如新文学派生出来的新型的市民文学，如走市场的畅销文学，如各种旧文艺转型而来的大众文艺，还包括现代都市媒体造就的新的文学形式，等等，旧体诗词也属于这样一类的文艺形式。它不是先锋文学，而是随着现代社会生活的变化而出现的文学现象，我把这类文学现象归纳为常态文学。常态文学是文学史上的普遍现象，是受众面相当广泛的文学现象，它不是凝固不变的，会受到先锋文学的影响和社会生活的推动，自身慢慢地发生改变。它与先锋文学的关系，也是文学史叙述的基本的内涵之一。

当然，常态文学史的叙述中，旧体诗词创作不是孤立出现的，与旧体诗词相关的旧文艺创作形式：传统戏剧、唱词、曲艺、文言文等，是一个整体，属于从旧文艺形式进入现代社会以后逐步发生变化的一类文艺创作，新文艺当然也可以利用其形式来创造先锋意义的作品，如毛泽东诗词，革命样板戏，等等。但大多数的旧文艺改造都是在渐进缓慢的变化过程中，它不可能在现代中国一个世纪内迅速变化并产生足以引导社会的先锋作品。

与旧文艺原来的形式相比，它可能失去了原有的美感形式；与新文艺作品相比，它与现代社会的审美精神还有一大段距离。但这种特殊关系也可以反过来理解，这些在蜕旧变新过程中的旧文艺创作一方面承载了传统美学的转型，一方面又弥补了新文艺成长中的不足，成为传统与创新相结合的人民大众喜闻乐见的艺术种类。在这个行列里，不仅有梅兰芳、周信芳等大师级的传统艺术承载者，有张恨水、包天笑等通俗文艺的重量级作家，还有《管锥编》作者钱锺书所尝试的用文言文来书写现代学术著作的伟大实践。

在这个前提下，我们才可以来讨论旧体诗词如何进入现代文学史的问题。理论上要突破文学史观念的限制还是容易的，但在实践层面上还有一些待解决的难题。首先是在旧体诗词写作的背后，是与新文学完全不同质的文人集团，我们不需要讨论陈独秀、鲁迅、郁达夫、田汉等人的旧体诗创作，而是要列举出一大批以前不被文学史研究者所关注的诗人群体：1895年“割台”以后的台湾文人结社诗钟，晚清民初遗老的诗词唱和，南社革命文人的壮怀抒情，伪满洲国以及大小沦陷区里的旧文人的粉墨登场，20世纪50年代到“文革”的潜在写作，等等，构成了20世纪旧体诗创作的复杂历史，除了潜在写作的主体为新文学作家外，其他的诗人群体都是文学史体系所难以囊括的对象，其政治立场、文化背景以及文本叙事都是互相对立，歧义丛生，难以用统一的叙事框架给以把握分类，更难以进入文学史的整体框架给以分析评价。其次，旧体诗词的美学意义也是相当特殊的，不仅与新诗不一样，与传统戏剧、曲艺说唱等也完全不同。新诗是接受了现代文学价值的创作，基本上是以发表为目的，诗人面对的是社会、市场以及其他公共领域。而旧体诗一般都是沿袭了传统的创作观念，写诗被看作一种私密性的抒情形式，诗人面对的是诗人自我的内心世界，或者是文人小圈子里的彼此唱和、互相欣赏，他们的创作很少是为了发表出来与大多数读者发生关联的，所以人们欣赏旧体诗词与欣赏新诗等文艺样式的期待、方式和审美都不一样，然而不一样的审美形态的文本很难放在一起做评价。一般对旧体诗词做思想内容的分析尚为容易，但把它与其他文艺样式放在一起做艺术文本的分析探讨，总会显得不协调。

以上两个困难，是我自己在准备文学史撰写过程中遇到的，有待于在实践中解决。我们以前研究和撰写现代文学史，不管观点有什么不同，都会不自觉地延续着以新文学史为核心的观念建立书写体系，所以内在价值标准是一致的。现在如果放入旧体诗词创作（或者进而放入旧戏）以后，就会带来内在价值标准不统一，甚至纷乱混杂的情况，这些问题可能需要我们集体的尝试与努力，做多种形式的探讨，才能一步一步地来解决。

关于旧体诗词进入中国现当代文学史的几点思考

李 怡[①]

关于旧体诗词进入中国现当代文学史的问题，已经议论过很多年，不仅我们中华诗词研究院的同仁提出了这样的问题，就是以“新文学”研究为主体的中国现当代文学界也多次讨论过这样的可能性，当然，争议很大，意见并不统一。

在我看来，如果考虑到传统诗词的创作在事实上已经是许多现当代作家、知识分子的写作方式，是我们认识、理解这些知识分子精神的重要途径，那么，讨论传统诗词进入现代文学史的问题就相当的重要，是无法避免的。但是，回答这一问题，却不是一个简单的判断——是或者否——这样的简单。归根结底，这是一个大问题，大问题之中其实包含了一系列的小问题。

第一，传统诗词入史，这个“文学史”是整个现代中国文学史还是现代时期的传统诗词发展史？如果是后者，显然可以在一个比较宽泛的意义上收录各种诗词的写作现象；但如果是前者，可能标准就应该比较严苛。而且最重要的一点是，“文学史”与“诗歌史”都不是各种五花八门的现象的简单堆积，最重要的是寻找决定和影响这些现象的内在根源。也就是说，当

① 李怡：四川大学文学与新闻学院教授，中国现代文学研究会副会长。

传统诗词与现代白话诗置放在一个文学史的框架之中，重要的不是“放在了一起”，而是切实回答：为什么是这些作品和那些作品放在了一起？它们各自以什么理由参与了“现代文化”的进程？在同一个作家那里，它们有怎样的关系？在不同的作家那里，“新文学”与“旧文学”又形成了什么样的“结构”？比如，我曾经在关于“鲁迅的旧体诗”的研究过程中产生过这样的追问：鲁迅，这位现代思想的先驱如何与这类最古老最传统的文学样式建立了联系？难道在这种为新文学所超越的旧的束缚中，新文学的开创者反倒找到了施展自己才智的自由空间，“解放”了的自由体诗却不行？同时，如果连作者都已经清醒地认识到这“并非所长”，那又为什么总是要“不得已而作”呢？当然，这并不属于鲁迅一人，中国新文学作家普遍存在“旧体诗写作现象”。许多早年慷慨激昂地献身于新诗创作的人最终都不约而同地走上了旧体诗的道路，新文学的开创者、建设者们多少都抛弃了“首开风气”的成果转而向“骸骨”认同[1]，这究竟又是为什么？我的研究发现，以鲁迅这样的代表性作家为例，他实际上是在建构一种古今文化的“对话”关系。将文化冲突的动人景象摄入中国现代旧体诗是鲁迅最独特的贡献之所在。鲁迅以“文化革命者”的姿态就“现代中国”与“旧体诗”这一场有距离、有分歧的对话做出了他深刻的回答。与传统文化的“关系再构”，也是鲁迅旧体诗艺术的支点。严格清理下来，鲁迅旧体诗多有不合古典诗歌艺术规则的“犯忌”之处，鲁迅仿佛是不能不运用着这种传统诗歌的艺术形式，但又有意识地对这样的艺术形式做出自己别出心裁的改造，虽然这类改造并不一定符合传统诗学的规则，显得有所出格或不那么尽善尽美，但改造本身却具有它无可替代的价值[2]。

郭沫若火山爆发般的《女神》标示出了中国新诗的高度，然而，在他的一生中却同样有过数量巨大的旧体诗词创作，尤其是抗战时期。如何认识这样的现象呢？刘纳先生曾经从诗人的内在精神演变及新旧体诗歌的功能分野上加以解释：“当郭沫若新诗创作中的想象力已经枯竭，创造力已经告罄，他的旧体诗创作却格外活跃起来。抗战时期的郭沫若，心甘情愿地把新诗当作‘标语’‘口号’一般的实用工具，他的情思、他的衷肠、他的千般意绪、他的万般感慨，需要有另外的宣泄形式。在历史剧之外，旧体诗是更

① 此说法参见斯提(叶圣陶)：《骸骨之迷恋》，载1921年11月12日上海《时事新报·文学旬刊》。

② 参见拙文：《鲁迅旧体诗新论》，《中国现代文学研究丛刊》，1997年第2期。

现成、更便当的形式……他的新体诗一般说来是作为社会的文化产品供发表的，是写给读者的，因此，新诗中所表达的是当时形势下他需要表达的、符合他‘文化界旗帜’身份的思想感情。而他的旧体诗在写作当时不一定有明显的发表意图，常常是写给自己或朋友的，这样，在他的旧体诗中，至少有一部分更真实地传达了他的人生慨叹和人生体悟。”①

现代旧体诗词写作的杰出者包括郁达夫、聂绀弩、启功，也包括大量由新诗转入旧诗创作的诗人，他们都各自存在一系列值得仔细剖析的心路历程。解释其中的奥秘，应该成为现代中国文学研究的基本任务，可惜这样的工作迄今推进缓慢。由此而产生了我们看到的结果：到现在也没有出现一部普遍肯定的新旧文学（诗歌）兼容的史。其实就是这些问题比较复杂，研究者投入不够，一时间难以完成种种“问题框架”的有效建构。

第二，“史”的根本意义在于梳理和总结文学创作的规律，这样一来，也就决定了诗歌史从来都不可能是创作辉煌的自我证明，而是以严苛的学术眼光不断挑剔和筛选的结果。这里的主要问题是，当代传统诗词的写作与当代新文学、新诗的写作有所不同，除了一部分诗词的艺术探索之外，相当一部分是自娱自乐的休闲活动，与老年大学里的读书、绘画没有什么区别。如果是作为一种文化现象的研究当然尽可以纳入，但是作为一种艺术探索则另当别论。据统计，当代传统诗词的创作数量已经超过了新诗，但是这样一个统计结果并不能成为我们诗词界洋洋自得的理由，因为，其中有相当一部分并不具有艺术研究的价值。如何对这些创作加以取舍研讨，应该有着更加严格的标准。

第三，在现代中国文化的语境中讨论传统诗词创作，必须正视这一文学体式所遭遇的种种困难和尴尬，当然，对其中写作者的努力耕耘与突围性的成果也应特别珍惜。所谓的困难和尴尬，指的是在经过了中国古代诗歌的辉煌之后，现代诗词写作其实遇到了相当的难度，难以突破古典诗歌的艺术水准。晚清一代，在中国现代的白话新诗诞生之前，诗人已经多番感叹生不逢时，抱怨前人的创造已经演变为后人的障碍。如“宗宋”诗坛领袖陈三立云：“吾生恨晚数千岁，不与苏黄数子游。”“宗唐”的易顺鼎也谓：“吾辈生于古人后，事事皆落古人之窠臼。”古典诗歌在意象、思维、语言上

① 刘纳：《旧形式的诱惑——郭沫若抗战时期的旧体诗》，《中国现代文学研究丛刊》，1991 年第 3 期。

的成就往往成为今人创新的莫大干扰，对已经发生了语言变化的新诗人也是如此，如当代诗人任洪渊的感叹：

在孔子的泰山下
我很难再成为山
在李白的黄河苏轼的长江旁
我很难再成为水
晋代的那丛菊花一开
我的花朵
都将凋谢

——《我只想走进一个汉字给生命和死亡反复读写》

当王维把一轮落日
升到最圆的时候
长河再也长不出这个圆
黎明再也高不过这个圆
……
文字一个接一个
灿烂成智慧的黑洞

——《文字一个接一个灿烂成智慧的黑洞》

对于语言形态发生了变化的新诗尚且如此，对于体式依然沿袭古典的现代旧体诗词创作，当然就更是如此了。

敢于正视这样的困难，也就意味着我们要保持特别的警惕和鉴赏力，艺术批评和诗词史写作都要小心辨析、仔细勘探，不能因为当今相当一部分读者不具备传统诗词的基本写作知识就理所当然地认为这样的写作“高人一等”。其实，在艺术史的评价中，掌握传统诗词写作的基本知识只是写作的起点而不是终点，是最低标准而不是最高标准，传统诗词写作要不断突破才能抵达艺术的巅峰，路漫漫其修远兮！

第四，如果我们将传统诗词的认识、评价置放在现代知识分子精神史的角度，那么将会为我们的诗词研究开辟许多重要的道路，挖掘出许多重要的话题。在这方面，可以做的工作相当多，至今投入者却很少，亟待有生力量的加入。

例如中国现代新文学作家的旧体诗词创作问题。究竟是什么动因促使他们展开旧体诗词写作？在他们的文学分工中，现代新诗与传统诗词有无不同？如前文所述，郭沫若是现代新诗史上开一代诗风者，他又有大量的传统诗词创作。我们仔细考察会发现，其实新与旧在他那里有着重要的分工：凡是试图体现时代精神的抒情，他就写作新诗；而带有某种程式化的应酬、交谊他就写作旧诗。这样的分工很有趣，是不是可以启发我们重新认识现代旧诗的特殊功能呢？

再如，我们还可能发现，现代能够不断被人传诵的传统诗词，往往都是一些特殊人生际遇的产物，例如郁达夫的痴情、聂绀弩的政治讽喻、启功的调笑诙谐等等。这里是不是透露出了现代旧体诗词创作的新机与奥秘？在历经千年流变、淘洗，在"我以为，一切好诗，到唐已被做完，此后，倘非能翻出如来掌心之'齐天大圣'，大可不必动手……"[①]的严厉宣判犹然在耳的时候，如何在文化遗产的压力中觅得一片新机，其实既考验着诗词写作者的才力，也检验着诗史研究者的耐性和眼光。

借助这样的角度，我们可以重新发现现代传统诗词创作者独特的精神现象。例如在没有独特人生体验的时候，现代诗词作者可能会有一些过高的自我标榜，例如20世纪二三十年代的学衡派同人，相互不时以李白、杜甫称谓，这不应该成为我们诗歌史评价的根据。作为现代诗词的研究者，有必要保持相当的理性和警惕。但是，在另外一方面，我们也应当看到，艺术创作是一个有待发展、变化的过程：在这些诗人真正经历了一些重要的人生变故之后，则可能实现新艺术的突破。对于这样的重要突破，我们也不应当忽视。在这里，我可以举例，如晚年吴宓。吴宓在重庆西南师范学院（现西南大学）执教多年，遭遇了新中国历史上一系列连续不断的"左祸"，其体验、经历、痛苦都可谓前所未有，到这时候，当他捉笔以诗词的形式书写自己的感受时，也就再不为早年的模式化写作所束缚了，其中大胆直言、抨击时弊，吐露心曲的词句俯拾即是，构成了不折不扣的当代"诗史"。他这样记录当时的"知识分子改造运动"："世变身孤恨我生，为师老

① 鲁迅：《致杨霁云》，《鲁迅全集》（第12卷），人民文学出版社，1981年，第612页。

逐重任行。日从伐鼓鸣钟集，惯听嗔莺叱燕声。蜂蚁入场承旨训，蜿蜒列队耀旗旌。来来团结齐携手，莫道秧歌舞未精。”(《为师一首》)如此讥讽这个随波逐流的时代之荒谬：“卅年教授有微名，解放潮来尽倒倾。急卷诗书随呐喊，初工色笑巧逢迎。课程精简难新样，薪给评低耻旧荣。留美昔吾尤恨美，学生今汝是先生。”(《名教授一首》)

吴宓早年反对白话文运动，他结集过《吴宓诗集》，其实多是与时代隔膜之作，在那时，他似乎可以躲进小楼成一统，可以自作超脱地旁观整个白话文运动，任意臧否历史与人物，尽兴于小圈子的唱和，陶醉在《吴宓诗集》中自得其乐，当然那些自我陶醉的诗篇也就是自我满足而已，其中难有太多的艺术独创性。然而，此时此刻，置身于新时代的吴宓却难以逃逸了，因为难以逃逸，他就不得不直面人生。这是一种人生姿态和创作姿态的根本改变，虽然痛苦，但诗人真正获得了文学与时代深入对话的灵感，完成了他创作生涯中真正有深度、有思想也有胆识的创作。例如政治学习构成了当代中国人生活的一大景观，对此，吴宓有多种记载，包括收录在 1957 年 7 月 16 日日记中的诗歌《记学习所得》：

阶级为邦赖斗争，是非从此记分明：
层层制度休言改，处处服从莫妄评。
政治课先新理足，工农身贵老师轻。
中华文史原当废，仰首苏联百事精。[①]

这分明就是十分深刻的当代文学写作，而且充满了对历史的反思、对现实的洞察，洋溢着新文学所倡导的“现实主义”精神。如此观察生活、批判时代的追求与新文学写作本身也是异曲同工的。它让人直接想起了现代诗人穆旦的著名诗歌《九十九家争鸣记》里，那种对时代之弊的犀利讽刺：

百家争鸣固然很好，
九十九家难道不行？

① 吴宓：《吴宓日记续编》(第 3 册，1957—1958)，生活·读书·新知三联书店，2006 年，第 131 页。

我这一家虽然也有话说，
现在可患着虚心的病。
我们的会议室济济一堂，
恰好是一百零一个人，
为什么偏多了一个？
他呀，是主席，单等作结论。
……

就如同旧诗与新诗的关系一样，吴宓与现代新文学曾经颇为隔膜，但是，在历史良知的最后的考验下，知识分子的精神是不分新旧的，这里只有真与假、正义与邪恶、人格尊严与强权专制的较量，应该说，吴宓与穆旦都经受住了历史的考验，两类不同文化取向的知识分子在民族文化危机的最后关头，站在了一起。同样，我们也可以说，真正的艺术也是不分新与旧的，新诗能够传达时代的足音，忠诚于艺术目标的旧诗照样能够与时代同步、书写历史的真相。

可以说，从知识分子心灵史的角度观察传统诗词的存在和发展，完成一部具有时代气息的现代旧体诗词发展史，并最终汇入现代中国文学史的宏大架构之中，这项工作不仅十分必要，也完全有路可循、有理可依。

悬置：旧体文学入史之辨

王　琳[①]

旧体文学是指："运用中国古代传统文学体裁创作的作品，以及它们的文学批评。它与'新文学'不同，后者主要是运用外来文学形式创作的文学。简单地说，'旧体文学'主要应当包含旧体诗词、散曲、文言散文、文言小说与章回小说，创作或者改编的传奇、杂剧、京剧以及其他地方戏曲的剧本，诗话、词话、小说话、曲话等对旧体文学的批评。"[②]近年来，学界对旧体文学的关注日益密切，将旧体文学纳入现代文学史的呼吁也日渐高涨，但是旧体文学的价值及其入史的合法性一直悬而未决。本论文将通过追踪旧体文学被现代文学史悬置的历史原因，探讨当下旧体文学入史论争中的主要立场和隐含的价值取向，进而对旧体文学入史问题进行辩证分析。

一

旧体文学是如何被"悬置"起来的呢？中国的"现代"与"现代文学"是在多种二元对立中建立起来的。20世纪上半叶，在"当代"与"现代"作为对举、对立的两个概念出现之前，现代与古典、新文学与旧文学的二元对立

---

① 王琳：四川师范大学文学院副教授，研究方向：中国现当代文学与文化。

② 袁进：《中国现代文学中的旧体文学亟待研究》，《河南大学学报》（社会科学版），2002年第1期。

构成了中国“现代”文学史的主线。古典文学和古典世界的和谐图景被打破，新文学倡导者及新文学史家从新文学的立场出发，以进化论为理论模型构建起中国的“新文学”史。胡适的《五十年来中国之文学》第一次将进化论引入了文学研究领域，是最早着眼于新文学及其发生史的文学史叙述，标志着进化论叙事模式在20世纪中国文学史研究领域的创建。在胡适的文学史叙述中，近代以降的中国文学史演变为了一幅“新文学”“活文学”战胜并取代“旧文学”“死文学”的“新陈代谢”的历史图景。胡适坚称，自己“对于文学的态度，始终只是一个历史进化的态度”[①]，并从理论建设的角度对进化论做出了评判。在《中国新文学大系·建设理论集》的“导言”中，“进化”被胡适提升到了“革命”的高度，将“历史进化的文学观用白话正统代替了古文正统”，称为“我们的‘哥白尼革命’”[②]。此后，陈子展、谭正璧以及从赵景深等的“附骥式”的新文学史，到伍启元、王哲甫、吴文祺等的新文学或新文化运动专史，再到赵家璧主编的《中国新文学大系》的各集导言，新文学史叙述呈现出逐步脱离传统文学史的历程[③]。与此同时，新文学的叙述的主导模式也逐步定型为强调历史必然性与目的论的进化史观，强调新旧文学之间的对立和线性进步。较之周作人提倡的新旧文学同质化的“古今同一”的历史循环论与钱基博以“古文学”为本位的“厚古薄今”的历史退化论，进化论的新文学史观着眼于当下与未来，对自我进行强有力的肯定，并以突出的对抗性与排他性建立起新文学鲜明的主体身份和时代意识，从而树立起与传统彻底决裂的“现代”形象。正是这样一种文学进化史观主动、坚决地将“旧体文学”排斥出了文学史的研究范畴。

进化论的引入是中国思想文化史上的重大事件。1897年，由严复翻译的《天演论》正式刊行。据胡适回忆：“数年之间，许多进化名词在当时报章杂志的文字上，就成了口头禅。无数的人，都采来做自己和儿辈的名号，由是提醒他们国家与个人在生存竞争中消灭的祸害。”[④]此书中所宣扬的进化观念迅速被时人接受，它“影响了几代中国人，直到现在，它仍是许多

① 胡适：《五十年来的中国文学》，《胡适文集》（第3卷），北京大学出版社，1998年，第253页。

② 胡适：《中国新文学大系·建设理论集》，上海良友图书印刷公司，1935年，第249页。

③ 黄修己：《中国新文学史编纂史》，北京大学出版社，1995年，第9页。

④ 胡适：《四十自述》，中国华侨出版社，1994年，第53页。

中国人基本的思想预设之一"①。具体说来，在文学研究领域用"进化论"的眼光来看待文学现象，从而出现了"历史进化的文学观念"。"历史进化的文学观念"的诞生是文学观念变革历程中的重大变革，用"进化论"的眼光来看待文学现象，极大地冲击了"尊唐""宗宋"等复古主义流派思想，对文学的发展趋势、时代精神加以梳理发掘，从而使中国文学史演变成具有某种内在动力、生机勃勃的生命体，而不落以往的文章辨体、历代诗踪的窠臼。这种历史观伴随着进化论在中国思想学术界占据统治地位，在相当长的时间内，在文学史叙事上也占据了统治地位，在当时相当有力地论证了新文学运动的合理性和必然性。诞生于 20 世纪 80 年代的"二十世纪中国文学"文学观一方面主张从文学内部来把握文学史的进程，然而，另一方面它又以"文学现代化"和"汇入世界文学"等非文学的历史价值标准为前提和预设，主张把 20 世纪近百年来以来的中国文学置于世界文学和中国古典文学传统的背景之下作为一个不可分割的有机整体来把握，是"由上世纪末本世纪初开始的至今仍在继续的一个文学进程，一个由古代中国文学向现代中国文学转变、过渡并最终完成的进程，一个中国文学走向并汇入'世界文学'总体格局的进程，一个在东西方文化的大撞击、大交流中从文学方面（与政治、道德等诸多方面一道）形成现代民族意识（包括审美意识）的进程，一个通过语言的艺术来折射并表现古老的中华民族及其灵魂在新旧嬗替的大时代中获得新生并崛起的进程"②。从晚清到"五四"，从古典向现代的转型，旧体文学衰退、没落转而由新文学顺天应时取而代之，勾勒出了百年中国文学"从传统到现代"的整体嬗变过程中一条清晰、明确的文学发展史轨迹，同样没有突破现代性文学史观的线性模式，而旧体文学的价值与意义仍然悬而未决。

二

随着时间的推移，进化论文学史观的诸多弊端愈加明显。这首先体现在以进化论为理论原型对文学现象做一种追溯性阅读。因为"在进化史

① 张汝伦：《理解严复·纪念〈天演论〉发表 100 周年》，《华东师范大学学报（哲学社会科学版）》，1998 年第 5 期。

② 黄子平、陈平原、钱理群：《论"二十世纪中国文学"》，《文学评论》，1985 年第 5 期。

中，历史运动完全被看成前因产生后果的过程，而不是过去与现在之间复杂的交易过程"[①]，所以，在文学发展的主题下，文学研究的主要任务就是在纷繁芜杂的文学现象中发掘和整理出可能存在的现代性文学因子，去重新发掘、剪裁和建构文学的历史，以此作为对现代文学发展进程合法性的有力例证。按照对历史目标的设定与追求，对文学变革因素的追寻，以及对文学近现代发展链条的论证成了文学研究的主要学科任务，"文学史研究者便不得不在这一堆平庸的作品中仔细发掘，找出它们的'新变'"[②]。所以，当我们去追寻文学变革的历史线索时，只能把注意力集中于求新求变的意向，包含现代性因子的文学现象就自然而然地被选入了文学史，而不包含现代性因子或是包含但不够明显的现象则被挡在了文学史之外，仿佛从来没有存在过。这种选择标准将丰富复杂、生动活泼的现代文学历史强行纳入已经预设的理论框架之中，而忽略了现代性流动的多层次性及其与整个社会文化背景之间的结构关系，忽略了历史细节与偶然性，忽略了不同文学现象之间的歧义、差别、矛盾以及这两个时期文学中同时存在的其他现象。同时，在客观上酿成了 20 世纪中国文学现代与传统之间的紧张关系，旧体文学就这样被轻易地忽略、屏蔽掉了。其次，文学进化论暗含了一种价值判断："新"胜于"旧"，"现代"胜于"过去"。因为进化论文学史观坚信文学史类似于生物学，有逻辑的生成、发展、壮大、分化、衰落的阶段，有某种不可逆转的必然的"规律"。文学以"变"为主要特点，新变于渐来，蝉蜕以既往，相信文学思潮的更迭越往后越高级，强调文学的进化及新旧更替的必然性、合法性，对进化发展做本质上的认同。在这种价值标准之下，文学便有了优劣之分。白话文学和新文学是优质、高等文学，以"现代"或者"新"来命名，而处在进化低端的旧体文学是劣质、低等文学，如此一来，人为地制造了现代性与传统之间的紧张关系。基于新与旧、传统与现代、进步与腐朽的价值划分，旧体文学在"新"的话语体系中也就丧失了参与文学史言说的意义和必要性。比如，在对"同光体"诗歌的研究中，往往不是在古代诗歌的整个沿革体系中去考察品评其具体意义，而是单纯从"诗界革命"的对立面入手，将"同光体"等旧诗派放在古典诗歌向新诗过渡

① [美]杜赞奇：《从民族国家拯救历史：民族主义话语与中国现代史研究》，王宪明译，社会科学文献出版社，2003 年，第 2 页。

② 袁进：《近代文学的突围》，上海人民出版社，2001 年，199—200 页。

的链条中来考察，自然否定评价多于肯定评价。

但是，如果跳出文学进化论叙事模式，返回文学的历史现场，新文学的发生期——清末民初是中国历史上新旧交替、风云变幻的历史转折时期。在这个动荡、变革的时代里，新体裁陆续出现，可旧体裁仍在发挥作用：新派诗、译诗虽应运而生，但近体诗、古诗、民歌诸形式仍在广泛被采用；新文体虽风靡一时，文言散文创作却是主流；文言小说与白话小说并举，传统小说与翻译小说并存。旧体文学仍是其时最主要的文学表现形式，诗、词、曲等传统文学样式都十分发达。仅从词的创作来看，被称为“晚清四大词人”的王鹏运、朱孝臧、况周颐、郑文焯及谭献、文廷式、王国维的作品均有相当成就，一时之间名家辈出、高手如林。在批评理论方面，有王鹏运、况周颐的“重、拙、大”之说、陈廷焯的“沉郁说”，更有“清词独到之处，虽宋人也未必能及”[①]，可见呈现复兴趋势的晚清是“词的中兴光大的时代”。因此，在学理层面上，对旧体文学的美学内蕴与学术价值加以讨论是具有合理性和必要性的。以往为了凸显新文学，以新文学为统一的标准对丰富的文学现象进行剪裁，一切历史都以“五四”作为中轴而展开，“五四”新文学成了衡量是非得失的标准。如果回归文学的审美特性来重新审视“旧体文学”，将旧体文学视作一种文学审美对象，那么，无论是旧形式、旧体裁，还是新形式、新体裁，只要是成熟的、优秀的作品，它们之间就不存在高低、优劣之别。“文学的历史性为我们提供了看待文学现象的一个角度、一个尺度：历史进步的角度和文学进步的尺度。从这样的角度去观察，以这样的尺度去衡量，时代精神、时代意识便成了很重要的一个标准”[②]，进化是文学研究的一个角度，而不是唯一价值标准。但是，由于从晚清到“五四”，“文学变革的界标与历史的界标相重合”[③]，要摆脱文学进化论叙事模式的框架更是难上加难。迄今为止的现代文学研究，只重视包含了新的质素的文学，即使是近来的热点通俗小说也是努力开掘其中孕育了新成分、新因素的作品，呈现出“一边倒”的倾向。通过返回历史现场，重新认识发生期文学，可以更进一步地肯定发生期文学的文学史意义。旧体文学不再是作为“五四”高峰的反衬和古典文学的一个可有可无的尾声而丧失了作为独立的研

① 叶恭绰：《序》，《全清词钞》，中华书局，1982年，第1页。

② 刘纳：《嬗变——辛亥革命时期至五四时期的中国文学》，中国社会科学出版社，1998年，第41页。

③ 刘纳：《嬗变——辛亥革命时期至五四时期的中国文学》，中国社会科学出版社，1998年，第8页。

究对象存在的意义,“它为五四新文学的发生和发展开拓了道路……它本身就是一个文学时期”①。截至目前,在学理上,“旧体文学”的美学内蕴与学术价值已经受到了学界的关注并进行了富有成效的探索,大量学者如刘纳、袁进等在这一领域都卓有建树。不过,从现有的现代文学史叙事框架来看,新旧文学如何共生、如何相互影响的状态没有呈现。如何超越进化观的文学史叙事模式、找到合适的操作模式仍在探索之中。

三

然而,对旧体文学的评价问题打从一开始便不是一个单纯的学术问题。正如蔡元培在《中国新文学大系》的《总序》中所指出的,初期新文化运动的路径是由思想革命而进入文学革命的:“为什么改革思想,一定要牵涉到文学上?这因为文学是传导思想的工具。”②之所以要反对旧体文学,除了它的形式作为表达工具的不利而外,更重要的是因为它是阻碍社会进步和政治变革的落后的思想意识的载体,这正是“五四”新文化运动的先驱者们关于中国社会现代化的设计方案。旧文学作为“五四”文学革命的对象,新文学运动的主将们在这一点上达成了共识。文学革命主将陈独秀在《文学革命论》中宣称:“此种文学(‘贵族文学’‘古典文学’‘山林文学’等为代表的旧文学——引者),盖与吾阿谀夸张虚伪迂阔之国民性,互为因果。今欲革新政治,势不得不革新盘踞于运用此政治者精神界之文学……”③而后他又在《本志罪案之答辩书》中进一步进行阐述:“本志同人本来无罪,只因为拥护那德莫克拉西(Democracy)和赛因斯(Science)两位先生,才犯了这几条滔天的大罪。要拥护那德先生,便不得不反对孔教,礼法,贞节,旧伦理,旧政治……要拥护德先生又要拥护赛先生,便不得不反对国粹和旧文学。”④显而易见,陈独秀将文学革命的对象确立为旧文学。文学革命的另一主将钱玄同则在写给陈独秀的信中谈道:“旧文章的内容,就是上文所说的‘不到半页,必有发昏做梦的话’。青年子弟,读了这种旧文章,觉其句

① 刘纳:《嬗变——辛亥革命时期至五四时期的中国文学》,中国社会科学出版社,1998年,第13页。
② 蔡元培:《总序》,《中国新文学大系·建设理论集》,上海良友图书印刷公司,1935年,第9页。
③ 陈独秀:《文学革命论》,《新青年》第2卷第6号,1917年2月。
④ 陈独秀:《本志罪案之答辩书》,《新青年》第6卷第1号,1919年1月。

调铿锵，娓娓可诵，不知不觉便将为其文中之荒谬道理所征服……"[①]而后，在寄给胡适的信中，钱玄同再次言辞激烈地批判了旧文学："玄同年来深慨于吾国文言之不合一，致令青年学子不能以三五年之岁月通顺其文理以适于应用，而彼选学妖孽与桐城谬种方欲以不通之典故与肉麻之句调戕贼吾青年，因之时兴改革文学之思。以未获同志，无从质证。"[②]新文学的理论大师周作人相继撰写《人的文学》《思想革命》等，清楚地解释了反对古文的原因："我们反对古文，大半原为他晦涩难解，养成国民笼统的心思，使得表现力与理解力都不发达，但别一方面，实又因为他内中的思想荒谬，于人有害的缘故。"[③]周作人明确提出要将文学革命与思想革命的要求结合起来，并作出了高度的理论概括，产生了重大而深刻的影响。由此观之，对旧体文学的认识和评判深深地介入了中国人追求民族解放、社会解放的历史进程，它是一个文学问题，更是一个文化问题，代表了一种姿态和一种选择。严复认为国势日衰、中国落后于西方的根本原因是在于"中之人好古而忽今，西之人力今以胜古"[④]，即中西之争、古今之争。这一观点成了日后仁人志士寻求中国出路的逻辑起点，"五四"新文学运动也在这一基本认识中展开。"五四"时期的文化精英们之所以对包括旧体文学在内的中国传统文化持决绝态度，是因为他们认为中国文明还是一种古代文明，西洋文明是一种近代文明。中国要强国，要进入近代文明，就要向西方学习，而中国现代化的阻力来自中国自身的传统文化。要改造这种文化，学习西方的民主与科学、破坏中国的文化传统与伦理道德是唯一出路。因为在中国传统文化的基础上根本不可能真正实现中国文化的现代化，传统文化与现代化是绝对不能同时并存的，必须全盘推翻中国传统文化的价值系统，对整个文化体系进行全盘性的改造和重建，所以，"五四"文化精英大力倡导西化，猛烈地、毫不留情地抨击传统道德和作为传统道德载体的旧体文学。因此，从思想文化层面来看，旧体文学入史关乎现代文学的一系列基本命题：旧文学和新文学之间存在本质的断裂，传统与现代之间存在着本质的断裂，文学与政治之间存在着本质的断裂，个人认同与民族国家认同之间

① 钱玄同：《中国今后之文字问题》，《中国新文学大系·建设理论集》，上海良友图书印刷公司，1935年，第142页。

② 钱玄同：《钱玄致胡适》，《中国新文学大系·建设理论集》，上海良友图书印刷公司，1935年，第78页。

③ 周作人：《思想革命》，《每周评论》第11号，1919年3月2日。

④ 严复：《论世变之亟》，《严复集》（第一册），中华书局，1986年，第1页。

存在着本质的断裂。这些对于现代文学研究而言,都是具有重要意义的问题。

时至当前,文学史写作已不是单一理论或实践范畴的问题,而是植根于世纪末复杂的历史文化语境中,构成了一种"文学史写作"的文化现象,由文化、思想、文学诸多因素整合、建构起来的。旧体文学入史问题关乎对"五四"新文化运动的重新解读,与当代各种社会文化思潮直接、密切地相关。旧体文学入史的文化语境异常复杂:各种论争相继而起,一面反思现代性,一面思想界又兴起了"国学"研究。"五四"新文学传统受到了来自新儒学、后学、民族主义者等方方面面的质疑,由对"现代性"神话的顶礼膜拜转向了对其思考,更倾向于将其作为一种阐释方式,一种向度或价值视野,来反思其中所存在的问题。社会文化语境的这种重大转型以"五四"的反思为潜台词,旧体文学价值与意义因与当下思想文化问题的分歧纠缠于一体,而蒙上了一层特殊的含义。在近些年的"传统文化热"或"国学热"中,始终有这样一股思潮:"国内学术界、思想界、文化界乃至主导意识形态领域不约而同地出现了一种值得注意的新的动向,就其共同的基本立场和价值取向而言,可谓之为'新保守主义'",是"一种'念旧'情绪,一种'向后看''向回转'的呼声、心态"[①]。新保守主义思潮作为对20世纪80年代的"全盘西化""新启蒙"、激进反传统和民族虚无主义思潮的反驳而出现的,其具有以下主要特征:回归传统的倾向、反对近现代社会变革、主张渐进改良、疏离主流文化的意识形态等等。其中最重要的倾向之一,是反思和批判激进主义。

这股国学热潮是"一个强大的新保守主义思潮正在中国知识界翻卷起来"[②]的直接证据。2002年,在中国人民大学成立了中国高等教育体制中第一所以孔子命名的学院——孔子学院。该学院以推动儒家思想研究的深入为己任,自成立以来,致力于儒学研究与国际学术交流,多次举办各种儒学研讨会。同年11月,北京大学召开"《儒藏》编纂工程研讨会"及"《儒藏》编纂论证会"。与会者提出把儒家经典及其各时代的注疏和历代儒家学者的著述以及体现儒家思想的各种文献编纂成一部儒家思想文化的大

---

① 周晓明:《一种值得注意的思想文化倾向:新保守主义》,《华中师范大学学报(人文社会科学版)》1996年第5期。

② 赵毅衡:《"后学"与中国新保守主义》,《二十一世纪》,1995年第2月号。

文库《儒藏》，以便系统、深入地研究儒家思想，进而在中华民族的伟大复兴中重新回顾我们这个民族的文化源头，以期向传统文化寻找前进的动力。经过一年多的酝酿筹备，2004 年，规模浩大的“《儒藏》编纂与研究”工程正式启动，由南开大学、南京大学、山东大学、清华大学、北京师范大学等全国多所高校的学者共同参与，计划于 2015 年内完成。紧随其后第二年，即 2005 年，中国人民大学正式挂牌成立“国学院”并开始招生。这是继该校成立“孔子学院”之后，正式以“国学”命名的学院。国学院是一个实体教育机构，与中文、历史、哲学等科系一样同属于“一级学科”的行列，并且有国家教育经费的投入及正式人员编制。国学院的成立标志着中国传统文化的教学与研究正式迈入中国正规高等教育体制，由“体制外”进入“体制内”。在此种文化语境中，旧体文学进入现代文学史的呼声愈发高涨，这不能不引发高度的警惕：研究、探讨旧体文学的目的并非源自学术本身，而是借助文学研究来讨论政治问题，或是从文学问题直接或间接地引申出某些政治结论。这折射出了知识界内部在文化策略、价值取向上的分歧，也是社会转型期知识分子自身思想的复杂性、多样性、变异性和矛盾性的体现。

综上所述，从学理层面来看，旧体文学入史能够将更多丰富复杂、生动活泼的文学现象纳入研究视野，因而旧体文学进入现代文学史具有一定的合理性。然而，从思想文化层面来看，旧体文学进入现代文学史在一定程度上与新保守主义的理论主张相吻合，极有可能削弱甚至颠覆“五四”新文学的文化价值和历史意义，引发一系列多米诺骨牌效应，甚至导致现代文学的学科危机。从学理、思想文化两个层面来剖析这一问题可以厘清旧体文学入史大讨论中的主要立场和背后隐含的价值取向。在学理层面与思想文化层面之间的背离与矛盾导致了旧体文学入史的论争异常激烈而广泛。因此，从学理层面对旧体文学进行清理尤为必要，展开对旧体文学系统而透彻的学理性分析是其进入现代文学史研究视野的必要前提。

中国现当代文学学科焦虑下的旧体诗写作及入史维度

王海军[①]

“旧体诗应否进入中国现当代文学史”，这一问题的提出彰显了中国现当代文学的“学科焦虑感”，其一脉相承于人文学科危机。这是人文学科在发展过程中极为普遍的现象，也是其自觉不能适应当下文化发展的要求而做出的必要调整和修正以及需要付出的代价。问题在于，起初新文学的设计者们就将旧体诗排除在新文学之外，然而其发展事实对文学史的倒逼“涨破”了中国现当代文学这一概念，因而对中国现当代文学内涵和外延的重新审定甚至对该学科的重新命名才能有效缓释中国现当代文学的学科焦虑。

一、中国现当代文学学科焦虑下的旧体诗写作

2014 年 9 月，鲁迅文学奖评委会将第六届诗词奖颁给被舆论称作“新闻诗”甚至“口水诗”的“争议诗人”周啸天的《将进茶——周啸天诗词选》，其颁奖词认为“周啸天以旧体诗词‘作浮世之新绘’，衔接古典传统又着眼于当代生活，渗透着人文关怀与批判精神。他的诗词取材丰富，风格多样，或豪情勃发、浩气横生，或幽郁发挥、趣味逸出。在选材、命意、境界等方面

① 王海军：四川师范大学文学院博士，四川省电视艺术家协会会员。

对旧体诗词表现当代经验，做出了具有难度的探索。”加之“鲁奖”曾接连陷入跑奖、评委徇私及评审机制欠妥的指责，从而引发媒体极大的关注和争议。值得注意的是，在国内享有盛名和权威的鲁迅文学奖评委会将诗歌奖颁给旧体诗，这与新文学的设计者们从一开始就从严格的意义上摒弃了旧体诗的存在意义及价值直接构成矛盾和激烈的冲突，从而将“旧体诗是否应该进入中国现当代文学”这一命题推到了前台。

问题在于，虽然“胡适首先发难，导致全盘否定旧体诗”[①]，但是他们却用默认的创作事实瓦解了自己当初的文学设计。新文学作家“鲁迅、周作人、胡适、刘半农、沈尹默、朱自清、俞平伯、叶圣陶等人。这些作家是旧文学的反对者与新文学的倡导实践者……然而也正是这样一些作家，几乎无一例外，都对曾被他们斥为‘死文学’代表的旧体诗情有独钟，旧体诗写作在他们的全部创作中都占有相当重要而不容忽视的位置”[②]。据常丽洁在《早期新文学作家旧体诗写作》一书中的统计，鲁迅于1900—1927年间于闽创作旧体诗67首，新诗7首；周作人于1899—1926年间创作旧体诗332首，新诗51首；俞平伯于1916—1986年间创作旧体诗词赋683首，新诗56首；叶圣陶于1911—1956年间，创作旧体诗431首，词104首，旧体诗词合计535首，新诗40首。可见新文学作家们旧体诗写作的数量远远地大于新诗，并且旧体诗的写作一直伴随其创作过程。“建国后新旧体诗都写的新文学作家中，有许多人已经把诗歌写作的重心放在旧体诗上了……郭沫若的旧体诗词在诗集中的比例明显增大。臧克家在晚年也是旧体诗写得多，新体诗写得少。”[③]尽管新中国成立后新文学作家们的旧体诗创作处于“潜在写作”状态，但并未中断旧体诗的写作。此外，网络和新媒体的均权为旧体诗的非正规发表提供了平台，增大了旧体诗传播的途径和方式，同时也培养了一批水准不高的旧体诗写作者。除了旧体诗写作持续的历史坚持外，其写作群体的庞杂也是一个不争的事实。“旧式文人如：陈三立、柳亚子、周瘦鹃等；学者型旧体诗人：陈寅恪、吴宓、马一浮等；政治家革命家型旧体诗人：于右任、毛泽东、朱德、陈毅、叶剑英等；艺术家旧体诗人，如

① 胡迎建：《试述新文学兴起前后五十年间旧体诗之嬗变》，《中国文学研究（辑刊）》，2009年第1期。

② 常丽洁：《早期新文学作家旧体诗写作》，社会科学文献出版社，2014年，第1页。

③ 李仲凡：《古典诗艺在当代的新声——新文学作家建国后旧体诗写作研究》，兰州大学2009年博士论文，第25页。

潘天寿、张大千、齐白石、丰子恺、黄宾虹、启功等；自然科学家旧体诗人，如华罗庚、苏步青等；其他社会名流、贤达，如赵朴初、胡厥文、翁文灏等；新文学家旧体诗人，如胡适、鲁迅、郭沫若、郁达夫等。”[①]可见，旧体诗写作群体的庞杂和写作历史的漫长创造了旧体诗繁荣的局面，然而对此“到目前为止，学术界已有的相关研究成果与这些旧体诗词在文学史上的价值和意义仍然极不相称。旧体诗，尤其是新文学家的旧体诗，依然是现当代文学史上很少有人涉足的领地”[②]。

中国现代文学史的困惑在于：因其短短的三十年的发展史在与中国古代文学和世界文学的横向比较中被定位了弱者的地位，加之在“今不如古”的文学史观下被“垃圾说”所歧视从而产生的学科焦虑感化为向外“拓土开疆”和“跑马圈地”的扩张力，它急需在扩大地盘的过程中产生新的研究领域，壮大自己的声势，并保持学科旺盛的生命力。旧体诗能够进入中国现当代文学史对其无疑是雪中送炭，却要付出瓦解中国现当代文学这一概念的惨重的代价。这是中国现当代文学史长期以来漠视旧体诗的根本原因。正是由于意识到这个根本性的问题，所以中国现当代文学学科通过不停地更名来力图摆脱“现代”二字对其的困厄和束缚。但纵观人文学科的发展，中国现当代文学的学科焦虑其实是一种非常普遍的现象。被誉为“科学之母”的哲学“面临失去学科保障从而在该学科失去原有的价值和意义的危险”[③]；21世纪以来的社会学存在政治、方法和理论三重危机[④]；中国性和教育学属性的缺失是当前中国教育学学科存在的两重危机[⑤]；而高等教育学的危机“主要是制度性危机和生存性危机”[⑥]；文艺学“学科定位的模糊，学科与当下文艺生活的脱节，缺乏学科基本理论和范式的创造性建构”[⑦]；比

① 李仲凡：《古典诗艺在当代的新声——新文学作家建国后旧体诗写作研究》，兰州大学2009年博士论文，第1页。

② 李仲凡：《古典诗艺在当代的新声——新文学作家建国后旧体诗写作研究》，兰州大学2009年博士论文，第1页。

③ 彭永捷：《论中国哲学学科存在的合法性危机——关于中国哲学学科的知识社会学考察》，《中国人民大学学报》，2003年第2期。

④ [美]伊万·塞勒尼：《社会学的三重危机》，吕鹏译，《江海学刊》，2015年第3期。

⑤ 吴黛舒：《中国教育学学科危机探析》，《教育研究》，2006年第6期。

⑥ 李均：《高等教育学如何走出学科发展危机》，《高等教育研究》，2017年第1期。

⑦ 葛红兵、宋红岭：《重建文艺学与当代生活的真实联系——文艺学学科合法性危机及其未来》，《文艺争鸣》，2007年第3期。

较文学学科“既表现出了方兴未艾的巨大生命力，又时刻面临着危机”[①]；“在传播学科创建之前，由于影响的焦虑，社会学抛弃了芝加哥学派，芝加哥学派抛弃了传播研究，传播研究命悬一线。”[②]今天，“新闻传播学科处于整体焦虑状态”[③]；甚至中国体育学学科因其科学性和有效性的缺失造成学科体系的论争、学科结构的失衡、研究方法的失效和知识取向的弱化也似乎陷入四面楚歌的状况[④]；音乐美学学科“虽然也一直在不断呼吁自己的学科地位，追求学科影响力、话语权，但它自身存在的问题，却使得……音乐美学学科就有走向被边缘化的危险！”[⑤]；美术史学科“‘边缘’地位的焦虑是多重的，有的与学科自身问题有关，有的与社会文化乃至道德习气有关”[⑥]……这似乎印证了“中国大学的人文学科陷入了‘国际化尚未成功，主体性更需努力’的双重焦虑”[⑦]。

应该看到，人文学科的自我焦虑感和危机感实质是人文学科的高度自觉，即自觉到其发展不能适应当下文化的发展与要求而做出的必要的自我调整、修正和进化。丢掉不适应当下文化发展要求的部分而纳入适应当下文化发展并能够代表当下文化的文学，这是人文学科发展中的一种非常普遍的现象，也是必须要付出的一种代价。旧体诗应否进入中国现当代文学史的问题，其实质是中国现当代文学学科自觉到其不能够适应当下文化的发展和要求，自觉纳入那些能够适应文化发展要求的文学。这不但是中国现当代文学学科面对当下文化而做出的必要和及时的修正，也是必须要付出和承受的代价，更是该学科走向自觉和成熟的必由之路。从这个意义上而言，旧体诗歌的入史不但符合当下文化的发展要求，也是确立旧体诗歌相应历史地位的最佳时机。因而鲁迅文学奖评委会把诗歌奖授予诗人周啸天是迎合了当下文化发展要求的。问题在于中国现当代文学学科应该如何处理与旧体诗歌的关系，并给予其合理性的历史性地位呢？

---

① 马汉广：《论比较文学的学科危机与主体视域》，《文艺研究》，2008 年第 9 期。

② 陈世华：《影响的焦虑：再论传播学科创建与发展中的传播学人》，《国际新闻界》，2014 年第 9 期。

③ 骆正林：《学科的整体焦虑与学人的圈地梦想》，《青年记者》，2016 年第 4 期。

④ 范安辉、王磊、董德龙：《关于中国体育学科危机的几点思考》，《北京体育大学学报》，2010 年第 8 期。

⑤ 周海宏：《防止“越来越不靠谱！”——音乐美学的学科危机》，《天津音乐学院学报》，2015 年第 2 期。

⑥ 邵亮：《永远的边缘——美术史学学科地位的文化焦虑》，《美术观察》，2012 年第 2 期。

⑦ 陈侃理：《国际化中觅主体：中国大学人文学科的焦虑与抉择》，《光明日报》，2014 年 8 月 19 日，第 13 版。

二、旧体诗入史的维度

旧体诗与中国现当代文学之间的矛盾在于其互相的排他性。新文学的设计者胡适提出的"八不"、陈独秀的"三大主义"以及周作人的"平民文学"等理论的提出从内容、形式和文学史意义上都封闭了旧体诗进入新文学的通道。如胡适的"务去滥调套语，不用典，不讲对仗，不避俗字俗语"和陈独秀的"推倒陈腐的铺张的古典文学"的主张不但是对旧文学的要求，更是对旧体诗的直接宣战，这样的要求从根本上会斩断旧体诗存在的根基。文学主张并不造成对旧体诗创作事实实质性的绞杀和否定，旧体诗也并未因而偃旗息鼓。相反即使是新文学的倡导者们也在自掘坟墓式地践行着旧体诗的创作而且其创作的数量和作品的质量也高于新诗，这样的创作也一直伴随着新文学发生和发展并且在当下借助于网络和新媒体幻化为多重面孔而存在。即使后来闻一多等人所形成的"新格律诗派"对现代格律诗的提倡，也不乏对旧体诗某种程度的承认甚或向其的致敬，新格律诗首开对中国现代文学概念的修正，这除了旧体诗自身的优势和作家长期以来形成的审美基因外，更重要的是表明旧体诗在某种程度上暗合了文化发展对文学的要求。因而，旧体诗以事实姿态对中国现当代文学和对其边界的不断突破其实是对当下文化的直接反应和尊重。因此，旧体诗入史就是一种历史的必然，并且因着这种必然也对中国现当代文学这一概念提出了修正要求，以保证旧体诗的合法性。化解二者之间矛盾的方法只有一个，那就是对学科重新命名以便能够承载和容纳下旧体诗。

新文学即"思想倾向上反映了反对帝国主义，反对封建制度和封建伦理道德的民主革命要求；形式上反对文言文，提倡与群众口语接近的白话文"[①]。中国现代文学即"用现代的文学语言与文学形式，表达现代中国人的思想，感情和心理的文学"[②]。二者的相同之处是：用白话文来表达现代中国人"反帝反封建"的革命要求，表现现代人的思想，感情和心理。由于"现代"和"新"被有意无意理解为与传统的决裂或"告别"，所以"现代文学"基本上等于"新文学"，一切与"旧"相关的文本，便都理所当然地被拒斥于

① 夏征农：《辞海》（1999年版缩印本），上海辞书出版社，2000年，第1893页。

② 钱理群：《中国现代文学三十年》，北京大学出版社，2003年，第1页。

"现代文学"和"新文学"之外。[①]旧体诗入史不能简单粗暴地将旧体诗直接纳入中国现代文学的旗下或者直接去掉"现代"和"新"这样的字眼，而应该在学理上给予合理性定位。据李仲凡在其2009年的博士论文《古典诗艺在当代的新声——新文学作家建国后旧体诗写作研究》的统计，截至2004年，旧体诗已入不下17种中国现当代文学史。然而其中有13种文学史仍然是在《中国现代文学史》《中国当代文学史》和《中国现当代文学史》的旗帜下对旧体诗的俯视式收纳。其余的四种文学史在其命名上做出了修正，如孔范今1997年在山东文艺出版社出版的《20世纪中国文学史》；张炯等1997年在华艺出版社出版的《中华文学通史》；张炯2003年在长江文艺出版社出版的《中华文学发展史》以及黄修己在2004年于中山大学出版社出版的《20世纪中国文学史》。可见学界对旧体诗入史存在一种居高临下的高傲和漠视，而掩盖在此背后的则是理论的匮乏、阐释的乏力以及不可避免的学术惰性。虽有文学史从国族和整体性出发通过重新命名力图甩掉"现代"和"新"带来的学术困扰，这样的学术努力虽然在学理上缺乏令人信服的力量，但无疑为解决旧体诗入史提供了一种可行性方案，即通过对中国现当代文学的重新命名来进一步界定中国现当代文学学科的内涵和外延，以期适合和准确反映当代文化发展的样貌和要求。文学对文化的反映最终还是要落实到语言层面，从语言角度对中国现当代文学学科的最初命名最能反映文学发展的实际。毫无疑问，中国现当代文学的主体应该为汉语文学。从新文学的角度来看，"汉语新文学"从语言的角度对文学研究的切入更有利于讲述汉语文学发展的史实和反映文学史发展的规律。

此外，"汉语新文学"与旧体诗之间不存在冲突，即使是被纳入中国现当代文学史的"新格律诗"也同样要照顾到"现代"两字，即是对现代人的思想和情感的表达，"新格律诗"表面上看借用了旧瓶装新酒的策略，然而其对诗歌形式现代化的要求如"建筑的美、音乐的美和绘画的美"实为对旧体诗形式的突破和摒弃。因而，此处能够进入文学史的旧体诗应该如同"新格律诗"一样具备同样的品质，并非所有的旧体诗都能入史，只有那些真实反映现代人思想和情感并忠实于新格律诗"三美"对旧体诗形式上做出要求的旧体诗才能入史。

---

① 严家炎:《五四的误读:严家炎学术随笔自选集》,福建教育出版社,2000年,第24页。

旧体诗应否进入中国现当代文学史的问题一方面凸显了该学科的焦虑感,另一方面说明了该学科在调整自己与当下文化的节奏。这是人文学科在发展过程中极为普遍的现象,也是其自觉到不能适应当下文化发展的要求而做出的必要调整、修正以及必须要付出的代价。“汉语新文学”是目前能够准确反映当下文化和学科发展的命名方式,是中国现当代文学学科的高度自觉,该命名能从学理上有效纳入旧体诗和准确反映文学发展的实际。

开明论坛学术沙龙：旧体诗应否入中国现当代文学史

……

讨论话题：

1.旧体诗应否入中国现当代文学史？

2.就当下看，新诗与旧诗谁更难懂？

3.新诗的发展道路再思考。

当代诗词入史　全靠作品说话

周啸天[①]

感谢开明论坛以及此次研讨会邀请我出席会议。这两天的会比较多，昨天我们在遂宁参加明代散曲家黄峨的研讨会，刚好贵校(四川师范大学)赵义山教授也出席同一个会议，本来我准备昨天下午赶回成都，今天来“川师”。但赵义山教授是自驾到遂宁的，而且他也要出席这个会议，所以我是搭他的顺风车来参加这个论坛的。

首先申明一下，我也是“川师”人。我是改革开放之后1981年首批录取的研究生，我的研究方向是唐宋诗词，就读的是安徽师大中文系，导师为宛敏灏、刘学锴和余恕诚。毕业后，要求回四川，就分配到四川师范大学中文系，后来因为调动家属问题离开了。现在回到这里，感到非常亲切。吴明贤老师和我同时毕业，分到这个学校中文系，他一直待在这个地方。要是当时家属调动问题能解决，我肯定是哪儿也不去了。

今天研讨的这个话题，我认为是具有前瞻性的。以前也多次听到曹顺庆院长提到这个问题，即旧体诗词是否应该进入现当代文学史，诗词界称之为“入史”的问题。我个人认为，这个问题是要靠作品说话的，任何一种体裁，只要产生有生命力的作品，即会受到关注、产生影响，积淀下来，所以

① 周啸天：四川大学文学与新闻学院教授，中华诗词学会副会长，第六届鲁迅文学奖诗歌奖得主。

这个完全是靠作品说话的，而不是靠某一个人，不是靠一个学术权威来决定这个事情。因为我看到当代诗词产生了这样的作品，所以我个人认为当代诗词的“入史”，不是一个问题，而是一个时间过程。所以，我说这个研讨会是具有前瞻性的。

在 2015 年 8 月召开的中华诗词学会换届会上，有一位“五四”以来有影响的新诗人屠岸，在会上发言，要言不烦。他说，当代文坛有一个奇特的现象，这个现象在世界文坛乃至世界文学史上都是罕见的，就是古代文体，半死半生。“半死”是指文言文，因为它基本上退出了文学创作的领域；“半生”是指诗词，呈现了一种复兴状态。作者和读者的热情都非常高。不仅仅在首都有中华诗词学会这样一个全国性诗词组织，各个省份以及港澳台甚至海外华人聚居地，都有诗词学会这样的组织。各地的诗社多如牛毛，很多人都在写旧体诗词。旧体诗词这一形式，并非只有毛主席才能驾驭，事实上很多人都会玩。一个古代的文体，在现当代这么活跃，不断地产生出好的作品，而我们现当代文学史没有反映这一现象，没有反映当代文坛的这一奇观，当然是“残缺的文学史”。所以，我认为诗词的入否不是问题，而是一个时间过程。

鲁迅先生在书信中讲过一句著名的话，他说：“我认为一切的好诗，到唐代都已写完。”这句话广为流传，其实是断章取义。因为后面还有一句话：“今后若非能翻出如来手心的齐天大圣，大可不必措手。”就是说，以后如果不能在唐宋人的诗词外增添新的东西，就干脆不要写。你翻不出“如来手心”，写出来的东西只是唐诗宋词的味道，那我们就不如直接读唐诗宋词。而我要说的是，现当代诗词之所以有未来、有希望，就是在于有人翻出了唐人的手心。我最初也曾相信“一切的好诗到唐代都已写完”这句话，但毛泽东诗词提供了一个例外，因为作品本身和传播力量的强大，几十年中几乎把其他声音都覆盖了。而且毛泽东诗词确实是一个承前启后的东西，起到了衔接传统的作用。特别是毛泽东的词，水平是相当高的。中华人民共和国成立以来，很多人对诗词的热爱，都是从读毛泽东诗词开始的。不过，由于特殊的历史环境，虽然那时也有别的人写作诗词，甚至水平相当高，但是缺少发表的平台，故不为世人所知。当代诗词的这种生存状况，一直到了改革开放之后，由于思想解放、环境宽松，才得到了彻底改观。

于是我们看到这样的诗人，其作品翻出了唐人手心，影响比较大的一个是聂绀弩。我读到聂绀弩的《散宜生诗》，感到非常的兴奋，觉得他真正写出了这个时代的感觉，时代的精神，而又那么的衔接了传统。他的题材是古人想不到的题材。他写劳动改造，把挑水、搓绳、掏粪这样的题材，写入七言律诗，而又写得非常到位。比如说挑水，第一句像打油诗："这头高便那头低。"但第二句就扳回来了，"片木能平桶面漪"，一个木片儿就把桶面晃荡的水捣平了，水就不会浪出来，这叫深得物理，而且有更深的象征意蕴。他的对仗也非常厉害，经常搞一些你想象不到的东西。"青眼高歌望吾子"，这是杜甫的一句诗，现成的拿来就是；"红心大干管他妈"，这是当时流行的话语，看似不能入诗的话，和古香古色的"青眼高歌望吾子"，硬是对得天衣无缝。"望吾子"对"管他妈"，"妈"跟那个"子"，"吾"跟那个"他"。对仗拆分到了单字，你看了眼睛都瞪大了，这真正是翻出唐人手心了。

我写旧体诗就受到聂绀弩的影响。只是他写七言律诗，我写七言歌行，脱胎换骨的一首诗是《洗脚歌》。起初我不知道洗脚是怎么回事，有学生请我去洗脚后，我才知道有洗脚房的存在，同时我也搞懂了，《史记》里面写刘邦接见来献策的郦食其，为什么一边洗脚、一边接见，弄得被接见的人十分生气了，竟与刘邦对骂起来。以前没搞懂，洗脚几分钟可以搞定的事，为什么要洗那么久呢，竟惹得对方生气。去过洗脚房才知道，这叫作"足按摩"。原来刘邦那个时代，就有人搞足按摩，两个女技师在那儿给他按脚。这件事让人浮想联翩，进入形象思维的状态。所以诗一打头就说："昔时高祖在高阳，乱骂竖儒倨胡床。劳工近世闹翻身，天下久无洗脚房……"

顺便说一句，诗歌创作，无论是新诗旧诗，都是这样的：第一，你一定是受到了一件事情的触动，有时候不只是一事端，可能是好多的事端使你受到触动，甚至你也说不准是哪件事触动了你，就成了"无端"（如李商隐诗）。但一般的情况，是一个事端触动了你。在诗里面，你不一定直接说这个事，你可能借端托喻，加以变形。第二，引起了浮想联翩，而浮想联翩就是形象思维的状态。

梁代文学家萧子显，在《南齐书》的《文学传论》里面讲了八个字："若无新变，不能代雄。"就是说，文学如果没有创新、没有变化，就不能在前代的基础上有所作为，这实际上与前面提到的鲁迅先生那段话，是同一个意思。而当代诗词之所以站得住脚，就在于它有了这种新变。举个例子，一位女诗人（叫甄秀容）她参加"红豆杯"诗词大赛，那是一个爱情诗的大赛。她写出了两句诗，广为流传："夕阳一点如红豆，已把相思写满天。"这两句诗，是不比唐代诗人差的。不是说王维写出了《红豆》，其他人就没办法写了。另一个年轻的北京诗人（叫高松）写了一首送别的七言绝句，第三句是"说好不为儿女态"，这就是王勃《送杜少府之任蜀川》中"无为在歧路，儿女共沾巾"的意思，彼此说好了，分手的时候不要作儿女之态。殊不知其末句却是："我回头见你回头。"这个也翻出了唐人手心，写出了想不到的好。作为一个诗词研究者，我看到这种诗，就感到很兴奋，就会情不自禁地到处宣传。

当代诗词创作也有误区，例如一说传统诗词，有人以为就是旧体诗词，一说就是格律。有些人一开始学诗词，关注的就只是平仄粘对之事。这个就把它弄死了。但刚才提到的一些作者，更加重视诗词的意趣。林黛玉说，果然有了意趣，不修饰也是好的，当然，修饰一下就更好了。广元有一个年轻诗人（叫何革），写了一组《岁末杂感》，第一首是这样写的："忽南忽北似飘蓬。"开头这一句是人都能写，但第二句就不是别人能写的了："话不普通人普通。"这个话就很有意趣、很有味道，意思是作为四川打工仔，普通话说不好——"话不普通"，是个平凡的人——"人普通"，这语言既浅近，又耐人寻味。又如到处都有人开同学会，江油一个诗人（叫丁稚鸿）写同学会："渭北江东总忆君。"这句话化用自杜甫赠李白的"渭北春天树，江东日暮云"，接下来是"时光已抹旧时痕"，这个大家都能写。关键是后两句，不是别人能写的了："同窗相会无高下。"同窗相会怎么会没有高下呢？最后一句解释了："都是呼名叫字人。"原来作者抓住了同学会的一个特点，就是任何人在老同学面前，都是不好摆谱、不好端架子的。

言归正传。旧体诗词在新文化运动中被边缘化，陈独秀有一个"三大主义"，胡适有一个"八不主义"，我认为他们是有道理的，并没有错的。我经常说一句话，旧体诗被边缘化，应该由写旧体诗的人自己负责，谁教你把旧体诗写作当真写成了"旧体"呢，谁教你没有新变呢。陈独秀称之为"铺张的""陈腐的"，胡适称之为"模仿古人""滥调套语"，这一类的批评没有错。今人提倡复兴诗词者，想掉过头清算陈独秀、胡适，那就成了反攻倒算。我非常不赞成。我反对这样一种理念，即认为旧体诗词就是要"为往圣继绝学"。比方说宋词的曲调都不知道了，教人填词还在那里辨四声分清浊，刻舟求剑。作为学术研究，是题中应有之义的，但在创作中，这样的墨守成规有意义吗？田晓菲女士认为，新诗的出现改变了旧体诗的写作，其实也就是给了旧体诗以生机。

当代网络诗人曾少立提过一个口号，值得注意，那就是写当代诗词要注意吸收新的审美因子。不要一说到激动，就是“唾壶击缺”，你现在到什么地方去击唾壶，哪里还有唾壶，唾壶乃是古人的痰盂，击唾壶也不卫生。还有“扪虱而谈”，今人谁和你扪虱而谈。那些典故成语，让它保留在古人诗词里好了。今人都住进单元房了，你还在“独上高楼”，一读即令人生厌，感到太隔。有这样的创作理念，所以曾少立的词就做得很好，他写的《风入松》，我认为比吴文英写得还好。“红椒串子石头墙，溪水响村旁”，这个景色你可能也会写，但“有风吹过芭蕉树，风吹过那道山梁”，这个别人不一定能写了，这叫语语可歌。以下的“月色一贫如洗，春联好事成双”，对仗也好。“月色如洗”与“一贫如洗”叠加，“春联成双”与“好事成双”又是叠加。

因为时间关系，长话短说。在旧体诗词入史这个问题上，有一个文学史观的问题，还有一个诗词观念的问题。而当代诗词研究，我相信一定会成为一个学术增长点。说实话，在唐诗宋词研究上，你要找学术增长点很难，除非你有很深的功力，可以把别人挖的井挖得更深，或者掌握了新材料，你可能有所发明。但如果仅仅就文学研究文学，那就很难出新。而当代诗词研究还处在起步的阶段，填补空白就可以成为学术增长点。

（据录音整理，经本人审订）

诗无新旧：应不应该不是问题

——谈旧体诗应否进入中国当代文学史

唐小林[1]

中国文学史叙述的“白话话语”霸权，是大西南文论的组成部分。因为提出这个问题的是大西南的学者[2]。

大西南的学者能提出这一问题，是基于其西南一隅的“边缘”处境而言。这个边缘，既是地缘政治的边缘，也是经济文化的边缘，更是学术场域的边缘。对“白话”霸权的抵抗，实际是对学术中心话语，或者说就是对学术话语霸权的抵制。哪里有边缘哪里就有反抗，这是由边缘的压力所决定的。

经过五四新文化运动，不仅“文言诗歌”被排挤到“边缘”，整个“文言文化”系统都被排挤到“边缘”。这看似是“文言”与“白话”之争，实际是“中西”与“古今”之争。

今天这个讨论题目“旧体诗应否进入中国现当代文学史”本身就有问题。诗歌无新旧，把“文言”诗歌看成“旧”的，将“白话”诗歌视为“新”的，文言诗歌已经在话语层面输给了“白话诗歌”。“旧”相对“新”而言，是否定性

---

① 唐小林：四川大学文学与新闻学院教授。

② 曹顺庆、李莎：《白话话语霸权与文言话语霸权——对中国文学发展史的反思》，《江汉论坛》，2014 年第 1 期。

叙述。因为现代性、现代化运动是以“新”为标志的，它就是一场求“新”、创“新”运动。“新”在这场运动中本身成为价值标准，具有道义和美学上的优先地位。

因此，我建议：从今以后，只有“文言诗歌”和“白话诗歌”之别，而无“旧诗”与“新诗”之说。曹顺庆先生已经注意到了这一点，他的用词是准确的。

有了这番辩证以后，事实已经清楚，把文言诗歌和白话诗歌分为“新”“旧”，纯属人为。人为既“伪”，只是一种文化的约定俗成，未必有道理。

文学没有“新”“旧”，诗歌当然也没有“新”“旧”。所谓“新”与“旧”，完全是现代性的诡计。

文言诗歌，同样可以表达“现代观念”“当代体验”，比如周啸天教授的文言诗歌。再比如，日本学者木山英雄在《人歌人哭大旗前——毛泽东时代的旧体诗》一书中所论述的那些诗人，诸如杨宪益、黄苗子、荒芜、启功、郑超麟、李锐、胡风、沈祖棻、聂绀弩等人，他们甚至以“地下写作”的极端方式，极尽隐喻之能事，深刻地再现了那个荒诞时代的个人经验。

白话诗歌未必都能写出当下体验。今天诗歌之窘，作者多于读者，很大程度上就在于这些所谓的“白话诗歌”，只到词语和修辞为止，而与人们的现实经验无关。它们可以是好的诗歌，但未必就与现代、当下有关，这是两码事。

文言诗歌是封建遗产，但并非一定承载封建内容，简单的“形式决定论”害人。《诗经》“风”“雅”“颂”中“风”的不少诗篇反对封建剥削，比如《伐檀》《硕鼠》《七月》等。汉乐府民歌中好些篇什也不与封建帝制同流合污，比如《陌上桑》《平陵东》《艳歌行》等。毛泽东的文言诗词，虽然是旧形式，却是现代革命的表征，比如他写得最好的词《忆秦娥·娄山关》。“四五”运动中的天安门诗抄，绝大部分是文言诗词，比如《菩萨蛮》三首、《渔家傲》三首等，但其动员革命的力量，令“四人帮”闻之丧胆。

其实，每当大的政治运动，或者民族危难当头，时代处于转型期，需要动员民众，鼓动社会的时候，浸透草根阶层的所谓旧形式、亚文化，被白话文学淘汰的所谓旧文学就会翻转，而占据时代主流。延安文艺如此，抗战文艺如此，解放战争时期的《马凡陀山歌》如此，“大跃进”的红色歌谣如此，“四五”运动的诗抄无不如此。

即便是文言诗歌与当代体验无关，依然有其存在的合法性。文学不仅是再现之物，更重要的功能是形塑人生和社会。白话文学能够开创出现代生活，文言文学同样能够开创现代生活。历史不能回溯，但完全可以假设：说潮州方言与说客家话的人，都不说普通话，可并不影响他们与说普通话的人一道进入现代或后现代社会。

“新”“旧”的关键是对知识的信仰。信仰文言诗歌，它就是“新”；不信仰白话诗歌，它就成为“旧”。五四新文化运动以降，我们信仰白话文，排斥文言文，整个教育制度将此作为知识代代相传，久而久之，文言文化、文言诗歌不“旧”都不行。“旧”面临的命运就是被抛弃。抛弃太久，想捡也捡不回来。这才是问题的根本。

也就是说，真正的问题，不是文言诗歌“该不该”写进中国现当代文学史的事。事实上，20 世纪 60 年代至 20 世纪 80 年代初期的中国现当代文学史，大都有文言诗词。比如郭志刚等主编的、人民文学出版社 1980 年出版的《中国当代文学史初稿》，就有专门的章节谈文言诗歌。一节是毛泽东诗词；两节是老一辈无产阶级革命家的诗词，重点讲了周恩来、董必武、朱德、陈毅等人的作品；再一节是天安门诗歌。再比如张钟等主编、1980 年北京大学出版社出版的《中国当代文学概观》，也有两章是文言诗词，一章是天安门诗抄；一章是毛泽东诗词。四川师范大学也多年开有毛泽东诗词研究选修课。只是到了 20 世纪 90 年代以后，文言诗歌才在中国当代文学史著作中绝迹。

绝迹的原因至少有二：一是，由于文学知识传统的白话转型，今天有多少文言诗歌有资格进入当代文学史，有多少文言诗歌能够成为经典？二是，今天有多少当代文学史家还有能力去欣赏、去辨别文言诗歌的优劣？文言文学传统的总体断裂是其致命原因。如果没有成批的文言诗歌作者和作品，没有成批的能辨识文言诗歌的当代文学批评家、诗评家、文学史家，文言诗歌进入中国当代文学史如何可能？即便写进去，这样的文学史又有多少人愿买、愿读，发行量在哪里？如何回报出版商的资本投入？

知识体制、教育制度的“白话”转型，几乎阻断了文言诗歌生长的所有道路。刚才提到的两本写进文言诗歌的文学史，都是 1980 年出版的，写作时期在 20 世纪 70 年代末。那时主流媒体如《人民日报》、主流文学期刊如《诗刊》都还开辟有“文言诗词”栏目，都还有一定版面留给文言诗词。20 世纪 80 年代以后，尤其进入 20 世纪 90 年代，这种情况不复存在。而在教育领域，中学生共同的声音是："一怕文言文，二怕周树人，三怕写作文。"文言文首当其冲。在研究生考试中，不管硕士还是博士，冲着中国现当代文学专业而来的，大都是对文言文化存有畏难之心的。而在广大的中国民间，随着"四旧"的彻底铲除，文言文化早到了要进行"扫盲"的阶段。如此等等，文言诗歌的知识基础、文化基础、教育基础、群众基础、写作基础、出版发行传播基础、鉴赏审美的基础，以及经典遴选的基础等等，早已荡然无存。

总结起来，文言诗歌写进中国现当代文学史不是"应不应该"的问题，而是"能不能够"、有没有资格写进去的问题。这跟整个中华民族文化知识、文学知识、教育制度的转型是深刻关联在一起的，它不是一个单纯的中国当代史写作问题，也不单单是一个文学史立场的问题。当一样东西，政治资本、经济资本、文化资本、社会资本，甚至连象征资本一个都不能获取的时候，就只有死路一条了。

周啸天教授是一个例外，他获得了一次象征资本，以及顺带的一点微薄的经济资本。但是茫茫华夏大地，浩渺苍天之下，如此漫长的时间里，仅此一人，又能说明什么呢？

所以，在我看来，关于文学史的任何问题，仅仅从话语分析到话语分析，从意识形态批判到意识形态批判，从文化批评到文化批评，不能解决一点的问题。

我们设想：倘若有一大批像周啸天教授这样的文言诗歌高手，有一大批像曹顺庆先生这样精通文言诗歌的文学史家，有一大群文言诗歌的读者，有大量文学期刊和传媒出版者为文言诗歌提供渠道和阵地，高考有一半是文言文的考题，如此等等，恐怕中国当代文学史就是另外一番景象了。今天我们要讨论的问题也许就会转换为：怎样才能把有文言诗歌的中国当代文学史写得更好。

旧体诗入史：学理重铸与现实动力

白　浩①

对于旧体诗应否进入中国现当代文学史，从学术史的事实还原上来说，当然是该“入”，但是事实上在现当代文学学科的反对意见是非常突出的。对此种意见我们应当慎重审视。该“入”，但是要慎“入”，不草率地“入”！尤其是在现在很多理论问题、学理问题没有展开充分讨论的情况下，还不能简单地“入”。为什么这样说呢？因为这不是个简单的技术问题，并不是说我给它写出来了它就是符合历史公正的。正如常说“一切历史都是当代史”，史的写法代表了当代人对历史、现实进行阐释和整合的认识观，而重写文学史从来都不是简单和表面化的一个“编写”问题，它是一个学理导向的问题，也是涉及话语权斗争的问题，它所代表的是一个双重意义的革命：一是思想变革，是由学理重塑而指导创作的新诗革命；二是权力变革，对于既定秩序的掌控者来说，这涉及一个利益控制与重新分配的格局变革。也正因此，历史上有“利不百，不变法；功不十，不易器”（《商君书·更法》）的说法。回顾以前，在20世纪80年代，有一个轰轰烈烈的学术运动，就是重写文学史。之所以可称作“革命”，缘于它就是要推翻原来的那种意识形态一元独尊的控制权，所以加入了所谓的“民间话语”，加入

---

① 白浩：四川师范大学文学院教授。

了“知识分子话语”，文学史才把沈从文、张爱玲、钱锺书、周作人这些人“平反”。这个“平反”就是“革命”，就是颠覆和重构，所以我们今天读到的文学史都是“革命”的结果。而现在旧体诗入史的话，牵一发而动全身，所以我们现在不光是要看到这“一发”的问题，更要看到“全身”的问题。

在我看来，为什么形成现在不把旧体诗写进现代文学史这样一种格局呢？它有历史的合理性。如果说现在要入的话，它动摇的就是现代文学学科的学理根基。就现代文学的发生来说，它最初就是“新文学”。新文学是相对于旧文学而言的，是技术上的白话文运动，以白话取代文言，以自由诗取代旧体诗；就是思想上的反封建，以个人主义、个性解放来启蒙。换句话说，新文学学科的产生、现代文学学科的产生，就是旧体诗不但不能入史，而且要打倒、要打死的问题。所以，现在我们说要把它写入史，那就意味着，要颠覆——还不光是动摇——这个根基，颠覆这个母体。所以这也是目前现当代文学界的代表性的观点。这里面有出身论，即它出身就是打倒旧体诗的；也有就性质来说，现代文学是具有现代性的文学，而旧体诗已经从思想上、形式上不具有现代性了。当然今天周啸天老师谈到了一个非常重要的点，就是说旧体诗写作要翻出新意、新变，它不是简单的复活，如有人所说的那样“僵尸复活”。这关键就在于旧体诗的现代化转化问题，是沉渣泛起还是旧邦维新、翻出新变？周老师已经很好地回答了这个问题，我们要写出现代的思想话语。这里，我们可以借鉴王富仁先生所说的“新国学”思路，曾经“国故”与“新学”是处于对立和否定状态，但历史进化已经形成了新的学术共同体，仍然延续这种割裂和对立，会造成视野和思路的停滞，因此需要“新国学”来统率这个新的传统。旧体诗写作亦如此，它并非简单复古，而是正在发生的新文学书写中的一种，是“新文学”中的一员。这就是第一点，我们要从学理上来理顺历史合理性和现实合理性。

再者，这样一个学术变革的动力，其导向不光是一个历史的问题，它还有面对现实的诗歌发展道路的问题。“入史”话题的提出背景，表面上是基于学术公正而来的学术抗议，明明是中国人当下发生的文学，怎么就入不了史？而其实质则是针对现代以来的“西化”抗议，针对“西化”理论专制下的话语权垄断抗议，是曹顺庆先生自 20 世纪 90 年代以来提出的中国文论失语症思路的进一步延伸和应用，是对于学术民族化、本土化资源重新引入的吁求。在文学史上，对于这个话题的讨论其实有好几次，像 20 世纪

30年代的新月派，他们搞“诗歌三美”——建筑美、音乐美、绘画美就是要把旧体诗当中的养分吸入进来发展新诗。包括现当代文学内部的现代与当代分界之争的争论与变化，其实也是话语权争夺与学理导向的争夺问题。“当代”概念的发生就是要以延安文艺及其后的共和国文学一体化来推翻“五四”文艺的话语权，以民族化、本土化来取代西化路径。包括到了新民歌运动，毛泽东所说“用白话写诗，几十年来，迄无成功”[①]，也是看到了新诗的问题，然后要吸取本土化的力量。20世纪80年代的“二十世纪文学”的提出核心也在于重塑“五四”话语权，这也推动了其后文学发展的再度西化。实际上现在我们又到了这样一个时候了，就是说现在新诗出现了问题，旧体诗明显有复兴之势。为什么呢？重要的原因是新诗发展陷入了它的困境。我们现在看的新诗、自由诗大家普遍不太懂了，为什么读不懂呢？主要是新诗现在写得越来越“高级”，怎么“高级”呢？它主要是已经越来越走向义理化、玄学化那种论述，它已经摆脱了诗歌传统的叙事、抒情的路子，更多地进行荒诞、虚无等等那样一些义理的论述，这和宋诗后面的发展道路是有很多相似的、值得警惕和借鉴的地方。宋诗后面以理入诗，以禅入诗，甚至以理代诗，就窒息了其生命力。而现在新诗一方面存在形式过于自由散乱、缺诗魂，另一方面则在于脱离基本的生活土壤，过度理念化、过度个人化。21世纪以来，在小说领域对于纯文学的检讨，就是对于小说不讲故事、不塑造人物的一种反动，甚至底层文学对于现实主义的重新引入，除了现实生活的需求，也是一种文学发展自身的纠偏。而诗歌中知识分子写作的玄学化、民间写作的口语诗过于散乱化，都是无现实土壤与无魂的症状。所以我觉得，思考旧体诗的复兴，以及旧体诗是否写进文学史，我们应该充分地考虑到，其背后一方面是学术史的公正这样一个动力，另一个动力那就是新诗发展道路的问题，就是我们究竟是不是在西化的路上一直走下去，应不应该重新引入民族化、本土化资源的这样一个良性发展的问题。从历史的角度来看，旧体诗固然是有人写，具体成就大小姑且不论，但其阅读和传播范围很小则是肯定无疑的，因此，从创作者角度入史是恢复公正，可从文学接受传播史的角度来说，不入史也是另一种公正，由此产生一种观点——“就算入了史，那又怎么样呢？也还是没多大

① 毛泽东：《毛泽东：和陈毅同志谈诗的一封信》，上海师范学院中文系文艺理论教研室编：《文艺理论争鸣辑要》（上），上海文艺出版社，1983年，第318页。

用"就值得重视。因此,对于旧体诗入史的问题,我们需要有更为广阔的视野和理论抱负,那就是超越个体的公正问题,引入"新文学""新传统"的学理重铸和新诗发展道路现实动力挖掘的双重驱动力。

其三,则是非常现实的问题,即操作层面的问题。对于国学、对于旧体诗,我们现在确实已经学养不足,甚至可以说基因断代、学养断代了。按理说这是我们现当代文学界都应该关注的问题,但是好多现当代文学的学者说,这个话题我们不感兴趣,这个话题我们没有研究过。现在就是叫我们现当代文学学者来编写这么一章,还真很难找人。所以我们现在如果真的要编写的话,那我们还得开学习班来补课,我们得来学、读、写,培养这样一种鉴赏能力才行。要写,也不是简单的现象罗列,而是建立在对于作品与学理融合,有清晰思路的新的文学观的基础上写,要当作一个系统工程来办。这也是我说的不能草率入史,应该进行充分的讨论和准备的原因。当然,这是一种期望,但现实的操作可能也有另一种路径,就是有人会说学理争论是"此亦一是非,彼亦一是非",可能是无休止的、漫长的,我们可以先干起来、先写起来,甚至边写边争论。其实,这或许会是更有现实可能性的一种路径,正如市场经济、"姓社姓资"等问题的"不争论"而造成了某种发展事实一样,亦如国学与旧体诗词学养匮乏而导致今日的"知易行难"一样,理论与事实并驾齐驱是一种理想,而有先有后也是常态。

江河不废　诗道恒存

赵义山[①]

听了你们前面几位讲的话题和一些观点，我想我应该发言了。你们讲了以后我来讲，我想有些针对性。我首先讲一个观点，什么观点呢？就是凡是在中国文学史上发生过的，并且产生过一定历史影响的文体，它就不会消失。只要有中国在，只要有中国文学发展这个历史长河在，它就永远不会消失，这可以说是一条规律。这个话题是我在2016年11月份马来西亚的一个国际性的学术会议上，针对“中国古典诗歌的传统、现代与未来”这个话题的发言。这个发言当时引起了较大的争论，因为我说到最后，便说到我自己研究的散曲了。但是我还是实实在在地做了一些考察的，就是中国诗歌体式的变迁。宋以前，中国文学大概就是以诗歌为中心的文学，小说戏曲相对晚熟。中国早期文学以诗为中心，最原始的阶段我们就不去讲它了，从有文字记载来看，我们见得最多的是以《诗经》为代表的四言诗，但四言诗之前还有二言诗、三言诗，发展到四言五言，再到七言，句式基本上就定下来了，再往八言去就不太好弄了，所以七言成为中国古典诗歌句式最后的一种定式。但是七言成熟以后，五言、四言、三言、二言、依然还在，到现在依然都还有人写三言诗、四言诗，二言则以诗中的节奏和词曲中

---

① 赵义山：文学博士，四川省天府学者计划首批特聘教授，四川省学术与技术带头人，四川师范大学首席教授（中国语言文学），博士生导师，国务院特殊津贴专家，中国韵文学会副会长，中国散曲研究会会长。

的单句形式存在。古体诗在汉魏时期基本成型之后，到了齐梁时期，具体说是南齐永明年间，沈约、谢朓一拨人提倡讲究声律的新体诗，那时候就有“新”和“旧”的诗体区分。“新”和“旧”是相对的，变化的，某一种诗体过去它曾经“新”过，但是当更“新”的诗体出来，它又“旧”了，于是一种“新”的诗体代替了另一种“新”的诗体。齐梁时期的永明体是新体，但是当唐人的近体诗即律诗绝句出来，它就不再是新体了，成了一个历史的概念。后来唐人的新体诗流行几百年之后，词又出来了，唐诗就又不算“新”了，词又“新”了，后来曲又取代词而成为新体，被称为“乐府新声”，可以说是各领风骚数百年。这个代替了旧体的新体，只能说它成为一个时代的主流，成为一个时代性的、带有标记性的东西，但是在新体流行之后，旧体并没有消亡，只要它产生过，曾经在一个特定的时代流行过，它就永远都不会消亡。咱们现在的白话体新诗也是一样的，它在文学史上已经出现过、流行过，它发生过影响，那么它无论怎么变化，到最后都不会消亡，因为它发生过历史的影响，打上过时代的印记，它便已经汇入文学的历史长河了。

我去年的发言引起的比较大的争论在哪里呢？就是一种新体的产生它一定是在旧的体式当中，找一种适合它自己，即作为母体的东西来诞生出一种新体，也就是说，新体的诞生，有一种旧体作为它胎化的母体。比如说四言诗在二言、三言的基础上发展，二言、三言便是四言胎化的母体。五言在三言、四言的基础上发展，三言、四言又是五言胎化的母体。又比如说词，诗成为它胎化的母体，然后曲在词的基础上演化，词也有部分是俗词，比如说金元道士词、民间词，它是后来曲胎化的母体。那么曲的发展呢，到元明时期是它的顶峰，入清则逐渐衰落，后来虽然出现文学复古，但因为曲不古，清代曲不再复兴，它也就冷落了，再后来就是战乱不息，国家处在风雨飘摇当中，形势就越来越不利于曲文学的发展。再往后，到民国初年，新的白话体诗产生，用我的原话讲，就是唯独新体诗仿佛是一个怪胎，它在我们传统诗体当中找不到一个母体，它是全新的。当然，我这样讲，不是要否定白话体新诗，新诗当中也是有不少好诗的，而且刚才我也有讲到我的观点，它也是不会消亡的。但它和传统的割裂在哪里呢？就是传统的语言，词汇的声韵之美，我们汉语的最大的特征，除了形和意的紧密结合之外，它的声韵、它的平仄韵律、它结构成艺术美文的文情之美以外的抑扬顿挫的声情之美。这种声情之美，我们老一辈的写新诗的人，如闻一多、徐志摩他们有不少人还很注意，但后来渐渐地被抛弃了。刚才白浩教授讲的“读不懂”，其中一个原因，也是因为那种声情之美被完全给抛弃了，还有传统的“意”与“象”的关系也注意得不太好，我觉得是一种非常大的损失。总之，一种新的诗体的诞生，有其胎化母体，便是延续和继承着传统的根基，这是一个方面。然后我就讲到另一个方面，每一个时期应该有每一个时期代表性的诗体，那么这种代表性的诗体，它应该是继承了我们传统的东西，又有新的时代特征。我就觉得我们汉语的声情之美，应该被我们的文学作品所继承，因为文学是一种艺术美文，那么声情之美你为什么要抛弃它呢？这是不应该的，是完全可以继承下来的嘛。然后我就讲到，假如我们未来有一种新的诗体，它既要继承传统的古典诗歌的声情之美，又要结合所谓现代性，要写出新的时代体征，把新和旧有机结合起来，要选一种在新的时代环境当中的新体诗产生的母体，那么在诗、词、曲三者当中选的话，我认为曲应该是首选。我这样一讲，写传统诗词的人就紧张起来了，就好像他们以后就要被冷落了；我说那不是，我说我讲这个话有个前提，就是只要它在中国文学史上发生过、产生过历史影响的，它就永远不会消亡，诗和词也是如此。他们听我这么一讲，才又放心了。这是我要讲的第一个观点。

第二个就是针对谭光辉教授刚才的发言，我有一个感想，你说“那些旧体的东西该死的就让它死掉，它已经变成僵尸了就不要想再去复活它，你现在要去复活它，好像怎么都复活不了”。但是我想告诉你的是，一些我们认为是旧体的传统诗词，它们从来都没有死掉，也并没有都变成僵尸，事实上它们从来都活得好好的，只是像刚才咱们唐小林教授讲的，出于一种文学史观念，我们把很多东西给屏蔽了。这里牵涉到文学史的传承问题，我也告诉各位我的另一个观点，文学史的传承，不是说单靠我们写一部或几部文学史来传承，它不是这样的，至少不全是这样的。文学史的传承、作品的传承是大于史的记载的，一定是这样的，作品的传承一定重于史的记载、重于史的评价，就是一部一部的或一篇一篇的作品摆在那个地方，它就构成一部活生生的、原生态的、生动的文学发展史，你的记载和评价，是另外一个方面，那只是文学史传承的一部分。所以我一直坚持这个理念，传作大于记载，传作是基础，传作没有了，光靠记载，后人的研究是很难展开的。我们现在要来研究某些古代的文学现象，就苦于没有传作这部分资料。比如说我们搞戏曲研究的，为什么要从元代的作品说起呢，因为宋代的戏曲作品，传作没有了，文献记载又语焉不详，我们研究起来就非常困难。一部《西厢记》诸宫调的影响，大家就说得非常过分，其实在当时诸宫调远没有宋杂剧的影响大，但诸宫调现在有文本在，宋杂剧没有，所以要想还历史本来面目，为宋杂剧的影响说一些话，就只能凭元杂剧演唱体制，还有它的角色分配，它的剧本结构等特征，再联系宋人记载的蛛丝马迹来进行推考，觉得宋杂剧不应是我们现在所认识的那样。但这种工作做起来很困难，远不如有一个具体文本在，可以让人一目了然。这当然是一个题外话了。总之，我的意思是说，文学史的存在和传承，不是靠哪家哪派写一部有影响的文学史就传承了文学史。一部文学史仅仅是一种记载，一种评价，文学发展史的传承，它的存在，记载和评价只是一个方面，作品的客观存在是另一个方面，而且是根本的方面，是不可能被文学史著作完全屏蔽的，更是不可能被取代的。

我为什么讲旧体的诗词它活得好好的，我们一些现当代文学史把它屏蔽了呢？我是有事实依据的。比如，现当代的文学史教材，有谁会去讲陈寅恪、聂绀弩等人的旧体诗词呢，乍看起来，没有人讲，年轻人也不知道，似乎他们那些旧体诗就死了。其实，像陈寅恪、聂绀弩等人的旧体诗，从来都没有死，只要人们不忘记过去的荒诞岁月，他们那些反映荒诞时代的旧体诗词就永远都不会死。我觉得他们的一些诗词，不管我们研究古代文学的，还是研究现当代文学的，还是搞理论的，我们都是应该读的。我们读陈寅恪、聂绀弩等人的诗，我们才知道一代文化人在那种时代下所经历的巨大的不幸和痛苦的磨难，他们在思想不自由，人格不独立的那样一种状态下，要传承中国文化，还要坚持自己文化立场的痛苦心境。比如，陈寅恪有两句很有名的诗："墨儒名法道阴阳，闭口休谈作哑羊。"他在这里用了佛教里"哑羊僧"的典故，但就是不说这个典故，我们就干脆照字面意思来讲，也是可以的，就是说先秦以来的各家学术，墨家、儒家、名家、道家、法家、阴阳家等等，传统的学术文化我们都不敢谈了，把口闭起来了，像什么呢？像不能张嘴的羊，羊它还知道"咩咩咩"地叫几声，但是我们今天是一个哑巴羊子了，文化人受到思想的钳制就到了那样的境地。你读一读他这样的诗，你是什么感受？陈寅恪给学生上课，也曾经受到批判，说他讲的是"封资修"的东西，给青年人灌输那一套是跟党争夺青年，后来他就给中山大学党委写信要求辞去教授职务，免得"跟党争夺青年"。到晚年，满肚子的学问没法往下传，传不下去了，那生命的意义又何在呢？生命好像就没什么意义了，所以陈寅恪还有两句广为传颂的诗，“平生所学供埋骨，晚岁为诗欠砍头”。这一辈子做的学问没有传人，死掉以后就和尸骨一起被埋掉、化作灰、化为尘土；“晚岁为诗欠砍头”，就是我陈寅恪现在没有什么你们拿不走的，只有我这个头还没被砍下来，但我还要写，你要砍就砍，脑袋就在这里呢！那个荒诞时代对知识分子的“洗脑”就总体而言是很“成功”的，但是也有不成功的，比如陈寅恪这个脑袋里装的东西就没被洗掉，他的思想、他的精神、他的人格、他的文化立场，就永远没被洗掉。我们读一读陈寅恪这些诗，才能深切地体会到那一代人是怎样在精神不独立、思想不自由的时代中顽强抗争的。读这样的诗，可以知道陈寅恪是以酸楚之言、悲愤之语写一代人的落寞感受。

就刚才周啸天教授提到的聂绀弩来说，其诗风又不一样，他是以嬉笑怒骂为诗的，是换一种笔调来写，所以也就呈现出迥然不同的风格。啸天教授刚才举的是聂绀弩在接受“劳动改造”时就担水担粪这些事生发开去写的诗，类似的还有推磨。他下放到“五七干校”，除了担水担粪之外，他还去推磨，就推磨一事他也可以发一通感慨，也可以作诗，怎么作呢？“百事输人我老牛”什么事情我都输给别人，百事不如人，最后我就像一头老牛一样，只知道什么呢？下面第二句说“唯余转磨尚风流”，就是我唯独只有像老牛一样推磨，围着磨子打转，才有我聂绀弩的风流！再下面就更有深意了，“春雷隐隐全中国”，推磨子发出的隆隆的声音，似乎像春雷一样把全国都震撼了！全国有那么多知识分子在接受“思想改造”，少说也有几十万，怎么不震撼？“玉雪霏霏一小楼”，麦子全都被磨碎了，成了面粉，像白雪一样纷飞而下，麦子就再也不存在了！后面就此生发，写接受思想改造，“把坏心思磨粉碎”，这里读起来语感上有一点拗口，因为按本来节奏应该是二二一二，或二二二一的句式节奏，现在从语义上要把“把坏心思”四个字连在一起读，全句就变成了一三一二的节奏，所以有一点拗，后面也跟着拗，“在新天地作环游”。“五七干校”是新天地嘛，推磨子一圈又一圈地在“新天地”打转，岂不是“环游”新世界了吗？最后两句说：“连朝齐步三千里，不在雷池更外头。”这两句的深意我不便说了，大家悟去吧。聂绀弩的这些诗，我们现在读起来好像有一种幽默、一种诙谐，你似乎觉得好笑，但你让经历了那个荒诞岁月的人来读，他就笑不出来，他这个写法是悲情内敛——外面好像是在笑，但是内心却是在哭，表现的是内心莫可名状的巨大悲痛！我们要回到他那个时代环境中，才能够领会，才能够去把握住他的真实情感。就这些蕴藏着丰富时代感情的诗歌而言，我给光辉教授说，我的意思是它活得好好的呢，它从来都没有死，从来也都不会死，它也不会变成"僵尸"，它活得非常丰满、非常鲜活，只不过我们在写文学史的时候，在对文学作品进行记载和评价的时候，出于某种考虑，把他们给屏蔽了。我们的文学史记载了一些东西，又屏蔽了一些东西，但事实有时却是：在一个时期中被记载被评价的东西，不一定能真实地代表某个时代历史的投影；而被屏蔽、被冷漠、被遗忘的东西呢，并不见得它就永远会被冷漠、被遗忘。假如被屏蔽的东西确确实实是真实地反映了时代，是历史的时代的真实投影，那它就不可能永远被屏蔽、永远被埋没，换句话说，他们就永远都不会"僵死"。

还有，是不是这种传统的旧的诗体就没有办法写一种现代生活、没有办法反映现代性呢？答案是否定的。前面我们说到的陈寅恪、聂绀弩等人的诗就不再说了，我再举一个例子。比如，我们这一代人可能很熟悉，年轻的朋友可能不熟悉的一位叫张志新的女子，"文革"中因为对社会现实有自己的独立思考，有一些不满社会现状的言论，于是被作为"现行反革命"判处死刑。判处死刑前先坐牢，她在牢房里面所经受的非人折磨就不去说它了，后来在押赴刑场的时候还害怕她呼反动口号，就非常残忍地先把她的喉管给割断，然后再绑上囚车，押赴刑场执行枪决。"文化大革命"以后，又给她平反，追认为烈士。这可以说是咱们国家咱们民族的奇耻大辱！这种题材，现当代新的文学体式，如新诗、小说等，有没有写，我不知道，但是我们有一个写曲的作家，羊春秋先生就写了，他用一首《叨叨令》写的。因为他觉得张志新在那个时候敢于反专制、反强权、反当时社会的那种荒诞，觉得张志新了不得，所以他就写了两首《叨叨令》赞美她。其中一首说"只因你肝肠百炼炉间铁"，肝肠像炉间铁一样，被炼得非常坚刚，所以"那管他风波千丈虎狼穴"，明知道这条路走下去，前面是风波千丈虎狼之穴，但还是坚定不移地往前走，"你眼睁睁把龙潭越，你气昂昂将虎须撅"，你要去下龙潭，你要入虎穴去抓老虎的胡子，"气煞人也么哥，气煞人也么哥，拼将满腔热血写巾帼"！那对张志新烈士的赞扬、对荒诞时代灭绝人性的荒唐行为的愤恨，有没有现代性？它歌颂张志新烈士那种蔑视强权、蔑视专制的大义凛然，伸张正义、批判邪恶，完全是时代英雄的颂歌，现代性就很强嘛！这是我随便举的一个例子。

还有一个问题，就是大家热议的现代人写的旧体诗词是否应该写进当代文学史，我觉得这个问题似乎没有讨论的必要。现当代人写的旧体诗词，本来就是现当代文学的一个组成部分，怎么不应该写入现当代文学史呢！我觉得，我们应该讨论的问题不是写不写、进不进，而是应该讨论怎样写，怎样进入更符合文学发展的实际、符合历史的实际的问题。这是我们要考虑的下一个问题。

最后说到传统格律体诗词的写作，是否年轻人还能坚持写，是否就要断代了。我以为，不要以为现在学校的课堂，特别是大学教育，连中文系都不教传统诗词写作了，就以为这可能要断代了呢！我以为，学校并不是年轻人学习传统诗词写作的唯一课堂，实际上，年轻人学习传统诗词写作还有另一个很重要的课堂，就是社会。社会上从中央到地方，各地的诗词学会，传统的格律诗词写作，可以说是空前的活跃，老一辈对年轻的古体诗词爱好者的扶持和指导是非常热心的，而且也取得了很显著的成效。所以，我鼓励年轻人要大胆地写。尤其是像在座的这些年轻的同学们，希望是在你们身上，我们很快就退出历史舞台了。要年轻人大着胆子努力实践，坚持不懈地学习写作，其实也不是太难，不要以为年轻就写不出比较好的格律诗词，那不是的。我举个例子，就是我们熟悉的《宋词赏析》的作者沈祖棻先生，她是程千帆先生的夫人，沈先生在青少年时代就写过不少流传众口的好词，比如写于抗日战争初期的《浣溪沙》，是她早年的成名之作，大概是她大学二年级的时候写的："芳草年年记胜游，江山依旧豁吟眸。鼓鼙声里思悠悠。"悠悠不尽的愁思，什么愁思呢，和抗战结合起来，当然是国恨家仇。下面就写得更好了，"三月莺花谁作赋"，三月草长莺飞，万紫千红，春花盛开，应该写诗写赋，是个灵感迸发的大好的诗的季节啊，但是"三月樱花谁作赋"？谁还有心情来写诗作赋呢，在这国破家亡的时代！下面继续写到，"一天风絮独登楼，有斜阳处有春愁"！就是生在离乱时代，面对大好春光，再也没有写诗作赋的心情，愁思就占满了自己的内心世界，这个愁思之广，到了"有斜阳处有春愁"的地步，傍晚时分，斜阳余晖洒满大地，春愁就如满地斜阳，无边无际，这就有无限凄凉的意味了。词中如"芳草""莺花""风絮"，这些意象都是非常美的，但因为有时代之痛，有家国之仇的融贯，所以词境便显出一种凄婉之美。这是大学二年级的学生写的。那我再举一位中学生写的诗，就是我的恩师郑临川先生，他在1938年考上西南联大中文系，在从湘西到昆明入学的途中，也正是抗日战争紧张的时候，他在路上还遇到敌机轰炸，他是这样写的："烽火卢沟战血飞，人间奋起响惊雷。陆沉感慨家何在，天下兴亡责让谁！"天下兴亡的这种责任，我们不担当，我们让给谁呢？这是中学生写的。在那个时候，青年人的心声、青年人的血性、青年人的情感，都是可以在传统的格律诗词中得到很好的表现的，我们的前辈能够做得到，我们也应该是没什么问题的，江河不废，诗道恒存嘛！

我讲的时间比较长了，在临结束前，我想顺便说一下郑先生亲口讲给我的一件往事，供在座研究现当代新诗的朋友们参考。因为郑先生上大学之前是写旧体诗的，他中学时代写的一些古典的格律体诗词，恐怕我们现在许多专业人士都达不到那种水平。他进了西南联大中文系之后，因为闻一多先生是倡导写新诗的，所以他就跟着闻先生写新诗。他知道闻先生对于旧诗是深恶痛绝的，闻先生曾在主持学术沙龙的时候讲过，如果今天还有人要写旧诗，那就是要做汉奸、做亡国奴，他是这样批判的。但后来，闻先生经过反思，渐渐地不写新诗了，但郑先生不知道，所以郑先生还在写新诗，有一次让闻先生看见了，闻先生就对郑先生说，"你还写新诗啊？我都不写了"，郑先生大吃一惊，说："你不是说谁写旧诗就是做汉奸做亡国奴，鼓励大家要写新诗的吗？你怎么也不写新诗了？"闻先生说，"写新诗没前途"。这是郑先生亲口讲给我的话。因为在我读研的那个年代，那是不敢公开讲闻先生的这些话的，因为你讲这个话，开玩笑，那是什么性质！但是这个给我留下的印象实在是太深了，所以我一直都记得。

另外我再说一点信息，因为刚才李凯教授谈到一些新的情况，那么我也把我了解的新的情况汇报给各位。一是旧体诗词的复兴现在远远地超出了我们的预料，而且旧体诗词水平提高之快也远远地超出了我们的预料，所以再也不能用一种不屑一顾的旧眼光去对待旧体诗词。最开始有些人附庸风雅，确实写得不怎么好，但是像周啸天教授等从研究古代文学过来之后再进入到这个领域，给他们一些指导，现在这些人的进步是非常快的。我们不能以老眼光去看这拨人，这是第一点。二是现在全国传统的格律体诗词，包括散曲，发展之快，也远远超出我们的预料。前年在北京开会的时候，有一个朋友送给我一本《当代旧体诗词社团组织介绍》，上万个社团组织，就是这么厚这么大一本，只是一些社团组织的介绍，而且每个社团都办有自己的刊物。三是本来有个中华诗词学会这样一个半官方机构，可能国家都觉得还赶不上时代步伐，所以又专门成立了一个中华诗词研究院，这是一个有编制、有经费的事业单位，是国务院中央文史馆的一个直属单位，专门负责抓传统诗词的继承发展和人才培养工作。再有就是中央电视台拍摄的纪录片《诗行天下》，接着又推出了《诗词大会》节目，中华诗词研究院跟这些都是密切配合的。看了这些节目，我就给他们提意见了，我说，我们一说古典诗歌，就说唐诗宋词元曲，元曲也是一大诗体遗产，你们怎么就见不到曲，而只见诗词呢？有位先生告诉我说："赵老师，这个要请您谅解，我们出题的时候主要考虑以中小学教材所涉及的内容为主，就是害怕偏离了那个范围，大家回答问题就有困难。"关于这个问题，下一次教育部组织编写教材，如果有机会，我是会讲话的，这是曲进入教材的问题。不过，这跟今天讨论的话题似乎关系不大，但又似乎有一些关系。总而言之，我是希望研究中国文学发展史，应该有更广远的历史的眼光。我们现在不是讲穿越吗？往后穿越一下、展望一下，中国文学史的编写，我就赞同唐教授讲的，你不要去管新旧，你就讲文言白话，既把传统联系起来了，也把现代融合起来了，它就是一部完整的中国文学发展史。

讨论这个话题我觉得还是很有意思的，让我们也知道了很多的问题，那么对此我是主张多元的。就作家创作而言，对于诗、词、曲、赋，散文、小说、剧本，凭借着个人喜好，觉得用哪个适合表达自己的思想感情，就用哪个来写。就理论研究和文学史编写而言，我觉得也应当是多元构成，对于将哪些作品纳入文学史进行记载和评价，学者们有自己的评价观、叙述观，从而形成自己的文学史观，不同的文学史观多元并存，也有特别的意义和价值。但是不管怎么说，这也仅仅代表我们这一代人的看法，对后人能产生多大的影响呢？这个是很难讲的，我们这一代人曾经熟读的一些经典性的东西，到了现在还可以说是经典吗？二三十年前的经典现在还是经典吗？评价是不断地在进行，不断地在重写、改写，一代人有一代人的评价。昨天我和周啸天教授说，现代人对于《将进茶》怎么看？或许有人觉得不怎么样，但是再过两三百年，假如有人来写贯通古今的中国文学史，要写到李白《将进酒》这个题目，那就一定会有人想到周啸天所写的《将进茶》的，一定也会有评论出现，这是毫无疑问的。我们这一代人的选择和评价，只能代表我们这一代人，后一代人有他们的思维模式和文化立场，所以也会发生变化的。总之，文学创作应当是多元性的，文学评论和文学史的编写，也应当是一个多元的构成，这就是我的基本想法。我讲得不对的地方，请大家批评指正。

大西南区域
文化与文学

“大西南文学”：概念的合法性、出场路径及在场形态

王贵禄[1]

一、文学的地域性与地域文学的边界

文学是有地域性的，这在中国古代理论家那里已有清晰的认知。唐代的理论家在讨论南北朝文学的差异时，有这样的论断：“江左宫商发越，贵于清绮；河朔词义贞刚，重乎气质。”[2]这是较早注意阐释文学地域性的论点，对后来的理论家影响很大，这就是说，在此后的文学研究中，理论家往往将“地域性”视为文学的一个重要维度，如明代的王世贞、臧懋循和王骥德在戏曲研究中，关注南、北戏曲之间的差异性，并将其从风格层面进行了概括。近代刘师培的《南北文学不同论》，是系统论述文学地域性的长文，不同于前人的是，刘师培对文学地域性的讨论，没有停留在风格差异的惯性认知上，而是探讨文学地域性的形成原因，如其所论，“大抵北方之地，土厚水深，民生其间，多尚实际；南方之地，水势浩洋，民生其间，多尚虚无。民尚实际，故所著之文不外记事、析理二端；民尚虚无，故所作之文或为言志、抒情之体”[3]。刘师培认为，文学地域性的形成基于地理人文环境。与

① 王贵禄：文学博士，天水师范学院文传学院教授，研究方向：延安文艺、中国西部文学及文艺理论。

② 郭绍虞：《中国历代文论选》第1册，上海古籍出版社，1979年，第361页。

③ 劳舒：《刘师培学术论著》，浙江人民出版社，1998年，第162页。

刘师培此文相呼应的论文，还有梁启超的《中国地理大势论》、王国维的《屈子文学之精神》等。

刘师培等人的研究，在西学东渐的背景下，可看出明显受西方"地理环境决定论"的启发。地理环境决定论在西方渊源很深，古希腊的希波克拉底、柏拉图，最早从自然条件的变迁解释社会发展的进程，其后，这种思路被广泛运用于历史学、哲学、社会学的研究中，渐渐形成了地理环境决定论。16世纪法国思想家让·博丹，秉持地理环境决定论，认为地理环境决定民族性格、国家形式和社会发展。到18世纪，法国思想家孟德斯鸠的名著《论法的精神》问世，该著提出的重要观点是，社会制度、国家法律，乃至民族精神，都系于"气候的本性"和"土地的本性"。孟德斯鸠的观点，对当时的文学研究产生了直接的影响，斯达尔夫人吸收了孟德斯鸠的观点，撰写了《从文学与社会制度的关系论文学》，这部著作所体现的核心观点是："任何文学的历史只有把这种文学和创造这种文学的人民的社会精神状态联系起来，只有把它放到它当时的环境中去，才能被人理解，才能加以研究。"[①]19世纪法国文论家丹纳，提出了文艺发展的"三要素说"(种族、时代、环境)，可看作地理环境决定论在文艺理论领域的代表性论点，其所谓"环境"，不仅指地理环境，而且也指人文环境(文化观念、社会思潮、制度更替等)。丹纳的学说因为与达尔文的进化论、孔德的实证主义哲学有渊源关系，所以在近代很早就被译介了进来。

换个角度看，我们知道，任何作家的创作，都是从他的经验世界出发的，地理人文环境作为作家成长、生活的基本背景，构成了作家的一个经验世界，它一方面为作家的创作提供源源不断的素材，另一方面，又制约和规范着作家的创作。这就是说，地理人文环境既是形成文学地域性的基础，又是形成地域文学的依据。需要辨明这两个概念：文学的地域性与地域文学。上文已叙，文学的地域性是文学天然呈示的属性，但不能据此认为，表现了地域性的文学就是地域文学。地域文学是将地理人文环境作为表现对象，或以地理人文环境作为背景的文学。两者的区别不仅从对地理人文环境的表现程度上显示出来，而且在对地理人文环境的表现观念上显示出来。这两个概念又有着内涵上的交叉，就是说那些地域性很强的文学往往

① [法]斯达尔夫人:《论文学》，徐继曾译，人民文学出版社，1986年，第11页。

就是地域文学，而地域文学又表现着很强的地域性。明确了地域文学的内涵，也就基本理厘清了地域文学的边界。需要注意的是，当我们谈到"地域文学"的时刻，还意味着有一批作品足以支撑"地域文学"概念，有一批作家曾经或者正在从事着"地域文学"创作，"地域文学"在以"流派"的面目出现。没有一定的代表性作品作为支撑，没有一批意识明确的作家的创作，没有形成一定的影响力，所谓"地域文学"就难以成立。苏联文学理论家赫拉普钦科说过："任何文学流派都不是语言艺术家的偶然的集合。它作为一个由生活和文学本身决定的统一体而出现……在文学发展的一定时期语言艺术家当中形成的统一体，首先来源于对待现实的态度、对现实的审美感受和创作方法上的共同性。其次，作为这种统一性的根源的，是那些引起属于这一文学流派的作家浓厚兴趣的生活问题和创作问题的相似性。"[①]赫拉普钦科的论断，对于我们认知流派意义上的地域文学具有极大的启示性。

二、"大西南文学"的出场路径

在当前的文学格局中，"西部文学"可以说是最大的地域文学（关于西部文学概念的合法性问题在学界已基本达成共识，在此不必赘述）。西部文学作为地域文学，是表现西部地理人文环境的文学，或是以西部地理人文环境为背景的文学。西部文学的内在构成又是相当复杂的，因"西部"分为大西北与大西南，根据西部文学的实际状况，可分为两大板块，即大西北文学与大西南文学。以地理环境而言，大西北与大西南有着较大的分别。中国大陆的自然地貌呈现出"西高东低"的三级阶梯形状，大西北处于第一和第二级阶梯，第一阶梯涵盖了青藏高原，第二阶梯则包括内蒙古高原、黄土高原的西北部以及整个新疆维吾尔自治区等广大地区。大西北较为显著的特征是高原和山地众多，且大都处于干旱或半干旱、荒漠或半荒漠的自然状态，属于典型的"高地"环境。再来看大西南的地理环境，其地形单元包括巴蜀盆地与周边山区、云贵高原与高山山地丘陵区、青藏高原高山山地区。西南地区拥有丰富的林木、江河、牧草资源，雨量较充沛，矿产资源种类多。西南地区的气候有三种类型，即四川盆地的温润亚热带季风气

① [俄]赫拉普钦科：《赫拉普钦科文学论文集》，张捷、刘逢祺译，人民文学出版社，1997年，第186页。

候、云贵高原的中南亚热带季风气候、高山寒带气候与立体气候分布区。长江横穿大西南的中部和北部，其南部和西部有珠江、沅江、怒江、澜沧江、伊洛瓦底江、恒河、印度河等流过，在沿岸形成众多的湖泊，这些江河也是文化的摇篮。不同的地理环境生成不同的文化基因，大西北与大西南的文化分布也有很大不同。西部文化大致可分为以黄河流域为中心的黄土高原文化圈、西北地区的伊斯兰文化圈、北方草原文化圈、天山南北为核心的西域文化圈、青藏高原为主体的藏文化圈、长江三峡流域和四川盆地连为一体的巴蜀文化圈、云贵高原及向东延伸的滇黔文化圈等。可以看出，大西南文学主要的文化滋养来自巴蜀文化、滇黔文化和藏文化，这与大西北文学的文化依托——黄土高原文化、伊斯兰文化、北方草原文化、西域文化，有很大的不同。西南地区又是少数民族最多的地区，有些少数民族如白族、傣族、苗族、怒族、彝族，仅仅分布于西南地区。地理人文环境的较大差异，使大西北文学与大西南文学表现出同中有异的审美取向，如就题材而言，它们都注重地域文化与地理环境的呈现，注重生活方式与民俗民风的展现，如以风格而论，大西北文学更为注重雄浑壮美的风格，而大西南文学更倾向于秀美空灵的风格。

大西南文学作为西部文学的一大板块，它理应展现西南地区特有的地理人文环境，或以西南地区特有的地理人文环境为基本背景，否则"大西南文学"的概念就难以成立。有一种观点认为，身处西南地区或出生于西南地区的作家创作的作品，就属于大西南文学，这种观点同样是难以成立的。一部作品是否属于大西南文学，要从作品内部进行观察，就是看其是否展现了西南地区特有的地理人文环境，或以西南地区特有的地理人文环境作为抒情、叙事的基本背景。这其实是形成大西南文学出场路径的第一个条件，如果不具备这个条件，就不可视为大西南文学。举例来说，郭沫若是现代四川籍作家，其诗集《女神》在中国文学史上敢于破旧立新，开创了现代诗的一代诗风，具有极高的文学史地位，但我们不能因为郭沫若是四川籍作家，就将《女神》看作大西南文学，这是为什么呢？因为在这部诗集中，我们既不能发现以大西南的地理人文环境作为审美对象的诗篇，也看不到以大西南的地理人文环境作为背景的作品，尽管诗集中充满了自然意象、地理意象和人文意象。李劼人是与郭沫若同时代的四川籍作家，他的"三部曲"(《死水微澜》《暴风雨前》《大波》)却是典型的地域文学，可纳入大西南文学的谱系之中。"三部曲"有着自觉的地域文学的追求，其以成都地区为人物活动的文化空间，通过对邓幺姑、顾天成、郝达三、黄太太等人物形象的塑造，充分展现了巴蜀文化的神韵，而作者对特定历史时期成都地区的生活环境、方言土语、服饰起居、风俗习惯、人文景观等细致入微的描述，都使人能对蜀地形成深刻而多维的印象。

地域文学却不是只为某个地域的读者创作的作品，同理，大西南文学也不是只为大西南的读者而创作的。这就是说，地域文学除了充分展示地域性特征之外，还应该展示超越地域性的东西，那就是由时代精神、政治气候、社会理想等融构而成的一种普世性价值追求。这种普世性价值追求也是形成地域文学出场路径的第二个条件。这两个条件看似是矛盾的，如第一个条件要求地域文学充分展示地域性，而第二个条件要求地域文学超越地域性，但事实上这两个条件并不矛盾，这是因为，第一个条件是"使地域文学成为地域文学"，第二个条件是"使地域文学成为一个时代文学版图的必要构成"，也就是使地域文学能够真正"走出去"，能够得以出场。大西南文学作为地域文学，道理也是相同的。我们仍以李劼人的作品来看，上文分析了其作品具备大西南文学的基本特征，即充分展现了蜀地的地理人文环境，然而，作者却对社会、对时代、对历史都有着深度的思考，其"三部曲"全方位地再现了辛亥革命前后蜀地的历史变迁，举凡维新改良运动、"保路运动""辛亥革命""四川独立"等历史事件，都得到再现，而人物的命运也在这些历史事件中经历着沉浮。李劼人超越了地域性，才成为"具有全国影响的重要小说家"，成为"大河小说"的代表性作家。"李劼人现象"说明，大西南文学的出场路径，就在于充分展现地域性，并且超越地域性。

三、"大西南文学"的在场形态

我们既然认可"大西南文学"概念的合法性，也讨论了其出场路径，那么，从当前大西南文学的布局来看，它又是怎样的呢？这个问题，关涉大西南文学的在场形态。显然，将大西南文学简单地从西南的行政区域来进行划分是不合理的，也就是说，大西南文学并不是四川文学、云南文学、贵州文学、重庆文学、西藏文学的相加。前文说过，作为地域文学的大西南文学，是以大西南的地理人文环境为审美对象，或是以大西南的地理人文环境作为背景的文学。这样，绘制大西南文学的地图，可根据大西南的文化圈进行划分。前文说过，大西南文化圈包括巴蜀文化、滇黔文化和藏文化三大板块，相应的，大西南文学也可分为表现巴蜀文化的文学、表现滇黔文化的文学和表现藏文化的文学。这样的划分，是为了充分体现出"大西南文学"中"大"的含义，一方面，它具有较大的包容性，不仅可以将西南作家的相关创作纳入文学版图，还可以将那些既不是西南籍也不在西南成长生活的作家的相关创作纳入进来，此时的"大"有"博大"的意思；另一方面，它具有相对的模糊性，因为文学的边界毕竟不同于行政区域的边界，文化的交叉性、渗透性使文化的边界具有模糊性，而以文化为根基的文学也不可能形成明确的界限，尊重文学边界的模糊性，也是对文学本质的尊重，此时的"大"有"大致"的意思。厘清了这些，也就厘清了大西南文学的三大板块。

关于表现巴蜀文化的大西南文学，研究者对现代作家的创作给予了充分的关注[①]，如巴金、李劼人、沙汀等现代作家的创作。研究者的切入点，往往是"巴蜀文化如何影响"这些作家的创作，但对他们"如何表现巴蜀文化"却研究得不够深入，甚至有时是忽略的，这种研究趋势亟待扭转。有必要先厘清巴蜀文化的概念。如研究者认为："巴蜀文化是指以巴蜀地区为依托，北及天水、汉中区域，南涉滇东、黔西，生存和发展于长江上游流域，具有从古及今的历史延续性和连续表现形式的区域性文化。"[②]这是对巴蜀文化概念较为贴切的界定，巴蜀文化由巴文化与蜀文化构成，而巴文化与蜀文化各有特点且相互渗透。当代作家对巴蜀文化的表现是自觉的，如周克芹、傅恒、雁宁、莫怀戚、贺享雍等作家都是如此。就贺享雍的创作来说，从20世纪80年代开始，他就执着地以巴蜀文化为根进行创作，其长篇力作如《苍凉后土》《怪圈》《遭遇尴尬》《土地神》《猴戏》《乡村志》等，再现了巴蜀农村的历史变迁与当地民众的心理动荡，从而使其创作具有了民间史诗的性质。贺享雍有着明确的地域文学的追求，如其所叙："大凡有成就的作家，他们都是有根的，而根就是他们的故乡。我决定以故乡为原型，虚构出一个像福克纳'邮票那样大的'文学的贺家湾，来创作一部多卷本的长篇

---

① 参阅李怡：《巴蜀文化的二十世纪体验者——关于郭沫若和其他几位四川作家的读书札记》，《郭沫若学刊》，1996年第1期；周芳芸：《巴蜀文化与四川新文学作家》，《西昌师范高等专科学校学报》，2000年第3期；邓经武：《巴蜀文化与大西南文学》，《文艺争鸣》，2016年第7期。

② 刘茂才、谭继和：《巴蜀文化的历史特征与四川特色文化的构建》，《西南民族学院学报(哲学社会科学版)》，2003年第1期。

小说,将共和国成立60多年特别是改革开放30多年以来的乡村历史,用文学的方式形象地表现出来,使之成为共和国一部全景式、史诗性的乡土小说。”①

滇黔文化是滇文化与黔文化的有机组合,滇文化主要分布在云南,而黔文化主要分布在贵州。表现滇黔文化的大西南文学,现代作家中如艾芜、蹇先艾的创作可视为垂范。艾芜的三部南行记(《南行记》《南行记续篇》《南行记新篇》),充分展现了云南边地特有的地理人文环境,以及生活在那里的底层民众的命运变迁,开创了新文学题材的新领域。蹇先艾的创作曾受鲁迅的指导,更为重要的是,鲁迅从蹇先艾们的创作中提取出“乡土文学”的概念。蹇先艾的创作有着明确的黔文化指向,其作品如《在贵州道上》《盐灾》《盐巴客》《到家的晚上》等,再现了特定历史时期黔地特有的村落、社群、习俗,以及贵州边地的地理环境,可视为早期大西南文学的典范之作。当代作家同样自觉地表现滇黔文化,如于坚就坦言,其“对世界的信赖和热爱,乃是来自滇池、天空、河流、高山和故乡这些先在的事物,我相信古代的诗人从中获得的经验、灵感、智慧我也同样会获得”②。在于坚早期的诗歌创作中,故乡乃至大西南的地理人文环境是其百写不厌的题材,在这些题材中,注入了诗人敏锐的情思,而其灵感则来自对这些环境的深切感受,如《横渡怒江》。怒江是西南地区的大河之一,其奔流于高山峡谷之间,水势湍急,且险滩林立,诗人是这样描述怒江的:“一米七五　一闪就没了踪影/许多奋斗许多梦许多离合悲欢/一米七五　一闪就没了踪影/一只鹰/一只在诗歌中象征帝王的鹰/一闪就没了踪影/没了踪影”诗人对怒江的感受是多方面的,在诗人看来,怒江是有着哲学品质和对话能力的精神性存在:“黄昏时分的怒江/像晚年的康德在大峡谷中散步/乌黑的波浪/是这老人脸上的皱纹/被永恒之手翻开/他的思想在那儿露出/只有石头看见”于坚的诗歌创作,可视为当代以滇黔文化为根基的典范性创作。

藏文化是藏民族创造的文化,其辐射范围除西藏之外,在西部还有青海、甘肃、四川、云南等省区,就大西南境内而言,因为四川、云南与西藏直接相连,藏文化的影响就更为深远。藏民族大多生活于高山峡谷间,恶劣的生存环境使其在生活方式、精神方式、行为方式、思维方式等方面,与汉

① 舒晋瑜:《贺享雍:我想构筑清明上河图式的农村图景》,《中华读书报》,2014年11月19日,第11版。

② 于坚、谢有顺:《真正的写作都是后退的》,《南方文坛》,2001年第3期。

族表现出了一定的差异。藏文化为大西南文学的拓展提供了必要的空间，扎西达瓦的中长篇小说《骚动的香巴拉》《古海蓝经幡》，阿来的长篇小说《尘埃落定》、散文集《大地的阶梯》，马丽华的“马丽华走过西藏作品系列”（散文集《藏北游历》《西行阿里》和《灵魂像风》），范稳的《藏东探险手记》《苍茫古道：挥不去的历史背影》等长篇散文，都属于以藏文化为根基的创作。以马丽华的“马丽华走过西藏作品系列”为例，我们看到，在她的创作中，西藏这个历史久远、雪山环绕、古迹遍地、传说弥漫的文化空间，为其提供了历史的、民俗的、哲学的、宗教的、道德的价值思考。在漫长的田野调查过程中，马丽华的足迹留在了西藏的角角落落，她的心走得更远，走进了藏族人民文化心理的深层，而她以散文的方式，叙述了她眼中与心中的西藏，建构了一个文学意义上的西藏。她自言她所抒写的藏北，不同于自然地理意义上的、现实存在的、任何人记忆中或想象中的藏北，而是“这一个”藏北。显然，马丽华写作的意义超越了文学范畴，“已经开始向着人类文化的反思伸探”。作者通过对西藏的自然风光、普通民众、地域风情、历史典故、神话传说的叙述，探索了藏文化的价值，以及对于当代人的意义。

试论古体诗歌的当代复兴

——以近三十年来的四川诗坛为例

吴明贤　商　拓[①]

中国古体诗歌，主要指五七言古诗、杂言古诗、五七言律诗（包括排律）、五七言绝句等旧体诗歌。事实证明，用中国古体诗歌的旧体式来反映今天的现实生活，即人们常说的“旧瓶装新酒”，不仅是可行的，而且后出转精，翻出了不少的新花样，引起了广大读者的兴趣和爱好，以至于今天创作旧体诗词的人越来越多，其中亦不乏被人们广泛称颂的佳作精品。本文拟以四川省近三十年来的旧体诗词创作为例，对旧体诗词的当代复兴试做简单探讨，不当之处，望方家正之。

一

同一切事物的发展都有高低起伏一样，中国古体诗歌的发展，也经历过坎坷曲折。民国以前的发展且不论，五四运动以后的几十年间，中国古体诗歌的创作便逐渐衰落，只是到了最近的三四十年间，才逐渐地恢复起来，特别是近一二十年，古体诗词创作更是风起云涌，迅速地兴旺发达起来，大有复兴之势。

---

① 吴明贤：四川师范大学文学院教授，博士生导师；商拓：西南交通大学外国语学院副教授。

首先是作者辈出，人数众多。最近三十年来旧体诗词的创作者、爱好者日益增多，男女老少、工农商学，各行各业皆有。特别是诗词的创作者如雨后春笋，蓬勃涌现、不胜枚举。其中有不少离退休的老领导、老干部，他们"余事作诗人"，诗歌的创作热情很高，态度认真，在民众中有着巨大的引领作用。有大专院校的专家教授，如缪钺、张志烈、周裕锴、周啸天、刘君惠、王仲镛、王文才、屈守元、钟树梁、白敦仁、李国瑜等人，这些人旧学根底深厚，诗词格律纯熟，其诗歌创作，讲究章法，在诗坛有着强烈的示范作用。还有部分中小学教师和来自各行各业的基层大众，如成都市毛泽东诗词研究会编辑出版的《民族魂之歌》第一辑、第二辑、第三辑中收录诗歌作品的作者，大多来自学校、机关、工厂、农村等基层单位，他们既是普通劳动者，更是充满激情的诗人。他们热爱旧体诗词，积极投身于旧体诗词的写作与宣传活动，在群众中起着普及与促进的作用。更有许多中小学学生与儿童也加入旧体诗词的创作队伍中，如《诗词四川》2015 年第 4 期上"雏凤清音"一栏中所列的二十位作者，成都崇州市诗词楹联学会主编的《蜀州诗词》中"新苗园地"的作者皆是。这些青少年作者生机勃勃，努力向上，为旧体诗词园地增添了无穷的景色，亦在民众中对诗词的创作与传播起着传承推广的作用。古体诗词的爱好者逐渐普及，古体诗词的创作者日益增多，自然也就推动了古体诗词的创作热潮，优秀作品也就不断涌现，这就为古体诗词的当代复兴奠定了坚实的群众基础。

其次是有关古体诗词创作的社团组织兴旺发达，创作交流也日益频繁，促进了旧体诗词的创作活动。"吾国诗社甚多"，改革开放以来，人们思想解放，言论自由，诗歌言志抒情，亦是百花齐放，歌朋诗友，相聚酬唱，切磋琢磨，作为交流平台的诗歌社团自然也就应运而生。特别是近二三十年来，全省各地的诗歌社团组织亦如雨后春笋不断涌现。除了四川省诗词学会、成都市诗词学会外，成都市周围各县市基本上都有自己的诗歌社团组织，如崇州市诗词楹联学会、大邑县诗词楹联学会、金堂诗词学会、都江堰市玉垒诗社等，即便偏远如达县、巴中市也成立了达县诗词协会、巴中市诗词楹联学会。除了按地区的社团外，还有依行业或人物成立的诗社团体，前者如光华诗社(学校)，石油部门诗社，后者如成都市毛泽东诗词研究会，郭沫若研究学会等。这些民间诗歌社团组织会员进行诗歌创作，交流创作经验，切磋写作技艺，互通有无，不仅增进了互相之间的了解与友谊，而且促进了诗歌质量的提高和技艺的增强。如成都毛泽东诗词研究会多次组织的“民族魂杯”诗词大赛就吸引了国内成千上万的诗词作者踊跃参加。这些社团的活动灵活多样，或讲座、或讨论、或报告，形式自由，得到人们的好评。每个社团往往都有自己的阵地，或内部交流，或公开出版，无疑提升了诗歌创作的热情，如《岷峨诗稿》创刊三十余年便已出版期刊百余期，发行范围很广，影响很大。成都市毛泽东诗词研究会主办的《丛中笑》亦有数十期之多，影响亦不小。诚如钟树梁先生诗中所说：“诗社古即有，赋诗见深情。结交不在久，相对尽真诚。交谊托篇章，切磋粲若英。义理相绳墨，文字益纵横。”诗歌社团与诗词期刊的繁荣为诗词创作搭建了交流的平台，这为古体诗词的复兴创造了有利条件。

再次是诗歌作品的出版日益增多，传播日益广泛。随着旧体诗词爱好者的不断涌现、旧体诗词创作的不断勃兴，人们对旧体诗词的阅读要求也就更加迫切了。加之经济的繁荣、人们生活的富裕和印刷出版业的便捷，因此旧体诗歌的结集出版也就蓬勃兴旺、迅速发展了起来，近二三十年来更是异常活跃。仅以四川为例，到目前为止，出版的各类旧体诗集何止成千上万，并有不断涌现之势。社团有合集，个人有专著，已成常态。如四川省诗词学会除了编有专刊《岷峨诗稿》外，还编辑出版了八十万字的《岷峨诗稿三十年精华录》，对诗词的推广传播起了积极的作用。成都毛泽东诗词研究会编辑的诗文丛书共有十二种，绝大部分是旧体诗词集，是作者心血的结晶，是他们几十年辛勤劳动的成果。龙郁先生主编的《诗家》系列丛书有十余卷，收有数十位作者之诗，其中古体诗词亦不少。除丛书外，个人专集亦不少，如周啸天《欣托居歌诗》《将进茶——周啸天诗词选》、杨析综《杨析综诗词选》、张榕《榕庐诗文》、郭定乾《郭定乾诗钞》、滕伟民《滕伟民诗文集》、赵洪银《青山集》《绿水集》《康巴诗稿》、钟树梁《钟树梁诗词集》、白敦仁《水明楼诗词集》等，不下数百种。此外已结集只是未公开出版发行却在民间流传的尚有不少，如杜道生《青林集》、郗伯侯《烛光集》等皆是。诗歌作品的不断结集出版无疑为古体诗词的当代复兴创造了丰厚的物质条件。

二

一个时代有一个时代的诗文，我们所处的时代是一个改革开放、不断创新的时代。巴蜀大地同全国各地一样,也发生着日新月异的巨大变化。时代呼唤着我们的诗歌创作要适应新时代、新形势的要求,以高昂的热情、高超的技艺去歌唱我们这个崭新的时代,吟咏美好的现实生活,颂扬新人新事,鞭笞丑陋的事物,揭露不合理的社会弊端。因此丰富多彩的诗歌题材、新颖独特的诗歌技巧便成了旧体诗歌当代复兴的又一个重要方面。

忧国忧民,始终是我国文学创作的主题,旧体诗词的创作继承并发展了这一优良传统。如"5·12"大地震,凡近年来四川出版的诗集,没有不收以此为题的诗作的。长篇如张志烈《抗震行》洋洋洒洒共四十六韵,短者绝句更是不知其数;多者如钟树梁《汶川地震五首》《汶川大地震略述八首》等一连串写了十余首,不可谓不多。再如陶武先《震情三首》,周裕锴《汶川大地震震余杂感》等皆是。这些诗或抒写对受灾人民的同情与支持,或对救灾英雄的歌颂与赞美,皆情真意挚、催人泪下。此外对民生疾苦亦多有反映,如刘道平《访贫》一诗:"泥径荒村冒雨行,打工人去暗心惊。几多触目几多叹,一半抛荒一半耕。孙傍柴门呼客到,翁停竹帚带愁吟。脱贫事业谈何易,不觉东山新月升。"作者冒雨访贫,见到农村田园荒芜、人烟稀少、触目惊心,不禁对脱贫事业的艰难表示忧虑,其忧国忧民之情溢于字里行间,十分真切。同样作品如马春《新闻九十万自然村庄消失》一诗也对"空空如也已无人,弃屋荒田兽迹新"的农村荒芜情景表示了忧虑关切,自然质朴、感情真挚、颇为动人。农村如此,工厂又如何呢?请看何焱林《探亲》一诗:"二八村姑此探亲,工棚局促会良人。象床草荐圆巫梦,过道螺纹遮楚云。壁席窥帘闻恶少,鸳衾并蒂是天伦。晨炊野菜和糠煮,不觉低头暗拭巾。"据作者按:"某工友妻赴矿山探亲,工棚局促,领导安排其在过道住宿。"可见此诗是写实,说明工友的生活并不比农民好,字里行间,亦充满了对工友的同情和悲叹,质朴而亲切。

放言无惮,坦诚直率,敢于美刺社会现实,具有浓厚的生活气息,这也是我国古代文学创作的优良传统,旧体诗词的复兴亦继承并发展了这一传统。对于我们的时代,对于新生事物,诗歌自应歌颂。钟树梁《试吟嫦娥一号奔月六言诗八首》、马干国《"神六"升天感怀》《贺"神七"发射成功》、刁长庆《赞嫦娥一号绕月工程》、苏文聪《天宫一号发射成功》等就是赞颂新成就的旧体诗歌。但扬善更须抑恶,故放言无惮,讽刺时弊,紧贴社会现实,应是诗人更大的价值取向,这虽不能有补于世,却能无愧于心。周啸天《天谴》一诗堪称代表："天谴已遭口蹄疫，人间犹有注水猪。动物福祉凭谁问？古来君子远庖厨。"开篇点题，从"口蹄疫"和"注水猪肉"说起，引出"动物福利"的问题，直截了当，深入本旨。接着诗人尖锐地指出人类乱杀动物，使动物丧失生存权是造成生态失衡的根本原因，人类遭"天谴"是自作自受。最后诗人认为物种无贵贱，人与动物是益友，都应和平共处，因而主张要保护动物，保护动物即保护人类。诗虽正面论述，但对社会弊端的揭露还是深刻有力的，有着巨大的警示作用。此外如高云梧《矿难》、苏文聪《马加爵案件有思》《贪官"秘诀"》、钟树梁《读报瞥见"上海商学院宿舍起火四女生相继跳楼身亡"大惊、深悼、长感》、魏泉如《斥奸商瀞水捞油坑顾客》《无题》、陈应鸾《舞厅吟》《屡见斗殴，有作》等作，或刺或讽，皆紧贴社会现实，骨鲠直言、坦率真诚、颇受人们喜爱。

比兴寄托，继承发展，亦是中国古代诗词的优良传统，这一传统的艺术手法在当代诗人的笔下又绽放出新的异彩，取得了独特的新成就。周裕锴先生的诗歌堪称典型，其《拟楚辞·九哀》就继承屈原"依诗取兴，引类譬喻"的比兴寄托手法，抒情言志，深沉真挚、含婉不露，并在此基础上，引入史实典故，如"感子产之治郑兮，庶不毁其乡校。嗟厉王之弭谤兮，俟川决而横潦。孰吁谟之定命兮，岂远猷而辰告。何天意之难问兮，震丰隆以施暴。"连用四个典故，借史言志，议论含婉，深沉不露，颇有韵味。特别是他的《效演雅》一诗，虽是因爱山谷《演雅》诗"词之雅，学之博，格之高，理之谐，调笑众生，游戏斯文，善谑而不为虐"的模仿之作，但结合现实、别具新意、讽刺幽默、含而不露，且较之黄诗，规模更为宏大。黄庭坚原诗二十韵四十句，而周诗洋洋洒洒扩展为四十四韵八十八句，想象丰富、议论深沉，而又含蓄隽永、诙谐有趣，俨然宋调复生，苏黄再出，的确翻出了新的花样。可见作者对苏黄用力颇深，在学习继承中亦有创新和发展。此外如何鹤的《壶口放歌》写黄河壶口瀑布，开头十二句即从古人传说及唐人诗句写起，气势不凡；中间三十二句直接写壶口瀑布，飞驰想象，着力夸张，将壶口瀑布写得惊天动地、气挟风雷，读之令人振奋，颇有太白之风。最后四句"跃上龙门泻千里，纵泻千里情未已。浩荡烟波曲向东，海阔天空红日起。"融壶口瀑布与诗人情感为一体，既写瀑布历经曲折，浩荡东流，终于海阔天空迎接红日升起，这又何尝不是诗人历尽人生坎坷，如瀑布一样，终于到达红日初升的海阔天阔之处呢！全诗意味深长，颇有唐诗风韵。

综上所述，不难看出对题材的拓展和对手法的创新是旧体诗词在当代复兴的又一个重要方面。

三

古体诗词在近三四十年能够重新兴盛发达起来并不是偶然的，而是时代使然，是各种社会因素促成的。

首先，自上而下的各级党政领导对中国优秀传统文化的重视，特别是对古代诗词的重视。毛泽东主席虽然曾经说过旧体诗词“不宜在青年中提倡，因为这种体裁束缚思想，又不易学”的话，但他同时又强调旧体诗词的重要性，认为“旧体诗词源远流长”“一万年也打不倒，因为这种东西最能反映中华民族和中国人民的特性和风尚。”因而主张“旧诗可以写一些”。他自己就特别喜欢旧体诗词，所作诗词，除开几首民歌体外，几乎全为旧体。朱德、陈毅等老一辈革命家的诗作亦都为旧体。邓小平同志所作诗词甚少，但其对诗词的喜好却是众人皆知的，四川诗书画院的成立，他是倡导者之一。习近平主席更是重视中国传统文化中的古典诗词，他认为中国古代经典诗词应进入中小学课堂，优秀传统文化的教育要从青少年抓起。他不仅这样讲，而且身体力行，亲自创作了《念奴娇·追思焦裕禄》，起了很好的模范带头作用。省市一级的许多领导同志也积极踊跃地加入了旧体诗词的创作行列，特别是离退休老干部大都喜好旧体诗词的写作。榜样的力量是无穷的，各级党政领导干部的积极参与，自然也就促进了民众的创作热情，旧体诗词的创作在最近二三十年取得长足的进步和发展，与此很有关系。

其次，旧体诗词自身的特点及优良传统。中国古典诗词最能代表中国人的作风和性格，为广大人民大众所喜闻乐见。这是因为古体诗词的形式深深植根于中国文化的肥沃土壤之中，形象地表现了天人合一、阴阳互补、义寓象中等独特的中国哲学思维。“天人合一”的哲学思想，不是把人与自然对立起来，而是要天人相亲、天人合一。诗词中的“物我一体”“物我相融”正是“天人合一”思想在审美意识中的体现。律诗中的平仄对仗，除了汉字的特殊性之外，也是“阴阳互补”哲学思想的艺术体现。“阴阳互补”是指在阴阳的对立中求得统一、协调和和谐，平仄的对立、对应，达到音调的互补与和谐，正是这种阴阳互补的哲学思维模式。宇宙中的阴阳构成宇宙的和谐，律诗中的阴阳平仄对应，则构成诗词的和谐对称之美。可见律诗的体制包含着极为丰富的民族文化内涵，应该大力继承与发扬。正因为如此，中国古体诗歌的发展，尽管有兴衰成败的曲折，但其优良传统，却始终不绝如缕，从未断绝。即如五四运动以后一段时间，在新诗的冲击下，旧体诗词曾面临危机，一度衰退。但不可否认，当时的一批著名诗人，也深深地扎根于中国优秀传统文化的沃土中。胡适《尝试集》中附录的《去国集》就有词、曲、五七言杂诗，甚至有一首格律严谨的七绝。宗白华的小诗也受到了唐诗绝句的影响，闻一多因为受传统诗词的影响，“勒马回缰作旧诗”。鲁迅、郭沫若等一批“五四”新文化运动发起者及后来的新诗人如臧克家等也逐步转向旧体诗词创作，且取得了很大的成就。可见中国的新诗脱离不了旧体诗词的影响。旧体诗词的特点及优良传统不绝如缕，孕育着一代又一代新的诗人，在今天也不例外。

最后，新体诗歌发展的困惑。五四运动是一场彻底的不妥协的反帝反封建的革命爱国运动，当时的青年们传播马列主义，高举民主、科学的旗帜，反对旧道德，提倡新道德，反对旧文学，提倡新文学，在“五四”新文化运动中发挥了积极的推动作用。中国的新诗正是在这场如火如荼的新文化运动中诞生出的一种新的诗歌体式，它顺应历史进步的潮流，配合时代发展的需要，在古老的中国开创出了一个白话自由体诗歌百花齐放、生机勃勃的新天地，对于冲破几千年封建思想道德牢笼，促进新思想新道德的形成与进步起了巨大的促进作用，令人耳目一新。但自五四运动迄今，新诗的发展业已走过九十余年的历程，除初始阶段胡适的《尝试集》、郭沫若的《女神》等以狂飙突进式的呐喊在中国诗歌史上放出异彩以外，至今尚少振聋发聩的突出成就者，总体来看，发展较慢。这不能不使人困惑、发人深思。综合各方面的经验教训，窃以为新诗的发展有以下几点值得注意：一是就诗歌题材来看，主体抒情多，反映社会现实生活较少，脱离生活，脱离民众；二是就诗歌技巧来看，朦胧含蓄多，朴实自然少，雕琢做作、故弄玄虚，使读者摸不着头脑，难于理解，不易记诵；三是就语言形式看，散文化议论化多，而用韵较少，完全缺乏诗歌的韵味，不讲形式，几乎成了散文的另一种形式；四是就诗歌传统来看，对中国古典诗歌优秀传统吸收较少，对西方诗歌的吸收亦囫囵吞枣。正因为新体诗歌尚存以上不足，故人们转而趋向旧体诗词也就是自然之事了。新体诗的困惑与徘徊不前正好为旧体诗的当代复兴提供了最好的契机。

“歌以志哀，辞以载和”

——巴蜀丧葬歌谣的文化内涵及社会根源

罗亮星[①]

引 言

“和”植根于中华传统文化，深受儒、佛道思想浸润，逐渐成为中华传统文化的精华，是真善美价值观统一的核心。它追求自我身心一如、“天地人和”，倡导兼容并包、有容乃大，宣扬遵循社会法度与道德准则，尊重自然规律，是构建中国传统文化的核心思想。“和”思想是儒家“礼”“仁”思想价值的升华，也是儒家思想追求的最终目标。它既是一种世界观，也是人类认识世界的方法论。巴蜀虽地处西南，但早在西汉时，文翁为解决“蜀地僻陋，有蛮夷风”问题，就派人前往长安学习儒家经典，在成都“立文学精舍、讲堂，作石室”，创办中国历史上第一所地方官办学校。同时，文翁筑周公礼殿，教授儒家礼仪。“文翁化蜀”促使蜀学兴盛，开创“蜀学比于齐鲁”的盛况。官方的重视和引领，不仅使儒家思想在士大夫阶层空前盛行，也在普通百姓中有序传承，其中丧葬歌谣是重要的传承途径。巴蜀丧葬歌谣，通过法师或礼生吟诵、歌唱，伴以锣鼓、唢呐或二胡，构成一种歌、乐、舞相

① 罗亮星：硕士，四川师范大学文学院讲师，主要研究民间音乐、民间文化。

应和、雅俗共赏的综合艺术。每逢丧葬仪式，民众自发参与其中，慰人所悲，最终死者得以祭奠，悼者得以解脱，大众得以教化。如奉节县甲高镇《哭灵歌》：

谯楼一更鼓儿天，想起爹娘在生言；孝顺儿女是正传，勤耕苦读莫贪玩。

孝悌忠信家声远，为善积德子孙贤；此话爹娘常时念，叫儿思想泪涟涟。

月照院墙鼓二更，爹娘在世常言声；忠厚为人守本分，兄宽弟让不相争。①

歌谣通过回忆，让生者在死者灵前再次强化"孝顺儿女是正传""孝悌忠信家声远""忠厚为人守本分，兄宽弟让不相争"的思想观念，仪式庄重、气氛浓烈、言语恳切，让儒家倡导的"礼""仁""孝悌""和善"思想薪火相传，让生者灵魂和思想、信仰和道德都得到洗礼、升华，在内心深处潜移默化地构筑起以"仁爱""孝悌""和善"为准绳的道德体系，从道德上约束其思想行为，协调自我内心，自我与他人、社会的关系，最终达到"和"的目的。巴蜀丧葬歌谣中蕴含的"和"思想，是中华民族传统文化中几千年积淀和砥砺出来的道德精华。

一、巴蜀丧葬歌谣中"和"思想解析

巴蜀丧葬歌谣中的"和"思想以其独特的文化特色，彰显着鲜明的人文情怀和深远的社会意义。笔者认为，巴蜀丧葬歌谣中蕴含的"和"思想主要包含三个层次：追求自我心灵觉悟、身心一如的内心"平和"；主张家庭关系长幼有序、上下通达的"家和"；倡导人类社会和谐共处、共同进步的"人和"。

（一）追求"身心一如"的"平和"

《大学》有言："古之欲明明德于天下者，先治其国；欲先治其国，先齐其家；欲齐其家，先修其身。"儒家思想主张"修身齐家治国平天下"，注重个人

① 杜礼臣、刘其华、欧勤圣：《中国民间文学三套集成》（四川省奉节县资料集），内部资料，1989年，第49—51页。

自身修为，追求心灵觉悟，完善自我，认为只有身心一如、内心平和的人才有可能管理好家族，治理好国家，安抚好天下百姓。巴蜀丧葬仪式中追求自我身心一如、内心平和的歌谣屡见不鲜，奉节县丧葬歌谣《嘱辞》：

临终嘱托话几句：一家大小要相宜。莫仗身势耍小意，有钱莫把贫穷欺。

与人共事凭天理，切忌不可用心机。弟敬兄来兄爱弟，莫因小事耍心机。

弟兄手足生死替，同居到老不相离。三妯四娌要和气，娃娃只当各人的。

临终嘱咐话几句，要得相会在梦里。①

歌谣劝诫世人注重提高自身修养，与人相处内心平和，切莫"嫌贫爱富""仗势欺人"，卖弄自己的权势与富贵，把自己的利益放在首位。世界上每个生命个体的生存、发展权利都是平等的，只是由于社会分工不同，把握机遇的能力差异，或是身体、智力的缺陷，暂时在物质、精神上稍欠缺，但对于整个世界来说，每个个体都有存在的意义和价值，对社会发展都有自己的贡献。所以，切忌小瞧暂时身处人生低谷的弱者，更不能落井下石，仗势耍小意，应择善而从、约之以礼，尽可能帮助、鼓励他们，为他们搭建发展的平台，激发其潜能，促进其实现自由、全面发展，以实际行动践行"修己以安人"，实现自我修身与成就他人双赢格局。"与人共事凭天理，切忌不可用心机""弟敬兄来兄爱弟，莫因小事耍心机"，同事、兄弟甚至是陌生人之间相处，应遵守社会法度与道德，应秉承真诚、有礼有节、互尊互敬原则，应遵循事情发展的基本规律，尊重不同意见，面对名利、权势的诱惑保持身心一如、内心平和，通过不断完善自身以感化、吸引他人，达到"修己来人"，不断提高自身以及身边人的修为。如三台县歌谣《孙女哭祖母》：

全凭祖母来教训，耳提面命费尽心。时常又对孙女论，一身之计在于勤。

① 演唱者：杨明春。采录者：谭发斌。1986年7月15日采录于奉节县江南乡江南村。

日月如梭莫虚混，时不再来古人云。持家节约及根本，诗书花乐裕后昆。

行动举止要端正，存心常兴日月明。言语温和人崇敬，不可爱富与嫌贫。

常言富贵本天定，凡事半点不由人。一切言语谨记定，古人天相享遐龄。

只望祖母发聚庆，寿如彭祖八百春。①

孙女通过回忆祖母生前教训“诗书花乐裕后昆”“行动举止要端正”“言语温和人崇敬”，在褒扬祖母关心子孙成长成才同时，教化、感召世人只有饱读诗书、言谈举止端庄，才可能受人崇敬，才可能“裕后昆”。诗书、礼乐使人明智、明理、明辨是非，当一个人可以客观看待事情的是非曲直之时，此人格局势必高远，心灵势必觉悟，性情势必平和，当然，也就具备了管理家族、治理国家的基本素质，就有可能成为社会、国家的有用之才。

老子说：“王法地，地法天，天法道，道法自然。”“无为而治”是道家的核心思想，也是修行、为人处世的基本原则。道家认为，道的最根本规律是自然、本然，对待事物就应该顺其自然，无为而治，让事物按照自身规律自由发展，不应按照人的主观愿望横加干涉，不应人为影响事物的自然进程。正如歌谣所讲“常言富贵本天定，凡事半点不由人。一切言语谨记定，古人天相享遐龄”。富贵荣华、长寿与否都应尊重事物自身发展的规律，采取无为之道来养生治世，时时怀揣平和之心，对己对人，不急功近利、揠苗助长，只有这样才能达到预期的目标，实现可持续发展，这也是平和思想的完美再现。当然，“无为”，并不是一无所为，不是不作为。“无为”是不妄为，不人为而为，不逆道而为。对于那种符合道、顺应自然的事情，可自然而为，以有为为之。

（二）以家庭和睦为核心的“家和”

家是以血缘、婚姻等关系为基础，由亲属成员构建的人类社会生活单位。“家和”即构建家庭的亲属成员间尊卑有序、上下通达、和睦共处。就人类社会而言，“家和”是构建和谐社会的基础，是人类社会持续发展的原

① 演唱者：孙扬辉，男，汉，58岁。采录者：阳长金，男，汉，34岁。1986年3月采录于三台县郪江乡（今郪江镇）一村。

动力。在以“父子关系”为主轴的传统中国伦理中，“家和”通过“孝悌”实现。《论语·为政》曰：“生，事之以礼；死，葬之以礼，祭之以礼。”生养死葬是中华民族传承几千年的传统美德，这种美德为实现“家和”提供了理论支持，为家庭关系的良性发展建立秩序。巴蜀地区通过宣扬“百善孝为先”“敬老养亲”的优良传统来构建家和的丧葬歌谣不胜枚举。大巴山区《二十四孝》：

二十四孝古人言，大概之中说一番。……大舜耕田第一件，文帝尝药孝老年。……董永卖身把父葬，老莱戏彩父母欢。丁兰刻木十三件，蔡顺采桑与娘餐。黄香扇枕孝亲眷，郭巨埋儿富贵全。姜革用功给母餐，陆绩怀橘奉家严。王裒伏墓守三年，高祖煎药送堂前。香英割股救母难，孟宗哭竹冬笋现。寿昌寻母千里远，痪典尝粪心诚虔。二十四孝古今传，传与大家做典范。[①]

歌谣通过歌颂文帝、董永、香英等历史人物“尝药孝老”“卖身葬父”“割股救母”等孝事典范，让普通百姓意识到在“生养死葬”大事上，在追求家和的过程中，既无高低贵贱、贫穷富贵之异，也无男女长幼之别，需要的是一颗“敬老养亲”的心，需要营造的是长幼有序、上下通达的和谐环境。当然，值得注意的是，无论是在传统社会还是在现代社会，“家和”的真谛应认识清楚，不能为了追求家庭表面和谐，一味强调屈服、顺从，应尽力构建平等的家庭关系，在平等关系下讨论事情的是与非，只有这样的家和观念才能在现代社会得以传承和发展，才能真正促进家庭和睦、长幼有序。梁平区龙门镇汉族《养育》：

父母随要随时办，莫推今天与明天。莫说哥哥没供满，兄莫说弟少几天。

有兄有弟轮子转，无兄无弟分哪边？兄弟莫把轮子转，任谁父母在哪边。

……

① 朱仕珍：《巴山民俗歌谣选》，四川人民出版社，1988年，第285页。

生前不孝死祭奠，哭断肝肠也枉然。任你灵前来供献，哪见父母口来餐。

在生之时不供献，枉自吃斋去朝山。丁兰忤逆悔不转，只得刻木供灵前。

……

不孝之子听我谈，不孝枉在人世间。披起人皮世上转，说话犹如牛马般。

乌鸦反哺存孝念，羔羊跪地把乳含。总要诚起心一片，慎终追远孝为先。

你孝父母儿孝你，孝顺还生孝顺男。不信你把檐前看，点点滴在旧窝间。

不信你把庙中看，菩萨总讲孝为先。[①]

此歌谣用朴实、通俗易懂的语言诠释了怎样敬老尽孝，怎样建立“家和”关系。“父母随要随时办，莫推今天与明天”，对待长辈的诉求，我们要优先满足，不能今推明缓，父母能自己解决的问题，他们不会轻易开口。“兄弟莫把轮子转，任谁父母在哪边”，时至今日，在巴蜀部分地区“吃转转饭”[②]笔者认为此种赡养父母的方式有待商榷，不利于养成“家和”的社会风尚，由于儿女的生活习惯不同，思想观念差异，老人在儿女家频繁循环，适应不同生活环境，给老人一种居无定所的感觉。若能“任谁父母在哪边”，尊重父母的选择，倾听父母的意见，父母内心就会有一种家的归属感，生活就踏实、稳定，“家和”风尚就自然形成。歌谣又言“生前不孝死祭奠，哭断肝肠也枉然”“在生之时不供献，枉自吃斋去朝山”，劝诫生者，父母在生之时应尽孝，应尽可能善待父母，给父母构建一个和谐的家庭，不要等到父母离世后，哭得惊天动地、肝肠寸断，甚至吃斋念佛，企图弥补自己未尽之孝，这是没有意义的，是虚情假意的行为，不会得到世人的认可，更不利于家庭和睦。“乌鸦反哺存孝念，羔羊跪地把乳含”，何况为人儿女，对父母孝敬，和谐家庭氛围，要从现在开始做起，只有这样，“家和”观念才会深入

① 演唱者：陈老头。采录者：李秀才。1986 年 3 月 31 日采录于梁平县（今梁平区）龙门镇文圣村。

② 仍是赡养父母非常普遍的方式，吃转转饭：即人类学定义“轮养制”，指几个儿子结婚成家，分出单过，形成相对独立的家户生计共同体后，按时间均平地给父母提供膳食和居住的家族模式。引自马威：《北方蒙汉边际地区的轮养制研究》，中央民族大学博士学位论文，2005 年，第 21 页。

人心，才能世代相传，因为今之儿女即未来之父母，人都会年老，都有需要后代子孙尽孝的一天，都渴望家庭和睦。

“家和”不仅需要解决父母的一日三餐，更应关注父母的精神生活，多陪伴、常问候、细倾听，尽可能给长辈创造一个自由、上下通达的生活环境，只有这样，家和美德才可能持续传承、发展。梁平区《养育》：

父传子来子传孙，你的膝下也有男。前人做样后人看，儿大就要席上还。

不信你把檐前看，点点滴在旧窝间。不信你把庙中看，菩萨总讲孝为先。[①]

歌谣通过宣扬“父传子来子传孙”“前人做样后人看”思想，强调长辈的言行对后辈的影响，尊老敬老行为上行下效，规范社会大众的言行，为“家和”美德在中华民族传统文明中世代相传奠定了坚实的基础。巴蜀俗语“屋檐水点点滴，点点滴来不差移”“老子偷鸡儿偷鹅，一代更比一代恶”等正是这一思想观念的形象反映。“家和”的基础是“子孝”“妻贤”“兄弟互敬”，故“子孝”“妻贤”“兄弟互敬”不仅仅是家庭成员个人道德体现，而且对促成“家和”产生社会价值和道德影响具有非常积极的意义。所以，巴蜀民众在追求“家和”的过程中，以“孝悌”观念为联系宗族成员的纽带，影响着村落、社区的人际关系，为实现和谐社会构筑了坚实的基础。

（三）以社会和谐为日的的“人和”

笔者认为“人和”就是社会个体相生相克、互促互补的辩证统一。对丁丧葬仪式来说，人死之后，生前平衡的人际关系被打破，尤其是一家之主、身份地位显赫之人，他的去世可能给家庭、地方和谐带来隐患。因而，围绕死者而举行的葬礼，便起到了维护或重建人际关系平衡，进而促进社会和谐的作用。巴蜀丧葬歌谣中包含大量宣扬妯娌、乡邻和睦和社会和谐的歌谣，营山县《祭母》：

儿跪灵前泪难忍，颗颗珠泪温衣襟。

① 演唱者：陈老头。采录者：李秀才。1986年3月31日采录于梁平县（今梁平区）龙门乡文圣村。

想母平生多淑慎，三从四德谁不称。

和睦乡邻人尊敬，操持家务比人能。[①]

平昌县祭文《家祭》：

和睦相处四邻院，平安处事少祸端。有酒有菜亲朋劝，一旦有事谁向前。

手足之情莫轻看，要学姜氏大被眠。骨肉情深心一片，且看曹氏煮豆篇。[②]

丧葬仪式不仅悼亡追荐、解孽消冤，丧葬歌谣也不仅仅烘托气氛、救赎心灵，丧葬仪式和音乐的完美结合有助于促进乡邻和睦，有助于促进社区和谐，当这种“人和”思想观念被不同社群成员接受并传承时，社群成员的世界观、价值观就会不断接近，现实生活中不同民族、国家、族群间的矛盾就有可能被弱化，构建和谐的人类社会也就有了可能。歌谣“和睦乡邻人尊敬”“和睦相处四邻院，平安处事少祸端”就是对中国传统“和为贵”思想观念的传承发展[③]，若社会大众都秉承“乡邻互敬”“平安处事”的原则，社会必将和谐。

宗族成员靠血缘关系维系，没有血缘关系的社会大众靠什么来耦合，进而形成“人和”呢？笔者认为，“善”是构筑社会成员走向“人和”的桥梁。笔者认为“善”是一种对社会绝大多数人的生存发展具有积极意义和正价值的特殊性能和规定的社会意识。巴蜀丧葬歌谣作为中华传统文化的重要组成部分，保存着大量宣扬“善”思想的警世名言。歌谣巧妙地把“善”的思想渗透到了人们的意识中，悄无声息地在人们的内心深处筑起一道以“善”为准绳的道德体系，形成了“人和”的社会关系。南部县丧歌《过十殿》：

我送娘过头殿门，头殿有个黑漆门。

我送我娘二殿门，二殿脚下一条河，快快跑过女儿河。

---

① 演唱者：蒋德峨，男，汉，80岁；蒋德福，男，汉，38岁。采录者：蒋献，男，汉，38岁。1986年7月8日采录于营山县三星乡。

② 2007年6月19日采集于李自堂老人葬礼；采录者：罗亮星，男，汉，生于1981年。

③ 实地调查发现，“和为贵”思想渗透在巴蜀民众生产生活的诸多方面。巴中、平昌、达县、绵阳等地的牌坊上多刻有“一团和气”字样。此外，平昌等地流行的纸牌“上大人”，也自始至终贯穿着“天地人和”思想。

我送我娘三殿门，三殿有个奈河桥。行善之人桥上过，作恶之人打下桥。[①]

“行善之人桥上过，作恶之人打下桥。”歌谣对比“善人”“恶人”在阴曹地府的不同待遇，以此警示世人不要作恶，要多行善举，死后才能获神佛护佑，得福报，登西方极乐世界，反之则被打下奈河桥受罪。正应俗语：“善有善报，恶有恶报。不是不报，时候没到。”巴蜀丧葬歌谣通过宣扬“善”这种道德品质，把没有血缘关系的社会大众黏合在一起，逐渐形成一种社会大众共同认可的价值观，进而形成和谐、融洽的人际关系，实现真正意义的“人和”。

总之，“和”是中华民族人格品性、道德品质塑造的核心内容，是知与行的统一，也是行为与过程的统一。巴蜀丧葬歌谣通过宣扬修身、孝悌、善行以及人与自然和谐相处，通过对真善美的追求，关注内心世界的“平和”，强调“家和”，促进“人和”理想，在现代社会，具有十分重要的意义。

二、巴蜀丧葬歌谣中“和”思想的社会根源

巴蜀丧葬歌谣中蕴含的“和”思想观念得以传承发展，既与巴蜀地区在历史发展过程中移民文化所呈现的多元性密切相关，也与神秘灿烂、博大精深的巴蜀文化所追求的“静可坐享天成，动可行卒而生，退可无为逍遥，进可仗剑而存”的价值观念一脉相承。我们可以从以下几个方面讨论“和”思想观念的形成根源。

（一）移民入川与“和”思想的根植

历史上，巴蜀的人口结构曾多次发生巨变。频繁的自然灾害和战乱，使得土著人口锐减，统治阶级不得不从人口富足的楚、豫、湖、广、赣、粤等地区移民巴蜀，以保证正常的生产劳作。尤其是元末明初、明末清初的“湖广填四川”大移民使巴蜀人口结构发生了巨大变化。移民巴蜀后与土著长期交融，形成了今天的巴蜀汉民族。如道光二十三年《重庆府志・氏族》共列姓氏 45 家（包括同姓及改姓者），明确指出为外地迁入的就有 20 家，约

① 南部民间文学三集成办公室：《中国民间文学三集成》（南部县资料卷），内部资料，南部中学 1992 年印刷，第 171—172 页。

占44.4%。而湖广迁入的有9家(其中麻城有4家),占迁入总数的45%;江西迁入的有6家,占30%。光绪《黔江县乡土志·士族》"本境大姓"共列姓氏9家,明确指出为土著的有3家,而外地迁入的就有6家,约占总数的66.7%。光绪末年《江北厅乡土志·士族》共列出姓氏31家,明确指出为外地迁入28家,约占90%;土著只有3家,约占10%[①]。实际上,外地移民迁川引起巴蜀人口结构的变化在明末清初十分普遍。以下是巴蜀各地县志对移民迁徙情况的记载。

巴蜀地区部分方志对移民迁徙情况的记载

县(州)志名	修志年代	内　容
《巴州志·风俗》	道光十三年	州自明季……土著无几。遗风旧俗弗可得而详已。国朝康熙、雍正间,秦、楚、江右、闽、粤之民,著籍插占,各因其故俗以为俗,不必尽同
《巴中县志·民籍》	民国七年	元末明初之际,邑地荒废。间有自楚迁入者,插占为业……清初招垦,来者日众。大约楚、赣来者十之六七,闽、粤来者十之二三。明中叶入巴者黑册,清代陆续入巴者红册,户口滋生,日益繁衍
《三台县志·风俗》	民国二十年	自兵燹后,流离播迁,隶版籍者为秦、为楚、为闽、为粤、为江左右。五方杂处,习尚不同。久之而默化潜移,服其教不易其俗
《彭水概况·氏族》	民国二十九年	吾县因明末寇乱,人口死亡殆尽,清代承平以后,乃由各省县迁徙填住,日渐繁衍。故邑中大族,多非本籍,尤以来自江西者为盛……

① 黄尚军:《四川方言与民俗》,四川人民出版社,2002年,第244页。

续 表

县（州）志名	修志年代	内 容
《大足县志·风俗志》	民国三十四年	明末献贼惨屠，土地荒芜，即有淳美之风俗，亦随浩劫以俱湮。清初移民实川，来者又各从其俗。举凡婚丧、时祭诸事，率视原籍所通行者，而自为风气。厥后客居日久，婚媾互通，乃有楚人遵用粤俗及粤人遵用楚俗之变。例然一般，固无异也

不仅官修志书对当时巴蜀地区移民情况做了如实记载，具有私家记忆性质的族谱文献在追溯家族历史时，也多将祖先迁川视为家族大事，记载也颇为详尽。

巴蜀地区部分族谱对移民迁徙情况的记载

族谱名	年 代	内 容
黔江《向氏族谱》	道光二十七年	祖惟成公……自乾隆七年由楚迁川，落业酉阳
广安《蒲氏宗谱》	宣统二年	我蒲氏元末（避乱），由楚北黄州府麻城入蜀，其卜居广安（历四百余年）
射洪《杨氏族谱》	民国十年	吾祖自明正统初，从蓬莱迁于射洪治北三里许。迄今将四百年，历十余代
遂宁《李氏族谱》	民国十六年	先世始居河南，宋南渡遂迁楚之麻城县孝感乡，洎乎有明，祖曰志高，由楚迁蜀，居遂宁安仁里下县坝
黔江《陶氏族谱》	民国二十三年	我陶氏，陶唐氏之后裔也……我祖历代口传系江西祖籍，（明中叶）入蜀四支。一支入永川，一支入涪州，一支入云阳，我祖入黔江洞口乡
华阳《续修张氏族谱》	民国二十六年	张自黄帝赐姓以来，世为望族，代有贤达。吾祖明代，由楚迁蜀，世居华阳太平镇

县志和族谱对巴蜀地区移民迁徙情况的记载，为我们进一步探寻该地区的人口来源及多元文化交流等，提供了十分珍贵的线索。正是由于巴蜀地区跨时代、大范围、多民族人口的迁入，使得原本故步自封的区域文化得以与外来文化全方位、多角度、深入地交流融合，不断吸收中原文化等区域文化的精髓，这也使得偏安一隅的巴蜀文化更显包容性，更能与时俱进。

与之同时，五方杂处的移民生活在一起，由于文化形态、生活观念等均存在差异，将多元的文化融为一体，实现“不同而和”的局面，更需要来自不同地域、携带不同文化观念的人群秉持“和”的思想，方能使“异域”变为“故乡”。“和”观念在此过程中进一步完善、深入人心，其核心价值逐渐成为巴蜀民众衡量社会道德水平的标准，最终“和”文化成为该地区的主流文化。

除此之外，由于丧葬仪式是人生礼仪中最重要的环节，涉及面广，不同民族、不同区域民众在思想文化交流中，更易达成共识。“和”思想通过丧葬歌谣传承，寓教于乐的传播方式更容易被普通大众接受，同时，丧葬仪式特殊、神秘，在传承、弘扬主流文化的过程中，扮演着不可替代的角色。

（二）圣谕宣讲与“和”思想的传播

从汉代“乡约”始，到明代开国皇帝朱元璋颁布“圣谕六言”，到顺治九年（1652年）顺治将“圣谕六言”钦定为“六谕文”，康熙九年（1670年）朝廷又颁布了“圣谕十六条”：

敦孝悌以重人伦，笃宗族以昭雍睦，和乡党以息争讼，重农桑以足衣食，尚节俭以惜财用，隆学校以端士习，黜异端以崇正学，讲法律以儆愚顽，明礼让以厚风俗，务本业以定民志，训子弟以禁非为，息诬告以全善良，诫匿逃以免株连，完钱粮以省催科，联保甲以弭盗贼，解仇忿以重身命。

可见，圣谕内容也主要在于推行自我内心“平和”“家和”“人和”的道德准则，试图以此建立以伦理为准绳的社会秩序。雍正二年（1724年），朝廷又颁布万余言的“圣谕广训”，对“圣谕十六条”做了详细阐释，力图建立全国教民之标准，推进民众伦理道德素质的提升，尝试以宣讲圣谕的方式教化、约束百姓。圣谕中的大多数内容与巴蜀丧葬歌谣的文化内涵极其相似，都试图以家庭伦理为出发点，再扩及家族、邻里，最终上升到全社会的道德准则，如《祝亡灵》：

哀思苦，哀思苦，羊生有子知跪乳；鸦生有子知反哺，岂可人而反不知。

哀思苦，哀思苦，哀思我父（母）登仙去。惟愿我父（母）上天庭！[①]

歌谣内“羊生有子知跪乳，鸦生有子知反哺，岂可人而反不知”反复吟诵，羊、鸦等禽兽都知道孝敬父母，“岂可人而反不知”，与“圣谕”宣讲的“孝敬父母，尊敬长上”相映衬。“圣谕”宣讲对促进“和”思想在巴蜀广大农村地区的传承、发展，起到了一定的促进作用。

在统治阶级的主导下，宣讲逐渐呈现从官方主导向民间流行趋势。宣讲圣谕刚开始由官方主导，如康熙三十九年（1700 年）谕：“直省奉有钦颁上谕十六条，每月朔望，地方官宣读讲说，化导百姓。”[②]雍正七年（1729 年）规定：“直省各州县大乡、大村，人居稠密之处，俱设立讲约之所。于举、贡、生员内，拣选老成者一人，以为约正。再选朴实谨守者三四人，以为值月。每月朔望，齐集乡之耆老、里长及读书之人，宣读《圣谕广训》，详示开导。务使乡曲愚民，共知鼓舞向善。”[③]《赞灵》：

大人弃世，虽死犹生。克勤克俭，理让乡邻。

亲戚叹惜，里党尊称。如何一去，不下凡尘。[④]

歌谣倡导“理让乡邻”，社会和谐，做“里党尊称”的善者，与统治阶级的治国方略，圣谕宣讲的思想一脉相承。乾隆元年（1736 年），宣讲圣谕的约正可以选用普通里民担任，进一步推动了圣谕宣讲融入普通百姓。在统治阶级的极力倡导、推行下，嘉庆道光年间，民间宣讲圣谕已经十分流行。徐心余《蜀游闻见录》：

川省习俗，家人偶有病痛，或遭遇不祥事，则向神前许愿，准说圣谕几夜。所谓说圣谕者，延读书寒士，或生与童，均称之曰讲师。[⑤]

---

① 朱仕珍：《丧葬礼仪歌谣》，香港天马图书有限公司，1994 年，第 56 页。

② 素尔讷：《历代科学文献整理与研究丛刊：钦定学政全书校注》，武汉大学出版社，2009 年，第 8 页。

③ 素尔讷：《历代科学文献整理与研究丛刊：钦定学政全书校注》，武汉大学出版社，2009 年，第 292 页。

④ 朱仕珍：《丧葬礼仪歌谣》，香港天马图书有限公司，1994 年，第 55 页。

⑤ 徐心余：《蜀游闻见录》，四川人民出版社，1985 年，第 95 页。

可见，宣讲圣谕的参与度之广，对黎民百姓的言谈举止的影响之深远。随着宣讲的不断深入，巴蜀各地不断涌现出职业的宣讲艺人，他们师徒相传，如《跻春台·假先生》：

时有讲生，是四川人，乃胡炳奎徒弟，在文县宣讲。学儒即去拜门，学讲圣谕，每到台上把案讲完，即将自己过错做成歌词，说与众听。[①]

随着圣谕宣讲的日常化，单纯的宣讲不乏有些枯燥，为了吸引民众，乾隆年间，有宣讲者把一些民间家喻户晓的善书[②]，使圣谕宣讲的趣味性、故事性增强了，民众参与的效果也就提高了。在实际演讲中，劝善性故事深受民众喜爱，起到了教化民众、构筑完善“和”道德价值体系的作用。圣谕内容内涵广博，它以“孝”为核心，以“善”为根本，以“和”为最终目的，与巴蜀丧葬歌谣所宣扬的思想不谋而合，从而共同构成了巴蜀民众的“和”思想。

结　语

著名历史学家汤因比曾说：“虽然如此，像今天高度评价中国的重要性，与其说是由于中国在现代史上比较短时期中所取得的成就，毋宁说是由于认识到在这以前两千年期间所建立的功绩和中华民族一直保持下来的美德的缘故。”[③]这一观点告诉我们，优秀传统文化蕴含取之不尽、用之不竭的养分，这些养分对于提高人类的道德水平，追求崇高人生境界、建设现代和谐社会具有举足轻重的作用。巴蜀丧葬歌谣用艺术化的语言宣扬提高自身修养、珍视亲人、敬畏生命、尊重自然的思想，建构个体生命与自我、他人、社会、自然和谐相处的“和”思想。“和”思想通过社会大众熟悉的、口耳相传的艺术形式呈现，易被普通大众接受、易传承、易塑造真善美的价值观，与现代社会主流思想不谋而合，在全社会积极倡导友善、文明、务实、和谐等思想观念的今天，重新发掘丧葬歌谣中的“和”思想，具有很强的现实意义。

---

① 刘省三：《中国话本大系·跻春台》，江苏古籍出版社，1993年，第365页。

② 穿插其中穿插其中善书：又称劝善书，民间流传的意在惩恶扬善的通俗读物。

③ [英]汤因比、[日]池田大作：《展望21世纪——汤因比与池田大作对话录》，荀春生等译，国际文化出版公司，1985年，第287页。

论作为地域文学现象的当代大凉山彝族诗人群

刘启涛[①]

进入21世纪以来，地方作家群的浮现成为一个值得关注的文学现象。很显然，地方作家群的形成绝非一种偶然，我们从布尔迪厄所谓的“文学场”视域出发会发现，地方作家群得以浮出地表，有着文学场内外各种力的推动。故而，要深入探究地方作家群，仅仅立足于创作状况的考量还是不够的，大量的文学外部因素，譬如期刊、报纸、网站等传播媒介，作品的结集和出版，以及阅读、批评，乃至相关的宣传和研究，等等，都是亟待关注的话题。一般情况下，也只有在这一系列文学内外因素的共同作用下，一种地方化的文学创作才能引起人们如此广泛的关注。

作为一个广受关注的创作群体，当代大凉山彝族诗人群的浮现并非一个孤立的文学事件。它主要得益于这样三个方面：其一就是地方性文化，凉山地区特殊的自然和文化环境，不但为诗人们的创作提供了重要的创作资源，而且也影响了他们的创作模式和表现形式；其二就是其生产和传播机制，诗歌创作之所以能够在凉山彝人中间如火如荼地开展，发表平台和传播媒介的因素是不容忽视的一环，尤其是地方作协、媒体，乃至一些自办刊物，是其极为重要的支撑；其三则是一个较为健全的文学内循环系统，不

---

① 刘启涛：博士，周口师范学院文学院讲师。

同梯队的作家之间，从创作、阅读、批评到最终的整理出版，形成了一个稳定的传播圈子。正是这些因素的激发，不但唤起了诗人们的创作热情，也把大量诗人聚集在了一起，并最终形成了一种值得关注的文学现象。

一、地方文化资源

一个地方作家的诞生和成长离不开特定氛围的影响，这种氛围很大程度上来自一种文化积淀，并由此形成了一种艺术化的氛围。当代大凉山彝族诗人群的存在，首先离不开彝族根深蒂固的诗歌传统。毕摩经籍、民族史诗、民间口语诗歌等各种传统，这种文化氛围为凉山彝人营建了一种诗的底蕴。如埃斯卡皮所说："除语言外，作家选用的文学体裁及形式也由他所隶属的那个集团决定。"[①]对凉山彝人来说，诗歌具有非同寻常的凝聚力和亲和力。

诗歌本身是凉山彝人生活的一个重要部分，他们的生老病死几乎都与之相伴。从普通日常的亲友互访到隆重的节日庆典，几乎都带有诗的元素，比如毕摩文化。在彝人的生活中，毕摩既是祭师也是历史文化的传播者。在他的吟诵中，不仅有对民众的消祸祈福，也包含了对民族历史文化的诗意描述，以及对祖先和英雄的缅怀和颂扬。毕摩的吟唱对诗人们创作的影响是极其深远的，吉狄马加曾说过："我写诗，是因为我的部族的祭师给我讲述了彝人的历史、掌故、风俗、人情、天文和地理。"[②]毕摩的吟唱不但洗涤了人们的心灵，而且也把人们带入了神秘的语言天地。人们在聆听毕摩的崇拜时候，其实也在以一种诗的方式，去接近部族的祖先和英雄。

凉山地区还蕴藏了口头诗歌传统，克智和尔比尔吉就是两种极为重要的表现形式。"克智"作为彝人日常交往的一个重要形式，它通常发生在有客人来访的时候，以主客对答的形式，表达了主人待客的热情。这种对答当然不只是普通的嘘寒问暖，而是带有一定的仪式成分，其中也不可避免地会运用文学性的修辞，以及编排有秩的声律。"尔比尔吉"则是一种格言式的民间谚语，闪烁着民族智慧的光芒，比如"金子不怕火，英雄不怕死""英雄杀敌靠战友，德诂判案靠协商"等。无论是克智还是尔比尔吉，其中

① [法]埃斯卡皮：《文学社会学——罗·埃斯卡皮文论选》，于沛选编，浙江人民出版社，1987年，第81页。
② 吉狄马加：《吉狄马加的诗》，四川文艺出版社，2010年，第408页。

都隐藏着一种诗性的狂欢，它们都对当代大凉山彝族诗人群的创作有着深远的影响。

在凉山地区，这种诗传统一直延续着，影响着一代又一代诗人。早在中华人民共和国成立伊始，凉山地区迎来了翻天覆地的变化，这一时期出现了最具代表性的诗人就是吴琪拉达，他怀着激昂的诗情创作了《农奴翻身歌谣》《大凉山情歌》等一系列脍炙人口的佳作。在当代大凉山彝族诗歌史上，吴琪拉达的影响无疑是具有标志性的。诚然他的诗歌带有着鲜明的时代印记，但是他在形式上却保留了很多民族性的东西。比如《大凉山情歌》是这样写的，“直九、直九/ 别要叫吼吼// 收起你的嘲山调/ 听我唱阿惹牛// 我的阿惹牛/ 住在黑山头// 我的阿惹牛/ 是个女英雄/ 列门甲谷的路她走过/ 罗和衣呷的雪她吃过// 她领导妇女们/ 赛过支呷阿陆。”吴琪拉达对于凉山地域风情的书写既充满了原生态的气息，也表现出对于时代的关注。对于后来的诗人来说，吴琪拉达的勤奋和多产是一个不小的激励，他的创作思路也是一个明确的引导。

在这种地方文化的滋养之下，再加上 20 世纪 80 年代的诗学思潮，直接推动了大凉山彝族诗人群创作的高峰，这个高峰主要体现在吉狄马加的创作中。在吉狄马加的身上凝结了民族和世界、历史和现实等多种元素。他似乎有太多的话要说，这些语词冲撞着他的胸膛，有无数条理由把他推向当代诗坛。值得关注的是，吉狄马加不是作为一个孤立的形象出现的，在其先后，还有马德清、倮伍拉且、阿库乌雾、巴莫曲布嫫、阿苏越尔、俄尼·牧莎斯加等一大批诗人。这些诗人的创作在形式和内容上，都渗透了民族和地方性的元素，并且他们是以一个群体的形象出现在当代文坛，这种现象本身就很值得关注。

二、地方报刊

在整个文学生产的过程中，发表是一个关键性环节。它不仅标志着一部作品的完成，更重要的是，它建立起了作家与外界的联系。对于地方作家来说，尤为如此，如果没有较为顺畅的发表渠道，以及一系列重要作品的发表，那么这种群体创作则无法成为一种文学现象。在这里，地方报纸、文学期刊，乃至网站都是值得关注的传播媒介。在大凉山、昭通、延安等地区，这些传播媒介都发挥了不同程度的作用。

首先说报纸，报纸的生产周期一般都比较短，是文学作品传播较为便捷的路径。因而对一个地区的文学创作来说，地方日报的副刊往往能够为他们提供一个展示自我的平台。它们有的为年轻作者发表作品提供便利，有的则是为业已成名的作家摇旗呐喊。在当代大凉山彝族诗人群的创作中，《凉山日报》《四川农村日报》等地方报纸都发挥过这样的作用。可是报纸的局限也是不言而喻的，它发表的作品一般比较零散，面向的读者大多偏向于大众化。另外，报纸的作者往往较为驳杂，其身份各不相同，群体的构成有很大的偶然性。虽然它满足了一些年轻作者将文思转变为铅字的渴望，但是却不能满足专业化方面的需求。不过，报纸的宣传效果是不容忽视的，尤其是像《文艺报》《文学报》这样的专业报纸，它们的背后一般都是些专业文学机构，为一些作家提供了弥足珍贵的展示平台，比如《彝族文学报》。这份报纸创刊于1996年，发表了大量的文学作品，为四川、云南、贵州等地的彝族作家提供了一个重要的平台。

相比报纸来说，文学期刊与作家的联系就更为密切了。一般每个期刊都有自己的办刊方针，借此能够把一些志同道合的作者聚集在一起。因此期刊的作者队伍相对也较为单一，非常有利于新老作者之间的交流和切磋。对许多专业作者来说，文学期刊无疑是发表作品的理想平台，尤其是那些国家权威期刊，往往是大家迫切争取的阵地。在当代大凉山彝族诗人群发生和发展的过程中，像《诗刊》《民族文学》《星星》等期刊所给予的支持是不容低估的。尤其是《星星》杂志，对这一群体的影响是极为深刻的。吉狄马加甚至这样说过："我写诗，是因为有一个《星星》诗刊，他们曾集中发表过我的诗。"[1]对于这群身在西南边远地区的青年诗人来说，《星星》无疑是一个便利而理想的平台。作为《星星》的掌门人，流沙河、白航等老一辈诗人对这些年轻诗人更是寄寓了厚望，也给予了他们很大的鼓励。

最后，值得一说的就是《凉山文学》和其他自办刊物。作为凉山州文联主办的文学期刊，它对自己有着明确的定位，即"以培养凉山彝族和其他彝族地区的文学作者为己任，以发展繁荣民族文化为宗旨，以繁荣文学事业为目的"。从这一定位之中，我们可以看出《凉山文学》首先是以地域（凉山）和民族（彝族）为立足点，并把文学作为了一项重要的事业来对待。对

---

① 吉狄马加:《吉狄马加的诗》，四川文艺出版社，2010年，第406页。

于当代大凉山彝族诗人群的成长来说,《凉山文学》可谓功不可没,它有着一种凝结人心的力量。同时,它也成了当代大凉山彝族诗人群的一块精神阵地,几乎这个群体里的每个成员都在上面发表过作品。同时它也为培养新生的创作力量,提供了重要条件。此外还有他们自己创办的一些刊物,比如阿苏越尔、阿黑约夫和克惹晓夫等人在大学时期就主编的《山鹰魂》和《西南彩雨》,发星主办的《温泉诗刊》和《独立》,还有民刊《山荞魂》,等等。这些期刊都有一定影响,并形成了一个圈子。只是由于我们的资料有限,也无法进行过多地列举。值得一提的是,这些同人刊物大都功利化成分较少,往往也真正能够切实地推进文学的进步。

在报刊之外,出版整理同样也极为重要。如果没有整理,很多作品可能一发表就烟消云散。需要注意的是,整理不是一般的汇总,而是一种目的明晰的发现和整合。当代大凉山彝族诗人群对创作成果的整理有两种形式,一种是编著选集,另一种则是出版个人诗集。从传播的实际效果来看,对诗歌这样一种简约的文体来说,编著选集无疑占有着很大的优势。在编著选集的过程中,各个诗人之间的风格差异,以及不同意象建构,使编出的文本很容易产生出一种错落有致的美感。对一个稳定的作家群来说,选集的编著直接为整体研究提供了便利,也使得“群”的影像更加突出地呈现出来。事实上,当代大凉山彝族诗人们一开始就很注重诗选的编订,其中发星为这项工作做出了很大的努力。在这些选集当中,发星的《当代大凉山彝族现代诗选》和凉山州文联、凉山州作家协会主编的《凉山当代文学作品选》是两部学术价值丰厚的集了。

正是因为选集能够体现出一种整体意识,所以在整理的过程中,诸多相关问题也会浮现出来。在《凉山当代作品选·诗歌卷》中,不但收集了彝族诗人的作品,也收集了汉族诗人的作品。但是无论前者还是后者,生态诗学理念都更加突出地显现出来。这一地区的彝汉诗人们对于凉山地理人文的热爱,对现代文明的反思,成了他们创作的基调。而发星编选的《当代大凉山彝族现代诗选》则重在一种民族品格的呈现,这两部作品都反映出了诗歌创作与人文地理之间密不可分的关系。

最后,值得关注的就是网络新媒体,比如一些文学网站、论坛、博客,直接为作家作品的问世提供了便利。只是与纸媒相比,网络新媒介的门槛较低,但是它的传播速度却非常快,这对民族文学和文化的传播来说,确实是个值得利用的资源。此外，自媒体也是值得关注的，如今很多诗人都拥有着自己的博客、微博和微信公众平台。这不但使他们在最短的时间内了解到外部发生的信息，也可以将自己的作品以更快的速度在更大范围内传播出去，同时也加强了作者和读者的交流。只是从传统的视角来看，网络传播还无法具备纸质期刊那样的权威性，而且网络的稳定性不够，网页的更新或删除也会给读者造成困惑，因而一时还无法被人看好。不过，对于我们研究地方作家群状况来说，网络新媒介依然是个值得关注的文献资源。

三、阅读接受状况

阅读和接受包含有两个方面，一种是普通读者的阅读和接受，另一种则是专业读者的阅读和接受。

一般来说，普通读者的阅读大都是遵从自己的兴趣爱好，以自己的知识素养为基础。虽然凉山彝人有着深远的诗传统，但是作为一种偏于精英化的文体，诗歌的阅读依然是很难确定的。值得关注的一点，就是当代大凉山彝族诗人群的创作，无论是在形式上还是在内容上都带有较为浓郁的地方风格。他们的诗歌很多是可以拿来歌唱的，这也就为普通读者的接受降低了门槛。虽然普通读者的阅读无法构成对诗人的直接影响，但是却有助于形成一种接受氛围。其实，在我们研究地方作家群的时候，当地普通读者的文学接受状况无疑也是一个值得关注的对象，只是这一点需要以大量的田野调查为依据。不但方法上对我们以往的研究范式是个挑战，而且成果是否被看好也是一个问题。

与普通读者的接受相比，最值得一说的，就是专业阅读。专业阅读也可以从两方面来说，一种是地方作家自己圈子内的阅读，另一种则是研究者的阅读。对于一个作家群来说，这两种阅读几乎同等重要。毫无疑问，圈子内的阅读不仅有利于作家群内部的稳定，也有利于他们相互提高。而学者的阅读同样也是不可或缺的，它直接影响到学界对于该作家群的定位和解读。在当代大凉山彝族诗人群成长的过程中，这两种阅读都产生过积极重要的影响。比如在吉狄马加步入诗坛的时候，就赢得了绿原、流沙河、孙静轩等老一辈诗人的高度评价，此外还有孙玉石、李鸿然、耿占春等学者的关注。至今，关于吉狄马加的研究和评论已经具有了相当的规模，并且还在不断增加。前辈诗人和学者对当代大凉山彝族诗人群的关注和提携，是这个群体得以成熟的重要因素。另外，本土的学者和评论家也促进了当代大凉山彝族诗人群的成长，比如巴莫曲布嫫和阿库乌雾本身就是具有一定造诣的学人。他们作为大凉山彝族诗歌的亲历者，发表的观点具有较大的权威性，往往富有真知灼见。

结合上述三个大的方面来看，一个地方作家群成长的因素是复杂的，这种研究也确实是个值得深度进行的课题。不过，我私下里认为，地方作家群的研究绝不是一件容易的事情，我们对地方作家群怎么界定，如何才能避免一种地方主义的陷阱，建立起一种客观公正的、坚实开阔的研究模式，是地方作家群研究亟待解决的问题。

多民族
文学与文化

古代西南少数民族汉语诗文别集整理之历史概况与现实意义

徐希平[1]

西南地区是中国民族族别最为丰富的地区，西南文学不仅有传统国学观念中的历代作家诗文词创作别集，还有丰富的少数民族文学创作，少数民族文学既有母语文学创作，还有大量的汉文创作。这些都是中华文学的宝贵遗产。

抗战时期，闻一多先生在参加湘黔滇旅行团尤其是欣赏彝族舞蹈后，“从那些“民族歌谣中看出了中华民族的强旺生命活力……这种大有可为的潜力还保存在当今少数民族之中……”。为此他曾计划写一篇文章，标题下注明了发人深思的要点——“不要忘记西南少数民族……”[2]，发出中国文学的希望在西南的判断。其后学界对西南民族文学和文化的研究日渐重视，成果丰硕。

无论西南古代文学研究还是少数民族母语创作文学，均可谓成就斐然，其基础便是作家文集整理。迄今为止，有关西南古代别集文献的整理硕果累累，而数量可观的古代西南少数民族汉文创作研究则较为薄弱，根据张舜徽《清人文集别录》，以及李灵年、杨忠主编《清人别集总目》，柯愈春

---

① 徐希平：西南民族大学文学院教授。

② 郑临川记录、徐希平整理：《笳吹弦颂传薪录——闻一多、罗庸论中国古典文学》，上海古籍出版社，2002 年，第 175 页。

著《清人诗文集总目提要》,清代别集中包含的少数民族作家别集数量可观,中国社会科学出版社 2014 年出版的多洛肯《元明清少数民族汉语文创作诗文叙录》著录更为翔实,大略统计古代西南地区作家文集上百家(白族 45 家、纳西族 36 家、彝族 20 家、布依族 3 家),还不包括其他生活在西南地区的土家族、苗族、回族等 ,以及该书未统计的岷江上游的羌族汉文创作。虽然亡佚不少,但现存的至少也还有 80 余家,这其中不乏许多有较大影响的少数民族作家,如著名的武侯祠"攻心联"作者云南白族赵藩《向湖村舍诗》(初集、二集、三集),纳西族作家木公有《隐园春兴》《庚子稿》《万松吟卷》《玉湖游录》,布依族文人贵州独山莫友芝《莫友芝》(2009 年人民文学出版社出版,张剑等整理),彝族黄思永《慎轩诗文集》(黄克学整理),余家驹、余珍《时园诗草》等做过专门整理外,大多数尚未整理,极不利于对于少数民族文学成就的认识评价和深入研究。近年出版的一些大型丛书如《华东师范大学图书馆藏稀见丛书汇刊》《北京师范大学图书馆藏稀见清人别集丛刊》《南开大学图书馆藏稀见清人别集丛刊》,以及《清代诗文集珍本丛刊》等 1362 种。《清代诗文集汇编》(全 800 册)收入清代诗文集 4000 余种,但其中有关西南少数民族汉文文集数量有限。其中一个重要原因便是汉文别集缺乏整理,少数民族汉文资料总体上极为难觅。

一、别集编撰渊源及正史著录少数民族作者别集概况

集部文献著录与整理向来为人所重视,历代目录文献不绝如缕。《中经新薄》和《晋元帝四部书目》确立"经史子集"四部分类法,经唐代魏征等编《隋书·经籍志》,正式用于历代正史目录,集部中又分为楚辞、别集和总集三类。《宋史·艺文志》集部再增加一曰楚辞类,二曰别集类,三曰总集类,四曰文史类。以后又包括词集、诗文评等类目,但主要是别集和总集。

从文学史角度而言,经部中的《诗经》其实为我国第一部诗歌总集,《楚辞》则可谓最早的一种特殊文学总集,而作家个人诗文创作(含赋)则为集部的主体。

可惜无论《汉书·艺文志》还是《隋书·经籍志》,集部著录文献后世皆多有散佚, 此后,唐宋明清正史皆有集部记载。

《四库全书总目提要》共 200 卷,集部 52 卷,别集类 38 卷,(含存目 12 卷),纪昀感慨曰:"集始于东汉……唐宋以后,名目益繁,然隋唐志所著录,

宋志十不存一;宋志所著录,今又十不存一;新刻日增,旧编日减,岂数有乘除欤。文章公论,历久乃明,天地英华所聚,卓然不可磨灭者,一代不过数十人。其余可传可不传者,则系乎有幸有不幸,存佚靡恒,不足异也。今于元代以前,凡论定诸编,多加甄录。有明以后,编章弥富,则删剔弥严。非曰沿袭恒情,贵远贱近,盖阅时未久,珠砾并存,去取之间,尤不敢不慎云尔"。

在这些正史所列的别集中,也包括一些少数民族作者的文集,比如《清史稿》别集开始就列有圣祖《圣初集》等178卷,世宗、高宗、仁宗、文宗、穆宗等别集上千卷,虽然为文学研究者不以为然,但其文体为诗文却是毋庸置疑的。清代满族诗人纳兰性德《通志堂集》、蒙古族诗人法式善《存素堂诗文集》系列等则让人不能忽视。《明史·艺文志》也记载了回族作家丁鹤年的《海巢集》,《元史》虽然未编艺文志,但其中的少数民族作者汉文创作更是大名鼎鼎,仅《四库全书》就收有如契丹作家耶律楚材《湛然居士集》、色目人作家萨都剌《雁门集》,乃贤《金台集》,回族作家马祖常《石田先生文集》,党项作家余阙《青阳集》、王翰《友石山人遗稿》、维吾尔作家贯云石《酸斋诗集》等,此外如清代布依族作家莫友芝《郘亭诗抄》、白族作家赵藩《向湖村舍诗集》等,金代鲜卑后裔作家元好问《元遗山集》、金代女真族诗人耶律俦等更是一代翘楚,其诗文创作与中国古代文学史中许多著名作家相比较也毫不逊色。因此,这类作家文集流传相对广泛,有的还较早引起关注,收录于一些重要丛书中,研究整理者不断,如《元遗山集》不仅元明清多次刊刻,清道光时期施国祁《元遗山诗集笺注》,整理十分精当,纳兰性德《通志堂集》,尤其是《饮水词》,也多次刊印影响甚大。虽然如此,相对于整个正史著录而言,少数民族作者别集比例之低也是显而易见的。

二、古代少数民族汉文创作编选总集概况

实际上,除上述别集作者之外,少数民族作者用汉文创作的历史还可以上溯很远,且不乏佳什名篇,十分悠久,名篇也不胜枚举。《楚辞》语言意象与南方民族关系自不待言,《后汉书·西南夷传》还记载东汉明帝永平年间,居住在筰都一带的"白狼、盘木、唐鼓等百余国,户百三十余万,口六百万以上,举种贡奉",投诸祖国大家庭的怀抱。在与东汉王朝的交往中,少数古羌部落的首领,创作了一些歌诗作品。其中,被译为汉文并传至今日

的就有著名的《白狼歌》成为中华民族团结文化交融的经典之作。与此相近，宋郭茂倩《乐府诗集》所收传说北齐高欢命耶律金所唱《敕勒歌》原是鲜卑文创作，翻译之后以汉文诗歌流传，成为不朽经典。

南北朝时期是中国历史大融合的重要阶段，北朝的氐羌、鲜卑（包括慕容、拓跋、宇文氏等）等民族都有许多善于汉文写作者，同时格调高昂的北朝乐府民歌，许多出自各少数民族之口，如《乐府诗集》所收录的《琅琊王歌辞》《钜鹿公主歌辞》等两组氐羌人歌辞以及《慕容垂歌辞》皆得到文学史家的高度评价，被选入多种选本。

相对而言，《乐府诗集》是文学总集中收录少数民族汉语诗文较多较早的，这也体现出其不同于此前的《文选》《玉台新咏》和《文苑英华》的特色之处。其后，元好问《中州集》为我们保留金朝一代汉语诗歌文献，250 家 2100 首诗歌以及附录《中州乐府》收 36 家 113 首金词中自然都包括较为丰富的少数民族作家作品。明代张溥《汉魏百三名家集》为汉魏时期别集保存贡献甚大。

此后，清人在少数民族汉语诗文收集方面做了不少的工作。官修的《四库全书》就收集了不少满蒙西域等地少数民族作家别集。首先是钱谦益编选的《列朝诗集》，仿金代元好问《中州集》而纂集，旨在以诗存史，保存一代文献，所以其编辑体例一如元好问的做法，以诗系人，以人系传。《列朝诗集》编定于明清之际，选录明代 278 年间的诗作，共 81 卷，入选诗人 1600 余家。全书中帝王的诗置于卷首为“干集”，僧道、妇女、宗室和域外诗列于卷末为“闰集”，元末明初的诗则编在干集后为“甲集前编”。其“闰集”中包括段功妻阿盖等“滇南八人”。郭元釪康熙五十年奉敕刊《全金诗》74 卷，在《中州集》基础上修订增补。成书于康熙四十八年（1709）的《御选元诗》，收入 1197 位诗人的 11525 首诗，是迄今为止收选元诗最多的总集；顾嗣立编选的《元诗选》分初集、二集、三集，初集 68 卷，二集 26 卷，三集 16 卷，总共收录 339 位诗人的 19574 首诗。其后，《辽文存》是辽代诗文总集。辽朝书禁甚严，著作流传很少，亡国后典籍又多散佚。《辽文存》承袭《文选》以来各代诗文总集的体例，以文体为类。清缪荃孙辑。辽朝书禁甚严，著作流传很少，亡国后典籍又多散佚。缪荃孙之前，韩小亭曾辑辽文，已散亡。清光绪中叶，缪荃孙总修《顺天府志》，甄录辽代诗文 200 余篇，编成此书。共 6 卷，《附录》2 卷（《辽艺文志》《辽金石目》各 1 卷），为研究辽代历史、文学提供了比较系统的资料。

《辽文存》承袭《文选》以来各代诗文总集的体例，以文体为类，分诗(附谣谚)、诏令、策问、文、表、奏疏、铭、记、序、书、碑、墓志、塔记、幢记、杂着等16类。分类过于琐细，辑录也间有疏误。文字讹误失校之处也很多。《辽文存》通行有光绪二十二年(1896)上海来青阁刊本。

王仁俊是清代著名的辑佚学家、史学家、史志目录学家、藏书家和金石学家，王仁俊还有《辽文萃》7卷，《辽史艺文志补正》、黄任恒《辽文补录》、罗福颐《辽文续拾》。

王仁俊还有《西夏艺文志》1卷，《西夏文缀》2卷，这是传世最早的一部汉文西夏公文的汇辑之作，共辑录汉文西夏公文21篇[光绪三十年(1904)无冰阁铅印实学丛书本]，罗福颐辑《西夏文存》及其《外编》各1卷，专门纠正《西夏文缀》辑录之失。

而明清时期陆续编辑的另一些大型文学总集如冯惟讷的《诗纪》、胡震亨《唐音统签》、季振宜《唐诗》以及《全唐诗》《全唐文》《全上古三代秦汉三国六朝文》《全五代诗》等大型文学总集中，也都收录了不少各民族诗文作者创作的作品。

若从文学地理学角度而言，西南地区文学历史悠久，尤其是四川地区，自汉代便名家辈出，早期相关著述也主要为巴蜀地区文学，比较集中的如《四库提要》记载的南宋扈仲荣等八人编辑的诗文总集《成都文类·五十卷(两淮盐政采进本)》，共收诗、文、赋一千余篇，上起西汉扬雄，下至宋孝宗淳熙年间，内容多为历代骚人墨客歌咏蜀地山川之灵秀、文物古迹之繁盛的作品。因作者多为蜀人，编者又身为属地官吏，故取此书名。明代杨慎编辑《全蜀艺文志》是一部有关四川的诗文选集。本书以嘉靖二十四年刻本为底本，参校万历四十七年刻本、影印文渊阁《四库全书》本、嘉庆二年朱云焕校刻读月草堂本等有关书籍367种，收录范围以与蜀有关为准，共收有名氏的作者630人，诗文1873篇，按文体编排，以时间先后为序，附引用书目、作者篇名索引，竖排繁体字。

清代地域诗歌总集编纂也达到高度繁荣，如夏勇《清代地域诗歌总集编纂流变述略》所概括：“作为当时一种引人瞩目的文学、文化现象，此类总集有其自身的演进轨迹。从宏观上看，它兴起于清初，繁荣于清中叶，深化、发展于清末。在这个过程中，清代地域诗歌总集的编纂形式趋于多样，地域范围不断扩大，层级系统日益完善，卷帙规模也普遍宏富，从而将我国古代地域诗歌总集的编纂推进到了新的高度。”①

西南地方文献中，四川著名文献家李调元编选《蜀雅》20卷，孙桐生《国朝全蜀诗钞》、张邦伸《全蜀诗汇》《锦里新编》等都收集不少巴蜀诗人作品。云南贵州地方文学总集编撰也非常活跃，清干嘉时期袁文典、袁文揆编云南诗歌总集《滇南诗略》、散文总集《滇南文略》，清晰呈现了古代云南文学和文坛的发展。袁文揆对于云南地方文献的收集整理可谓导夫先路、居功至伟。黄琮编《滇诗嗣音集》20卷、收云南作家260余人，诗歌1660余首，许印芳《滇诗重光集》收录道光至光绪间云南诗人、陈荣昌《滇诗拾遗》和李坤《滇诗拾遗补》专门辑录《滇南诗略》中所漏收明代云南诗人诗作，形成了一个前后接续的省级诗歌总集序列。

在贵州诗歌总集中，傅玉书辑《黔风录》、其子傅汝怀辑《黔风演》是贵州诗歌总集的先声之作，此外还有戴粟珍和史胜书撰《黔中二子诗》、周鹤辑《黔南六家诗选》、潘元炳、潘元炜《潘氏八世诗集》、黎庶昌《黎氏家集》等。西南巨儒郑珍辑《播雅》，赵旭和赵彝凭父子光绪间辑《桐梓耆旧诗》1卷，466首，《桐梓艺文志》4卷，赵联元辑《丽郡诗征》等，《黔诗纪略》又称《贵州诗纪传证》，是贵州清代著名学者莫友芝最重要的著作之一。此外还有《黔诗纪略后编》《黔诗纪略补》等。云贵特殊的地理原因，地方文学文献中所收录的各民族作品较蜀中更多。

三、百年以来的古代少数民族汉文创作整理概况

20世纪以来，随着现代学术研究工作的整体推进，有关古代西南少数民族诗文集整理研究继续发展，主要表现在以下几个方面：

一是古代少数民族文学汉文作品集的编选注释，首先要提到的是，1981年上海文艺出版社出版的《中国少数民族文学作品选》，是“文革”后最早编选的高校少数民族文学教材，全书按照地域分为五卷，其前言说明各少数民族不仅有民间文学优秀作品，部分民族汉文文学也有相当长的历史：“回族、满族、白族、纳西族等，也早已产生了本民族的用汉文写成的作

① 夏勇：《清代地域诗歌总集编纂流变述略》，《西南交通大学学报(社会科学版)》，2009年1期。

家文学。”[①]该书所选古代汉文作品虽然不多，但却有重大的影响。其后这类选本陆续出现，如民族出版社 2005 年出版的李陶等选编的《中国少数民族古代近代文学作品选》。比较有影响的古代诗文作家作品研究还有：庄星华《历代少数民族诗词曲选》内蒙古人民出版社，1985 年出版；鲜于煌《中国历代少数民族汉文诗选》，民族出版社，1988 年出版；陈书龙《中国古代少数民族诗词曲评注》，武汉出版社，1989 年出版；高人雄《古代少数民族诗词曲家研究》，民族出版社，2003 年出版。同时还有某一民族的专题作评选，如张菊玲等《清代满族作家诗词选》，时代文艺出版社，1987 年出版；赵银棠《纳西族诗选》，云南民族出版社，1985 年出版；张应和、龙庆翔选注《苗族历代诗选》，岳麓书社，1990 年出版；周锦国《清代白族赵氏作家群作品评注》，云南大学出版社，2007 年出版；彭勃《历代土家族文人诗选》，岳麓书社，1991 年出版；另外还有 1994 年凤凰出版社出版的《萨都刺诗词选译》等个人诗文集选。

同时还有一些地方诗文总集，如民国时期秦光玉《滇文丛录》101 卷，共收 779 人的作品共 2200 余篇，与赵藩的《滇词丛录》、袁嘉谷的《滇诗丛录》同为民国以来辑录的 3 部滇人诗文总汇。张文勋《历代云南诗词选》，云南人民出版社，2002 年出版；贵州省文史研究馆《黔诗选》，贵州人民出版社，2005 年出版；贵州诗词学会、贵州省旅游局《贵州旅游诗词选》，贵州人民出版社，2006 年出版；赵平略《贵州古代纪游诗文译注》，贵州人民出版社，2006 年出版；宋文熙、张楠《历代诗人咏大理》，云南人民出版社 1990 年出版等。

20 世纪新编断代诗文总集不断涌现，20 世纪 40 年代唐圭璋先生编辑《全宋词》，以后历经修订补正，又按例编成《全金元词》，赵万里亦有《校辑宋金元人词》，20 世纪 60 年代，逯钦立先生出版《先秦汉魏晋南北朝诗》，20 世纪 80 年代以后，数量更大。上海古籍出版社 1986 年出版张璋、黄畲合编的《全唐五代词》；北京大学古文献研究所《全宋诗》(72 册，所收诗歌作品约 27 万首)；四川大学古籍研究所曾枣庄、刘琳主编《全宋文》(全书共收宋人作家九千余位，各体文章十余万篇，360 册，8345 卷)相继编成出版；中华书局 1992 年出版陈尚君《全唐诗补编》，其后出版《全唐文补编》；中华

① 马学良主编，冯元慰等副主编：《中国少数民族文学作品选》，上海文艺出版社，1981 年，第 1 页。

书局1982年出版陈述辑校《全辽文》13卷，共收辽诗文800余篇；凤凰出版社2004年出版李修生主编《全元文》61册；中华书局2013年出版《全元诗》68册，收入近5000位代诗人流传至今的约14万首诗篇；2004年中华书局出版饶宗颐先生编《全明词》（全六册）；上海古籍出版社2006年出版任半塘《敦煌歌辞总编》，收录隋唐五代期间的歌辞1160余首；以及尚在陆续编撰的《全明诗》和《全清词·顺康卷》，其中都包含不少少数民族作家作品。

第二是少数民族文学史的编写，如1983年湖南人民出版社出版的毛星主编的《中国少数民族文学》（上中下三卷）；1985年人民出版社出版的杨亮才、邓敏文等著的《中国少数民族文学》；上海古籍出版社1996年出版的梁庭望，潘春见著的《少数民族文学》；中央民族大学出版社，1994年出版祝注先主编的《中国少数民族诗歌史》等，都有较大影响。尤其重要的是《中国少数民族文学史丛书》的编撰，这项工作历时久远，1958年即启动，由中国社科院文学研究所负责，并确定首批编写书目和分工，20世纪60年代初陆续出版几部少数民族文学史初稿，1979年恢复编写，1984年新成立的社科院少数民族文学研究所再次召开座谈会，组织全国各省区力量，编撰出版"中国少数民族文学史丛书"，并于1986年全国哲学社会科学规划会议确定为"七五"国家重点项目。在此前后，各少数民族文学史陆续出版。其中与西南少数民族汉语诗文有关的主要有以下著作：张文勋主编《白族文学史》（修订版），云南人民出版社，1983年出版；林忠亮，王康编著《羌族文学史》四川民族出版社，1994年出版；李力主编《彝族文学史》，四川民族出版社，1994年出版；和钟华，杨世光主编《纳西族文学史》，四川民族出版社，1992年出版；侗族文学史编写组编《侗族文学史》，贵州民族出版社，1988年出版；何积全、陈立浩主编《布依族文学史》，贵州民族出版社，1992年出版；彭继宽、姚纪彭主编《土家族文学史》，湖南文艺出版社1989年出版；朱昌平、吴建伟主编《中国回族文学史》，宁夏人民出版社，2007年出版；丁一清著《回族文学史》，民族出版社，2015年出版；左玉堂主编《彝族文学史》，云南民族出版社，2006年出版；苏晓星《苗族文学史》，四川民族出版社，2003年出版。这10余部少数民族文学史，都或多或少地对西南少数民族汉语诗文作品予以评介。其中如张文勋主编的《白族文学史》是中国最早出版的少数民族文学史著作之一，在体例和内容编排上成为少数民族文学史写作的典范，获得了1979年至1989年全国少数民族研究优秀著作奖。此外，贵州人民出版社1999年出版的黄万机著《贵州汉文学发展史》，以及2012年启动的，贵州省省长基金课题“贵州世居少数民族文学史丛书”等，包含十七个世居贵州的少数民族文学史子课题，正陆续完稿或出版，同样涉及一些少数民族汉语诗文研究。

第三是古籍整理硕果累累，大量包含古代少数民族汉语诗文集的作家别集丛书或丛刊编撰出版。

这包含古代作家个人诗文集的深入整理研究和许多零星散藏不易见的珍稀版本包括流失海外得以集中影印刊刻问世，为进一步研究提供重要基础资料。

延续和弘扬古代治学的传统，20世纪古代文学文集整理成绩斐然，尤其是20世纪50年代以来以中华书局“中国古典文学基本丛书”和上海古籍出版社“中国古典文学丛书”为标志、人民文学出版社以及各省古籍出版社所出版的历代作家诗文集的校点、笺注本不胜枚举，中国文学史上一些比较著名的作家文集几乎都有整理，有的甚至还多达数种，这其中有少量的少数民族作家文集，如纳兰性德词集就分别有中华书局《饮水词笺校》和上海古籍出版社《纳兰词笺注》。

除按照时代编撰之外，还有不少按照西南地域编撰的别集丛刊，如徐希平主编《西南文献丛书·西南文学文献》(正编)，兰州大学出版社，2002年出版，第二编由学林出版社，2009年出版，共收录西南地区从汉代到清末诗文集60种(含少数民族作家别集数种)；2010年四川大学舒大刚教授领衔的国家社科重大委托项目《巴蜀全书》(含《巴蜀文献精品集萃》《巴蜀文献联合目录》《巴蜀文献珍本善本》)，总共将整理出版1000余册；云南贵州标志性的文献工作分别为民国初年云南赵藩辑刻的一部大型地方丛书《云南丛书》和贵州通志局任可澄主编《黔南丛书》，前者收录了明清以来云南学者撰写的各学科重要著作文献共计205种163卷，后者6集174卷[民国十一年(1922)至民国三十年(1941)贵阳文通书局印行]，两部大型丛书皆收录不少云贵地方作家个人诗文别集。贵州大学中国文化书院、贵州省文史馆还组织了点校本，并编写《续黔南丛书》(全17册)，以及《民国贵州文献大系》《近代贵州稿本影印丛书》。1988年秋由著名白族学者张子斋、马曜、杨明、王云倡导编纂出版，费孝通、季羡林、任继愈、王希季等学者出任丛书顾问，编辑《大理丛书》。这些不同体系的资料中，都有着古代西南少数民族别集的刊印整理。

结　语：

纵观西南少数民族汉文文集文献研究和整理情况，有一定成效，但总体而言，研究状况还是较为薄弱，无论是刻本、稿本、抄本，多未整理，散于各处，极不便于研究，不利于对其文学成就进行深入研究分析和总体评价，也不利于对民族文化的认识和民族文献的保护和传承，需要整合力量，加大力度，发掘整理，抢救保护。

西南各民族汉文别集文献整理与研究具有十分重要的学术价值和深远的现实意义。西南各少数民族伴随着中华民族繁衍交融的足迹生生不息，丰富的少数民族文学不仅是中华多民族文学宝库中不可分割的一部分，更蕴藏着其历经忧患而绵延坚韧、不失特色的生存密码。各少数民族文学不仅与汉文学关系密切，西南地区多民族文学亦互相渗透和影响。因此对西南各民族汉文别集文献进行全方位的清理整合，对于西南各民族文化保护工作，尤具有特殊的意义。由此增进世人对丰富的民族文化与文学成就的认识了解，是抢救和保护民族文化资源，探索民族文学繁荣发展的有效途径，对促进祖国民族团结与现代社会和谐发展，都具有十分重要的学术和应用价值。

西双版纳傣族创世史诗《巴塔麻嘎捧尚罗》的整理出版及演述场域

王淑英　岩温罕[①]

我国傣族的历史源远流长，是古百越族群的后裔。据史料记载与学者分析，傣族发源于中国东部江浙一带，其先祖携带着河姆渡稻作文化一路向西、向南迁徙。傣家先祖在迁徙途中通常会选择适宜稻谷种植的地方停留定居，他们沿着澜沧江、金沙江、怒江一直迁徙到了今天西双版纳、临沧、德宏等地，一部分支系继续南下进入泰国、老挝、缅甸、越南和印度，形成了今天傣族跨境而居的分布状态。我国境内的傣族人口逾百万，目前主要分布于西双版纳、德宏、普洱、临沧、红河、玉溪、保山等地区，其中有三十多万的傣族民众聚居在西双版纳的平坝及其边缘的低山地带。西双版纳位于中国云南省南部，与缅甸、老挝接壤，与泰国毗邻，境内土地肥沃，江河纵横，高温多雨，动植物资源非常丰富。傣族支系较多，其中人口最多的是以西双版纳为核心聚居区的傣泐[②]支系以及以德宏为聚居中心的傣那支系。两个支系都有各自关于天地来源的神话传说，集中呈现在西双版纳流传的创世史诗《巴塔麻嘎捧尚罗》和在德宏流传的《创世纪》中。

傣族自古就有“诗歌的民族”之称。千百年前，傣族叙事长诗就已经十

---

① 王淑英：云南民族大学民族文化学院副教授，研究方向：民族文学与非物质文化遗产保护；岩温罕：云南民族大学民族文化学院讲师，研究方向：傣泰语言文学。

② 西双版纳傣族自称“傣泐”，国际上称之为“泰泐”（Tai－Lue）或者“泐人”（Lue）。

分发达。公元1615年(傣历976年),傣族僧人祜巴勐撰写的《论傣族诗歌》中说当时的傣族叙事长诗就有五百部,其中,“叙事内容较长,故事较多的有五部:《乌莎巴罗》为首,接下来是《粘巴西顿》(四颗缅桂花树),第三是《兰嘎西贺》(兰嘎国的十头魔),第四是《粘响》,第五是《巴塔麻嘎捧尚罗》”。

《巴塔麻嘎捧尚罗》可直译为“神创世之初”,也可简称为“巴塔麻嘎”(开初、天地之初),或“捧尚罗”(神创世)。直到今天,在整个西双版纳地区,《巴塔麻嘎捧尚罗》的很多章节依然在祭寨心、贺新房、泼水节、婚礼等场合演述,活形态地传承着。

一、《巴塔麻嘎捧尚罗》的整理出版

《巴塔麻嘎捧尚罗》是20世纪80年代西双版纳傣族自治州少数民族古籍研究室在发掘和抢救民族文化遗产的过程中搜集到的一部重要的傣族古籍文献。1987年,州民委将这部史诗的汉译本编印成内部资料,引起了傣族民众和学者们的重视。目前,西双版纳州已经整理出版的《巴塔麻嘎捧尚罗》文本有以下几部:

(一)散文本《中国贝叶经全集》中的《创世纪》

西双版纳傣族地区关于神创世造人、制定天文历法、指导人类婚配、带领人类迁徙与安寨定居的古老神话故事最初以口耳相传的形式流传于民间。随着佛教传入西双版纳地区,特别是傣族社会产生文字之后,这些神话传说、历史故事被僧人加以改造,增删显隐后记录成文,并以贝叶经[①]《巴塔麻嘎捧尚罗》的形式流传后世。

21世纪初,西双版纳傣族自治州人民政府、昆明汉慧经贸有限公司、云南大学贝叶文化研究中心共同合作,编译整理出版《中国贝叶经全集》一百卷。2003年4月,《中国贝叶经全集》正式出版,在国内外,特别是东南亚地区,引起广泛关注,产生了重要影响。在这套《中国贝叶经全集》的第十卷中就包含被译为《创世纪》的贝叶经《巴塔麻嘎捧尚罗》。这一版本的经书是以历代传承下来的贝叶经为母本,先由傣文专家将老傣文转写成新

---

① 贝叶经是信仰南传上座部佛教的傣族保存其佛教典籍与历史文化的载体。它除了记载佛教经典之外,还记载了傣族社会历史、天文历法、法律法规、风土民情、医药卫生、伦理道德、生产生活、文学艺术等诸方面,内容博杂,包罗万象,被称为傣族民众的“百科全书”。

傣文，然后再翻译成中文的。这种散文体贝叶经版的《巴塔麻嘎捧尚罗》本质上属于佛经范畴，主要流传在宗教领域，一般在佛教入夏安居，即傣历关门节期间由僧人、波占[①]念诵给信徒听。这种散文体版本篇幅相对短小，内容固定，神圣性强，不能轻易增减。

（二）散文本“贝叶文库”中的《创世史》

2010年，云南民族出版社出版了由西双版纳傣族自治州人民政府编的“贝叶文库”，其中也收录有被译为《创世史》的这部经书。编撰者介绍说，这部散文体的《创世史》，傣文原名为“巴塔麻嘎本罗”，是贝叶经中的一部重要文献，它原本是傣族口传的神话故事，佛教传入后，这些神话逐渐被僧人收集整理起来，并按照佛教教义加以改编，变成了一部宣讲人性善恶与世界生灭流转的佛经，从世俗角度来看，它就是一部傣族的创世神话大全。

此版本的《创世史》可以分为上下两篇，共六章，前三章“神创世界”“神造万物和人类”与“谷物诞生家庭和勐形成”为上篇；后三章“世界毁灭又复生”“神制定年月日”与“功德与福分”为下篇。

上篇的开篇讲道：“顶礼膜拜！听吧，尊敬的各位贤人智士、男女老幼们！这里我们要讲述创世史，让大家知道世界的由来，懂得它的来龙去脉，并告诉后人，世世代代相传下去……”[②]结尾讲到：“各位善男信女啊，以上内容是主宰世界的如来佛祖讲述的，那时，有一位佛陀的大弟子，法名叫‘摩诃听’[③]，他听了佛陀所讲的有关帕雅桑木底大王的事之后，就记录了下来，汇编成佛教经典传承下来。现在我把这个内容的主要意思，传授给大家听……诸位比丘，各位善男信女，我传诵佛经《巴塔麻嘎捧孟里》即‘创世史’，到此就全部结束了。”[④]

该经书的上篇，即前三章主要讲述了傣族始祖男神布桑嘎西和女神雅桑嘎赛开天辟地、造人和万物，男女婚配的起源等神话传说，以及傣族始祖发现和种植稻谷的过程，傣族社会的婚姻、家庭、寨子和勐的形成过程等内容。

下篇的开篇讲到：“顶礼膜拜！听吧，善良正直的人们！现将开始诵读

① 波占：西双版纳傣族地区寺庙专职管理人员。

② 西双版纳傣族自治州人民政府：《创世史》，云南民族出版社，2010年，第3页。

③ 摩诃听：即大长老。

④ 西双版纳傣族自治州人民政府：《中国贝叶经全集》（第10卷《创世史》），人民出版社，2006年，第31页。

如来佛祖传教的经文，题为‘远冉桑酣比迈’[①]……”下篇结尾处则说：“佛陀在桑酣比迈（傣历新年）的时候，在勐拉扎嘎哈南管祇树给孤独园寺院里，对国王帕雅丙比桑讲有关‘巴塔摩嘎孟里’‘捧摩远冉’和‘功果’与‘福德’的说教，到此就结束了。”[②]

该版《创世史》的下篇是依照佛教教义，讲述人类与世界从初始形成到最后毁灭，而后又几生几灭的过程，解释人和人生活的世界是从哪里来，如何生成，为何毁灭，毁灭之后又为何重生，重生之后又为何毁灭，如此轮回、生灭不停的原因。在世界与人类生灭不熄的过程中，傣族怎样形成了自己的宇宙观、哲学观，以及傣族宗教信仰、法律法规、风俗习惯、天文历法与农业文明的形成等。

西双版纳地区的《巴塔麻嘎捧尚罗》一般都是用老傣文书写，能够阅读这类文字的主要是僧侣、康朗、波占和研究傣文的学者。熟悉史诗的人群主要是僧人、佛教信徒或者章哈（歌手）。如果现在要找这部史诗的文本，要么是去比较古老的中心佛寺找贝叶经文本或棉质经本，要么是在村寨里找知名章哈的歌本。与其他傣族叙事长诗一样，这部史诗也没有确切的作者和创作年代，只有抄写者的姓名和抄写时间。实际上，人们认为它是祖祖辈辈流传下来的古歌集成，是历代民间歌手不断积累、汇编而成的。

（三）韵文本《巴塔麻嘎捧尚罗》

1980年代，西双版纳的学者们在比较筛选过很多章哈歌本的基础上，把优秀文本挑选出来，汇总编排在一起才有了总共十四章的我们现在所说的“正本”的《巴塔麻嘎捧尚罗》。1989年，云南人民出版社出版了由西双版纳州民委编译的被称为“正本”的《巴塔麻嘎捧尚罗》的汉译本和傣文本。在汉译本的后记中，编者说：“由于广大群众和专业工作者的共同努力，不到半年时间，就搜集到《巴塔麻嘎捧尚罗》傣文手抄本三十九部，其中韵文体的十八部，约二十五万行；散文体的二十一部，约一百二十多万字。为这次征集史诗积极提供线索，奉献本子的歌手和民间老艺人近三十多人。曾一度‘冬眠’，甚至销声匿迹的《巴塔麻嘎捧尚罗》史诗正本，就是在这样的

---

① 远冉桑酣比迈：傣语专用名词。这里的“远冉”是指与制定年月日的天神“捧摩远冉”有关的事情，“桑酣比迈”是傣历新年，连起来“远冉桑酣比迈”，就是与“捧摩远冉有关的傣历新年”的意思。

② 西双版纳傣族自治州人民政府：《中国贝叶经全集》（第10卷《创世史》），人民出版社，2006年，第76页。

情况下被发掘出来的。"[①]后记中所说的发掘出的这部《巴塔麻嘎捧尚罗》"史诗正本",源自西双版纳地区一位老章哈的棉纸手抄歌本,该文本记录了人类从开天辟地一直到迁徙定居整个过程,一共有二百六十三页,一万五千多行,整本分十四章七十五小节,是西双版纳地区目前所能见到的最完整的韵文本史诗。

总体上来说,《巴塔麻嘎捧尚罗》中包含了祭词、仪式歌、神话与传说等多种文类,其核心情节为开天辟地、万物起源、洪水泛滥、人类再生、建寨定居与族群迁徙等。史诗文本大体有两种情况:一是散文体的贝叶经与棉纸经,即佛经文本,经卷一般保存在佛寺内;二是章哈所用的韵文歌本,以前多用绵纸手抄,现在很多章哈都改用复印机直接复印。文本一般都是用老傣文书写,能够阅读这类文字的主要是僧侣、还俗僧人和研究傣文的学者。

目前,保存在寺院中的贝叶经本《巴塔麻嘎捧尚罗》和较为完整的绵纸手抄本已经很少了,僧人们对这部散文版经书的念诵也已经非常罕见。

韵文体形式的《巴塔麻嘎捧尚罗》至今仍在西双版纳傣族民间广泛抄录和传唱,有大量的异文或者章节本,以前通常都用棉纸抄写,现在是直接复印师傅的文本,由章哈歌手自己保存。面前,西双版纳的傣族民众在傣历新年、进新房以及祭寨心、寨神、勐神的时候一般都要请歌手章哈演述《巴塔麻嘎捧尚罗》的相应章节:泼水节时要唱"捧贺掌"("七女杀父"),进新房时要唱桑木底建房,婚礼上要唱婚姻制度的起源,祭寨心时要唱迁徙历史与建寨定居的故事。章哈演唱不是西双版纳傣族民众人生仪礼、节日节庆与祭祀仪式上必不可少的环节,却是民众最喜欢,最期盼的活动,是否请章哈演唱主要依据当事者的经济实力和参与者的演唱需求而定。

二、寺院中僧人的吟诵

在西双版纳,贝叶经版的《巴塔麻嘎捧尚罗》主要是傣历新年、关门节期间以及民间其他一些需要僧人参与的节日节庆期间吟诵。其中,在傣历新年期间吟诵的文本被专称为"巴塔麻嘎捧贺掌","贝叶文库"所收录的《创世史》下篇即为《巴塔麻嘎捧贺掌》。曾经,西双版纳傣族村寨佛寺中有大量的创世经本供僧人学习、阅读,但现在学习、念诵这部经书的僧人却越来越少了。

---

① 西双版纳州民委:《巴塔麻嘎捧尚罗》,云南人民出版社,1989年,第490—491页。

经书《创世史》中讲述了远古时期人们欢度傣历新年的情景，并且指出，最初的傣历新年并不是宗教节日，而是祭祀捧摩远冉神，祈祷地方和村寨吉祥的节日。文中说："有这样一段时期，佛陀到'勐拉扎嘎哈纳管'[①]这个地方，在胜林给孤独园[②]寺院里禅定自修。有一天，国王帕雅丙比桑率领群臣侍从和众多的人群，来到胜林给孤独园寺院园林的山坡上集结，举行盛大的祭祀活动。人们制作了'捧贺掌'[③]的泥像，制作了仙女抱神头的塑像，在大树脚下堆起沙塔，用水浇泼，然后虔诚祈祷，一起向捧摩远冉祭奠供奉，祈求捧摩远冉神赐给地方和村寨吉祥平安、风调雨顺。"[④]这种一年一度的祭祀祈祷，是傣家先祖从远古时就流传下来的一种习俗，为的是消除疾病和灾难，让大象、马和牛等家畜兴旺，让谷子白米满粮仓，从而使百姓生活富裕、幸福快乐。但是，佛陀指出，此时世间的人和神平庸无志，固执贪婪，得过且过，因此，国王对捧摩远冉的虔诚祭祀毫无功德，毫无意义。

《创始史》记载，佛祖开示后，帕雅丙比桑国王时常用佛陀的说法去教育臣民。他呼吁臣民们，每当新年开始，都要到舍利塔那里去祭拜佛祖，堆沙塔祭祀，用纸幡、有图案的布匹、圣水、果油、米花、蜡条和瓜果等圣物，去虔诚敬奉"教召三帕甘"[⑤]；新年的头一天，要用清水和香水泼洗佛像，去祭祀菩提树、有佛迹的山和佛塔；还要去敬拜佛陀的弟子阿罗汉、比丘僧侣和遵守戒律的长辈们，让他们和大家一起，共同享受丰盛的食物，请他们接纳槟榔、烟叶、布匹等供物。此后，每逢傣历新年，信徒们都要赕塔、赕经敬拜佛祖。

每年傣历 9 月 15 日，傣语称为"楞告"，就是"豪洼萨"期间，通常叫"关门节"，即佛教中的入夏安居，也称入雨安居。"洼萨"的意思是在三个月的斋戒期间恭听诵读经文，并坚守相关戒律。这个节令，一直要延续三个月，

---

① 勐拉扎嘎哈纳管：一个大勐的名字。"勐"在傣语中是指一个地方或是国家，"拉扎"含有"王"或"君主"之意，"嘎哈"是该勐或国家的称谓，"纳管"通常是指"地方广大"。连起来"勐拉扎嘎哈纳管"，就是"地方广达的嘎哈王国"。

② 胜林给孤独园：即逝多林精舍，在舍卫国。原来为逝多林太子所有，后来须达长者买来建精舍，献给佛祖。

③ 捧贺掌：傣语专用名词。"捧"是天神，"贺掌"是"象头"的意思，连起来"捧贺掌"意思为"象首神身的天神"。

④ 西双版纳傣族自治州人民政府：《创世史》，云南民族出版社，2010 年，第 35 页。

⑤ 教召三帕甘：傣佛经里的专用名词。"教召"含有"尊宝"或"主宝"之意，"三帕甘"是三顶、三种或三方面之意。这里的"教召三帕甘"，主要是指佛陀、佛经、僧侣、佛寺、佛塔、佛山、佛像等五个方面的内容。

到“开门节”时终止，称为“噢洼萨”。在这三个月中，佛寺中的僧人禁止外出，只在佛寺诵经拜佛。

据说节日的来历与佛祖有关：每年9月，佛祖释迦牟尼都要到西天给其母喃西莉玛亚（摩诃摩耶）念诵他成佛的真经，需要三个月的时间才能回来。有一次，正当佛祖到西天讲经期间，佛徒们纷纷到各个村寨传教化缘，踩踏了民众的庄稼，耽误了民众生产，人们怨声载道，对佛徒不满。同时，这一季节是雨季，是万物繁衍生长最旺盛的季节，佛教徒出门传教，发生踩踏，伤及生灵万物。佛祖得知此事后，感到不安。此后，每当佛祖到西天讲经，便把所有的佛教徒都集中起来，规定在这三个月内佛教徒不能到任何地方去，只能守在佛寺里念经修行，进行忏悔，以赎前罪。善男信女们则每隔七天到佛寺里持戒、听经，包括《巴塔麻嘎捧尚罗》在内的经典即在这一时节集中念诵。

2017年8月15日下午，在同事岩温罕老师引领下，我们带着从《中国贝叶经全集》中复印的《创世纪》文本来到云南佛学院西双版纳分院拜访，想了解这部经书的念诵情况。我们首先拜访了都毕应叫长老。都毕应叫长老8月11日刚刚过了60岁生日，我们把经书奉上，恳请长老念诵时，他很吃惊。说他到佛学院的这些年，没有人请他念诵过这部经，我们是第一个登门请他念诵这部经典的人。他说自己现在年纪大了，这部经很长，他不能一次为我们念完。我们说，我们只是想了解一下这部经的念诵情况，长老只念诵一小段即可，不用念诵完。他为我们念诵了一段经文后说，他们年轻的时候在寺院学经，会专门学这部经文，也会集体念诵。入夏安居赕经节时，也有信众请他们念这部经书。但是，这些年来，很少有信众请他们念诵这部经书了。所以，我们拿出这部经的时候，他很吃惊。都毕应叫长老说：“文革”的时候，大量的经书被烧毁，好多僧人把珍贵的经书带到了泰国、缅甸等其他国家。他在泰国的寺院见到过这部经书，但是在西双版纳的佛寺里，这部经书已经很少见了。因为信众们赕的经书里很少有这部经，慢慢地僧人们也就不再学习、念诵这部经书了。

随后，我们又拜访了两位年轻的比丘。都毕宰龙尊者毕业于云南佛学院，之后自费到斯里兰卡留学，回国后在云南佛学院西双版纳分院做老师。另一位都毕香海尊者则在泰国待了很多年，现在也在西双版纳佛学院授课。我们分别请两位比丘看了这部经书，他们表示都听说过这部经书，但是没有专门学过。经书用老傣文书写，他们照着经书就可以念诵。我们请两位比丘分别念诵了其中的一小段。僧人念诵这部经书时，声调比较平缓，声音变化不大。因为经书是用老傣文书写，有些神灵的名字和专有名词为巴利文，懂得巴利文的僧人可以流畅念诵，但不懂巴利文的僧人会说，这应该是巴利文，但我不知道这个词什么意思，会卡住，或者跳过该词后继续念诵。

“文革”浩劫中，包括《巴塔麻嘎捧尚罗》在内的很多文献古籍被烧毁，寺院珍藏下来的很多经书又在20世纪80年代以来的古籍搜集过程中献给了地方政府，目前保存在寺院中的贝叶经本《巴塔麻嘎捧尚罗》和较为完整的绵纸手抄本已经很少了，僧人们对这部散文版经书的念诵也已经非常罕见。根据我们对西双版纳各地寺院的走访得知，很多在昆明、西双版纳佛学院学习的僧人或者寺院里的僧人并没有学习过这部经书，也从来没有念诵过；年老的僧人虽然年轻时学习并念诵过这部经书，但是因为近年来很少有信众主动要求听这部经书，僧人们也就很少学习或念诵它了。

自从唐代时佛教传入西双版纳傣族地区，特别是傣族地区创制出本民族文字之后，寺院成为学习傣文，培养傣族知识分子的主要场所。西双版纳傣族传统社会中，男童一般都要到寺院为僧修行一段时间，期间他们要学习傣文和佛教经典，所学经典中就包括用老傣文书写的散文版的经书《巴塔麻嘎捧尚罗》。这些僧人在寺院里学习文字，念诵经典，了解傣族历史文化。还俗后，这些掌握了傣族文字和佛教经典的僧人成为傣族社会、文化发展的中坚力量，他们被民众尊称为“康朗”。他们具有将散文体经书改编成韵文章哈歌本的能力。康朗在日常生活中除了会继续传抄、复制佛教经典，演唱传统曲目外，还会将人们喜闻乐见的神话传说、民间故事、奇闻逸事等改写成韵文体，用人们熟悉的曲调演唱。渐渐地，这部分康朗就变成了傣族传统歌手“章哈”。还俗后的僧人康朗是改编、创作与保存歌本的主要人群，可以将他们视为傣族的民间诗人。西双版纳傣族寨子中章哈演述的传统诗篇大部分出自康朗之手。

三、章哈的演述场域

西双版纳的傣族地区有谚语说：“唱歌使人快乐，没有章哈的歌声，在我们的生活中，就像吃菜没有盐巴，吃饭没有糯米。”章哈是西双版纳傣族地区的民间歌手与“口头诗人”。每逢重要的节日节庆、祭祀仪式与人生仪礼场合，在主办者的邀请下，章哈会演唱包括《巴塔麻嘎捧尚罗》在内的各类史诗和即兴创作的歌谣。

章哈，系西双版纳傣语，也被称为“赞哈”。“章”，即会、掌握某种技术技巧的匠人，但是“哈”却有着丰富的含义：“哈”的第一层意思是“唱”。“章哈”，直译即“会唱歌的人”，意译为“歌手”，指歌匠、歌手这种社会身份。傣族“章哈”，就是傣族地区会唱歌的人，也可以说是“歌手”或“艺人”。章哈的第二层含义，是指专门的曲调术语“章哈调”。“章哈调”是一种表演艺术，是傣族民间曲艺的一种；第三层意思是创编诗歌的行为本身，也是最初的本意。当我们说某人会“哈”时，就是指他会使用韵律创作，是一种行为能力，民间常以会不会即兴创作来评判歌手的演唱能力。官方在命名章哈各级传承人的时候，也会以“能不能创作”作为评判标准之一。既能唱，又能创作新歌的人，级别就会定得高；只会唱，不会创编的人级别就相对较低。既能唱，又能创作的歌手，带的徒弟就会越多。但是，目前既能唱别人的歌，也能自己创编新歌，特别是能够演唱长篇史诗的章哈是非常少的。

在古代傣族社会，部落头人“摩盘”（打猎时的头人）身兼多职，负责组织狩猎、主持仪式，祭祀神灵和祖先，祈求护佑。随着生产力的发展，傣族先祖由狩猎游耕经济步入定居农耕的稻作经济时代，与生产生活相关的祭祀活动逐渐成为傣族民众生活中的重要组成部分，傣族社会发展出专门的祭祀人员“摩赞”。“摩赞”是章哈的前身，主要负责祭祀仪式上的吟唱与祝祷。这些祭词与祝祷词后来演变为篇幅长短不一的古歌。随着傣族社会经济的发展，其宗教人员的职能和分工也更加细化，出现了专司鬼神的“波摩”，专管卜卦算命的“摩占拉”，专司医药的“摩雅”和专司唱歌的“章哈”。

章哈广泛流传于云南省西双版纳傣族自治州、普洱市的江城、孟连、景谷等地区，此外还盛行于泰国、缅甸、老挝等周边国家。每逢重大的喜庆活动，如傣历新年泼水节、上新房、开门节、关门节、升佛爷、结婚、孩子满月以及其他节庆活动等都会有章哈演唱。2007 年，傣族章哈入选第一批国家级非物质文化遗产保护名录。据调查，在西双版纳州，群众公认的章哈有一千多人，这意味着每三百人中就有一名章哈，但是能够完整演唱《巴塔麻嘎捧尚罗》的章哈则非常少。

2017 年 8 月 15 日，我们到景洪市文化馆询问玉坦馆长这部史诗的演述情况，她说根据自己的了解，能够演唱《巴塔麻嘎捧尚罗》部分章节的章哈比较多，最常见的就是祭寨心、贺新房、傣历新年时要演唱的相应篇章，能唱完整本的目前她知道的只有橄榄坝的一位70多岁的老章哈岩罕罗。岩罕罗是省级非遗传承人，懂历史，有文化，70多岁了还耳聪目明，会唱很多长诗，带了70多位徒弟，是橄榄坝名气最响的。文化馆有章哈演唱活动给他打电话时，他能准确地记住时间、地点，按时参加。

我们来到橄榄坝，坐渡轮过江到景哈乡政府所在地，寻找玉坦馆长为我们推荐的这位老章哈岩罕罗。景哈是个哈尼族乡，只有三个傣族寨子，我们要找的老章哈就住在镇上。我们刚到镇上，就恰好遇到了出门买东西的老人，表明了来意后，他表示欢迎我们到他家里来。老人说他参加过很多文化馆、民研所和古籍办的翻译工作。老人说，他不是歌手，是“歌王”。他带了七十个徒弟，唱了几十年的歌，没有人能够唱过他。除了唱歌，老人还会傣族武术和念咒，徒弟们有跟他学歌的，有学武术的，也有学念咒的，学费不一样。老人拿出一个塑料笔记本，上面用傣文工工整整地记着他每一次演唱时间、地点和费用，还有徒弟们给的拜师费。

他拿出了1989年西双版纳州民委编的《巴塔麻嘎捧尚罗》傣文本，说这个本子很全。教徒弟时，就让他们去复印这本书，还有自己原来手抄的一些章节。老人先是从卧室里抱出了厚厚一摞的复印本的歌本。我们请他挑出了跟《巴塔麻嘎捧尚罗》相关的文本，他很快从里面挑出了《巴塔麻嘎孟里》《巴塔麻嘎囡》《巴塔麻嘎法迈罗》三个歌本递给我们。之后，老人又拿出厚厚的一部棉纸歌本。说他教徒弟时，发现很多人不认识老傣文，他就把家里所有老傣文的歌本都改写成新傣文的，方便教学。老人的这部棉纸歌本做得非常漂亮，傣文和汉文书写得非常认真，并且做了目录和页码。他翻开目录，告诉我们哪些是《巴塔麻嘎捧尚罗》的章节。我们请老章哈为我们演唱了贺新房时要唱的章节，他说，前面有一大段固定的念词，是贺新房的时候必须要说的，说完才能唱。我们发现他的演唱跟一般章哈的演唱相比，修饰语更多，情节也更为完整。

虽然《巴塔麻嘎捧尚罗》属于傣族民间歌手章哈的必修篇目，但很少有人能够从“天神开天辟地”一直唱到“人类大兴旺”的部分，能够演唱“迁徙篇”的人更是少之又少。很多章哈的歌本都没有抄录“迁徙篇”，关于两女王迁徙的故事，很多章哈知道这个故事，但是很少演唱，大部分章哈只能演唱日常生活中常用的篇目。例如,贺新房仪式上唱的"桑木底教人类建房";婚礼上唱《捧尚罗》中召诺阿和萨丽捧结为夫妻,即傣族婚礼上栓线仪式的由来;在泼水节上就唱《巴塔麻嘎贺掌》,讲述的是"七女杀父"与象头神的故事;在祭祀寨心的时候,如果时间较长是三天两夜的话,会同时邀请几组章哈,他们轮流演唱,可以从开天辟地一直唱到祭祀寨心的这个村寨的来历以及现在的祭祀情境。若是时间短,只有一天的话,就只能唱前面的祭词和大家比较感兴趣的部分。

优秀歌手,特别是那些被某一个地方尊称为"歌王"的章哈往往保存与抄录有《巴塔麻嘎囡》的史诗文本,意思是"小创世纪"。它是演唱技艺高超的章哈对史诗进行改变和缩写用于演唱的歌本,实际上属于章哈演唱的"梗概本"或"缩写本"。这类版本的特点是以优美的词句概述了傣族创世纪的主要内容,具有近代叙事长诗的艺术特色,全诗有五六千行,最长的可达一万行。由于诗词优美,韵律和谐,又具有创世纪的大部分内容,所以许多人都把它当作"最好的史诗唱本"。

实际上,手抄本《捧尚罗》可谓浓缩了创世史诗的基干情节,章哈手中流传和使用的歌本大多数就是这种版本。相反,类似于《巴塔麻嘎捧尚罗》这种大而全的"正本"反而罕见。《捧尚罗》很可能是基于口头演述而形成的文本,而被称为"正本"的《巴塔麻嘎捧尚罗》则是在多部歌本的基础上编辑整理后形成的,是由多个文本的不同篇章像滚雪球一样汇编重组的结果。

(一)祭寨神勐神仪式上的演述

寨神勐神(社曼社勐)祭祀是傣族民间信仰的一项主要内容,是傣族先民由原来的游猎、游耕经济转向定居农耕经济的产物和标识,具有鲜明的民族性与地域性特征。从明代开始,中央王朝在西南的土司制度趋向成熟。"在其治下,西双版纳的土司制度自有其特殊之处,在宗教上,缅甸通过南传上座部佛教来加强它对西双版纳文化和社会的影响;而本土王权则依靠当地的勐神祭祀体系来确保土司对土地占有的合法权。"[①]勐神祭祀体系是西双版纳社区的核心祭祀仪式,在祭祀勐神的仪式上,如果财力允许,主办者通常都会邀请章哈前来,除了演述《巴塔麻嘎捧尚罗》中"勐神的

① 杨清媚:《从"双重宗教"看西双版纳傣族社会的双重性——一项基于神话与仪式的宗教人类学考察》,《云南民族大学学报(哲学社会科学版)》,2012年第4期。

来历”等相应章节外，如果主人要求演述寨子的历史，章哈就会从“迁徙篇”一直唱到这个寨子现在的情况。

自古以来，西双版纳傣族地区就流传着“没有家神、寨神、勐神，则家不成家，寨不成寨，勐不成勐”的说法。寨神，傣语称“色曼”“披曼”或“丢娃拉曼”。在傣族地区，每个村寨都有崇拜、祭祀的寨神、勐神，人们将勐神看成本地区的保护神并定期举行祭祀勐神的仪式。

《巴塔麻嘎捧尚罗》中的“人类大兴旺篇”中讲到，叭桑木底定婚姻、造房屋、分土地、划寨界，并教会人类饲养家畜，制作器物，祭祀等相关的很多制度，奠定了傣族先民基本的社会形态，由此开启了神话传说中的“人王帕雅桑木底时代”。史诗中说，在建寨之前，帕雅桑木底要先领着族人把红石头栽在寨子中央，周围插上十根木柱，立为“寨心”，表示人类的“定心柱”。接着在寨子的旁边，选一片茂密的森林，在这片森林中央的大树下，搭起长方形的木架子，用奇形怪状的石头和树根支在上面，分别称它们为“白勒”（风火神）、“批派”（女鬼）、“巴嘎等”（地基鬼）和“麻哈嘎栽”（管林、水、地的鬼官）。之后，宣告“寨神勐神”诞生。接着叭雅桑木底就宣布“寨神勐神”的规矩，宣布万物都“有魂有鬼。一切鬼、魂都服从于‘寨神勐神’，谁不服从‘寨神勐神’的统管，无论他是人、是鬼还是动物野兽，都会遭到无情的雷打、水淹死、火烧死、跌跤死、掉树死。死后统统变成‘批烘’（野外鬼），受不到‘寨神勐神’的保护。并把设立‘寨神勐神’的森林命名为‘竜曼竜勐’即‘寨神勐神林地’。规定每年到建寨的这一天，全寨祭‘寨神勐神’一次，一年祭一次‘寨心’。从此分散游猎的祖先，就在‘寨神勐神’的附近平地处先后盖起房子，建立起村寨。各寨又设自己的猎王殿和寨神，统一在叭桑木底寨神勐神保护下生存。接着叭桑木底就划地盘、分山水，开始了男的打猎、女的种瓜和饲养。祖先从此定居，建寨建勐就这样形成”[①]。

祭祀寨神勐神时可以邀请章哈唱歌，也可以不请。但是，如果邀请了章哈前来演唱的话，章哈首先要问清楚祭祀的寨神或勐神是谁，关于他们的传说是什么。除了演唱《巴塔麻嘎捧尚罗》中帕雅桑木底建寨、建勐的章节外，还要把所祭祀的寨神或勐神的来历及相关的传说故事演唱出来，且不能唱错。

---

① 祜巴勐:《论傣族诗歌》，岩温扁译，中国民间文学出版社，1981年，第109—110页。

（二）祭寨心勐心仪式上的演述

西双版纳的每个傣族村寨都有寨心，每个勐又有都有勐心，寨心是寨子的心脏，勐心则是勐的灵魂。每年一祭或者三年一祭的祭寨心勐心活动，是一种象征性行为，人们相信通过祭祀寨心勐心能够驱除邪秽，为寨子、本勐重新注入生命力。

中华人民共和国成立前，西双版纳傣族寨子祭寨心往往要三天的时间，现在通常只有一天的时间，也有寨子还是三天。祭寨心通常要请章哈唱歌，如果祭祀寨心的时间是三天，歌手可以演唱全本的《巴塔麻嘎捧尚罗》，即从开天辟地一直唱到两女王迁徙到西双版纳，再唱到这个寨子的建立。我们采访橄榄坝曼法岱村章哈岩罕远时，他说，祭寨心的时候，如果规模大，财力多，会请几组章哈一起来唱歌。章哈们要问清楚村子的历史、家人的情况等，要把人家写在纸上的东西都唱出来、唱清楚。唱得好的话，会加钱；唱得不好的话，下次人家就不请你了。

勐心则是整个勐的中心，是一个勐存在的标志，勐心是设勐之初就设置的，往往在勐神出现以前就已经存在。据说建勐首领决定在哪里设勐时，就要安置勐心了。例如，景洪市的勐心地点在曼占宰寨北大路边靠近南洼河畔的地方，她的标志是一座高约八米的塔（塔西丽刚宰勐景洪），传说是在叭阿拉武追逐金鹿来到景洪时设立的。勐腊地区的勐心是“刚宰勐”，俗称“戈西利庄勐”，在勐腊坝子中部的曼庄寨南的一块草坪上，其标志是四株生在一起的菩提树。在傣文典籍《勐腊地方史》中记录为“四棵一塘”。西双版纳民间流传俗语说：“最怕勐罕的浓雾，最怕勐醒的鸭舌草，最怕勐腊的祭勐神。”这是因为，勐罕的雾季最长，几乎一年有一半时间凌晨起雾，正午雾散。勐醒的鸭舌草十分锋利，会划破手脚，而勐腊三年祭一次勐神，时间在12月份，祭祀地点多达三十二处，祭祀时要封闭路口，关闭勐门，严禁行人进出，少则三天，多达七天，断断续续长达月余，使旅行者受阻，苦不堪言。

每年3月，傣族民众都会举行祭祀勐心的仪式，以祈求全勐平安、发展。勐门一般是大树、巨石，勐心一般也是以实体物的形式出现。最初，人们往往挑选巨石埋在勐心作为标记，现在大部分勐的勐心都是以塔作为标志。傣族地区，勐神一般形成于该地区最早的村寨，最早的村寨在发展过程中自然成为勐的中心，祭祀勐神的竜林因此就基本上位于整个勐最早的村寨的竜林。

在勐海县勐混镇广泛流传着一则《山神树》的传说：很久以前，在勐海黑龙潭附近的一棵山神树上生活着七家哈尼族、五家傣族，两个民族平等和睦相处，共同抵御自然灾害和野兽的侵害。后来，随着人口不断增长，山神树上渐渐住不下了，人们开始迁徙到附近各地。人们虽然分居各地，但每年仍会回到大神树欢聚一次，并在大神树下举行祭祀仪式[①]。这棵大神树自然也就成了当地傣族与哈尼族群众共同的竜林。在傣族的创世史诗中将寨神勐神称为"竜曼竜勐"意为"寨神勐神林地"。

进入农耕文明之后，傣族先民的居住地也从森林搬到了坝区。在景洪"叭景汉"的传说中，叭景汉原来居住在蒲蛮山，后通过武力攻打、协商等方式，以火烧、水淹等方法确定了与布朗族等民族的分界线，将傣族先民迁入坝区，并在坝区开挖鱼塘开垦良田，最终建立村寨。

在西双版纳的傣族各村寨流传着"家长死当家神，寨子首领死当寨神，勐的首领当勐神"的说法。勐神产生于傣族原始社会逐步瓦解，奴隶制逐步确立的过程中。在这个过程中主要有三类人成为勐神：一是本民族的英雄人物或是建勐的首领，人们崇拜他们的历史功绩，感激他们的卓越贡献，尊奉他们为勐神；二是傣住区的部落首领、奴隶主，与第一类建勐首领不同的是，他们因生前行为不端而被群众处死，人们往往对这类人既惧怕又憎恶，为了防止他们带来祸患，将其奉为勐神定期举行祭祀仪式，以祈求地方安宁；三是其他民族的英雄人物或者族群首领，人们崇拜其历史功绩将其尊奉为本勐勐神。此外，成为勐神的不仅包含最早建勐的部落首领，还包括山川名胜、神灵、图腾、异物等。

傣族祭祀寨神勐神的活动以寨和勐为单位举行，不同村寨举行仪式的时间，间隔的周期也各有差异。比如西双版纳景洪分别在傣历的1月、8月、11月祭祀勐神，勐龙坝子祭祀勐神时间为傣历4月、8月、11月，勐海勐神祭期是每隔三年一次，意为"隔三年收四次谷子"的时候就到了祭神的日子，月份在傣历1月的"鸡日"为宜。在祭祀寨神勐神的时候章哈要演唱史诗《巴塔麻嘎捧尚罗》的大部分篇章，内容包括开天辟地、诸神创世、洪水泛滥、民族迁徙等部分。

---

① 岩香宰：《说煞道佛——西双版纳傣族宗教研究》，云南人民出版社，2006年，第119页。

（三）贺新房仪式上的演述

西双版纳傣族大部分是傣泐支系，他们称家神为“丢娃拉很”，没有请入家神的房间是暂时不能用的，需要举行一个“上新房”仪式，仪式过程大同小异，只要财力允许，上新房时都会请章哈来唱歌，但是，请章哈唱歌并不是上新房仪式的必要环节。由于请章哈演唱需要耗费大笔资金，按照现在的行情，请章哈演唱一晚的费用差不多是三千元人民币，并非家家户户都能请章哈来贺新房。能够在上新房时听章哈唱歌是傣族民众最期待的内容。当主人一家将家具都搬入新居，众人纷纷落座，章哈在大家的簇拥下席地而坐，就开始了一整晚的演唱。

贺新房时要请章哈来演唱与一个传说有关的歌。相传，古时候首领帕雅桑木底盖房时，砍来两棵树做柱子，打扰了树林里的两条蛇。房子盖好后，这两条蛇也爬了进去，各缠着一根柱子不放，为了赶走它们，就请来巫师念咒语，但是蛇就是不肯离开。人们请歌手到新屋里唱歌，高兴的时候，大声喊叫“水——水——水”，蛇终于被吓跑了。这个传说从侧面反映了人们对神灵的敬畏，认为欢声笑语可以驱逐新屋中的邪恶。

创世史诗《巴塔麻嘎捧尚罗》中“帕雅桑木底造物”“狗棚架”“凤凰屋”等内容正是《贺新房》的核心部分，在提问和回答中，章哈们叙述了首领帕雅桑木底造屋和改进的过程。章哈的演唱有很大的伸缩性和变通性，听众的反应直接影响他们所唱《贺新房》的篇幅长短，观众的热情会鼓励章哈不断地添加内容，或即兴赞美听众，或讲述大家喜闻乐见的故事。

总之，史诗《巴塔麻嘎捧尚罗》中包括了天神创世、洪水淹天、人类再生、文明起源、迁徙历程、安寨定居等古老的神话故事，最初以口耳相传的形式在西双版纳傣族地区流传，主要是在傣历新年、婚礼、进新房以及祭寨心、寨神、勐神等仪式上由歌手章哈演唱其中的相应章节。佛教传入西双版纳地区，特别是傣文产生之后，这些原来在傣族民间口耳相传的与创世相关的神话传说、仪式念词、历史事件等被僧人根据佛教教义加以改造，增删显隐后记录成文，使之书面化、经典化，主要在关门节期间以及赕经、赕佛等场合根据信众要求由僧人演述相应章节。西双版纳傣族史诗《巴塔麻嘎捧尚罗》的民间口传本、手抄本与寺院中贝叶经本、棉纸经本并存的文本形式与在佛教节日、民间祭祀与人生仪礼上念诵、演唱相应章节的演述传统的形成是世俗权利、原始宗教与南传佛教矛盾纷争、长期并存的结果，也是本土神话、传说故事、历史事件与佛教教义、佛经文学相结合的产物。

评《傣族文学史》

——兼论修订《傣族文学史》的可行性

胡　辉　李发荣[①]

中国文学，是包括汉民族和各个少数民族在内的中国所有民族的文学的总汇。傣族在长期的历史发展中，有大量历史文献以傣泐和傣那两种傣文记录下来，或藏于佛寺、或存于民间而流传至今，其中不乏如神话、传说、故事、诗歌等内容丰富多彩、形式多样的文学作品，极大丰富了我国的文学宝库。

由岩峰、王松、刀保尧撰著的《傣族文学史》(云南民族出版社 1995 年版、2014 年云南民族出版社再版)，对傣族文学创作和研究做了全面系统的总结，准确叙述傣族历史上有地位的作家作品与各种文学现象，厘清傣族民族文学发展的基本线索和该民族丰实而多元的文学演变形态，总结傣族文学发展经验和规律，是了解傣族历史文化的重要途径之一，更是一项极具开创性且意义重大的傣族文学研究成果，但长期以来，学界对《傣族文

① 胡辉：滇西科技师范学院文学院副教授，研究方向：中国古代文学、文艺美学；李发荣：滇西科技师范学院文学院院长、教授，研究方向：教学管理和中国古代文学。

学史》的关注尚为不足[①]，由是，运用文本细读的方法，从《傣族文学史》的成书背景入手，分五个方面细评其特色并探讨再版《傣族文学史》的可行性，为傣族文学史的后续研究提供些许可资借鉴的成果就显得十分有必要了。

一、《傣族文学史》简介及出版背景

目前我国已有四十多个少数民族有了自己的民族文学史，这些都是特殊学术背景下的产物，《傣族文学史》就是其中之一，且在资料和价值论证方面都显示出开创性的意义。

（一）傣族文学史简介

由岩峰、王松、刀保尧撰著的《傣族文学史》于1995年由云南民族出版社出版发行，2014年再版，该书是中国少数民族文学史和文学概况重点项目的组成部分及“七五”期间国家重点项目“中国少数民族文学史丛书”系列成果之一。《傣族文学史》全书共计640千字，是对傣族神话、叙事长诗等文学现象进行认真、系统梳理并对其中一些理论问题进行深入探讨的一部卓有见地的科学论著，是傣族文学研究史上的一座新的里程碑。

（二）《傣族文学史》诞生的学术背景

文学史的书写是撰著者文学观念、学术水平的具体化，同时与撰著者所属社会群体的价值规范、情感诉求、政治意义密切相关，少数民族文学史的书写更是如此。

“新中国成立以来，中国少数民族文学史的编写是中国政权阐释和文化建构的一部分。民族文学史基本上是属于自上而下的国家学术，其从构思生产至出版发行都有严密的计划性，是规范化的秩序建构……”[②]吕微进一步阐释说：“有组织、有计划，以政党、政府行为与学者行为相结合的、规模化的民族文学史编写工作始于50年代末，并于80年代末、90年代初达到高潮，而且延续至今。”[③]20世纪80年代中期，在中国社会科学院少数

---

① 在《傣族文学史》问世之前，王松等曾编著《傣族文学简史》并由云南民族出版社于1988年出版发行，左玉堂先生在《傣族文学的历史画卷——评〈傣族文学简史〉》（《思想战线》1990年第5期），对该书进行高度评价，但对《傣族文学史》（云南民族出版社1995年版、2014年版）的研究，因笔者见闻浅陋，尚未发现相关研究成果。

② 李翠芳：《主流话语与少数民族文学的史学建构》，《新疆社科论坛》，2015年，第5期。

③ 吕微：《中国少数民族文学史研究：国家学术与现代民族国家方案》，《民族文学研究》，2000年，第4期。

民族文学研究所的主持下召开了全国少数民族文学史学术讨论会，制定了解决在全国少数民族文学史编写过程中遇到的共同问题的方针和原则，"编写民族文学史的具体过程，也就自然成为学者个人的学术意识、政治意识，以及学者认同的民族意识与国家意识之间相互阐释的话语空间。"[①]因此，民族文学史在20世纪五六十年代以及20世纪80年代前后出现集中性繁荣，《傣族文学史》就是在上述背景下于20世纪90年代中期面世的。

既然民族文学史的书写是自上而下的国家学术，除了国家层面严密计划、组织外，也离不开地方的密切配合，"从一九五八年起，云南省根据中共中央宣传部在'民族文学史编写座谈会'上的指示，把编写各少数民族文学史列为民族文化工作的重要任务之一。几年来，我省先后组织了两百多人，共十三个调查队，前往九个民族自治州和专区，在各级党委的领导下，实行了'四结合'(专业与业余结合、普遍与重点结合、调查与研究结合、调查研究与当地中心工作结合)，广泛发动群众，采取'全面搜集、重点研究、边调查边研究'的方法，在占有了比较丰富的资料的基础上，编写了两部文学史(白、纳西族)，十一部文学概况(彝、傣、苗、僮、哈尼、拉祜、佧佤、景颇等族)和两个调查报告(苗、蒙古族)的初稿"[②]。

凡此种种使得《傣族文学史》的撰著从一开始就具备高度计划性和规范化的特征，打上了国家学术的烙印，成为中国政权阐释和文化建构的一部分。

二、《傣族文学史》评述

《傣族文学史》是"云南少数民族文学史丛书"(包括彝族、白族、哈尼族、傣族、纳西族五个民族的文学史及傈僳族、拉祜族、佤族、景颇族等十个民族的文学简史，共十六种)系列成果之一，为中国文学史填补了一大空白。撰著《傣族文学史》是一项十分有意义的开创性工作，也是困难度很高的工作，但依靠撰著团队深湛的学术功底，在全面搜集资料的基础上，于体例上大胆创新，加上勇于评断的学术精神，使得《傣族文学史》成为一部里程碑式的著作。

---

① 吕微:《中国少数民族文学史研究:国家学术与现代民族国家方案》,《民族文学研究》,2000年,第4期。

② 刘澎德:《编写少数民族文学史的几个问题》,《文学评论》,1961年,第3期。

（一）撰著团队学术功底深湛

《傣族文学史》的作者岩峰、刀保尧是傣族诗人，科研工作者，长期从事本民族文学的翻译、研究工作，了解自己民族的文化和历史。王松是汉族专家，曾较长时期生活在傣族聚居地区，积多年研究之心得和丰富的傣族文学资料。值得注意的是岩峰先生和王松先生也是《傣族文学简史》（云南民族出版社 1988 年版）的编撰者，《傣族文学简史》"内容丰富，资料翔实，有着丰富的历史内涵和思想内涵。它犹如一面镜子折射出一条清晰而又漫长的傣族文学发展道路，是傣族色彩斑斓的文学历史画卷"[①]。而《傣族文学史》后出转精与《傣族文学简史》互为表里，是与撰著者在傣族文学史研究领域深厚的积累和深湛的学术功力分不开的。

（二）资料搜集全面、丰富

李晓峰、刘大先指出："从一九五九年由云南人民出版社出版的《白族文学史》（初稿）和《纳西族文学史》至今，蒙古族、藏族、满族、回族、朝鲜族……五十五个少数民族都有了自己民族的文学史。其中，壮族、蒙古族、藏族、满族、维吾尔族等民族的文学史有多种版本，这些族别文学史的作者大都为本民族学者，他们了解自己的民族文化和历史，占有了大量具有原生形态的文学史资料，这些文学史以史料的丰富翔实而著称，使人们能够比较完整地认识各民族文学真实的历史面貌。"[②]事实上，《傣族文学史》也是以资料的丰富、全面而见称的。傣族历史比较悠久，见之于史书的记载就有两千多年，大多是民间文学，主要流传于群众之中。《傣族文学史》的撰著者用五年多时间，深入到民族地区进行田野作业，遍访傣族聚居的地区，在搜集近 2000 万字的有关资料的基础上经过认真、系统的甄别、研究，尽可能地囊括了所能得到的作品和资料，是目前最为翔实的文学史著作，即使将来《傣族文学史》或因理论之陈旧、过时而丧失学术价值，其保存下来的资料却弥足珍贵。

（三）历史分期、作品断代方法、体例有创新

分期问题一直是编写少数民族文学史遇到的一个难题。关于傣族文学史的历史分期，曾有过三种不同的意见：第一种是将傣族文学划分为无鬼神时期、有鬼神时期和信仰佛教三个时期；第二种则是以边疆和平土改

---

① 左玉堂：《傣族文学的历史画卷——评〈傣族文学简史〉》，《思想战线》，1990 年，第 5 期。

② 李晓峰 刘大先：《中华多民族文学史观及相关问题研究》，中国社会科学出版社，2012 年，第 22 页。

时对傣族社会发展史的判断为依据，将西双版纳地区的傣族文学分为原始社会、封建领主社会、社会主义社会三个时期，将德宏地区的傣族文学分为原始社会、封建社会、社会主义社会三个时期，并在20世纪50年代撰写《西双版纳文学史》和《德宏傣族文学史》进行尝试；第三种将傣族文学从古至今分为古歌谣时期、创世神话时期、叙事长诗时期、悲剧叙事诗时期、社会主义时期五个阶段。这是《傣族文学简史》的分期法[①]。

《傣族文学史》的撰著者，借鉴其他少数民族文学的分期经验，重新研究傣族历史和傣族文学之后认为：首先，文学史的分期应与社会历史发展的阶段相适应，将傣族文学分为桑木底时代的傣族文学、勐泐王时代的傣族文学、帕雅真时代的傣族文学、思可法时代的傣族文学、刀安仁时代的傣族文学、社会主义时期的傣族文学，其依据是傣族社会历史的发展比较清晰，桑木底时代、勐泐王时代、帕雅真时代、思可法时代、刀安仁时代，是傣族历史上客观存在的五个最重要的历史阶段，同时，史料也比较充足，“无数史实早已证实，这五个重要历史阶段不仅是傣族地方政权较为强盛、经济较为发达的时代，同时也是傣族文学崛起的时代”[②]。其次，能够大致推断出作品产生的年代，“民族文学史的分期和民族文学作品的断代，是一个问题的两个侧面。分期前要先掌握和了解该民族从古到今所创造的全部作品，才能做到以社会政治经济发展为依据，结合本民族文学的实际进行分期”[③]。《傣族文学史》的这种分期方法，能够体现出傣族历史上地方政权的更迭、社会性质的变化和文学创作发展的规律，既有民族特色也符合傣族的历史实际和文学实际，编写者这方面的努力值得肯定。

《傣族文学史》在体例上，宏观与微观相结合，纵横交错。从宏观上分六编展示傣族文学发展的历史过程，每编先有总述，概括各历史阶段的社会特点、文学发展状况，分析文学发展与社会历史发展的相互关系，给读者以基本的认识。继而分述，按文学体裁分章，一章之中再根据时代背景、流传与演变、艺术特色分节，做到纲目分明。

（四）勇于评断的学术精神

学术争鸣是通往真理之路，《傣族文学史》的撰著者在面对傣族历史

① 岩峰、王松、刀保尧：《傣族文学史》，云南民族出版社，1995年，第16—17页。
② 岩峰、王松、刀保尧：《傣族文学史》，云南民族出版社，1995年，第18页。
③ 岩峰、王松、刀保尧：《傣族文学史》，云南民族出版社，1995年，第27页。

上、文学史中有争议的问题时，敢于做出自己的学术评断，一方面源于他们对本民族历史的了解，另一方面也体现出独立思考的精神和勇气。如绪论部分关于傣族族源的考略，历史上有单元族源论、双重族源论、多元族源论，作者依据汉文史籍结合傣族古籍文献和民族传说，认为“傣族是百越族群的后裔与本地土著融合而成的民族”[①]。再如，有关傣族社会发展是否经历过奴隶社会的问题，《傣族文学史》的撰著者就不回避这一个问题，“认为傣族历史上曾经历过家长奴隶制，但时间不长很快就过渡到了封建领主社会，向封建领主社会过渡期间以及完成了向封建领主过渡之后，仍然长期地保存着某些家长奴隶制的躯壳”[②]。其依据就是“至今傣族仍保留着不少反映奴隶战争的文学作品。如果傣族历史上没有经历过奴隶社会，没有产生过奴隶战争，怎么会产生这些作品呢？”[③]

三、《傣族文学史》研究的反思兼论修订该书的可行性

“尽管民族文学史的编写始于国家学术的主动行为，但因这一动议在不同程度上反映了多方面的要求……从民族的角度言，编写民族文学史有利于抢救民族文化遗产，提高少数民族在国家政治与文化系统中的象征地位，从民族自豪、自尊和自信方面启发民族的自我意识(即使没有本民族文学史学研究者的民族也欢迎汉族学者对本民族文学史进行研究)；从学者的角度而言，编写民族文学史开发了一个新的学科领域，使学者们能够据此拓展新的学术生存空间，一个新的学科门类就此生成……”[④]《傣族文学史》作为少数民族文学史的组成部分而问世，填补了一个空白，引起了我国、泰国以及东南亚其他国家和地区研究傣族文学史学者们的关注。《傣族文学史》虽然始于国家学术行为，但集思广益，将源远流长、根基深厚的傣族文学纳入系统出版，为编写和继续研究傣族文学史铺设了道路，成为一部有价值的著作。

《傣族文学史》的问世已经二十余年，运用新的研究方法对傣族文学遗产进行整理并结合二十多年来的新成果、新资料对傣族文学史重新予以定

---

① 岩峰、王松、刀保尧：《傣族文学史》，云南民族出版社，1995年，第6页。

② 岩峰、王松、刀保尧：《傣族文学史》，云南民族出版社，1995年，第11页。

③ 岩峰 王松 刀保尧：《傣族文学史》，云南民族出版社，1995年，第11页。

④ 吕微：《中国少数民族文学史研究：国家学术与现代民族国家方案》，《民族文学研究》，2000年第4期。

位和解说，乃至再版《傣族文学史》是否可行，也是笔者着力思考的问题，并有几点不成熟的思考。

首先，修订《傣族文学史》仍要置于国家学术的大背景下，在国家与地方、集体与个人之间勠力前行，比如将傣族文学史放置于现代学科式的整体框架内，重新组织更大规模的田野调查，扩大调查的区域。

其次，以多学科方法阐释傣族文学史，比如民俗学的方法。钟敬文说："可以从民俗学、民族学、民族史、人类学、社会学、语言学等角度去对它进行研究……对于民间文艺本身来说，也是不可缺少的补充手段，它使我们的专门科学的内容更丰富和更深刻。"[①]民俗当中记载着具体的行为，文学作品是感性的具体形象，二者相得益彰，文学是将民俗审美化，同时又在文学中挖掘出民俗特有的审美要素，尤其是少数民族特有的民俗，有着特殊的审美范式、不一样的特别的陈述。

再次，从傣族文学资料中总结出傣族文学发展史上带有规律性的内容。如傣族古代叙事长诗十分发达，《论傣族诗歌的内容及其价值》记载了《兰嘎西贺》《乌纱玛罗》等四百五十部叙事长诗，这个时期，被誉为"凤凰诗时代"。到了17世纪初，傣族叙事长诗发展到了巅峰，但之后就基本停止了发展。傣族叙事长诗繁荣与衰落的根源是什么，如何揭示这一历史阶段傣族文学的独特规律？如何揭示傣族文学发展史上带有规律性的内容，就成为修订《傣族文学史》的重要任务[②]。

余　论

《傣族文学史》于1995年由云南民族出版社出版发行，2014年云南民族出版社对该书进行再版，是"中国少数民族文学史丛书"的组成部分，迄今已二十余年。《傣族文学史》分六编，依次按桑木底时代的傣族文学、勐泐王时代的傣族文学、帕雅真时代的傣族文学、思可法时代的傣族文学、刀安仁时代的傣族文学、社会主义时期的傣族文学进行编撰，勾勒傣族文学发展变迁的同时，将傣族文学的思想内涵、艺术特色、地位及影响一一道来。值得注意的是，该书也存在以下不足，如：资料搜集、发掘、整理还不够

① 钟敬文：《钟敬文民间文学论集》(上)，上海文艺出版社，1985年，第441页。
② 岩峰、王松、刀保尧：《傣族文学史》，云南民族出版社，1995年，第690—693页。

完备、口传的和书面的作品分析不够深入，傣族文学发展史上带有规律性的内容研究不够充分，专题研究还有待进一步开展。未来如能弥补上述不足，并尝试将傣族文学史的研究放在当下文化语境和国家文化战略中考量，突出现代感，引入民俗学、人类学、民族学的研究方法，那么，对傣族文学史进行修订也并非完全不可能。

论当代藏族小说中的知识女性形象

胡沛萍　于　宏[①]

中华人民共和国成立以来，随着藏区社会经济的发展和现代教育的不断普及与逐渐完善，越来越多的藏族女性获得了接受现代教育的机会。尤其是新时期以来，这种趋势更为明显。由此一来，更多的藏族女性可以凭借自己的努力和借助社会所提供的有利条件，完成全面的现代教育训练，从而成为拥有知识的新型女性。随着这类女性数量的增多，当代藏族社会出现了一个崭新而独特的群体。这个群体可以权且称作"当代知识女性"。她们可能会被形塑成与其他阶层的女性有着不同的社会身份特征、文化观念和心理意识的女性群体。这种不同主要体现在以下几个方面。

首先，与其他阶层的女性相比，这类女性的活动空间发生了巨大变化。由于获得了可以接受完整的现代教育的机会，她们由此而获得了登上更为广阔的社会舞台的能力和机会。这一机会的获得将会改变她们的生活环境——从相对狭窄的家庭进入广阔的社会。这一转变引发和促使了当代藏族知识女性的生活内容与生活行为的深刻改变。而这种改变对培育她们新的思想观念、建立新的生活方式产生了巨大的影响。尤其是她们在接受现代教育时经历的城市生活（到内地大城市上大学、进修、培训等），对她

① 胡沛萍：文学博士，西藏民族大学文学院教授，研究方向：中国当代文学和当代藏族文学；于宏：文学博士，西藏民族大学文学院副教授，研究方向：中国少数民族文学和中国当代文学。

们的整个精神世界和生活观念将产生极为重要的影响。

其次，这类女性由于长时间接受现代文化思想，从而具有了一定的现代理性意识，由此她们对传统文化往往持有一种若即若离的态度。与那些深受传统文化规范影响和制约的传统女性相比，许多受过现代文化知识洗礼和熏陶的当代知识女性不再严守传统文化规范，不再把传统伦理规范看作不可动摇的金科玉律。也许在情感上，她们会为传统文化规范留出一定的位置。但在理智上，她们不再拘泥于传统的条条框框，不再把它们看作不可逾越的天条。在现实生活方式的选择上，她们更愿意依照理性逻辑来选择自己的生活道路，更愿意遵循现实生活逻辑设置、规划自己的生活蓝图。

第三，现代民主观念和人本主义思想施予她们巨大的影响，促使她们更倾向于追求个人独立价值，更在意自我的生命意志，从而表现出一种强烈鲜明的自我意识和主体意识。这类女性具有开放的眼界，也具有引领社会风潮的意识和胆气。她们能够与传统思维意识和行为规范拉开距离，去追求个人主观性很强的生活愿景。她们大胆、直率地追求现实物质享受，并乐在其中，能够充分肯定与确认个人的生命价值，敢于释放潜藏在身体内的感性欲望，敢于突破和跨越传统文化构建的重重藩篱，以自己的生命体验和现实欲求为基准，去衡量、评价、判断现实生活。现实生活的物质性，情感生活的随意性，思想意志的分散性、多变性，自我意识的不断觉醒，是这类知识女性的显著特征。当代藏族小说中的“当代知识女性形象”就是对这类女性群体的艺术写照和反映。

当代藏族小说中的知识女性形象既与传统女性形象有着巨大差异，也与当代藏族小说中其他类型的女性形象有着显著的不同。她们有着这一阶层女性独特的心理意识和情感诉求，有着刻有她们身份、地位痕迹的伦理观念、家庭观念和生活方式。她们在当代藏族社会中占据着比较显耀的位置，有着令其他阶层女性羡慕的职业身份，有着相对稳定的经济收入，生活方式相对自若随意、舒适自由，情感世界驳杂而善变，重视精神诉求的质量与满意度。当代藏族小说对当代藏族知识女性的这些社会特征和精神风貌，进行了多角度、多层面的描述与展示。概括而言，当代藏族小说中的知识女性呈现出了以下几个方面的形象特征。

一、特别在意自我感受

这类女性倾向于以自我感觉为中心，来处理个体与外部世界的关系。尤其是在年轻的知识女性身上，这种倾向更为明显。在她们的身体里，最为活跃的思想分子和情感因素是“跟着自己的感觉走”。她们身上潜伏的是现代都市快节奏的生命密码，这些密码都是由一些与传统规范差异很大的编码组成的。从这些形象身上，大致能够看到当代藏族知识女性群体里正在成长的一种新的精神风向和生活方式。

白玛娜珍的长篇小说《拉萨红尘》中的雅玛，就是这类知识女性群体中的一个典型代表。雅玛是一位军医学校毕业的知识女性，她的一生是追求物质享受和释放感性欲望的一生。还在学校期间，雅玛和她最好的朋友朗萨就对生活充满了好奇与冲动。她们把主要的心思和精力都花费在了对充满现代气息的物质生活的追逐和感性欲望的释放上。她们在严厉的“军事管理”体制下仍然随心所欲地谈情说爱，并毫不顾忌地偷尝禁果。毕业之后，朗萨对自己的学生生活开始反思，试图转而追求一种远离喧嚣的平静生活，但她并没有完全实现自己的愿望。雅玛则彻底陷入现代物质生活的泥沼中不能自拔，在肉体欲望的驱动下随波逐流。她在几个男人之间不断周旋，随意释放自己难以遏制的肉体欲望。即使是结婚之后，她也难以克制自己涌动的欲望。在追逐感性欲望的生命体验中，她始终无法为自己确立一个固定的坐标，不知道如何为漂移不定的爱情构建一个稳定的家园。她完全是一个感性的存在，情感支配着她的一切行动。对于呆板、实在的现实生活，她充满了拒斥心理，于是不断地逃离现实生活就成了她的一种生活方式。雅玛的生活方式体现出的是一种鲜明的“个人主义”倾向，而这种倾向是当代藏族小说中许多知识女性所共有的一种“精神”特征。她们很在意自我的感觉，很注重自我在生活中的位置，做任何事都习惯于从自我的角度出发，倾向于把自己置于中心位置，自觉不自觉地信奉“个人本位主义”观念。她们对现实物质有着强烈的占有欲，喜欢享受丰厚的物质带给她们的满足感。喜好追逐时尚、出入酒吧歌厅，喜欢沉浸在浪漫的白日梦中勾画人生，是她们“现实生活”的主要景象。

类似的形象还有梅卓的《欢愉》《蛋白质女孩和渥伦斯基》和《魔咒》里的几位青年女性。正如题目所表明的那样，《欢愉》里的拉姆和芭果是两位不停地追求个人“欢愉”的青年女性。从中学开始,一直到毕业招工到单位之后,两位青年女性始终保持着追求自我的“个性”。她们在中学时就学会了抽烟,以这种方式显示自己生活的浪漫。她们肆无忌惮地谈恋爱,并毫无忌讳地谈论身边的男同学。她们偷吃禁果,然后到医院堕胎……总而言之,她们顺其自然地享受着生命带给她们的种种“欢愉”。尽管有时她们也会遭遇一些不快乐,比如为失恋而悲伤,不小心怀孕带来的恐惧感等,但青春的活力不会让这些东西在她们身上停留过长的时间。《蛋白质女孩和渥伦斯基》中的夏姆和琼果是大学同学,她们同样喜欢享受城市里五颜六色的生活带给她们的种种快乐,她们同样大胆无忌地追求自己想要的爱情。她们不在乎生活展示给她们的“阴暗面”。遇到“不幸”时,她们也许会产生伤痛感,并为此情绪低落,甚至流下伤心的泪水,但这似乎只是一种短暂的反应。伤痛过后,她们很快就会恢复原来的生活状态,继续过着自由逍遥的日子。按照她们的话说就是“大难过后,又是新我”。《魔咒》里的达娃卓玛也是一个“跟着感觉走”的情绪化女性。她与第一个男朋友尼玛才让在一起时,总是喜欢以自己的感觉来考验尼玛才让的耐心,变着花样让他为自己寻找生活的新鲜感。喜欢达娃卓玛的尼玛才让为了不让女朋友生气,只好不停地为她寻找所谓的新鲜感。但即便是这样,达娃卓玛还是觉得生活太烦腻了。直到后来因为仅凭一时的冲动而使自己遭受爱情与事业的双重打击后,她的这种情绪化的感觉冲动才有所收敛,逐渐被理性的思考所代替。

尽管我们认为当代藏族小说中的知识女性已经具有了很强烈的自我意识和女性意识,倾向于按照“个人本位主义”的方式去安排自己的生活和处理人际关系。但这并不意味着她们奉行的是“自私自利”的个人主义。换句话说,她们看重个人的尊严、利益。她们追逐个人现实欲望的满足,甚至是放纵个人欲望。她们寻求个人精神的自由奔放,甚至是绝对的自由无碍。但她们并不无视别人的存在,更不会为了满足个人利益和精神自由而妨碍与伤害,甚至是剥夺他人的利益与自由。她们是自我主体意识觉醒的一代,是追求自我实现的一代,正因为如此,她们也是能够充分理解个人价值的实现与他人利益共生共存的一代。

二、自主、开放的婚恋观

知识女性由于接受了与传统文化观念有着较大差异的现代文化观念，具有了较为鲜明的平等、自由意识。她们不但在日常生活中很在乎自我感觉，而且在恋爱中很看重个人的身份地位和人格自由。自觉的个人意识促使她们在男女恋爱的相互关系中非常在意自我的感觉，在选择婚恋对象方面也抱有相当开放的态度。她们可能会爱得很痴情、疯狂，甚至会为了单纯的爱情而牺牲自我，乃至放弃生命。但在整个恋爱过程中，她们的行为都是主动的。不管是坚守爱情还是放弃爱情，她们都是自己的主人，都愿意听命于自己内心的真实感受，同时能够通过理性思考为自己的爱情寻找合理性。与此同时，她们对爱情抱有非常开放的认识态度。她们不像传统女性那样把爱情婚姻视为生命的全部或者是最为重要的构成部分。在这类知识女性的认识观念里，恋爱婚姻固然重要，但并不是生命的唯一，也不是生活中最为重要的部分。由此，她们虽然会认真地去对待爱情婚姻，会为爱情婚姻付出很多，但当得不到自己想要的爱情婚姻，或者遭遇恋爱婚姻的失败时，她们会以相对轻松的心态去面对、接受这种失败。爱情的伤痛也会使她们感到伤感哀痛，但她们不会就此认为自己将失去一切。她们往往会把爱情婚姻放置在人生成长的整个过程中加以衡量，为它寻找一个适合的位置，并对其进行“恰如其分”的评估，从而确定其在整个人生中的价值和意义。这种情感与理智相互交融、相互制约的恋爱婚姻观，充分显示了当代藏族知识女性已经具有了相对成熟的人生观、生活观和鲜明的现代自我意识。梅卓《魔咒》里女主人公达娃卓玛的婚恋观，就是这种崭新的恋爱观和自我意识的体现。

在没有遭遇恋爱和事业的挫折之前，达娃卓玛是一个倾向于以自我感觉为中心的女孩。她对爱情的看法是，对谁有感觉那就跟谁好，跟一个人谈恋爱并不意味着就一定与他结婚。因此当她在酒吧里遇到那个看上去英俊潇洒且出手大方，颇具男子汉气概的康巴人康嘎时，不顾男朋友尼玛才让的感受就与康嘎眉来眼去，最后撇下尼玛才让随康嘎而去，毫无顾忌地成了康嘎的女朋友。尽管尼玛才让很是受伤，但达娃卓玛却毫不在乎，她只在意自己的感觉。在康嘎身边，她感受到了爱情的自由疯狂与甜美浪漫，但同时也领受了自由疯狂、甜美浪漫之后的伤心痛苦。为了浪漫的爱情，她几乎丢弃自己的工作，甚至走向犯罪的边缘。惊心动魄的“爱情游戏”和事业风波过后，达娃卓玛并没有因为爱情上的大起大落而沉沦，而是选择了坚强面对和及时补救。更为重要的是她没有呼天抢地、怨天尤人，而是在体味痛苦的同时冷静地反思了自己的这段生活经历。面对这段几乎让她遭受牢狱之祸的人生经历，她采取了豁达的态度。她没有沉浸在怨天尤人的泥潭中后悔不已，也没有过多地指责康嘎的不负责任和不讲信义，而是把它视为人生经验的宝贵财富和值得回味的生命记忆。

她竟然开始感激康嘎，虽然他让她备尝辛苦，但如果没有他，她将仍然处在懵懂的无所事事的状态，对责任二字的理解还停留在书本知识上，那么单薄的经历怎么能成为青春时代的写照呢？人的一生只有一次青春啊！①

达娃卓玛的婚恋观念，是一种很前卫的婚恋观念。虽然一时冲动的爱情选择给她造成了巨大的痛苦，但豁达乐观的生活态度何尝不潜藏其中呢？在现实生活中，她们往往听凭感觉的指令，不停更换自己的恋爱对象，大胆释放、满足自己的肉体欲望。这在传统伦理观念看来，显然是极不可取的，因为它意味着人品低劣、道德败坏。但对这类知识女性来说，这样做却是合情合理的，因为她们认为这是对自我情感的忠实与尊重。基于这样的恋爱婚姻观念，她们无视传统伦理规范设置的“藩篱”，而只愿意听凭自己内心的感受和情感需要，在生活的大海里放纵自己的感性欲望。她们的确是一群有着自己独特思想观念和行为规范的新型女性。

三、情感世界丰富驳杂，现实欲求多样直接

相对于其他类型的女性形象，当代藏族小说中的知识女性形象要更为丰满圆润一些，这主要体现在她们精神世界的丰富驳杂和情感欲求的多样直接，以及对传统世俗偏见的敢于蔑视反抗上。出现这种审美取向的原因可能是多方面的，比如作家文学创作观念的变化，创作者对现实生活认识的多元化，以及斑驳陆离的生活现实与复杂人性对作家思想认识的启迪

① 梅卓：《麝香之爱》，西藏人民出版社，2007年，第217页。

等。无论出于何种原因，当代藏族知识女性形象的这种审美取向都表征着当代藏族小说在人物形象塑造方面，尤其是女性形象的塑造方面，取得了巨大的突破。这种审美取向既是对现实人性的切实反映，也极大地丰富了作品的艺术内涵和社会文化意蕴。下面不妨借助对次仁罗布小说《焚》中的维色这一形象的审美考察，来简略阐释此类女性形象的审美蕴涵。

维色是某单位的文职人员，工作踏实认真，很有成就感。但她的生活并不如意，尤其是家庭婚姻生活。由于出身比较低微，与丈夫家相对显赫的家庭背景不能“门当户对”。因此，尽管她是一位受过良好教育的女性，拥有不错的工作，但依然得不到丈夫的爱护和丈夫家人的尊重。对此，维色非常苦恼，在忍无可忍的情形下，她选择了离婚。从维色所处的生活处境来看，她的这一选择无论如何都是无可指摘的。作为一个有尊严的知识女性，她作出了自己应该做出的人生选择。但维色选择离婚的时机和方式，却显示出了她不成熟的一面，或者说她仓促盲目的心理意识。因为她把自己的情感“托付”给了一个有家庭的男人，结果可想而知，在欲望放纵、激情消散之后，她不得不在痛苦中选择离开。从此之后，失望的维色开始不再相信爱情，她的心理开始扭曲变态。除了不断地肆意放纵自己的欲望之外，她开始仇恨蔑视男人，甚至对整个社会都失去了信心。要不是女儿的存在，她也许就没有力量继续活下去。维色的人生轨迹是一条不规则的曲线，从中显示的是当代藏族知识女性在现代社会里不规则的生存状态，以及她们情感世界的丰富驳杂。女性的内在需求与现实客观环境的矛盾纠缠，使她们在生活的漩涡中无法按照自己设定的理想轨迹运行自己的人生。自我意识的觉醒，使她们敢于且能够面对伤害自己尊严的恶劣环境，并给予有力的反击。但盲目的个人化追求却也使她们对纷纭复杂的现实缺乏清晰的认识，加上人性当中固有的弱点和缺陷的羁绊，使她们在冷酷的现实中找不到自己。她们是觉醒的一代，但因为觉醒而迷失自我，只能品尝人生的痛苦。

毫无疑问，知识女性形象的出现——尽管它并不是当代藏族女性小说中女性形象的主流——为藏族女性文学增添了一种独特的文化审美景象。这种文化审美景象不仅仅意味着一种新的艺术审美取向的出现，还意味着一种新的思想观念的萌生、发展，尤其是在女性群体中更是如此。它意味着当代藏族女性自我意识和女性主体意识的萌生与觉醒。在她们身上，可以看到背离传统伦理规范的种种观念和行为。而正是这些与传统伦理规范脱轨的观念、行为，展示了她们作为新型女性的精神风貌和特征。这类女性形象的出现，展现了当代藏族女性追求自我的历史踪迹，预示了当代藏族社会文化发展的某种必然趋势。因为从这类知识女性的精神追求与现实步履中，能够看到被压抑了上千年的女性主体意识和女性性别意识的苏醒与迸发。何以言此呢？

首先，尽管这类女性过于大胆地放纵感性欲望，比如对物质享受的追逐，对肉体欲望的随意释放等，从传统伦理道德所秉持的观念来看，的确给人以违背传统伦理道德，世风日下的印象。但她们敢于把自己内心最真实的想法和感受呈露出来的行为举止，却让人们感受到了女性激情与活力的迸发。她们在爱情的漩涡里不断搏击，尽管结果并不如她们所渴望的那样理想，但她们对自我行为的认可和对最终结果的承担，却是一种值得肯定的主体意识。因为这意味着这类女性已经在自我意识的黑洞中点亮了寻找自我的火把。她们能够深入女性自我情感的深处，第一次以“自我感觉”为中心，袒露伦理道德无法判定善恶的女性肉体欲望，比较大胆地呈露了女性独特幽深的内心世界和隐秘飘忽的情绪变化。这不但表现了当代藏族知识女性追求自我价值的非凡勇气，也展示了女性生命的活力与激情。她们敢于突破旧的社会文化规范施加在女性身上的种种束缚，不但高扬了女性作为个体存在的独立价值，也是对陈腐的传统伦理道德观念的有力冲击。如果撇开既定的传统文化观念所制造的种种规范，从女性主义理论视角出发就会发现，她们的一些行为，包括那些略显过激的行为，其实是对女性个体生命的自我关注，是对女性自我价值的肯定。它展现的是女性作为一个性别群体的自我主体意识的某种觉醒。在这方面，《拉萨红尘》中的雅玛颇具代表性。小说中，雅玛自始至终就是一个在滚滚红尘中随波逐浪的现代女性。她从不抑制自己内心的欲念和肉体的欲望，尽管那些欲念和欲望也会给她带来苦痛与失望。作品不但较为细致地描写了雅玛对自己身体的欣赏和心理欲念的表露，还着力描述了她在不同的男人之间周旋，试图从他们那里得到自己想要的情感安慰和生活方式。在与几个男人的交往中都没有得到自己想要的生活后，她带着失望开始寻求新的生活。尽管她所寻求的新的生活可能依然不会令她满意，甚至可能使她沉沦下去，但雅玛所选择的漠视传统伦理道德规范的生活方式，的确是当代知识女性身上呈现出来的一种新的伦理观念和精神气息。它既与这类女性所接受的生存观念有关，也与当代都市生活风尚密切相关。

其次，这类女性对恋爱婚姻的态度，也表现了她们对独立人格和自我存在的肯定与追求，从而在某种程度上彰显了女性自我意识和主体意识的觉醒。受现代意识熏陶的当代知识女性在很大程度上摆脱了传统婚姻观念的诸多束缚，她们很在意自我感觉、自我位置在恋爱婚姻中的重要性。她们努力寻找着一种“以我为主”的恋爱婚姻关系。在恋爱婚姻关系中，她们往往不会以男性是否满意为衡量自身恋爱婚姻成功与否的标准，而是看重自我的感觉。她们不再把自己看作恋爱婚姻的被动者，不甘心作他人的依附、生活的点缀。她们理想中的恋爱婚姻关系不仅仅包括生活上的相互依靠、支持，更重要的是心灵上的相互默契与感应。正是在这种思想观念和情感需求的指引下，她们中的一些人以高昂的姿态审视自己与男性的关系。她们忠实于自己的感觉，可以大胆地爱一个男人，可以同时周旋于几个男人之间进行选择。她们能够为自己所爱的男人不惜付出经济代价和肉体的贞洁。但她们绝不会为此而成为爱情的奴隶和男人的“俘虏”。她们有着清醒的个人独立意识，懂得恋爱婚姻关系中男女平等的重要性。她们不愿依附、不愿等待、不愿渴求，如果自己心爱的男人并不尊重自己的感情，她们会选择主动离开，即使是付出惨痛的代价也在所不惜。这就是这类知识女性在恋爱婚姻中所表现出的新的特质。如果以传统规范审视，她们称得上是“大逆不道”的“恶魔”形象。但在现代意识和女性主义视野中，她们却是富有理性精神和人道情怀的崭新形象。在她们身上，那种古典式的、充满诗情温馨、浪漫执着的爱情色彩已经越来越淡弱，她们代表着一种新的社会力量和价值取向。她们正在努力跨越传统文化设定的高大藩篱，试图站在新的地平线上重新塑造藏族女性的社会形象，重新定位藏族女性的文化坐标。

《紫青稞》中的达吉可以看作这方面的形象代表。达吉从小就向往外面的世界，渴望能够到县城里过上城镇生活。她跟随叔叔到离县城较近的村子，从此经常有机会到县城里去做一些赚钱的生意。就这样，她积累了丰富的生活经验，也训练出捕捉城镇商机的眼光和嗅觉。货车司机普拉看上了达吉，达吉也有所心动，两人开始恋爱。但普拉“心胸狭窄”，无法接受达吉在各方面强于自己的现实，也看不惯达吉与其他男性联合经商的行为。于是心生怨恨，处处为难达吉，甚至破坏达吉与其他人之间的合作。不愿意示弱的达吉只好选择与他分手。广阔的社会给予了达吉施展个人才华的舞台，也培育了她新的观念意识。她不愿意做男人身后的乖巧听话的女人，希望展现真正的自己，获得自己想要的人生。毫无疑问，达吉在恋爱婚姻方面，表现出了女性不愿意依附于男性的独立品格。除此之外，梅卓的《魔咒》中的达娃卓玛也是一个值得关注的人物形象。达娃卓玛在爱情上确实很不“专一”，对待情感似乎很是轻浮随意。但她却很忠实于自我的内心感受，敢于去追求自认为适合自己的恋爱方式。最可贵的是，她在遭遇爱情的打击和事业的暂时失败后，敢于承担一切后果，能够清醒地接受自己曾经做过的一切，并为此反思自己的所作所为。达娃卓玛身上表现出来的这种个性意识和独立品格，可以看作其主体意识觉醒的一种体现。这也正是当代藏族知识女性表现出来的一种具有时代特征的意识。

如果顺着上述思路和理念来审视这类知识女性就会发现，她们有着积极的文化意义和社会内涵。与传统的女性相比，她们不再顺从地接受传统女性已经习惯了的生活方式，也不安于传统性别文化规定的社会、家庭位置。她们不再是贤妻良母式的“好女人”形象，她们身上滋生出了背离男权中心意识所期望和规定的形象特质。换句话说，她们已经不属于旧文化体系或范畴。她们正试图通过自己的情感历程和生命体验，构建另外一种文化逻辑和生活规范。

当代藏族知识女性最先感受到了新的文化思想气息——现代意识，一种包含着主体觉醒、性别觉醒的意识。她们第一次为外界展示了藏族女性的自我意识，第一次自觉地呈露了藏族女性的主体意识。使外界看到了一群独立、自主、自强、自尊的新型女性。从这类人物形象身上，可以感觉到，一种新的女性质素在不断地涌动、显现。由此，人们不得不清醒地意识到，她们是一群需要用新的女性观和道德标准进行认识和评价的女性形象。她们的集体亮相，向当代藏族社会提出了新的要求，那就是：必须有一种新的女性价值观和评价标准，对她们进行历史性的考察和评判。如果继续用旧有的伦理道德和价值观念对她们进行静止、僵化地评判，那将不符合整个社会文化和思想观念的发展趋势，也不符合女性自身发展完善的需求。因为从她们的行为方式和态度观念中，可以看到诸多符合人性发展趋势的新质素，这些质素已经完全突破了旧的伦理道德体系。她们对爱情、婚姻，甚至是理想生活模式的态度和追求，无疑是当代藏族女性随着社会历史的发展而走向新的生命舞台的先声。也是当代藏族文学开启新的艺术风貌的先声。她们是现代意识的承载者，因为她们注意到了女性自身独立价值的重要性。当然，这种现代意识是通过对感性成分很浓重的男女情爱的追寻与体验显现出来的，多少显得有些狭隘。但必须看到，对爱情的呼唤和感性欲望的释放，在某种程度上就是对人性的呼唤。而这自然是一种包含着自由、尊严、独立元素的现代意识。从过去的无言，到当代的发声，这在藏族女性发展的历史进程中有着里程碑式的意义，它在客观上适应了当代藏族女性思想解放和性别文化发展的内在需求，体现了当代藏族女性不断走向解放的发展趋势。

除了以上重大的文化意义和社会内涵外，从单纯审美的角度而言，这类女性形象所具有的审美意义也是显而易见的。在藏族文学领域，她们具有开拓审美领域的美学价值。在前面的论述中已经提及，这类艺术形象是一个崭新的艺术群体，她们的出现丰富了藏族女性形象的艺术画廊，丰富了当代藏族文学的艺术审美内涵。关于这一点，只要稍做一些回顾与比较就能一目了然。当代藏族文学自 20 世纪 50 年代诞生以来，部分作品一直尝试着塑造一些值得关注的女性形象，比较典型的如益西卓玛的小说《清晨》中的几个女性形象，《格桑梅朵》中的娜真，《幸存的人》中的德吉桑姆，《无性别的神》中的央吉卓玛等。但这些形象无一不是旧式女性，譬如农奴、牧女、尼姑等。她们当中几乎没有知识女性，即使是那些身处高位的贵族女性，也没有丰富的知识背景。随着藏区政治、经济制度和教育体制的更替发展，更多的藏族民众，包括女性开始有机会接受更广泛、更长久的现代教育。此时，知识女性才慢慢浮出历史地表，形成了一个新的社会群体，并在社会各个行业胜任各种角色，与男性一样成了社会进步的中坚力量。由此，知识女性才慢慢进入文学创作者的艺术视野，在文学艺术的天地里拥有了自己的一席之地。当代藏族小说正是对这类形象进行最为全面、最为大胆、最为深刻的艺术反映的文学创作。毫无疑问，这类艺术形象在当代藏族小说中的出现，揭开了藏族文学对女性形象塑造的新篇章。

清代满族才媛顾春文学思想论

王晓燕[①]

道光、咸丰年间，才媛文学逐步摆脱对文人与经学的依附，在一定程度上呈现出对自我的回归，文学书写与社集选择，均具有“去阵营”“去文人化”的主体趋势，相较于乾、嘉时期具有更多自主的因素。但与此同时，面对国势的衰颓，文学又不得不承担起反映历史的职能，这种承担，与文学的自主结合，具有了更多自觉的意义。清代满族才媛顾春的文学创作就处于这样的历史语境中，文学思想也相应地呈现出较为复杂的色彩，在个体意识与家国情结、性别认同与文人倾向中徘徊，又始终把握着雅正的尺度。

在清代词坛上，顾春是与被称为“国初第一词人”的纳兰性德并美的著名词家。施淑仪《清代闺阁诗人征略》卷八记载“太清，字子春，满洲西林人。宗室贝勒奕绘继室，将军载钊、载初母。有《东海渔歌》《天游阁诗稿》”[②]。她的诗集《天游阁集》和词集《东海渔歌》，在清代文坛产生很大影响。目前学界对顾春身世与创作研究较多的是金启孮先生的《顾太清与海淀》[③]，他在书中指明顾春系鄂尔泰[④]之后，祖父鄂昌乃鄂尔泰之侄，曾官甘

① 王晓燕：复旦大学中国语言文学博士后，四川大学锦城学院副教授。

② 王英志：《清代闺秀诗话丛刊》，凤凰出版社，2010 年，第 2087 页。

③ 金启孮：《顾太清与海淀》，北京出版社，2000 年。

④ 康熙朝举人，后为雍正皇帝心腹，为满洲镶蓝旗人。

肃巡抚，但在乾隆二十年的“胡中藻诗钞案”中获罪，并赐自尽，而鄂家也因此受到牵连，成为罪人。顾春，本名西林春，后在入贝勒奕绘室时，伪托荣府护卫顾文星之女，而改名顾春。幼年时的西林春曾随父在江南一带漂泊，在她后期的词中还时常流露出对当年零落生涯的感喟。以其四十一岁时所作《水调歌头·中秋独酌(用东坡韵)》为典型，其词云：

云净月如洗，风露湛青天。不知今夕何夕，陈事忆当年。多少销魂滋味，多少飘萍踪迹，顿觉此心寒。何日卸尘鞅，肥遁水云间。

沃愁肠，凭浊酒，枕琴眠。任她素魄，广寒清影缺还团圆。谁管春庚秋虫，毕竟人生如寄，各自得天全。且尽杯中物，翘首对婵娟。[①]

正是因为自幼的飘零生活，孤独无依而又愁肠无处可述，顾春笔下这种人生的荒芜感比别人更为强烈，当然，在这荒芜的人生中，她自然也更加期待“卸尘鞅”的精神解脱，较早地显现出“各自得天全，且尽杯中物，翘首对婵娟”的自足挥洒、甚至放浪行迹的人生姿态。其诗、词，看似雅正、清丽、贤淑、平淡无奇，而实质隐藏着内心傲睨万物、脱落尘俗、神色自足的个性，以及并不求诸名利的率真。

况周颐《蕙风词话》中，把顾春和纳兰性德并列，有“男中成容若，女中太清春，直窥北宋堂奥”[②]之论；词学者冒广生在《小三吾亭词话》中，也提到“论满洲人词者，有‘男中成容若，女中太清春’之语”[③]。沈善宝在《名媛诗话》中评论顾春时亦言：“太清才气横溢，援笔立成。待人诚信，无骄矜习气，唱和皆即席挥毫，不待铜钵声终，俱已脱稿。《天游阁集》中诸作，全以神行，绝不拘拘绳墨。”[④]人们看到了她的才气与人品，却往往忽略了她真实而复杂的内心。以下，我们以顾春诗《天游阁诗集》、词《东海渔歌》、小说《红楼梦影》为例，探讨其复杂的文学思想。

---

① 李澎田：《太清诗词东海渔歌》，吉林文史出版社，1989 年，第 130 页。

② 顾太清、奕绘：《顾太清奕绘诗词合集》，上海古籍出版社，1998 年，第 765 页。

③ 张璋等：《历代词话续编》，大象出版社，2005 年，第 210 页。

④ 梁乙真：《清代妇女文学史》，中华书局，1932 年，第 258 页。

一、抛却诗名，以离俗之姿独步艺境:《天游阁诗集》与顾春诗学观

沈善宝曾论，顾春诗“无骄矜习气，唱和皆即席挥毫，不待铜钵声终，俱已脱稿”，呈现出建立在淡雅心境之上的贤淑气质，这淡雅宁静而即席挥毫的笔墨，正是她将自我融入自然而又忘怀一己的生命写照，如其《丙戌清明雪后侍太夫人游西山诸寺》:

三月山花尚未发，一春忽忽过清明。云移列岫山无数，雪满丛林树有声。

怪石自成蹲虎势，老松谁与卧龙名。晚晴碧涧添新水，归路回看暮霭平。

“归路回看暮霭平”是宁静淡远的诗境，诗境的根底是“心境”，也是“真意”与“真兴”。清代乾嘉年间江苏如皋才媛熊琏，就曾在其《澹仙诗话》中对“诗境”“画境”“性情”“兴味”之间的关系作出过这样的阐释:

诗本性情，如松间之风，石上之泉，触之成声，自然天籁。古人用笔，各有妙处，不可别执一见，弃此尚彼……诗境即画境，画宜峭，诗亦宜峭；诗宜曲，画亦宜曲；诗宜远，画亦宜远。风、神、气、骨都从兴到。①

顾春之“兴”与“境”，是纯净的离俗之境，是“松间之风，石上之泉，触之成声”的“自然天籁”之音。其对诗名的不着意，而着墨于自我本真的生命书写，是对“风、神、气、骨”的生命体验。在《九日登后山二首》中，她直言“诗如陶谢终为累，道贯聃周亦强名”。可以说，抛却形名的束缚而求得娱心自适的心灵解脱，是顾春诗学的核心命题，诗云:

纫兰为佩桂为楹，沧海桑田几变更。芳草微霜悲宋玉，马蹄秋水感庄生。

诗如陶谢终为累，道贯聃周亦强名。此日登高长太息，凌风谁见远

① 王英志:《清代闺秀诗话丛刊》(第三册)，南京:凤凰出版社，2010年，第1982页。

游情。

萧萧万壑树声威，栉比新篱照落晖。谷口千家炊晚饭，豳风九月授棉衣。

从来山势无惊患，终古人心有是非。南望金星升暮霭，寒鸦犹带夕阳飞。①

《庄子》"马蹄"与"秋水"篇的主题，正是反对对人性的一切羁绊，主张返璞归真，同时也以相对论的观点看待世间万物，强调无名、无己、无功的人生清净与至乐境界。顾春《天游阁集》之笔常以冷眼观物、静心自怡，时有脱尘之趣，在体现着向自我本心的归趣，这种"澹"，是过滤俗事凡情后的神意清宁，是抛却诗名之累后对艺术精境的悄然迫近。其《壬辰闰九月十三夜作》："白日莫闲过，光阴浪不留。读书良有益，观化邈无休。瓜实寒犹缀，蛛丝凉渐收。人情与物理，时向静中求。"于宁静之中独求真意，确有陶潜"纵浪大化中，不喜亦不惧。应尽便须尽，无复独多虑"的风格；而《寒蝶》中也明确流露出这样的心迹："秋容看已尽，蛱蝶尚徘徊。似恋园林好，哪知草木摧。依依寒敛影，恻恻冷浸苔。庾岭梅花发，何如归去来？"

在顾春早期的诗歌中已呈现出游仙出尘的心理倾向，《天游阁集》卷一开篇的游仙四首之一"巫山高巍巍，江水碧深杳。中有阳台人，清容舒窈窕。翠袖倚朱阑，颜色常美好。我欲往从之，不见三青鸟"。其出尘离俗的旨趣，与其作为罪人之后对盛衰的敏感以及人生的无助有关。《拟艳体四首》虽是以描写爱情的香艳诗入题，但开篇即写"流水飞花随去住，断虹残日各西东。武陵洞口云深处，踪迹难寻踏雪鸿"，在太清看来，这人生的美好就如同"流水飞花""断虹残日"，终将"随去处""各东西"，终如"雪鸿难寻"，在她的人世观照里充满着哀伤的色彩。在《五杂俎六首》中，更是连用六个"不得已"宣泄人生的无奈："不得已，客中思""不得已，井底蛙""不得已，趁斋僧""不得已，八风舞""不得已，从军别""不得已，行路难"。可见其早期的诗作中已呈现出离尘自适的精神情趣，这心理诉求比任何人都要执着与强烈，"沧海回看几变更，灵台旷劫自耕耘。玉壶常有金精在，不许人间下士闻"（《题唐寅画〈麻姑像〉》），正是这心灵的自况。

---

① 李澎田：《太清诗词东海渔歌》，吉林文史出版社，1989年，第9—10页。

道光十八年(1838),丈夫奕绘去世后,顾春诗中所呈现的人生虚无与哀感更加浓郁,诗,作为其最后的精神归宿,在虚幻无寄的生存中,终以独步艺境的姿态呈现。试看其《四十初度》:

百感中来不自由,思亲此日泪空流。雁行隔岁无消息,诗卷经年富唱酬。

过眼韶华成逝水,惊心人事等浮沤。那堪更忆儿时候,陈迹东风有梦不。[①]

此诗作于奕绘去世的第二年。她的"不自由",显然是来自被排挤的境遇[②]、舆论压力以及情感上的长期孤独,甚至贫病交加所导致的心灵重负。《七月七日先夫子弃世十月二十八日奉堂上命携钊初俩儿叔文以文俩女移居邸外无所栖迟卖金凤钗购得住所一区赋诗以纪之》,记录了当时的遭遇。《仙人已化云间鹤》前的小序更为详细记载了这段心史:"七月七日先夫子弃世,十月二十八日奉堂上命,携钊、初两儿,叔文、以文两女,移居邸外,无所栖迟,卖金凤钗,购得住宅一区,赋诗以纪之。"[③]同卷中《以诗代柬答纫兰,兼谢见寄粳米、百合》则写出了迁居"邸外"时生活的艰难,"故人怪我寄书迟,无奈年来病不支。把笔难酬千里信,看花已过半春时。相思有梦分明写,莫逆于心各自知。百合香粳劳远赠,玉泉同煮滑流匙"[④],以这"无奈年来病不支"对"九回肠断寸心哀",她的"诗卷经年富唱酬",也正是这"惊心人事等浮沤"的"泪空流"。在"先夫子薨逝后",虽然"意不为诗",但"聊记予生之不幸"[⑤]的心结却最终促成顾春独特的诗学艺术。

需要指出的是,顾春的诗学倾向与"性灵"派的直率彰显有着本质的不同,后者仍以入世的诉求书写此在的关怀;而前者却以出世之心寄情于"诗",获得生命的自足。在咸丰以后的闺阁诗坛,顾春正是这样一个独特的典范。

---

① 李澎田:《太清诗词东海渔歌》,吉林文史出版社,1989 年,第 116 页。

② 奕绘去世后,太清曾被婆母容恪郡王妃逐出荣王府。

③ 李澎田:《太清诗词东海渔歌》,吉林文史出版社,1989 年,第 123 页。

④ 李澎田:《太清诗词东海渔歌》,吉林文史出版社,1989 年,第 118 页。

⑤ 李澎田:《太清诗词东海渔歌》,吉林文史出版社,1989 年,第 122 页。

二、以“气格”为宗、追求浑厚和雅境界:《东海渔歌》的词学旨趣

较早评价《东海渔歌》词学特色的是为其作序的况周颐。在《东海渔歌·序》中,况周颐于“气格”二字着力赞誉顾春词,又谓其“无一毫纤艳”,实乃对其雅正、沉稳的风格极力推崇,序云:

太清词得力于周清真,旁参白石之清隽。深稳沉着,不琢不率,极合倚声消息。求其诣此之由,大概明以后词未尝寓目,纯乎宋人法乳,故能不烦洗伐,绝无一毫纤艳涉其笔端……太清词,其佳处在气格,不在字句,当于全体大段求之,不能以一二阙为论定,一声一字为工拙,此等词无人能知,无人能爱。夫以绝代佳人,而能填无人能爱之词,是亦奇矣![1]

况周颐论词主张作词“有万不得已者在”“此万不得已者,由吾心酝酿而出,即吾词之真”,在讲究“真心”为词的同时,也主张学以厚之,将“性灵流露”与“书卷酝酿”相结合。况氏的这一思想与顾春不谋而合,他也明确指出顾春词“得力于周清真,旁参白石之清隽”的显著特点。宋人周邦彦之词最大的特色就是典雅深婉,集两宋之大成,呈现出化句无痕的浑厚气格。南宋词人张炎曾评其“所作之词,浑厚和雅,善于融化诗句”“于软媚中有气魄”。从这个角度讲,况周颐认可顾春的也正是这种融化前人而自成一格的浑厚和雅“气格”。故言顾春词“不在字句,当以全体大段求之”。而实际上,这气格的形成,也是建立在其随心自适的生命旨趣基础上,如“中秋后一日,同云林、湘佩、家霞仙,雨中游八宝山”后,次韵沈湘佩的《金风玉露相逢曲》中“相期不负雨中游,仿佛是山阴冒雪”,就呈现这种即性而来、随性而去的心性。考察顾春词学倾向,其注重“气格”的同时,往往包含以下两个特征。

第一,去雕饰,以口语入词,情意质朴。虽然况周颐言其“当以全体大段求之”,但她那些笔墨简练、神情具备的小令,却不能以“不在字句”评价。如《寄鹧鸪天·九日》:

---

① 李澎田:《太清诗词东海渔歌》,吉林文史出版社,1989年,第2页。

九日登高眼界宽，菊花才放小金团。縠纹细浪参差水，佛髻青螺大小山。

人易老，惜流年，茱萸插帽不成欢。西风那管离情苦，又送征鸿下远滩。

《定风波·拟古》：

花里楼台看不真，绿杨隔断倚楼人。谁谓含愁独不见，一片，桃花人面可怜春。

芳草萋萋天远近，难问，马蹄到处总销魂。数尽归鸦三两阵，偏衬，萧萧暮雨又黄昏。[①]

一种深沉朴质之情娓娓道来，言意深远。“萧萧暮雨又黄昏”“又送征鸿下远滩”，含怨而不含怒，含愁而不含郁，不仅浑朴“气格”全现，且文辞音律皆工。梁乙真以“精工巧丽，备极才情，固不仅为满洲词人中之杰出，即在二百余年文学史上，其词之地位亦不屈居蘋香秋水下也”[②]论之。但有时其朴质之词往往因为口语的使用而情味冲淡，如其《蓦山溪·慈溪看捕鱼作》“言斤论两，鱼价细评量。同妇子，谋生耳，此外无余事”即是。

第二，以追和之调入词，隔空对话，借意古人。《东海渔歌》中常见此笔，如《醉蓬莱·和黄山谷》《念奴娇·和姜白石》《洞仙歌·和刘一止〈苕溪词〉》《水调歌头·和周紫芝〈竹坡词〉》《雨霖铃·和柳永〈乐章集〉》《木兰慢·和张孝祥〈于湖词〉》《霜叶飞·和周邦彦〈片玉词〉》《金缕曲·和吴梦窗词》等。以《醉蓬莱·和黄山谷》为例，其词云：

看秋山万叠，晓日曈昽，参差相倚。画栋珠帘，卷高空清丽。老桂香浓，洞箫声远，作瑶池佳会。露缀花梢，风摇鬓影，夜来凉意。

此景人间，几曾得见，月拥寒潮，无边云水。满酌天浆，宴鸿都道士。秘诀长生，沧桑变化，对绮筵罗袂。尘世纷纷，残棋一局，谁非谁是？

① 李澎田：《太清诗词东海渔歌》，吉林文史出版社，1989年，第29页。

② 梁乙真：《清代妇女文学史》，中华书局.1932年，第259页。

顾春此作以“和黄山谷”《醉蓬莱》为题，但两首词却存在语义上的差异。顾春词是站在高处，以超尘之心俯瞰人世沧桑，故其词中有“看秋山万叠，晓日曈昽，参差相倚。画栋珠帘，卷高空清丽”的壮阔与谐丽，更有“老桂香浓，洞箫声远，作瑶池佳会”的自怡与欢洽。以这“几曾得见”的人间仙境，对“尘世纷纷，残棋一局”，人间的一切纷纭是非皆又不足为奇。整首词所呈现的是作者和雅的性情。黄庭坚原词却与此不同。其词作于绍圣二年(1095)，因黄庭坚撰修《神宗实录》被指失实多诬而遭遇贬谪，此词乃其赴黔途中路过夔州巫山时所作：

对朝云叆叇，暮雨霏微，翠峰相倚。巫峡高唐，锁楚宫佳丽。画戟移春，靓妆迎马，向一川都会。万里投荒，一身吊影，成何欢意。

尽道黔南，去天尺五，望极神州，万里烟水。尊酒公堂，有中朝佳士。荔颊红深，麝脐香满，醉舞裀歌袂。杜宇催人，声声到晓，不如归是。

上下两片，既写“暮雨霏微，乱峰相倚”“万里投荒，一身吊影，成何欢意”，着意突显其被贬谪后情绪的低落苦闷以及去国怀乡的失意忧思；又写“尊酒公堂，有中朝佳士。荔颊红深，麝脐香满，醉舞裀歌袂”地方官的热情接待，似可忘怀忧愁，但“尽道黔南，去天尺五，望极神州，万里烟水”的逐臣望乡之苦，又显然将抹不去的浓愁笼罩全篇。可以说整首词既有因前途迷茫而感到的困惑，也有因临巫山之景而顿生的避尘之志，情寄于景，真切鲜明，淋漓尽致。就笔触而言，曲折往复心意难定，徘徊彷徨孤孑无依，其注脚尽是伤愁，是黄庭坚尽情的直写，这与顾春《醉蓬莱·和黄山谷》俯瞰人间，高处着眼，文辞谐丽而略带宽解的确很不相同。

人说诗庄词媚，词以言情为宗，然而即使在词中，顾春所呈现的仍然是浑厚和雅、崇尚法度的“气格”。况周颐在《东海渔歌》序中论其：“此等词无人能知，无人能爱。夫以绝代佳人，而能填无人能爱之词，是亦奇矣！夫词之为体，易涉纤佻。闺人以小慧为词，欲求其深稳沉着，殆无一二焉。”[①]透过况周颐的评价可知，顾春所作之词原非世人所作、所爱之“情词”，而是脱去“词”之“纤佻”，一变而为“求其深稳沉着”，无人能知、无人能爱之“雅

① 李澎田:《太清诗词东海渔歌》，吉林文史出版社，1989年，第2页。

词”,况周颐序也记载“吾友南陵徐君乃昌,刻闺秀词至百家,旁搜博采,几于无美不臻,而唯太清词未备,亦遗珠之惜也。”[①]这或许正是徐乃昌编选《小檀栾室汇刻闺秀词》,收录明清女词人百家之众而独不采顾春词的原因。

三、以文字为摹写心理的幻境:小说《红楼梦影》以情为根、欲作正解的思想悖论

《红楼梦影》作为续书与原《红楼梦》在精神世界上有着千丝万缕的联系。考察清代嘉庆至道光年间《红楼梦》续书约有三十多部,但大多从读者的接受心理着眼,以对完美人生作虚幻的构建来弥补读者心理体验的缺陷。钱塘才媛沈善宝在《红楼梦影·序》中就曾对此现象予以陈述:“海内读此书者,因绛珠负绝世才貌,抱恨夭亡,起而接续前编,各抒己见,为绛珠吐生前之夙怨,翻薄命之旧案,将红尘之富贵加碧落之仙姝。”[②]其所指者,如《红楼幻梦》《红楼梦补》《红楼圆梦》等。

清代对《红楼梦》的题咏之作,相对于续书却略有可观。作者既有男性文人,也有闺阁女子,题咏者众,对《红楼梦》的解悟也各有不同,但多是针对剧中某一人物或某一情节抒发感慨,沈善宝《读〈红楼梦〉戏作》即是这样的代表,虽亦言愁,但终归淡雅凝滞,不负奇气。能从根本精神上承续原书的题咏却不多,《乔影》的作者吴藻,正是这为数不多的真承续者之一,其《乳燕飞·读〈红楼梦〉》笔端生恨,无限荒凉,将成谶诗语、痴儿说梦都付诗笔:

欲补天何用。尽销魂、红楼深处,翠围香拥。骏女痴儿愁不醒,日日苦将情种。问谁个、是真情种?顽石有灵仙有恨,只蚕丝、烛泪三生共。勾却了,太虚梦。

喁喁语向苍苔空。似依依、玉钗头上,桐花小凤。黄土茜纱成语谶,消得美人心痛。何处吊、埋香故冢。花落花开人不见,哭春风、有泪和花恸。花不语,泪如涌。[③]

---

① 李澎田:《太清诗词东海渔歌》,吉林文史出版社,1989年,第2页。

② 云槎外史:《续书红楼梦影》,北京大学出版社,1988年,第1页。

③ 胡云翼:《吴藻词》,上海教育书店,1947年,第53页。

在吴藻眼里，一切尽是苍凉，人世幻灭之感极其浓郁。这与《红楼梦》中繁华皆过境、有情终成空的惨淡境况十分一致，也与原小说对心灵深处孤绝幻灭的呈现相吻合，“黄土茜纱成语谶，消得美人心痛。何处吊、埋香故冢”是词人的生命长啸，更是清代才媛的命运哀歌。从这一层面上讲，顾春小说《红楼梦影》，与吴藻《乳燕飞·读红楼梦》词有着极大的相似，均延续了原小说的思想。《红楼梦影》虽也点染着挚情，甚至还有人生的顺境和美的期待，但根底里却又渗透着彻底的虚无与绝望的悲凉，打上了末世自悼的烙印，成为《红楼梦》真正意义上的“续书”。顾春好友，钱塘闺秀沈善宝（西湖散人）曾在序中明确将此作与其他续书区分，指明《红楼梦影》“揣摩酷肖，即荣府由否渐亨，一秉循环之理，接续前书，毫无痕迹，真制七襄手也”，是对《红楼梦》一书最好的续笔：

海内读此书者，因绛珠负绝世之才貌，抱恨夭亡，起而接续前篇，各抒己见。为绛珠吐生前之夙愿，翻薄命之旧案，将红尘之富贵加碧落之仙姝。死者令其复生，清者扬之使浊，纵然极力铺张，益觉拟于不伦。此无他故，与前书本意相悖耳。

今者，云槎外史以新编《红楼梦影》若干回见示，披读之下，不禁叹绝。前书一言一动，何殊万壑千峰，令人应接不暇；此则虚描实写，傍见侧出，回顾前踪，一丝不漏。至于诸人口吻神情，揣摩酷肖，即荣府由否渐亨，一秉循环之理，接续前书，毫无痕迹，真制七襄手也。且善善恶恶，教忠作孝，不失诗人温柔敦厚本旨，洵有味乎言之。

余闻昔有画工，约画东西壁殿，一人不知天神眉宇别具风采，非侍从所及。画毕睹之，愧悔无地。此编之出，倘令海内曾续《红楼梦》者见之，有不愧悔如画工者乎？信夫前梦后影并传不朽，是为序。

咸丰十一年，岁在辛酉，七月之望，西湖散人撰。[①]

沈善宝的评论总的来说是中肯的，一方面指出这“前梦后影”之间“回顾前踪，一丝不漏”“接续前书，毫无痕迹”十分神似；另一方面也看到作者顾春“不失诗人温柔敦厚本旨，洵有味乎言之”的基本写作态度与立场，同

① 云槎外史:《续书红楼梦影》，北京大学出版社，1988年，第1—2页。

时也借“画工”之喻“倘令海内曾续《红楼梦》者见之，有不愧悔如画工者”指出，顾春之续笔优胜于他作，是对《红楼》原书精髓的真正承续，也借此批评海内续笔者“为绛珠吐生前之夙愿，翻薄命之旧案，将红尘之富贵加碧落之仙姝。死者令其复生，清者扬之使浊，纵然极力铺张，益觉拟于不伦”，以文字的虚饰来掩盖内心的失落与粉饰伤怀，是“与前书本意相悖”。

考察顾春《红楼梦影》，前半部分写宝玉在毗陵被贾政所救，除去僧道而还家，后与贾兰同中进士，又娶袭人、莺儿为妾，宝钗也为之生下一子，不仅如此，贾府家道兴旺，贾政也拜了相，诚然是一副人丁兴旺、富贵堂皇的光景。因此，曾有学者指出，作为贵族妇女的顾春，没能摆脱阶级的局限，也没能摆脱传统大团圆的格局，从本质上讲是不愿看到本阶级行将灭亡的必然趋势。但这评价似有失偏颇。前半部分，确有不少点染之笔，似与《红楼幻梦》《红楼圆梦》《红楼梦补》并无二致，都以虚幻圆满慰藉伤感愁怨。然而，当第二十四回“指迷途惜春圆光，游幻境宝玉惊梦”一出，我们才清醒地看到，那前半部分的“详笔”，实都是痴人说梦的自嘲，也隐含着对世人追求短暂精神麻痹的讽刺。反观之，前半部分从本质上讲，亦应视作顾春“独步艺境”的呓语与抛却俗世之念，立足心灵诠释的用心，恰恰不是作为贵族女子摆脱不了的落后思想。

后半部分写太虚幻境，恰是接续《红楼梦》的思路，将凄凉人生之悲情再度推向极致，宝玉在精神上的彻底虚无与无依，恰是太清在不惑之年真实的心境。第二十四回，也是此小说最后一回，宝玉游太虚幻境写得最为精妙：

正北上一座红楼，几段朱栏，只见钗、黛、云、琴凭栏谈笑。宝玉笑道：“原来都在这里，你们到这神仙境界来逛，也不叫我一声！”只见他们站在上面笑着招手，意识竟是叫他上楼的光景。把个宝玉乐得手舞足蹈，走进房去寻找楼梯。把五七间的屋子都找遍了，也没找着……忽然一阵狂风，吹的二目难睁。把身子伏在地下，俟风过了，睁眼一看，那里有红楼碧户！却是惨凄凄一片荒郊，有许多白骨骷髅在那里跳舞。宝玉吃了一大惊，却也不知是真是假。[①]

① 云槎外史：《续书红楼梦影》，北京大学出版社，1988年，第195—196页。

触笔之中，一片繁华竟虚无。已是“二十年来星流云散”故交不再而孤孑一身的顾春，在其《雨窗感旧》一诗中这样写道：“最难解处是萦牵，往事思量在眼前。小院连阴成积潦，幽窗兀坐似枯禅……回忆旧时诸姊妹，几游宦海几归泉。”[①]其四“谈心每恨隔重城，执手依依不愿行。一语竟成今日谶，与君世世为弟兄”，诗下更记沈善宝离世前与其彼此依恋，互订来世之盟的感伤场景：“余五月廿九过访，妹忽言：‘姊之情何以报之？’余答曰：‘姊妹之间，何言报耶？愿来生吾二人仍如今生兄弟。’余言：‘此盟订矣。’相去十日，竟忽忽长往，能不痛哉！”[②]《红楼梦影》中“太虚幻境”的落幕，又怎不是顾春暮年人生幻灭之感在文字中的托寄。

一部《红楼梦影》，总十三万字，共二十四回，着笔时间从作者四十岁左右寡居开始，直至六十来岁完成，前后持续二十余年，是作者用心耕耘的结果，其立足己情，尽力点染的笔墨，又是顾春笔下摹写心理的幻境，是其文学思想中重情、重真、重才、重自我因素的典型呈现。但不能忽略的是，其写作的态度与文本的风格，却如沈善宝所言，是“善善恶恶，教忠作孝，不失诗人温柔敦厚本旨”。顾春曾在其《哭湘佩三妹》诗下自注：

> 余偶续《红楼梦》数回，名曰《红楼梦影》，湘佩为之序。不待脱稿即索看。尝责余性懒，戏谓曰：“姊年近七十，如不速成此书，恐不能成其功矣。”[③]

足见小说写作过程伴随沈善宝的阅读、评点甚至还有二人对于该书的探讨。随宦京师期间的沈善宝，敦厚雅正思想仍是其主导，此小说在面世前即被沈氏评阅，得到顾春的认同，其中也难免雅正的因素，而顾春对沈善宝以为知己的赞誉，也是其思想相近的明证。可以说《红楼梦影》的书写，正是顾春主体释情与现实理趣的矛盾呈现。

综上所述，清代第一女词人顾春，在诗、词、小说三种文体书写中，表现出不同的文学思想倾向。以《天游阁诗集》为代表的诗歌创作，以离俗弃名为心理前提追求独立自我的清逸之境；《东海渔歌》词作，体现出以“气格”

---

① 李澎田：《太清诗词东海渔歌》，吉林文史出版社，1989年，第170页。

② 顾太清，奕绘：《顾太清奕绘诗词合集》，上海古籍出版社，1998年，第169页。

③ 顾太清：《哭湘佩三妹》自注，顾太清、奕绘：《顾太清奕绘诗词合集》，上海古籍出版社，1998年，第169页。

为宗、追求浑厚和雅的旨趣；小说《红楼梦影》则以情为根、以文字为摹写心理的幻境却又并存欲作正解的思想。三种写作倾向虽颇具悖论，但始终把握着温柔敦厚的尺度，这正是她文学思想中很重要的因素。而其主体重情与现实趋理的矛盾，又侧面体现着满族贵族才媛文学的张力，在晚清闺阁文坛上具有典型意义。

“我的终极目标就是诗”

——访彝族诗人吉木狼格

吉木狼格　余红艳[1]

访谈时间:2015年10月6日下午两点半到六点

访谈地点:芳草西二街瑞升广场·小房子茶馆

访谈手记:与吉木狼格的见面,虽有曲折,过程也说不上愉快,但他却用诗帮我打开了一扇认识当代诗的大门。他是我面对面采访的第二个诗人(第一个是何小竹,也是何小竹撮合了我与吉木狼格的见面)。在访谈中,吉木狼格给我多次提醒,这让我紧张,也让我释然——既然你都看出来了,那我就不必不懂装懂了。他说我对当代诗歌确实非常隔膜,我当时应承了下来。随后,我将访谈录音整理出来一看,不禁汗如雨下:吉木狼格的话确实太有锋芒了,不知我是怎么稳坐在他面前的?吉木狼格除了给我留下这个很酷的印象之外,还给我留下一个美学标准。访谈回去后,我用了一两个小时翻完他送的诗集《天知道》,在我很激动地给他发了一条短信之后,他简单回了一句:有意思。从此,“有意思”成了我判别许多事物和诗歌的标准。由此,我走近了当代诗,以及个别当代诗人。

---

① 吉木狼格:1983年开始诗歌写作,参与“第三代人”诗歌运动,为“非非主义”代表诗人之一,出版有诗集《静悄悄的左轮》《月光下的豹子》《天知道》;余红艳:四川大学文学博士,致力于多民族文学与文化的研究,痴迷于文学创作,先后在《四川文学》等刊物上发表短篇小说《阿亮》《木槿沟的春天》等作品。

吉木狼格(以下简称狼格):曾经有个彝族青年告诉我,他们要组建一个彝族现代派诗歌团体。我就问他,你是用汉语还是彝语写作?他说,汉语。我说那你的彝族现代派诗歌是什么呢?你的意思是不是汉语中的彝人现代诗歌?又在使用汉语,又不承认,那是概念混乱。

余红艳(以下简称余):(写作者身份)认同的类型不一样,行为模式就有区别。

狼格:你的侧重点在少数民族的写作者。等我们把写作和文学聊得差不多了,我们就发现,这跟少不少数民族有什么关系呢?写作永远是个人的事情。我们不是搞政治运动,也不是做生意找合伙人。写作就是你用自己的语言写自己想写的东西。

余:关键就是这一点,你用什么样的语言,和想写什么样的东西。

狼格:现在就说我了。我真正地发自内心地为我是一个彝族人而骄傲,我经常窃喜。我认为,我之所以高兴和骄傲,是因为我认为彝族这个民族是世界上独一无二的民族,她的生活方式、思维都是独一无二的。我说彝族的独特,举例来说,彝族的死亡观。比如你见了一个彝族老人,即便他身体很好,但是如果你对他说他死的时候你会来,他会很高兴,他觉得你很懂事。彝族人不回避死亡。小孩儿冷到了可以直接跑到死者旁边,拿他的衣服来盖脚,对死人没有惧怕感。还有,有人即便没死,他也可以提前把丧事办了。(介绍中华人民共和国成立前一个贵族妇女提前办丧事的盛况,以及当代一个矿老板为母亲提前办丧事的奢侈。)彝族人很看重葬礼,最隆重。一句谚语是:一个老年人死了就死了,他提供了一个给年轻人玩的机会。类似的独特性太多了。我再举个例。关于音乐。彝族人对音乐是又喜欢又忌讳。比如一个月琴手,人们会说他,你看,他的月琴是抱在心口上的,这就注定了他一辈子都要伤心。然后,作为一个贵族的话,当众唱歌是很丢人的事。彝族人又离不开音乐。(讲甘洛的吉子阿依丧子后弹口弦,成为一代大师。讲舅舅的徒弟吉子阿布弹月琴时对人生的慨叹。讲一个女子唱歌招灾,请毕摩将自己毒哑。)彝族的原生态音乐非常好听,就像一首首的诗。彝族人同时生活在两个世界,阳间和阴间,两个世界是并存的。家中如有灾祸,就要请毕摩来。人们对毕摩所说的关于鬼魂的话深信不疑。我只要回到乡下,我就有这种感觉,就觉得这个世界不是单维的。当人类三三两两走在文明道路上时,彝族人在晒太阳、背家谱,和杂草、泥土一起翩翩起舞，跟文明毫无关系，这才是我喜欢的彝族。

余：（讲对罗庆春《混血时代》的意见。）关于彝族的现实问题不好说……

狼格：我的终极目标就是诗。我曾经说过，要成为一个好诗人必须要有一个广博的哲学背景，但并不是说我要表达我的思想。如果要表达思想，你可以去搞哲学。我认为诗歌应该在思想之前。如果你要表达深刻的思想，古人早就有了。为啥有些诗歌我们记住了，有些记不住。记住的是他的艺术形式，我既然没有把诗歌、小说作为工具，就不存在我要用诗歌来赞美或批评我的民族。文学是个人的事情，体现的是个人对艺术的追求。

余：这你对他（罗）讲过没？

狼格：没有，善意的谎言嘛。还有一句话，却是最大的谎言：文学来源于生活，高于生活。艺术都是生活的一部分，你凭什么高于生活？生活的惊心动魄，即便是一百部小说、即便是伟大的小说，都无法揭示……这就是偷换概念。

余：这也是教科书给人们留下的印象。教科书动辄说这篇作品揭示了生活的本质。

狼格：我们这里就说个实话了，像你的这篇论文就只是为完成论文而已。我说这句话是要让你站得高一些，要跳出来。比如“非非”的“反文化”，“反文化”就是一个很文化的话，没有文化的人是说不出这句话的。从逻辑推理上是站不住脚，实际上它只是一个态度。比如，我们都在这张桌子旁，偶尔我们是否可以扯着自己的头发让自己俯瞰自己的文化呢？手一放，我们又掉进去了。它表明的是态度。我们晓得自己反不了文化，但我们偶尔抽身出来，在空中来向下看一下。只要有了这种思维后，做什么事情都好办。做学问的人，一定要概念清晰。

余：很多概念都无法追下去。只能用现在一般通识性的概念来说。（谈自己在研究过程中的收获。谈何小竹。）

狼格：前几年我大力提倡“诗意”这个词语，我的哥们儿都很反对。现在他们都在用。因为原来说诗意时，是被污染的。以前我们连文学都讨厌。因为一说就想起主流的文学。但是回到文学本身来看，诗意是个多好的东西啊。以后还会有很多东西会慢慢回来。小竹当年写诗，是观念写作，致力消除诗意。而现在他的诗意回来了，就算在那些口水诗中，也回来了。

余:前不久看了一些小竹老师的诗歌……

狼格:很多时候,小竹的诗、我的诗都需要时间。我2002年写了一本诗集《月光下的豹子》,印成小册子后给我的哥们儿,都没有反馈。今年,有人把这首诗贴在了微信上,然后石光华和翟永明都大加赞赏。

余:今天本来想叫吉木老师送我作品的。

狼格:去年我和小竹都出了一本诗集,我的叫《天知道》,他的叫《时间表》。没有书号,"橡皮诗丛"出的。他(何小竹)是想把这个诗丛做成品牌,不需要书号,出我们认为的当代优秀诗集。这里跟着要出十个人,五男五女,我做主编。书会出得很漂亮。我们两个的书都加印了的。

余:这书标价一百元,只有"粉丝"才买。

狼格:铁杆"粉丝"才买。我们"橡皮诗丛"都是我们自己拿钱来出诗集,自己送别人的。(赠《天知道》给余。)我这本书(《天知道》)里的诗歌80%都没人读过。我写诗,不喜欢马上贴到网上。这本书最后两首诗你应该感兴趣。

余:为什么是《为彝族不过生日》?

狼格:因为彝族人不过生日。我五十岁的时候,我的五个姊妹从西昌等地赶来给我过一个生日,他们什么都订好了才告诉我……他们不来,我自己都忘了生日。彝族的独一无二性随处都有。她跟强弱好坏没有关系。教我怎能不爱她?

我热爱我的民族,不亚于任何一个人。但我绝对不会把她用在我的文学写作中。诗歌百无禁忌,我可以将其作为素材,但我绝对不会把诗歌作为工具,不说推出民族文化了,就是表达我自己的一个东西,在我这里都没有。我只是完成一首首的诗,就像画家完成一幅幅画。

余:但许多诗人却正在用诗歌来推广民族文化。

狼格:这是很浅薄的。诗歌是多了不起的艺术啊,被他们拿来作为工具。他们是在文化中,是文人写诗。他们的诗是文化的符号,是已有东西的堆砌,包括他自己的认知。他们的诗没有一点儿发现、创新。诗歌应该在这些之前。诗歌是思想的土壤,但它不是思想,它在思想之前。诗歌是可以很幼稚的。我现在看诗,只要是一首诗写得天衣无缝,我就没有兴趣。有缺点,有缺陷的诗,我看得津津有味。因为我从里面能看到新东西。所以，你拿诗歌去表现思想，表现文化……每个人心中都有诗歌的模式，不强求一致。但我们一定要追究什么是诗。不专业不行，不进行哲学思考、逻辑思考，是无法得出结论的。那么，你今天的结论不代表明天的诗。李白的诗和今天已经不同，不能说李白的诗是诗，而我们的不是。一个时代有一个时代的诗歌。喊我们今天去写韵文，就根本没有存在的价值。今天最好的语言在哪里？在生活中。要到生活中去发现语言。书面语读起来为何那样别扭？就是文化的符号……诗歌一言以蔽之，就是创新。哪怕这个创新，是写自己的感觉，只要这个感觉是自己独特的，而不是别人的，哪怕他逻辑上不成立也行。就像小安的诗，把一个女性独特的感觉写出来了。这是之前没有过的，这就是好诗歌。好多文人写诗，写的都是人家已经有的，人家写得比他好，他还在那里写……汉族诗人同样的，有好多人写到最后都不知道诗是什么。

余：流沙河写到最后都不写了。他的原因就是：写到后面不晓得诗是什么了。

狼格：流沙河是老一辈文人中比较有悟性的。只是受到"诗言志"等影响比较深。（谈论萨特的存在主义、"语言创造世界""世界是说出来"等问题。）你刚才讨论的那些中国现在的一流二流作家，都是主流作家，还有一大帮现场写作的人你一个都没涉及。比如韩东、杨黎、何小竹……这些人，都没有你说的主流作家有名气，这些人，你们学院中人，关心过没有？读过他们多少作品？小竹和我，我们这几年，我们也广泛地接触过很多诗人，欧洲的美洲的，包括法国的。通过交流得出一个结论，他们中很多所谓的大师级别的诗人，水平都还是文青（文学青年）级别。中国当代诗歌肯定是走得最远的。有一天一个法国所谓的桂冠诗人到成都来，法国领事馆就找了我和小竹。他搞了一个诗歌表演，把诗歌行为化，一边朗诵一边做一些砸玻璃等事情。这些不管。诗歌首先还是语言的艺术，这是最基本的。后来我们坐下来交流，有些中国的人呢就提问，就问到了一些，你认为诗是什么啊这些。这法国人就口沫横飞、眉飞色舞、一副轻佻的表情，说诗就是窗台上的向日葵……把我说生气了。我就喊来翻译，对翻译说："请你问他，如果不用比喻，能说出什么是诗吗？"噼噼啪啪说了半天，就是一个文青的水平。然后我说我来回答你，我说在中国，有很多人对诗歌的命名是你没有听说过的。我有一个朋友说，诗是语言的最高形式。我现场发挥了一下：

诗是感觉与语言的邂逅。对他来说,这都是从来没听说过的。他就闭嘴了。还有一次,我和小竹在北京参加一个数码诗歌活动,来自北美、西班牙的诗人展示了他们理解的诗歌,我认为他们在进行一种另外的艺术——数码诗艺。数码诗艺也不能称作诗歌。这是一个简单的例子。诗歌必须要朝前走。20 世纪 80 年代,改革开放,大量的外国诗歌和理论涌进中国。我们那批诗人都是从那里走过来的。到今天,我们回到了汉语当下和自身,这时候,我们进行的诗歌创作已经不再是外国的,但知识分子写作除外,他们认为诗歌已经不存在原创性了,被外国诗歌覆盖了。他们的诗歌我一行都看不下去,他们一起笔我就晓得他们要干啥。(就这样)通过比较,我了解了他们。最可爱的一次是,美国垮掉派诗人艾伦·金兹堡到成都来。他的诗歌《嚎叫》,几乎被全世界所有国家翻译,在 20 世纪 70 年代时他的这首诗就卖了一千多万美元。这就是当年的反传统、反文化、嬉皮士——其实在今天看来这都是很可笑的,但"反"本身是值得我们推崇的,"反"是很好的继承。人类需要不断往前走。今天我们不可能再写"床前明月光"。五百年后诗歌是什么样子,这不是我力所能企及的。说回到那次活动,那个诗人已经七八十岁了,那次交流非常愉快。我们朗诵诗歌,不需要翻译,只需要凭感觉,就能感觉对方有无诗才,这是不是诗。我们朗诵完了,他上来拥抱。他朗诵完了,我们上去握手。

余:这是怎样的感觉?

狼格:严格意义上来讲,诗歌是不能翻译的。我用汉语写的诗,翻译只能把意思翻译过去。翻译过去后,诗意已经消失了。为什么我们读翻译过来的外国诗,为何有些读起来很安逸,是因为他已经再度创作,成了一首汉语诗。有很多外国诗歌,翻译过来后,我能感觉到写作者的状态、心情。这就是翻译得好的诗歌。但是从艺术作品本身来说,是不可翻译的。因为已经成了另一种东西。所以这就是我们听他们的朗诵能感觉到这是否是诗的原因。这就同听歌一样,打动我们的往往是旋律,而不一定是歌词。(谈歌词……)诗本身就有语言的律动,能让人感受得到。反倒是这些年我们接触到的诗人,如美国诗人,感觉 20 世纪六七十年代那些诗人比现在的诗人好。

余:德国汉学家顾彬评价说,中国现代文学也就是鲁迅为代表的文学,中国当代文学还没法超越。而 20 世纪 80 年代的中国诗歌,处于世界领先水平。

狼格:20世纪80年代的诗歌处于世界领先水平,这句话很牵强。因为20世纪80年代的诗歌在中国文学史上是一个机会,一个高潮,也泥沙俱下,不能说世界上其他国家没有更好的诗歌。(但)现在可以(这样)说。现在把20世纪80年代那批最优秀的诗歌遗留下来的拿来说,可以这样说。作为一个写作者,我这辈子终极的目标,就是写出自己最想写出的东西。我从来不反对功利,生在这个社会,通过自己的劳动得到自己该得的东西,这不坏,谁也离不开。但是这里面有个选择。这就是我和他的区别。

余:也许人家也有诗歌方面的追求。

狼格:我太了解了。很多人都是把诗歌作为一个事业,希望这个事业获得成功,是功利意义上的成功,这就是他的终极目标。这跟从政和经商是一样的,只是希望由此获得成功。我和这类人本质上是一样的,都在追求自己想要的,都在努力,只是想要的不同而已。(谈佛教的欲望,变态的执着,超乎世人的庸俗……)

余:(大为尴尬)对诗歌界确实不了解,太隔了。

狼格:学校都是这样。说诗歌,到朦胧诗就不太了解了。到第三代就更少了解了。你们的研究是脱节的。这个脱节是非常可笑的。对文学创作的研究,我认为由作者来完成最好,因为如果没有创作实践,你凭什么研究?

余:这就是我不敢去做文学评论的原因,也不想去做这个无用功。所以请出作家来,聊一聊他们目前的状况……比我在那里夸夸其谈好。

狼格:评论家最喜欢干的事情就是把以往的理论拿来套作品,这对创作没有丝毫的作用。甚至起反作用,误导,界定和评判不准确。给你推荐伊朗电影。电影好莱坞化后,走商业化道路、重视视觉和听觉的冲击。伊朗电影走的是艺术方向,他们的电影就像"非非"诗和"非非"小说,我感觉有亲缘关系。有个电影叫《金鱼》,就讲一个小女孩买金鱼,太好看了。它的那种镜头叙事方式,用文字记录下来就是"非非"小说。它不屑于携带任何主题,就把小女孩买金鱼的故事叙述出来,扣人心弦。类似这种电影很多。一个电影就是一首诗,一篇很棒的短篇小说。这是电影的另一条路子。

余:(也许)小竹老师的小说也有点这种感觉,有点诡异,有点飘。

狼格:你看的是女巫系列?他的女巫系列可称作中国版的魔幻现实主义。我看过马尔克斯的一篇写求雨的短篇小说,把我震撼惨了。(讲这个故事……)这才是好小说。小竹老师写女巫系列的时候,跟他一贯的思维模式有关,与魔幻现实主义还没有多大关系,他是想写得迷迷幻幻、非现实、有点特异功能,这都未尝不可。你喜欢海明威不?

余:读得很少。

狼格:在我心目中,海明威是唯一的跨越时间的作家。他就是老老实实,用他对小说语言的理解去写小说,语言简洁精炼。从来不加自己的任何观念进去:等于就全部加进去了,这也就是所谓冰山理论。他的小说,后面有好多东西,他才可能写出来。这就是我说的,一个好作者必须要有深厚的哲学思想。海明威的小说语言的艺术性和技术性,达到了很高的程度。

余:如果大家都去学那种语言,就很麻烦。

狼格:学不到。你不是他,你没法学。2003 年我们在南京,我和韩东和赵志明经常在半坡喝酒。赵志明就讲了一个拿钥匙的故事。他讲完后,我和韩东放声大笑。我们都说他是天生的小说家,太会讲故事了。现在,他已经写出来了。何小竹也觉得他的小说写得好。

余:有些作家也在学海明威。但我觉得过于克制,过于追求稳准狠。

狼格:他哪里在克制呢,他写得很狂放。他觉得这就是他理解的小说语言,他哪里在克制呢?更多的人觉得他语言不卖弄。其实那才是功力。华丽的词语,是用别人的,是用文化来掩饰自己的无能。读了中学都会。简单的修辞和比喻,人人都会。那是文学艺术最应该放弃的东西。我有篇小说,当时发表的时候编辑给我改了一个词,就是把我写狗"皱着脸"的"皱"改了。我气惨了。

余:哈哈。

狼格:(谈人的梦境的超前性。)还有什么问题要问?

余:为什么选择汉语?

狼格:我有篇《梦中的语言》都讲完了,可以拿来用。

余:对彝语写作如何看?前途问题?

狼格:我不会彝语写作。彝语写作不需要考虑前途问题。实际就是一种继承、保存,值得尊重。因为事实上这是一个汉语的世界。在中国,彝语写作是小众化写作，读者面少。但如果要通过这种写作来达到更大的功利性的成功是很难的。除非你本身热爱彝语写作。

余：在创作中，你的民族身份？

狼格：我的所有简历中都标明我是彝族。它是既成事实。它跟我的创作没有什么关系。至于我作为一个彝族人，彝语世界对我的影响是肯定存在的。也可能今天我的写作，跟我是个彝族人有很大关系。如果我是个汉族人，我的写作可能又是另一种样子。

余：小竹老师为你写了一篇评论，将你的语言和思维的独特归因于民族身份。你同意不？

狼格：差不多吧，那篇文章我还修改过的。

余：彝族文化的题材，对你的写作的影响？

狼格：百无禁忌，任何题材都可以写。但不将此作为目的。很多人把民族作为目的。在我，作品本身是目的。

余：一般的场合会强调自己彝族诗人的身份吗？

狼格：无所谓，我不做这个考虑。但是人家一看我的名字"吉木狼格"，其实就在强调。

余：那这个少数民族身份，对你的文学交流和传播有无影响？

狼格：我从来不去考虑这个问题。

余：写作阶段？风格和思想的转变？

狼格：我曾经调侃自己：从十五岁到今天，我就没有进步过。或者说，我是个早熟的人。从十五岁我就不想读书了。这三十年，没进步过。

余：就和小竹老师不一样，他不断在突破自己。

狼格：我写小竹，说他经过了两个写作阶段。(《女巫制造者：何小竹》，在《灿烂》上发表。)我写何小竹，何小竹写杨黎，杨黎写我。我们三个还写过一个共同的标题：《我与非非》。

余：你自己到现在对诗歌的认识没有变化？

狼格：变化是有的。但不像何小竹一样，有质的变化。质的变化可能就是，刚刚写诗的时候，激情澎湃，一个星期要写一本单位上的信笺纸。今天这些东西都没有了，说明他也不该留下来。什么都经历过，甚至像今天派的影响也受过。随着年龄的成长，走自己的路。

余：你想写出自己想要的东西，那么，什么是你想要的诗歌？

狼格:我曾经在有篇文章里说过:当年写了几首诗,就以为自己掌握了诗歌的真谛。结果写到今天才发现,诗歌是可以用一生去靠近的:离他越近,越得不到他。所以,我还得写,必须写。

余:那你想用诗歌来接近一种什么状态?

狼格:诗歌状态啊。什么状态呢?杨黎想把诗歌作为一种宗教,在我这里没有。如果我是艺术家,我就完成诗歌艺术,完成一件件作品。我最喜欢最想要的作品一直没出来,所以我还一直不停写。我感觉我的写作一直都在变,但就没有变到我想要的地方,一直都在接近,一直都没达到。

余:是指语言还是?

狼格:是整个状态。包括语言。包括我的思考,我的感觉。都是离它越近越得不到。就变成了吸毒一样,不停地去……

余:现实当中有无符合你理想的诗人或者诗?

狼格:嗯……当代这些还执着于诗歌写作的优秀诗人都是我的楷模。继续热爱写诗的好的诗人都是我的楷模。

余:太笼统了。

狼格:你放心,我即便看出了你的不足,我也会在肯定的基础上跟你交流。

余:写作受到的影响?

狼格:海明威就是我的偶像。诗歌上,斯蒂文森,很了不起。李白、杜甫,也很了不起。

余:其他,书的传播方式就不说了……比如标价一百元……

狼格:我这人就这样。当我想写一首诗,我就把这首诗写了。我觉得我的任务就完成了。我就不急于把它亮出来。写诗是我一生的爱好,无法扔掉的爱好。所以只要想写我就写,写完了,如果拿出来得到朋友和大家的认可,我会很高兴。如果得不到认可,也不影响我继续写。

余:下来把你的小说给我。

狼格:网上查嘛。网上有些"傻瓜"评语,说我是"中国的短篇小说之王",中国的埃梅……这太无聊了。不管什么王,总得有足够的东西。你们看到过我好多东西嘛,好多小说我都没拿出来。(笑)不过呢,小竹也好、韩东也好、我也好,对自己的小说都还是比较自信的。

余:那你认为小说的理想是?

狼格：小说、诗歌、随笔，我想写什么就写什么。我写作需要安静，可能是这几年我自身不太安静，所以我很久没写小说了。诗歌不存在。这几年我写诗歌都不用电脑了，拿本子和笔就写了。后面再录到电脑上。写诗就和抽烟、喝酒一样，睡觉前都可以写一首。写小说必然是一个工作。我是惜字如金的人，每个字我都要反复推敲。我会写很多很多小说，它是我必须要完成的任务，包括长篇。长篇会涉及彝族题材，起码有两个了。我只是没动笔。有个酝酿了十多年了，迟迟没有动笔。但我就算写彝族题材，也和他们不一样，我就是在写一个小说。仅此而已。

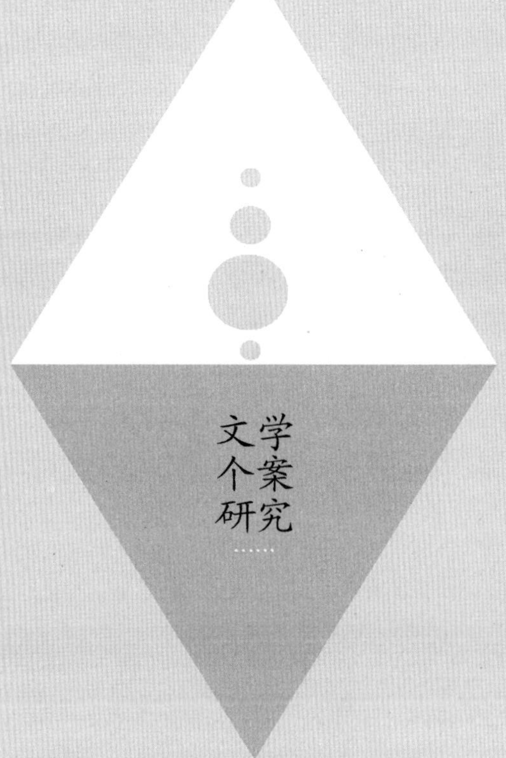

文学个案研究

隐匿在历史深处的另一种现代文学景观

——民国蜀中诗人顾隽卿的旧体诗创作研究

曾　平[①]

顾隽卿，生于1913年，卒于1945年，四川邛崃人，善诗词，工书画，20世纪三四十年代活跃于四川文坛，有不少诗作在《成都快报·蜀雅》上发表。惜英年早逝，且由于他的创作均为旧体诗词，身后渐被遗忘。直到2015年，在邛崃当地文化部门的大力襄助及亲人故旧的不懈努力下，《顾隽卿诗存》由天地出版社正式出版，让一位70年前离世的青年诗人重新走进人们的视野。

一

邛崃，地处古之邛州，自古文化昌明，汉有卓文君，宋有魏了翁，有清一代，也是诗人辈出，以吴春帆等人最为著称。顾隽卿生于1913年，已进入民国，他在蜀中文坛最为活跃的时期为20世纪三四十年代。虽然经过五四新文化运动的全面洗礼，但地处西南一隅的邛崃，其文化生态却保持了与固有文化传统明显的承续关系。邛崃的文化氛围在魏尧西《临邛旧事》中有生动描绘："吾邛自民国以来，春夏秋冬，一年四季，皆有庙会。新春伊

① 曾平：文学博士，四川省社会科学院文学与艺术研究所副研究员，研究方向：文论与近代文化。

始，以二月二之'文昌会'称盛……文昌会，每年开台那天的正戏，会公例点《红梅阁》为秀才扬眉吐气也……三月清明，城中城隍庙之'劝业会'乃现在交流会之先河。届时各行各业均醵金酬神演戏，如屠宰行之'张爷会'，染织业之'梅葛会'，钱庄业之'财神会'，面食行之'雷祖会'是也。"[①]邛崃距离成都不过一百多里。晚清以来，成都不仅有诸多教会学校，也兴起了《蜀报》《华商报》等大批现代意义上的报刊。尤其在抗战时期，成都更是成为大后方的文化中心之一。在西风东渐的时代，这座城市既积极接纳外来文化和新思潮的影响，又继续着它悠闲缓慢的生活节奏和古老的文化传统，古今中外各种文化元素似乎都可以在这片土地上找到容身之所并和平共处。

到顾隽卿生活的时代，邛崃一方面深受成都文化性格的影响，另一方面，也形成了自身独特的文化传统。相对成都而言，无论是地理环境还是文化环境，邛崃都别有洞天，不那么容易受到外界的冲击。据顾隽卿的好友魏尧西《邛中记事》一文记载，邛崃当地的文化人多延续了传统读书人的风尚，精于书法丹青，擅长旧体诗词，或以教书撰文为生，或以岐黄之术为业，是当地各类文化活动的组织者与倡导者。文人之间时有雅集嘉会，以旧体诗词或水墨丹青相互唱和往还。一方面，顾隽卿深受邛崃本地文化传统的润泽陶铸，另一方面，也和成都文化界乃至川外文化界多有交往。他的旧体诗词多在《成都快报》等现代媒体上发表。除此之外，他和清末探花商衍鎏关系密切，常有相互唱和之作。商衍鎏对顾诗评价甚高，曾云："兄诗才调至佳，《杨花》四首不减渔洋《秋柳》。"顾氏生前自编诗集《惜华山馆诗钞》，书名由书法大家于右任亲笔题写，于右任长期担任国民政府要员，在当时中国的文化界颇有影响力。可以说，正是顾隽卿个性中开放性与保守性的融合，造就了其旧体诗创作的独特风貌。

顾隽卿本人如何评价自己的为人与诗歌呢？在《惜华山馆诗钞·自序》中，他说："鲰生不幸，幼失所恃，事无可为，性偏疾俗。而当时者明公，傲物自矜，博带峨冠，纨绔风流，逞被西装革履，摩登夺目，铜臭熏人。予以鄙伢之身，囊中羞涩，既无吹牛拍马特长之技，又乏绣口锦心出众之才；百绪攒怀，一筹莫展，穷愁所泄，哀感并臻，厥发于诗也。"他的这段自评文字，

① 魏尧西：《临邛旧事》，收入《顾隽卿诗存》附录部分，天地出版社，2015年，第256—258页。

不采用“五四”以来已成正统的白话文，却固执地沿用了中国传统文人熟悉的文言文，正如他的诗歌创作固执地坚守旧体诗词传统一样。顾氏之诗，远宗元白，近师黄遵宪，言浅情深，用典繁复，流丽缠绵。无论是元白还是黄遵宪，在中国诗歌史上，都算是当时的革新者，但即使是作为晚清诗界革命旗手的黄遵宪，仍追求“以旧风格含新境界”，在诗歌风格与诗歌体裁上保持对自身文化传统的深切认同。顾氏生前也发表过白话文，名为《文君曼歌〈白头吟〉》，刊载于《风土什志》1945 年第 1 卷第 5 期，此时已是他生命的最后一年，虽是一篇考证文章，却写得生动流畅，毫无拘束生涩之感。可见顾氏对文言文的坚持，对旧体诗词的情有独钟，并非是由于自己不擅长写白话文，而是出于对固有文化传统的自觉认同。在这段自评文字中，我们既看到他对时人崇西媚洋之风的极端不满，又看到他对所认同的文化传统日渐边缘化的深深失落。正如陈寅恪先生在《王观堂先生挽词并序》中评价王国维自沉昆明湖事件所云：“凡一种文化值衰落之时，为此文化所化之人，必感苦痛，其表现此文化之程量愈宏，则其所受之苦痛亦愈甚；迨既达极深之度，殆非出于自杀无以求一己之心安而义尽也。”[①]顾隽卿虽未如王国维一样选择自杀来表达这种文化归宿失落后的巨大痛苦，但他一生对文化传统的寂寞坚守，却从另一个层面充分演绎了在中华文明急剧变化更新的时代，一个普通中国知识人内心的动荡、坚持与痛苦。

二

从文化认同上看，顾隽卿在现代白话新诗已成文坛新宠的时代，却固执地坚持创作旧体诗词，显然是希望延续中国诗歌已有的传统。魏尧西在《临邛旧事》中曾描绘顾隽卿在绘画上的造诣：“隽卿之画，凡山水、人物，无不独具风格。早年喜画仕女，予尝见所作之《张敞画眉》《梁鸿举案》《樊英答拜》诸幅，皆为妙品。三十以后之作，学与年增，艺因学进。凡所写染，均见工力。尝为刘冰研作《扁舟独寻茅屋图》，意象肃远。又为蔡月崖画《策马度悬崖，弯弓射胡月》图，则笔墨高古，气象苍凉。”[②]无论是创作题材还是创作风格，顾隽卿的绘画都延续了中国传统文人的趣味好尚。这令人想

① 陈寅恪：《王观堂先生挽词并序》，《国学论丛》，1928 年第 1 卷第 3 期，第 237 页。

② 顾隽卿：《顾隽卿诗存》，天地出版社，2015 年，第 262 页。

起活跃于民国时期的鸳鸯蝴蝶派作家，他们虽然卖文为生，看似现代都市文化市场的弄潮儿，却延续了传统文人的生活方式与审美追求，精通书画篆刻与园艺丝竹，定期举行文人雅集，以旧体诗词与水墨丹青、家传美食待客会友，过着“大隐隐于市”的逍遥生活。民国诗人顾隽卿，却以元白诗歌为学习典范，固执坚持以旧体诗歌来表达内心的动荡起伏和社会的风云变幻。

以元白诗歌为学习范本，对顾隽卿绝非偶然。元白诗派代表了中唐以来诗歌发展一个重要倾向，即诗歌的通俗化、市井化、日常化。“诗到元和体变新”，元白既有旨在“救济人病，裨补时阙”的新乐府，更有流连光景、属对精切、风情宛然的长篇排律和小碎篇章。白居易与元稹用诗歌来描写日常生活和都市风情，使长期承载教化功能的诗歌得到解放，显示出文人创作与市井趣味的合流，是文人士大夫向市井与民间开放自身的结果。顾氏既然以元白诗歌为学习楷模，其诗歌创作自然也呈现出通俗化、市井化、日常化的流动感与开放性。引人注目的是，顾隽卿创作了不少以蜀中风物为题材的旧体诗，如《成都竹枝词》五首，《竹枝词·记丁丑年元日临邛公园开园》六首，《文君井》四首，《二月二日文昌会》二首，《薛涛井》等。竹枝词本由巴蜀民歌演化而来，以擅写男欢女爱、土产风物著称，经过唐代诗人刘禹锡等人的发扬光大后，成为历代文人描写山川风物、市井人情时最喜采用的诗歌体裁之一。晚清民初，随着西潮东渐之风愈演愈烈，各地出现了许多闻所未闻的新鲜事物，竹枝词在这一背景之下焕发出新的活力，成为各地诗人描写新鲜事物最喜采用的诗歌体裁。加之巴蜀地区早在唐代就是竹枝词的繁盛地，顾隽卿以此描写蜀中风物自然是水到渠成。不过，《成都竹枝词》五首，仍不脱花间词风气，满纸都是郎情妾意、绮丽温柔。其一云：“花时无计遣春愁，蜀女新妆肯上楼。却是小桃娇样子，见人不语只低头。”其二云：“东风无力吹花枝，肠断江南草长时。多少相思儿女泪，化为红雨一丝丝。”其四云：“隔帘人影比花娇，料峭寒风雪未消。还是梦中无管束，赠君一只小红绡。”其五云：“锦水悠悠似妾心，锦城艳艳有花名。何须更向扬州住，解下缠头十万金。”[①]《竹枝词·记丁丑年元日临邛公园开园》六首则不同，和晚清出现的大量描写近代中国都市西洋景的竹枝词类似，诗人

① 顾隽卿：《顾隽卿诗存》，天地出版社，2015年，第54—55页。

以古老的竹枝词描写“公园”这一新生事物。光绪二十五年(1899年),梁启超在《夏威夷游记》中正式提出“诗界革命”口号,而基本实现了梁启超这一“诗界革命”理想的是黄遵宪,故梁氏云:“近世诗人能熔铸新理想以入旧风格者,当推黄公度。”①而黄诗正是顾隽卿效法的另一榜样。顾隽卿作《读黄公度论诗》七绝云:“李仙杜圣元白王,别竖新旗自擅长。土瓮陶罂随世转,绝胜彝鼎供明堂。”②可见顾氏也主张诗歌创作能别开生面、与时俱进。《读王梦楼论诗》再次申明诗人崇尚艺术创新的主张:“取胜之灵诣造真,耻将牙慧拾前人。栽林自有曈曈日,何必探槐仰古今。”③虽然如此强调艺术创新的重要性,不过,由于对自身文化传统的高度认同,顾隽卿走的还是旧瓶装新酒的道路。在这六首描写近代都市新景观——“公园”的竹枝词中,顾隽卿如同一位闯入西洋景中的传统士大夫,不同时空的物理景观与心理景观奇妙地组合在一起。近代大量出现的描写开埠以来中国各地新生事物的竹枝词,均有这种时空错位的穿越效果。现代与传统的冲突,东方与西方的龃龉,在这类诗歌中有着充分呈现。《竹枝词·记丁丑年元日临邛公园开园》其一云:“几椽新屋卖茶家,不爱闲游此吃茶。最好临池倚槛坐,得来香气胜梅花。”④描写公园中新开的茶馆,倒也看不出什么特别。其三云:“满架牙签利市民,瓮亭西去报书陈。怪他荡子浑无赖,不看图书只看人。”⑤描写公园中的书报亭,自然是古诗中不可能有的风景,但诗人真正关注的却不是这类新生事物,而是活跃在新背景中的市井荡子。这类浪荡子形象屡屡出现在《古诗十九首》和历代乐府民歌中,和中国古老的诗歌传统一样源远流长。不同的只是,顾隽卿笔下这位产自中国本土诗歌传统中的浪荡子,却出现在了近代都市公园的书报亭里。其六云:“别饶风味是乡娃,青布裙衫白玉钗。为睹公园开眼界,今朝初试扎花鞋。”⑥描写未见世面的乡民进城的兴奋与窘态,是宋元以来市井通俗文艺常常涉及的题材。虽然顾隽卿笔下的乡民被放置于“公园开园”这样的近代都市生活事件中,但全诗风味却与宋元明清通俗文艺中此类题材的作品

① 梁启超:《饮冰室诗话》,人民文学出版社,1959年,第2页。

② 顾隽卿:《顾隽卿诗存》,天地出版社,2015年,第71页。

③ 顾隽卿:《顾隽卿诗存》,天地出版社,2015年,第72页。

④ 顾隽卿:《顾隽卿诗存》,天地出版社,2015年,第83页。

⑤ 顾隽卿:《顾隽卿诗存》,天地出版社,2015年,第84页。

⑥ 顾隽卿:《顾隽卿诗存》,天地出版社,2015年,第85页。

声气相通。

似乎只有隐身于古老的诗歌传统和文化传统中，诗人方可自在从容。《杂诗》十三首[①]充满愤世嫉俗之言，但诗人的牢骚满腹恰恰是基于对自身文化传统的认同。其一云："农夫播百谷，所赖者家具。陶冶艺百器，所砺者庖厨。无为南面王，独富众所需。乃知杨墨智，乃服圣人愚。"其二云："文章不传朽，不能赡其身。著书后何用，累世亦累人。始皇富国主，坑儒或此因。试看当今世，读书多困贫。"其四云："天地穷万化，日月独守常。好风一弹指，暮萤生辉光。俯首饮江河，不能充饥肠。忍饥以待曙，渐入华胥乡。"其八云："十年学孔孟，读书颇用力。一家养好女，自喜倾人国。女大嫁权豪，业成难谋食。纵观天下心，重色而贱德。"孔子曰："吾未见好德如好色者。"白居易《长恨歌》中的杨玉环，也是因倾国倾城之色"赢得君王带笑看"，诗人的牢骚是自古以来中国文人共同的牢骚。但这组诗的第九首仍然透露了不一样的消息："圣人生吾前，一切俱创造。我今学圣人，岂必遵其教。时代日维新，立志为重要。愿出愚公愚，移山勿见笑。"从情感深处痴迷于古老文化传统的诗人，在理智上仍然希望跟上时代更新变化的节奏，甚至表示不惜抛弃圣人之教。

顾隽卿效法元、白和黄遵宪的诗歌创作，试图最大限度扩展旧体诗歌的表现力和整合能力，相信以旧风格表现新境界不仅可行而且合宜。历史是现实的一部分，没有人能够真正摆脱自身文化传统的制约与影响，包括激进反传统的"五四"新文化人也做不到。自孔颖达以来，"诗言志"成为中国诗歌的传统，诗歌的职能不重在真切模仿现实，而重在如实表现内心，故《易传》强调"修辞立其诚"。旧体诗在抒情言志这一层面上，具有相当强大的功能。虽然星移斗转，世事沧桑，但古今中外，人类的基本情感却是相通的。当顾隽卿坚持用旧体诗来表现内心情感的波澜起伏时，并未遇到真正的障碍，反而因为擅用典故并精于属对、娴于音律，使当下的情感与古人相似的情感有了呼应共鸣，增加了诗歌的历史景深与文化厚度。比如他的《中秋夜》："啼鸟休问夜如何，灯火楼台尚管歌。满地西风太寥廓，惹人相对妒嫦娥。"[②]写中秋的月光，既表现了悲秋之意，又以有关月亮的古老民间传说丰富了诗歌的文化意蕴。又如《病起柬吉初、月崖、洁非、德渊、伯

① 顾隽卿：《顾隽卿诗存》，天地出版社，2015年，第76—81页。

② 《顾隽卿诗存》，天地出版社，2015年，第114页。

卿》:"禅榻维摩药鼎横,病蝉吟断客愁生。萧条物换三秋老,憔悴人同一叶轻。野笛孤云飘远壑,江花春草满山城。何堪风雨重阳近,手把茱萸意总惊。"[①]此诗意境萧散古淡,禅意十足,虽是描写病中景况,却勾画出一幅飘然尘外、遗世独立的高士行吟图。

自《诗经》以来,中国诗歌就擅长咏物写景,铺张扬厉的汉赋更是以善于铺陈事物、描绘风景见长。此后,历代诗人均创作了大量咏物诗。顾诗中也有相当一部分咏物写景之作,从题材上延续了中国诗歌的传统。《顾隽卿诗存》由双莲集、白燕集、试颖集、壬午集、癸未集、甲申集和附录等七个部分组成。双莲集开篇便是《并头莲二首》,诗前题记云:"辛未夏,宅右瓮亭池开并头莲一枝,诗以记瑞。"其一:"仙树同根俪并头,芝兰异种比双修。连珠露吻香唇合,挽臂风回俊眼流。尧女枕边心共曲,窅娘裙下月如钩。清漪太液池中水,顾影怜卿颇自由。"[②]这里,作者将并头莲花比作两位惺惺相惜的绝代佳人,以同嫁舜帝的尧帝二女娥皇、女英为喻,同时又用到李后主宫嫔缠足舞于莲花之上的典故,以此勾连出三寸金莲的意象,而提及太液池中的水光清漪,又令人联想起白居易《长恨歌》描写的那位"芙蓉如面柳如眉"的杨玉环。短短的八句诗,花影人影,衣香花香,交相辉映,妩媚入骨。整首诗穿行在中国旧体诗的传统之中,也透露了中国男性对三寸金莲曾经的迷醉。最后一句"顾影怜卿颇自由",虽"自由"二字与"五四"以来引入的"自由"概念无涉,却不能不令人遐想,似乎暗示作者内心如同中国文字本身的歧义丛生一样,既可坚守传统,也可走向新路。其二云:"玉女仙娥降里塘,沉香罗袜踏波光。划船映日颜双赪,解佩无声额半黄。台锁江南羞姊妹,潮回浦口打鸳鸯。人人会说唐宫事,揽镜低头笑六郎。"此诗首句将并头莲花比喻为玉女仙娥,第二句"沉香罗袜踏波光"化用曹植《洛神赋》形容洛神出尘之姿的句子"凌波微步,罗袜生尘",暗以洛神比拟并头莲之丰神。第三四句,化用"汉皋解佩"的典故,此典出自《列仙传·江妃二女》,说的是一段与神女仙娥一见倾心却又毫无结果的爱情故事。第三联用的是三国时期两大美女二乔的典故,第四联则化用貌比莲花的武则天男宠张昌宗故事。这首仅有五十六字的咏莲诗,涵盖了从汉至唐诸多有关莲花的传说与典故,意象缤纷,如梦如幻,营造出了由一枝并头荷花晕染

① 顾隽卿:《顾隽卿诗存》,天地出版社,2015年,第114页。
② 顾隽卿:《顾隽卿诗存》,天地出版社,2015年,第3页。

开来的多层审美空间。

中国古代的咏物诗，看似写物，实则写人：或借物咏怀，或以物喻人。杨花，即柳絮，是中国历代文人特别青睐的歌咏对象。顾隽卿也创作了以"杨花"为题的七律组诗，受到清末探花商衍鎏的激赏："兄诗才调至佳，《杨花》四首不减渔洋《秋柳》。"将顾隽卿的杨花诗与清代神韵派代表人物王渔洋的秋柳诗相比，隐隐道出顾隽卿的诗歌其实更多承续了鸦片战争之前清代诗坛的风气。从《杨花》等咏物诗中，我们看到诗人优游于中国本土诗歌传统之中，并未受到西风美雨多少影响。《杨花》其二云："腻态难藏汉苑娇，玉关春信路迢迢。垂青意出高人眼，飞白书临处女腰。乍舞万花疑欲坠，不眠双烛艳能烧。彩桥东畔重呼起，不到沾泥情罔销。"[①]第一句中"汉苑娇"，指赵飞燕姐妹。第二句"玉关春信路迢迢"，化用唐代诗人王之涣的名句"羌笛何须怨杨柳，春风不度玉门关"。第三句用"青眼有加"之典，出自《晋书·阮籍传》，喻杨花的高洁为高士所青睐。第四句以蔡邕所创书法"飞白体"来形容杨花飞丝的情态。第三联"乍舞万花疑欲坠，不眠双烛艳能烧"，化用苏轼《海棠》诗中的句子"只恐夜深花睡去，故烧银烛照红妆"，而苏轼又化用李商隐《花下醉》中的诗句"客散酒醒深夜后，更持红烛赏残花"。最后一联，仍由有关苏轼的文坛掌故生发而来。顾隽卿此诗用典繁密，情韵深婉，营造出层层叠叠有关杨花的审美意象，由此展开一幅幅古色斑斓、充满士大夫趣味的生活画卷。

顾隽卿描写自然风物、乡村生活的诗大多流丽婉转、意象圆融且神情萧散，颇有元、白诗歌的风味。如《西江晚兴》："幽谷樵归云满树，高楼人去月浮花。鸦声不断行行路，野老穿鱼过酒家。"[②]谷幽树密，云涌月浮，鸦声阵阵，如此清幽的风景更衬托出野老"穿鱼过酒家"的洒脱不羁与怡然自乐。《绝句》为我们描画的俨然是一幅明艳婉媚的仕女王孙踏春图，于一片绮丽风光中透出古意斑斓："春柳和烟淡扫眉，王孙马后夕阳随。苍溪九曲无人到，夹路桃花听子规。"[③]《春夜口占》云："绛桃开谢小楼前，月下啼鹃亦可怜。梦里不知声渐歇，春愁如海夜如年。"[④]描写花残月明、杜鹃哀啼的春夜景致所惹动的如海春愁，情随景转，余味悠然。《题画》诗虽是描写

① 顾隽卿：《顾隽卿诗存》，天地出版社，2015年，第3页。

② 顾隽卿：《顾隽卿诗存》，天地出版社，2015年，第82页。

③ 顾隽卿：《顾隽卿诗存》，天地出版社，2015年，第82页。

④ 顾隽卿：《顾隽卿诗存》，天地出版社，2015年，第98页。

画中风景，却着力营造曾让历代文人着迷的桃源意象，似乎是陶渊明的《桃花源记》在民国诗人顾隽卿心里悠长的回声："白云归路迴无尘，万树桃花两岸春。回首夕阳酤酒处，扁舟疑是武陵人。"[①]《夏日绝句》则为读者徐徐展开一幅生气勃勃而又宁静闲适的乡村生活画卷："尽日桑塍布谷催，家家晴雨话黄梅。绿杉老屋私酬客，时有松花落酒杯。"明写乡村风物，实则抒发文人士大夫的隐逸情怀。在顾隽卿创作的大量写景诗中，我们可以强烈感受到作者渴望归老田园的隐逸情怀。比如《辛巳仲夏同德渊、应虎诸人游静居寺，即和吴春帆题壁诗原韵》："两行谁识我心哉，探山更约友朋来。扪萝辟径寻飞瀑，入寺穿廊访石台。云外岂知元宋有，花深欲避世缘开。细看粉壁题诗处，犹有纱笼积薜苔。"[②]本来是一次普通的探访古寺、凭吊先贤之行，诗人的一番描绘却让读者不得不联想到陶渊明笔下"不知有汉，无论魏晋"的世外桃源。《夜宿水口枕上闻泉声》云："人性与水同，我心与水异。泉响争出山，孤怀方避世。"[③]直接道出诗人的避世之心。《偶成·江村望月》与《夏日即景》均描写幽美迷人、生机盎然的乡村景致，充满宁静的喜悦："水云来往静无言，雨后新烟断野原。一鸟独鸣山更秀，月中携笛过村前。"[④]（《偶成·江村望月》）"烟村四月正农时，风送野花香酒卮。绿树催耕几啼鸟，一年生计在于斯。"[⑤]（《夏日即景》）《六月初八由水口旋里读吉初寄怀诗依韵次答》六首，是与友人林吉初的唱和之作，也表达了诗人归隐田园的夙愿。其一云："西山落日每登楼，明月无情水漫流。香蕨自甘莼自美，归心先我赋刀头。"[⑥]诗中化用伯夷叔齐采薇而食和晋人张翰"莼羹鲈脍之思"的典故，暗喻自己归乡避祸之心。其二云："青山驴背落鞭丝，一处驂停一唱诗。记得榴花曾照眼，漫天红蝶舞胭脂。"[⑦]这样一位在绚烂风景中款款骑驴而行的诗人，似乎也只有出现在旧体诗营造的古典意境中方为合宜。

顾隽卿擅画花鸟仕女，而描写香草美人一直是中国古典诗歌的传统，

① 顾隽卿：《顾隽卿诗存》，天地出版社，2015 年，第 102 页。
② 顾隽卿：《顾隽卿诗存》，天地出版社，2015 年，第 104 页。
③ 顾隽卿：《顾隽卿诗存》，天地出版社，2015 年，第 104 页。
④ 顾隽卿：《顾隽卿诗存》，天地出版社，2015 年，第 104 页。
⑤ 顾隽卿：《顾隽卿诗存》，天地出版社，2015 年，第 104 页。
⑥ 顾隽卿：《顾隽卿诗存》，天地出版社，2015 年，第 105 页。
⑦ 顾隽卿：《顾隽卿诗存》，天地出版社，2015 年，第 105 页。

顾诗中出现大量此类题材的诗作就不足为奇了。比如他的《十美吟》[1]描写了王昭君、杨太真、朱淑贞、卓文君、貂蝉、西施、虞姬、费宫人、息妫、乐昌公主这十位中国历史上有胆有识的奇女子。这组《十美吟》不管从选材还是从思想内容上看，都表达了作者对本土文化传统的强烈认同。另一方面，顾氏仍然受到新思想的冲击，试图在旧传统中发掘新思想的历史根据，寻找将新思潮整合进旧传统的可能性。比如《十美吟》第四首《卓文君》云："奋身能嫁长卿贫，锐眼乾坤有几人。若以私婚科近代，自由先占卓文君。"作者并未从美貌与才华这一角度来表彰卓文君，而是努力发掘卓文君勇敢追求爱情的当代意义，将之视为发舒并践行自由理念的第一人，由此可见顾氏试图整合古今思想的努力。但更多时候，当传统与现实无法整合时，顾隽卿不由自主地倾向于认同古老的传统，哪怕它已不合时宜。比如《十美吟》中的《朱淑贞》云："何人乱调生查子，礼义关情敢负恩。"《息妫》云："左氏何凭诬再婚，伤心不死独无言。韩诗刘传曾稽考，愿替桃花雪此冤。"《乐昌公主》云："私心宁肯向新夫，枕上重还合浦珠。满镜啼痕容易拭，中间破处有瑕无。"均以"一女不侍二夫"的礼教贞节观来要求女性，认为哪怕是国破家亡造成的重嫁再婚都是女性一生的缺憾，是需要洗刷的道德污点。经过五四新文化运动对封建节烈观的全面批判后，崇尚男女平等、婚姻自由、妇女解放已经成为中国知识阶层的共识，而生于民国的顾隽卿却在他的旧体诗中重新强调女性节烈观，足见文化惯性的强大。

三

由于古往今来人类基本情感的相通性和地方风物的延续性，当民国诗人顾隽卿采用旧体诗的形式来抒情、咏物、写景时，并未遭遇什么困难，相反，因巧妙化用典故及前人诗境反而拓展了作品的意义空间及情感层次，扩大了诗歌的历史文化容量。可是，一旦诗人采用古人建构外部世界的方式来建构当下的现实生活，旧的话语体系的局限性便暴露无遗，那些逸出中国本土固有价值体系和意义空间之外的新生事物便得不到真正的理解和表达。近代以来中国社会的激变，使得旧的话语方式在解读新的现实生活时步履维艰。这也是晚清以来大批中国知识人致力于语言变革运动的

① 顾隽卿：《顾隽卿诗存》，天地出版社，2015年，第27—30页。

原因所在。摆在近代中国知识人面前的一个残酷现实是：旧的言说方式已经把握不了迅速更新变化的现实，容量有限的旧瓶无论怎么扩容，也已装不下滚滚而来的新酒。

很显然，顾隽卿和无数中国传统读书人一样，强烈认同于中国本土的文化传统和诗歌传统。可是，在一个剧烈变动的时代，顾隽卿看似坚定的文化认同，仍然受到多方挑战与冲击，这种彷徨失落、挣扎迷惘的痛苦况味，在顾诗中多有表现。《弃儿行》首解，几乎是将这种无路可走的心境呼喊出来："我不解自由，我不解平等。我不解民主，我不解醉醒。"[①]《弃儿行》十解则云："混浊逢其时，平等悲末庶。何地践民生，自由益胶附。"[②]《读新史》云："道德本抽象，自由亦颟顸"[③]，《礼教》五解[④]之二解云："礼教殊桎梏，不改必误国。中华异欧美，仍须讲道德。"三解云："君爱自由花，我砺冰雪操。利口乱是非，舆情有公道。"《冬烘读书乐》(反劝学篇)由反思自古以来中国读书人勤读苦学的动机出发，指出圣贤经传早已沦为谋求功名利禄的工具，进而得出"四库书不能读"的沉痛结论，几乎全盘否定了由圣贤经传构筑的儒学传统，也彻底否定了自己的文化立场："古人手订四库书，今人日夜勤披读。辛苦为何？曰：志在圣贤，非图干禄。历观往昔，多与斯言枘凿……执鞭既为夫子愿，烂羊岂无好官爵。下者攫利上攫名，君师申韩我鬼谷。刑名捭阖日孜孜，天下英雄劳案牍。书中底面须看清，捷径终南有妙诀。上厚下黑兼逢迎，仁孝忠爱口头说。以此迎身为民牧，公牍积一寸，金珠三万斛……世闲奇骗本来多，不谓斯文受其毒。宋真宗误著成劝学篇，市侩儿竞窃为功利窟。功利既兴圣贤绝。嗟吁呼，四库书不能读。"[⑤]旧宅已破，新宅未立，在这种无处托身的精神困境中，可以想见顾隽卿内心的失落、挣扎与动荡。这种无处为家的痛苦，正体现了近现代中国知识人普遍的精神困境。在顾隽卿眼里，他所生活的时代是一个礼崩乐坏、道德陵夷、崇拜金钱的末世，而想要挽狂澜于既倒，似乎还是要回到儒家思想体系中去寻找答案。《杂诗》十三云："仁义治国家，不如钱有用。古

① 顾隽卿：《顾隽卿诗存》，天地出版社，2015年，第72页。

② 顾隽卿：《顾隽卿诗存》，天地出版社，2015年，第75页。

③ 顾隽卿：《顾隽卿诗存》，天地出版社，2015年，第39页。

④ 顾隽卿：《顾隽卿诗存》，天地出版社，2015年，第47—49页。

⑤ 顾隽卿：《顾隽卿诗存》，天地出版社，2015年，第49—50页。

今一条烛，大道至冥洞。”[①]前一句还在抱怨仁义治国的理想已被当下的拜金主义击碎，后一句却说古今虽不同，大道仍相通。《祭灶日》一诗表面上是在描写民间的祭灶神风俗，抨击“唯钱登上品”的末世乱象，重点却是借此抒发自己的忧时济世情怀，表达了诗人对儒家思想的强烈认同：“腊鼓逢逢百感端，星霜已系二阳还。饴糖入供求粘嘴，道德垂危要仔肩。叔季唯钱登上品，艰难立世未中年。今朝祭灶以沿俗，一感如诚可格天。”[②]

顾隽卿的生前好友魏尧西在《顾隽卿诗存·序》中说：“隽卿诗宗唐宗宋之外，自辟蹊径，创己之风格，见己之个性，系国家民族之艰危、同胞水深火热之苦痛，此具最者。若离情得象，赠月崖、题杨玉光册页等之别趣别调，抑其余事耳。”[③]就顾诗所宗法的元白诗歌与黄遵宪诗而言，都有关注现实人生和社会政治的一面，具有强烈的社会责任感。顾隽卿创作了不少类似于白居易新乐府的诗作，是对《诗经》以来儒家诗论崇尚美刺讽谏传统的继承与发扬，比如《乡下妇》《两感谣》《加工》《高鼻子》《割瘦》等等。受儒家思想影响，人们可能会倾向于对这部分感时伤世之作给予更高评价。不过，如果我们细加分析，会发现这部分诗作恰恰突出反映了旧体诗创作的困境。如果说顾氏的旧体诗创作在表现内心的情感波澜时尚能左右逢源的话，那么，当描写反抗日本侵略的民族解放战争时，旧体诗建构现代民族国家认同的乏力与局限便暴露无遗。在旧体诗所依托的话语体系中，并不存在现代意义上的民族国家概念，只有以王权为核心的天下观，所谓“率土之滨，莫非王土；普天之下，莫非王臣”，只有华夷之辨，没有独立平等的现代民族国家观念。在《感事》八首表现全民抗战时，旧的天下观极大地局限了作者对这场战争的理解，只能在群雄逐鹿与胡夷乱华的框架中来建构这场战争的意义与景观，无法呈现这场全民抗战与中国历史上的华夷之战或列国争霸之战的本质区别。《感事》其二后四句云：“岛上悲歌思壮士，阵前桴鼓是夫人。生花莫掉秦仪舌，可有平原幕下宾。”[④]如果说用梁红玉抗金的典故还算切题的话，此诗同时又用了韩信破齐后田横率众自杀的典故与战国时期苏秦、张仪与平原君的典故，直接以战国诸雄争霸之业与中华民

① 顾隽卿：《顾隽卿诗存》，天地出版社，2015年，第81页。

② 顾隽卿：《顾隽卿诗存》，天地出版社，2015年，第83页。

③ 顾隽卿：《顾隽卿诗存》，天地出版社，2015年，第2页。

④ 顾隽卿：《顾隽卿诗存》，天地出版社，2015年，第56页。

族的抗日战争相比拟，就非常不恰当了。这种理解并非顾隽卿的独创。抗战时期，云南出了一份在全国产生很大影响的学术刊物《战国策》，也是将包括抗日战争在内的第二次世界反法西斯战争视作战国诸雄的逐鹿争霸之战，严重歪曲了这场战争的意义与性质。对现代战争的这种古老的解读方式，正是中国知识人在由传统士大夫向现代知识分子过渡的过程中受制于强大的文化惯性所必然产生的结果。在中国本土的文化传统中，只有华夷之辨和大一统的天下观，根本不存在现代意义上的平等独立的民族国家观念，没有提供理解这场现代战争的恰当意义框架。《感事》八首其三则将抗日战争比作项羽与刘邦争夺天下的楚汉之争："十万楼船矜上国，八千子弟过江来。堂堂鼓角堂堂阵，寸寸山河寸寸灰。"[①]《感事》八首其四云："逐鹿中原堆白骨"[②]，其五云："三载卢沟垂霸业，几家燕市识英雄。亲看报纸连连捷，草木犹疑晋八公"[③]，均将中华民族的全面抗战与战国时期列国争霸之战及中国历史上历次群雄逐鹿之战相提并论。《新从军行》前四句云："芦沟寒月声啾啾，胡马回川掠九州。慷慨提刀歌易水，睡眠无枕借人头。"[④]将侵华日军视作历史上入侵中原的胡夷蛮族，又以战国时期刺杀秦王的荆轲来比喻慷慨赴死的抗战将士，仍然以旧的历史框架来诠释与构建抗日战争的历史景观，严重曲解并遮蔽了这场战争的现代意义。《挽吴子玉将军》二首为悼念号称儒将的直系军阀吴佩孚而作，其二云："夷夏难覆引祸媒，荒荒大汉足余哀。生垂信义惊雄敌，志老春秋惜霸才。戎马有诗传北地，江山无泪哭西台。天留正气昭千古，岘首西风洒草莱。"[⑤]将抗日战争视作夷夏之战，将吴佩孚比作春秋霸才以及西晋名将羊祜。羊祜因经常在襄阳岘首山游憩，故死后人们在此建祠立碑。羊祜最受称道的功绩是守护襄阳百姓，全力抗击同为一代名将的陆抗所率领的东吴大军。虽然羊祜因守卫一方平安而赢得民众爱戴，但以这样一场发生于华夏民族内部的争霸之战来比拟中华民族的抗日战争，细思颇为不伦，两场战争的意义空间几乎没有重叠之处，根本无法相互诠释。以这种在当下已经失效的意义框架来解读吴佩孚在抗日战争中拒绝与日寇合作、保持民族气节的行为，

① 顾隽卿：《顾隽卿诗存》，天地出版社，2015 年，第 56 页。
② 顾隽卿：《顾隽卿诗存》，天地出版社，2015 年，第 57 页。
③ 顾隽卿：《顾隽卿诗存》，天地出版社，2015 年，第 59 页。
④ 顾隽卿：《顾隽卿诗存》，天地出版社，2015 年，第 60 页。
⑤ 顾隽卿：《顾隽卿诗存》，天地出版社，2015 年，第 99 页。

同样未能切中肯綮。依靠这一旧的话语建构方式,固然可以清晰勾勒出吴佩孚与旧的文化传统之间深刻的精神联系,但这一行为的现代意义由于逸出旧的价值框架之外,在诗人所沿袭的旧语境中便宿命地成为无法呈现的盲点。《七七四周年感赋》三首[①]突出体现了旧语境与新现实之间方凿圆枘、龃龉难安的困境。其二云:"芦沟寒月骨如霜,草断风悲忆战场。胡马所经沧海没,野狐出处故园荒。每思燕市求英杰,共恨秦邦是豺狼。四百兆人齐颔首,可怜肩背负兴亡。"全诗意境苍凉悲壮,写尽战争的残酷惨烈和四亿民众团结一致抗击日寇的勇气与决心。但作者仍以中国历史上战国七雄的争霸之战和历次胡人乱华之战的视角来建构抗日战争的现实景观,以胡马、秦邦比喻侵华日军,又一次曲解了这场战争的性质和意义。其三云:"抗战于今已六秋,男儿莫作杞人忧。生存百战开新局,奋斗一场为上谋。待扫虾夷归鬼窟,好请虎伥奠神州。堂堂大国争花发,计日和平解自由。"这首诗中出现了"奋斗""抗战""和平""自由"等隶属于现代汉语的新词汇,是作者在苦于旧瓶装不下新酒后对旧体诗的强行扩容,但这种强行扩容的结果却是旧瓶的破碎,即旧体诗特有的意趣神色瞬间被这些格格不入的新词冲击得七零八乱,不成格局。

正如抗战时期担任北大校长的蒋梦麟在《西潮·新潮》一书中描述的那样,自晚清以来,西潮新潮渐成席卷之势,成为不可阻挡的历史趋势。在这一过程中,中国知识人原有的价值体系与文化认同均受到严峻挑战。在一个动荡变化的时代,知识阶层还能以沿袭已久的认知框架、话语模式来描绘和解释当下的历史吗?还能够在过去的价值体系中为当下的现实赋予准确的意义吗?换句话说,中国知识人固有的文化认同与话语体系,在一个全新的时代中,还能保持它的有效性吗?需要做出怎样巨大的调整与更新以应对瞬息万变的现实呢?通过分析顾隽卿存世的大量旧体诗,我们或许可以寻找到一些答案。

---

① 顾隽卿:《顾隽卿诗存》,天地出版社,2015年,第107—109页。

筚路蓝缕，功莫大焉

——评李贵才编著《1840—2014年格律诗词选评》

张　叉[①]

经过反复打磨，精心编辑，李贵才编著的《1840—2014 年格律诗词选评》（以下简称《选评》）终于顺利出版了。李贵才是四川巴中人，1966 年毕业于北京大学中文系，曾师从王力、陈贻焮、朱德熙、吴小如、袁行霈等知名教授，专业基础扎实。毕业后返川，主要在中学、大学里从事“古代汉语”“写作”“诗歌欣赏”与“散文欣赏”等课程的教学工作。先后担任《汉州诗词》与《雅韵诗刊》主编与顾问，同时，为诸多文学刊物撰写诗歌理论和诗歌欣赏文章。他长期从事诗词研究与创作工作，在格律诗词方面具有深厚的理论知识和丰富的实践经验，其《选评》能够顺利出版是情理之中的。《选评》于 2017 年 7 月在四川大学出版社出版，收录了从 1840 至 2014 年共 174 年间 277 位诗人词家的作品 362 首，共 26.8 万字。《选评》的出版是一件具有积极意义的事情，值得学界关注。

一

2011 年 10 月，漓江出版社出版了钱理群、袁本良选注的《20 世纪诗词

---

① 张叉：博士，四川师范大学外国语学院教授、硕士研究生导师，四川省比较文学研究基地兼职研究员。

注评》,这是《选评》出版之前所见到的唯一一本关于中国现当代诗词的选本,其出版是件好事,不过,它的选材范围局限于20世纪,所以算不得真正意义上的中国现当代诗词的选本。现在,鸦片战争已经过去一百多年,但是对现当代时期的诗词较为全面、系统的资料收集、整理与作品点评依然相当不足,几乎呈现为一片荒芜的景象。

李贵才的《选评》首开先河,独具慧眼地对现当代格律诗词进行资料收集、整理、遴选,并对所选作品逐一进行点评,填补了中国现当代时期诗词选评的空白,这对于保护传统文化瑰宝、增强民族自信心是有积极作用和现实意义的。需要特别指出的是,李贵才是一位已年过古稀、默默无闻的退休教师,且不说年事已高,其经济收入也大不如在岗教师,其科研之难度可想而知,但他克服困难,潜心钻研,终于填补了诗歌选评的一个空白。这种首创精神是令人钦佩的,也是值得学习的。

二

《选评》采用了常见的诗词选评著作的体例,即每一首作品由作者简介、作品正文、作品点评三大部分组成。其中,作者简介是引子,作品正文与作品点评是主体,而作品正文与作品点评中,作品正文又最为关键。《选评》无论在作品选用上还是作品点评上都具有不少可圈可点之处。

(一)选材严格

《选评》在诗词作品的选材上严格把守关口,选诗不看作者名气而只看诗词质量,对于无显著思想艺术特点的名人之作,一律不收,而对于有思想艺术特点的凡人之作,一律不拒。比如,徐志摩"以其诗作闻名于诗坛"[①],胡适是"现代中国的文化巨人",两人名气都非常大,但格律诗词的创作却不是其强项,成绩平平,所以一首也没有收录。相反,李长奠虽是巴中老农,地位卑微,但他却能够根据生活体验把《铧和泥》写成中规中矩的绝句,"有民歌风韵,明快如话,入情入理,耐人回味"[②],所以将他的这首诗歌收录。又如,随缘无为、王丹、袁建章、敏子、近水楠、孟凡溶与沈云虽都是草根民众,但他们分别写出了《为母亲洗脚》《采桑子·国庆晨》《郑燮》《牙痛

---

① 朱光灿:《中国现代诗歌史》,山东大学出版社,2000年,第329页。

② 李贵才:《1840—2014年格律诗词选评》,四川大学出版社,2017年,第164页。

致牙》《木工》《过残山感赋》与《邻居》这样的佳作，所以将他们这些作品收录。据悉，辽宁《诗潮》杂志分几期刊登了国内近年来的优秀绝句，其中，李贵才点评过的作品，就有羚羊挂角的《临屏题刀图》、刿庵的《无题》、山水不系舟的《春游扬州瘦西湖》、十里绿烟的《巴山春色》、殊同的《西站送客》等二十多首，这些作品也收入了《选评》，这说明李贵才的格律诗词的选材水平是得到了一定的认同的。

（二）题材宽广

《选评》选用的诗词题材宽广，内涵丰富。比如，林则徐《赴戍登程口占示家人》中有虎门销烟、鸦片战争、发配伊犁等重大历史事件，杨昌浚《左公柳》中有左宗棠收复新疆的历史功绩，夏思痛《入狱示同逮诸子》中有讨袁运动，蔡元培《题王浴远所作〈黄花岗凭吊图〉》中有同盟会广州起义的历史故事，谭嗣同《有感》中有清政府被迫签订《马关条约》割辽东半岛、台湾、澎湖给日本的历史事件，谭嗣同《狱中题壁》中有以失败告终的戊戌变法，廖仲恺《民十一年六月禁锢中闻变有感》中有陈炯明反革命武装叛乱的事件，何香凝《悼仲恺》中有廖仲恺被国民党右派暗杀的历史事件，蔡锷《军中杂诗》中有蔡锷率护国第一军在四川境内与袁世凯军激战的事情，宋河《玉溪会师》中有红军玉溪会师，盛武恺《杨靖宇》中有东北抗日联军抗击日寇的英勇事迹，黄迂《哀长沙》中有抗日战争中国民政府下令烧毁长沙城以实施焦土的悲惨事件，霍松林《惊闻南京沦陷》中有日本兵攻陷南京血洗全城的惨案，周世钊《庆祝长沙解放》中有人民解放军攻占长沙的事情，夏明翰《就义诗》中有夏明翰在汉口刑场遭国民党杀害的事情，于右任《望大陆》中有国民党撤退台湾从此台湾同大陆隔离的历史事实，李锐《庐山吟》中有庐山政治风云，聂绀弩《搓草绳》中有聂绀弩以右派身份在北大荒参加劳动改造的情形，何鹤《吴晗故居》中有“文革”风暴冲击吴晗的事情，杨逸明《随中华诗词采风团祭扫兰考焦裕禄烈士》中有兰考县委书记焦裕禄的事迹，熊东遨《书感》中有改革开放的相关事情，陈振东《香港回归》中有中国收回香港，冯彦斌《沙尘》中有环境破坏，粟泽甫《菜市场见闻》中有下岗工人度日艰难的社会现实，王守仁《鹧鸪天·打工老汉》中有农民工的艰难处境，王贞友《卖牛前夜》中有贫困山区农民为儿子筹集上大学的学费只得卖掉耕牛的无奈之举，饶振远《工余喜打小灵通》中有通讯工具小灵通对社会生活的渗透，鲍海涛《汶川废墟下的小女孩》中有汶川大地震造成的灾难，依水而居《无题》中有当今互联网时代，陆振亚《天路赞——庆建党 90 周年》中有建成青藏铁路的伟业，徐绪明《鹧鸪天·中国共产党九十华诞感怀》中有中国共产党建党九十周年纪事，杨逸明《钓鱼岛有感》中有中日钓鱼岛之争，李鲁高《龙虾》中有美国称霸世界、中国自强。经过李贵才的介绍、注解、阐释、点评，这些诗词的内容进一步鲜活、丰满，从而生动、艺术地展示了中国近现代历史时期政治、经济、军事、社会、历史、生活等各个方面的情况。

（三）呼吁环保

《选评》选用的有些诗词作品能够以暴露环境污染的方式，积极呼吁环境保护。比如，王恒鼎《雾》暴露了雾霾的问题："身前身后万重纱，咫尺香来未见花。勒马常疑无道路，闻鸡始觉有人家。"[①]冯彦斌《沙尘》批判了沙尘对空气的污染："蔽日狂风扑面尘，天昏究竟是人昏。今朝纵欲皆豪夺，何样家园留子孙？"[②]这类作品的真正目的不是暴露环境污染问题，而是通过环境污染的暴露来警示社会要加强环保工作。

（四）健康向上

《选评》选用的诗词作品能够宣扬积极进取的精神，内容健康向上。比如，徐特立《言志》："丈夫落魄纵无聊，壮志依然抑九霄。非同泽柳新稊弱，偶受春风即折腰。"[③]石家玉《咏钉》："正直钢强意志坚，全凭开创入尖端。频遭打击从无悔，越遇锤敲越向前。"[④]目前，世界局势风云诡谲，变幻多端，国内任务艰巨，挑战严峻，国家对内产业调整，对外推动"一带一路"重大战略，正处于改革、创新、转型、发展的关键时期，这特别需要发扬百折不挠、积极进取的精神，《选评》是完全顺应了这一时代要求的。

（五）弘扬正气

《选评》选用的诗词作品是立意端正、弘扬正气的。比如，星汉《记擦皮鞋者言》："风雨炎凉路不平，还须脚正步前程。"[⑤]廖国锦《粉笔》："洁白终身秉性刚，专同黑暗斗锋芒。"[⑥]随缘无为《为母亲洗脚》："滔滔母爱长江

---

① 李贵才：《1840—2014 年格律诗词选评》，四川大学出版社，2017 年，第 226 页。

② 李贵才：《1840—2014 年格律诗词选评》，四川大学出版社，2017 年，第 220 页。

③ 李贵才：《1840—2014 年格律诗词选评》，四川大学出版社，2017 年，第 21 页。

④ 李贵才：《1840—2014 年格律诗词选评》，四川大学出版社，2017 年，第 151 页。

⑤ 李贵才：《1840—2014 年格律诗词选评》，四川大学出版社，2017 年，第 195 页。

⑥ 李贵才：《1840—2014 年格律诗词选评》，四川大学出版社，2017 年，第 176 页。

水，我奉亲娘只一盆。”[①]这些全部是弘扬正气的作品。

三

《选评》除了在作品选用上具有不少可圈可点之处，在作品点评上还拥有很多可赞可叹之处。

（一）有话则长，无话则短

《选评》的点评均根据诗词实际而作，有需则长，无需则短。比如，对袁建章《郑燮》的点评，包括标点达到1506字，算是相对的长篇，很多人将“难得糊涂”理解错了，《选评》点评就用了较多文字，以正视听。对于王丹《采桑子·国庆晨》的点评，包括标点1297字，这样的点评是为了说明“小题可大作，大题要小作”的深刻道理。对杨逸明《咏葱》的点评，包括标点1113字，写得较长是为了充分说明用具体形象表现抽象思想的极端重要性。对星汉《水调歌头·谒包公祠》的点评，包括标点1012字，写得较长，是为了说明诗歌具有的多义性。

（二）语言简朴，文体省净

《选评》的点评语言简朴，文体省净，没有冗长之弊、臃肿之病。一则点评达到和超过千字的情况不多，一般只有两三百字，稍多一点的有七八百字，最少的只有几十字。比如，针对王利金《春江放鸭》“点动轻舟缓缓游，绿波映日荡如绸。开笼早鸭舒双翅，扑入波中抢镜头”四句，其评语是：“诗中用的‘抢镜头’三字好，这是首次有人用来状‘开笼早鸭’‘争先恐后’之情态，传神有趣。当然，诗歌的初学者当‘独辟蹊径’，若照搬此语，则难免‘拾人牙慧’。”[②]这则点评只用区区61字，既点破了诗歌的传神所在，又提炼出了学诗的要领。针对孤棹摇风《过故人宅》“青砖未改路曾经，小巷深深月影清。悦耳门铃浑似昨，自知探看已无名”四句，其点评是：“宅门依旧燕归来，物是人非春去也。此诗透着淡淡哀愁、深深惆怅。”[③]寥寥26字，十分精准地道出了诗歌的情绪所在，言简意赅，多余的话是一句也没有的，不得不令人叹服。

---

① 李贵才：《1840—2014年格律诗词选评》，四川大学出版社，2017年，第218页。

② 李贵才：《1840—2014年格律诗词选评》，四川大学出版社，2017年，第184页。

③ 李贵才：《1840—2014年格律诗词选评》，四川大学出版社，2017年，第234页。

（三）行文紧凑，文采斐然

《选评》的点评不做枯燥乏味的说教，而是十分讲究措辞遣句，“文字亲和，没有一丝学究气”[①]，行文紧凑，文采斐然，读之有饶有兴致，予人以美的感受。比如，对释敬安《梅花岭谒史阁部墓》的点评：“前两句写尽坟墓的荒凉萧条，沉寂冷落，表现了作者对史公的沉痛悼念和无限惋惜之情。三、四句的一问一答，内容丰富，含意深长。特别是形象鲜明的结句，经得住反复咀嚼，耐人回味。望之，国破家亡，血泪横流，惨不忍睹；听之，呼天抢地，哭声四起，耳不忍闻；思之，冰天雪地，无家可归，悲痛欲绝。崇敬怀念之情深厚浓烈。”[②]这一点评篇幅不长，但选辞用句非常讲究，末尾以“望之”“听之”与“思之”引领，分别以“国破家亡，血泪横流，惨不忍睹”“呼天抢地，哭声四起，耳不忍闻”与“冰天雪地，无家可归，悲痛欲绝”紧随，语言上排比工整，前后呼应，内容上由浅入深，层层递进，达到了很好的艺术效果。新疆师范大学教授、新疆诗词学会执行会长、著名诗人星汉在读了《选评》后说：“先生文笔，星汉钦佩。”[③]

（四）以我眼观诗，以我手写我心

《选评》的点评立足于文本，言之有物，以我眼观诗，以我手写我心。比如，对何庆善《登长城八达岭》的点评：“读此诗，顿感耳目一新。原因有二：作者能雄视古今，一把抓住长城今昔的巨大变化，形成鲜明的对比。当日划分敌我的高墙硝烟弥漫，战火纷飞；今日象征民族和睦的长城，南北一家，春色满园。让读者自然感悟到社会的进步，祖国的繁荣。这是其一。其二是尾联绝妙的比喻，大放光彩。‘长城化作同心带，系我中华十亿心。’不但形象鲜明贴切，而且也深刻准确地体现了今日的长城，在中国人民心中的地位和作用。因为长城是中华历史文化的代表作之一，是中华民族的骄傲，是民族大团结的象征。此诗表现的是民族大团结和爱国主义的重大主题。如此重大的主题，却通过一个鲜明的对比和一个绝妙的比喻得到完美地表现。这手法值得学习。”[④]这里的点评，落实到具体的长城意象，从长城在不同时期的历史功绩着手进行分析，写出了真情实感，在不知不觉之中便完成了对中华民族的大团结和爱国主义精神的宣扬，手法高超。

---

① 李贵才:《1840—2014 年格律诗词选评》，四川大学出版社，2017 年，第 294 页。

② 李贵才:《1840—2014 年格律诗词选评》，四川大学出版社，2017 年，第 4 页。

③ 详见:2016 年 7 月 6 日星汉致李贵才电子信函。

④ 李贵才:《1840—2014 年格律诗词选评》，四川大学出版社，2017 年，第 158 页。

（五）抑恶扬善，传播正能量

《选评》的点评敢于对丑恶现象进行无情的揭露与贬斥。比如，对霍松林《惊闻南京沦陷》一诗的评语在谈到日本鬼子血洗南京的滔天罪行以后写道："可日本政府至今拒不认罪，还蠢蠢欲动，妄图东山再起，亡我中华。十三亿中国人民，当牢记这一死敌，时刻准备着，讨还血债，消灭这一死敌。"[①]对张恨水《述怀》的评语在谈到文章是神圣之物绝不能以摇笔杆乞怜求宠以后说："作者有一句名言：'流自己的汗，吃自己的饭'，表现了作者的崇高气节，是一个真正正直的文人。"[②]《选评》的点评还善于对美好的事物进行积极的称赞与宣扬。比如对石家玉《咏钉》中的诗句点评人写道："本诗前两句细数了钉子优秀的品质特点：正直、刚强、意志坚定、有着尖端的本领和开创的精神。后两句写钉子'频遭打击从无悔，越遇锤敲越向前'的精神。钉子在逆境中不屈不挠地奋进，来源于它特有的品质。它善于将打击和压力化为前进的动力。古今中外，凡是大有作为的人，无不具有刚强的意志，无不经历过艰难和苦恨，无不遭遇过挫折和打击。对于坚强的、有梦想的人，苦难是财富，打击是动力，失败是成功之母。"[③]

（六）释难析义，品味欣赏

《选评》的点评释难、析义与品味、欣赏并重，即是从思想性和艺术性等方面对诗词进行多方位综合解读。比如，在点评杨昌浚的《左公柳》的时候，首先，对全诗每一个诗句逐一分析，挖掘其思想内涵："首句写陕甘总督左宗棠面对英俄侵略新疆的危急形势，力斥放弃新疆的无耻谬论，主动请缨收复失地，镇守边疆，建设边疆的英雄事迹。""次句指左公所率五万人军多为湖湘子弟，他们遍布天山南北，立下了赫赫功绩，体现了磅礴的气势和豪迈的激情。""第三句写一举收复失地前后新栽杨柳三千里的壮举。""第四句'引得春风度玉关'，写这左公种柳，好像将春风引度到了玉门关外的广大边疆，比喻收复了失地，创建了辉煌的业绩。"[④]接着，统揽全诗，从总体上把握其内在意义："全诗盛赞了左公的壮举，表达了自己对左公由衷的敬仰之情。"[⑤]最后，对结句的形象运用加以剖析，揭示其艺术手法："结句

① 李贵才：《1840—2014年格律诗词选评》，四川大学出版社，2017年，第127页。
② 李贵才：《1840—2014年格律诗词选评》，四川大学出版社，2017年，第69页。
③ 李贵才：《1840—2014年格律诗词选评》，四川大学出版社，2017年，第151页。
④ 李贵才：《1840—2014年格律诗词选评》，四川大学出版社，2017年，第2—3页。
⑤ 李贵才：《1840—2014年格律诗词选评》，四川大学出版社，2017年，第3页。

生动形象，具有多义性，诗意浓郁。首先是一反‘春风不度玉门关’古例，新鲜别致；二是盛赞左公筹边栽柳的壮举；三是歌颂了左公的成就像春风一样惠及了玉门关外的边疆地区。”①

四

尽管《选评》在作品选用和作品点评上均有很多优点，但是它同时也存在着一些不足。

（一）遗珠之憾

中国近现代格律诗词数量庞大，质量参差，其中的佳作也不少，而《选评》在对这些诗词进行刷选之时，选材范围尚显局限，未能穷尽这期间主要的上乘之作，留下了明显的遗珠之憾。比如，毛泽东是一个跨近代与现代的历史人物，创作了一些极有影响的古体诗词作品。他的有些词作天马行空，别具一格，在成就上总体高于律诗，像《忆秦娥·娄山关》与《沁园春·雪》等作品，思想性、艺术性都高。他的词作不仅应该进中国近现代格律诗词史，而且应该入中国文学史。《选评》中没有他的律诗倒也无妨，但是同时连他的词作也没有，这就的确令人遗憾了。又如，王国维是“中国近代美学的开拓者”，其《蝶恋花·窈窕燕姬年十五》与《蝶恋花·阅尽天涯离别苦》等作品，艺术性和思想性俱高，却没有一首选入《选评》，这有一些遗憾。又如，深南是现代一介草民，写下了一些有分量的古体诗词作品，他的有些七律诗，像《人事杂咏》等作品，不仅合乎律诗规矩，具有一定的艺术性，而且还敢于批判现实，具有很强的时代性，《选评》中没有收录他的作品，也是令人遗憾的。《选评》中这类当选而又被删的作品大概有七八首，实在有些可惜。

（二）充数之嫌

《选评》中收录的作品并非全都是好作品，并非全都具有代表性，其中，有十首的质量是有点问题的。比如，有一些谈诗词写作的作品，既谈不上多少思想性，也算不得多少艺术性，显然有滥竽充数之嫌。其实，像这样的作品，不选也罢，宁缺毋滥，不可强凑。

---

① 李贵才：《1840—2014年格律诗词选评》，四川大学出版社，2017年，第3页。

（三）粗简之恨

《选评》中有些诗词的作者信息失诸粗糙、简单。其一，并非所有诗人词家都是以实名的面目出现的，实际上，大约有二十位使用的是网名，比如，“一池烟雨”“羚羊挂角”“山水不系舟”“儒生”等。以网名代替实名，不免粗糙。其二，有一些诗词作者的介绍显得过于省略，比如，对“儒生”的介绍：“儒生，诗人，著名诗词博主。”[①]无名，无姓，无性别，无籍贯，无出生年份，无职业，确实过于简单。甚至还有个别作者的简介完全缺失，这就更是遗憾了。

一般来说，一个理想的诗词选评本必须有较长时间的多次接力，才能接近目标，如人所愿。《选评》是中国近现代格律诗词的第一个选评本，能够顺利出版已属不易，至于留下一些遗憾，这肯定是在所难免、情有所原的了。

五

“1920 年代至今的近百年间，古典（古体，下同）诗词创作客观上仍然大量存在，并且越来越活跃，一代又一代的文化人士和革命前辈，都曾经用古典诗词这种文学形式言志抒怀、感怀人生，并留下了大量的优秀的诗词作品。”[②]但“近现代时期，特别是‘五四’以来，格律诗词受到了极不公正的对待，文化界将其完全废除，报刊不登，文学史禁入”[③]。《选评》的出版向天下昭示了，格律诗词“它不但没有灭亡，而且蔚然可观；它并非面目可憎，而是和气可亲；它哪里是冰冷的僵尸？分明生机盎然，充满时代气息，闪烁着民族的精神”[④]。《选评》填补了中国近现代诗词选评的空白，客观反映了中国近现代格律诗词的基本风貌。《选评》在作品选材上具有很多可圈可点之处，在作品点评上拥有不少可赞可叹之处，当然也有一些不足，虽瑜瑕互见，但瑕不掩瑜。《选评》为我们提供了一个学术性与可读性兼备的现当代格律诗词选评本，这是难能可贵的。《选评》不仅是研究中国现当代格

① 李贵才：《1840—2014 年格律诗词选评》，四川大学出版社，2017 年，第 277 页。

② 曹顺庆、周娇燕：《关于中国现当代文学史不收录现当代人所著古体诗词的批判》，《社会科学战线》，2014 年第 8 期。

③ 李贵才：《1840—2014 年格律诗词选评》，四川大学出版社，2017 年，第 1 页。

④ 李贵才：《1840—2014 年格律诗词选评》，四川大学出版社，2017 年，第 1 页。

律诗歌、词作的参考资料,而且是考察中国现当代社会、历史的辅助材料。李贵才编著《选评》,筚路蓝缕,功莫大焉。

学杜宗唐老更成

——读张天健的格律诗兼及词

何世进[①]

众所周知，张天健是研究唐诗的专家，他相继出版了《唐诗答客难》《唐诗答疑录》《唐诗异闻趣事今说》和《笔记雅谈二百则》等多部学术专著，产生了广泛而又持久的社会影响。同时，他又是一位学者型的诗人，新诗旧诗皆擅长。本文试就他的格律诗作一概评。

一

张天健青年时期便涉足多个文学领域，20 世纪 50 年代中期，他刚考入四川师范学院（今四川师范大学）中文系便在省级报刊发表过小说和散文。当时文学刊物十分稀少，尤其大学一年级学生能在省级刊物发表小说十分难得。张天健“小荷才露尖尖角”，却被 1957 年那场政治运动，打乱了进程。虽然他刚读完大学一年级，便被“发配”到西昌劳动锻炼，但他献身文学事业的志向与追求并未完全泯灭，我们尚能读到他在“文革”前的

---

① 何世进：毕业于四川师范学院（今四川师范大学）中文系，开江县教育局退休，中国作家协会会员。1983 年开始从事专业文学创作，出版长篇小说和长篇纪实文学作品十余部。代表作有长篇小说《激情山水》《乡恋画屏》《相思泪伴》《芳草天涯》等和长篇纪实文学《吴宓的情感世界》《巴蜀奇才》等，曾多次荣获文学大奖。近年致力美学和文艺理论研究，发表学术论文多篇。

1964年抒写春耕大忙的农事诗。

大邑高堂寺途中[①]

自注：1964年时在鹤鸣中学

陟彼高冈访庙堂，销红减绿老春光。

泉流机灌新秧绿，日暖风熏大麦黄。

矫首林禽催播种，平头小犊学耕荒。

连坡浑听水声汩，奋臂山农作稼忙。

这首诗热情地讴歌了在三年自然灾害之后，农村经济日渐复苏，春耕大忙的新气象。不难看出诗歌一开篇便承传《诗经》传统而又有着新的变异，其诗风近似苏轼那些抒写田园风光的七律。诗人张天健分明采用的是现实主义手法，用朴实而又洗练的诗歌语言，对目睹的抢收麦粒、插播稻秧的繁忙热闹的场景，予以了真真切切的描写。

在那极"左"思潮日渐卷来的"文革"之前，知识分子总的精神状态依然是压抑和苦闷的。"阶级斗争月月讲，天天讲"的口号分外高昂，诗人心气难舒，向往的只能是隐居山林，躲避政治风浪。

登大邑鹤鸣山[②]

荦确幽幽起百寻，危岩绝巘拥层林。

弓桥落照割阴影，古木昏苍聚老禽。

蜀汉曾传丹药术，道宫犹忆鹤鸣音。

山中漫说神仙事，小伴云房度夕阴。

这首诗同样创作于1964年，诗人的情感意绪反不如前诗那么欢快热烈，投射在心灵情感上的是"弓桥落照割阴影"，如同"古木"般"昏苍"，看不见多少阳光与希望。诗人早已远离了儒家的积极入世，而日渐皈依道家的埋名深山，慕求"传丹药术"，向往遁隐深山野岭的神仙。表面看张天健的思想意趣较之陶渊明还要消极悲观，但他却以这一诗歌意境展示了特殊历

---

① 张天健：《听雨西窗试剑鸣》，香港天马图书有限公司，1993年，第59页。

② 张天健：《听雨西窗试剑鸣》，香港天马图书有限公司，1993年，第60页。

史时期对个人心灵的投射。他的诗作次联一个“割”字，已初见炼字功夫。此诗令人联想到杜甫流寓川西，游蜀州青城寻道遣怀，写下的《丈人山》：“扫除白发黄精在，君看他时冰雪容。”只是杜甫面对命运不公，更多的是在寻仙访道中借蜀中仙道以自励。

及至进入“文革”的1967年，诗人就连隐遁山林、求仙访道的意绪都没有了，代之而起的是无尽的悲怆和颓唐。

步原韵病中赠杨明星①

依稀风景认前游，网罟先笼事事休。
浊酒难增杨柳力，苍坟似定北山丘。
青衫落拓如秋梦，破帽萧条掩白头。
寂寞繁华添感慨，诗成和泪向君流。

病中的诗人张天健，1967年年仅35岁，尚属青春年华。身处“文革”乱世，家庭经济拮据，忧虑国运，精神压力日益深重，一副青衫落拓，未老先衰，顾影自怜的潦倒气象。甚而觉得人生命运难以主宰，大有坟埋山丘的悲观厌世。这首诗集中地反映了十年“文革”动乱中知识分子普遍遭受蛮横无理的打压，满肚子冤屈无处申说的悲怆与惶惧。

“文革”时期，张天健小说和散文都不能写了，最多只能在十分隐蔽的环境条件下，写一写抒发郁闷情怀的古体格律诗。而在诗艺，包括气韵、意境等的追求与营造，在尚缺乏必备的社会环境和文化氛围的情况下，张天健“文革”时期的诗歌创作尚属冰封雪裹的冬眠期。

待到“文革”晚期的1974年，政治环境稍显宽松，于是他的诗情诗兴又蠢蠢欲动，不吐不快，然则形诸文字只能是隐隐约约、吞吞吐吐。在诗艺上则于对仗、音韵开始有所讲求，也即是说诗味渐趋浓郁。以《赠吴明忠友》②为例：

三年漂泊隐青霞，召调还归喜故家。
零落情谊浓似酒，凄凉世事薄于纱。

① 张天健：《听雨西窗试剑鸣》，香港天马图书有限公司，1993年，第88页。
② 张天健：《听雨西窗试剑鸣》，香港天马图书有限公司，1993年，第86页。

惯将闲适抛长线，共把胸襟煮嫩茶。
留得十年豪气在，烟云过眼辨虫沙。

此诗无论是在语句对仗之工稳还是在诗歌意境的营造上皆比往日胜了一筹。学杜宗唐，令人想到安史之乱中还家的杜甫《羌村三首》的诗笔。"零落情谊浓似酒，凄凉世事薄于纱。"这两句不仅对仗精工，而且比喻也甚为贴切，以酒的热烈来喻示情谊之真挚深厚，且在"零落"的现实逆境中，更显其弥足珍贵。以轻纱来描状世态炎凉，凄楚身世，更觉语语入心，哀不自胜。一纸工作调令，让他得以从僻远的大邑青霞山区返归故乡崇州，于"凄凉世事薄于纱"的对比张力中，令人感受到杜甫那"客愁全为减，舍此复何之"的无限喜悦，无疑使诗歌的思想文化含蕴与建构的峥嵘意象皆有了新的拓展。结句"留得十年豪气在，烟云过眼辨虫沙"，不仅回归到了"天行健，君子以自强不息"的热爱生命、积极入世、大气凛然的个人志向抱负上，而且预示了中国社会必将拨云见日的未来。杜甫走出战乱有了"漫卷诗书喜欲狂"的喜悦，诗人经历"文革"而有了"烟云过眼辨虫沙"的通达。

二

十一届三中全会后，压在胸口上像磐石一样沉重的思想负担基本解除了，张天键却没有如杜甫《闻官军收河南河北》中"白日放歌须纵酒，青春做伴好还乡"那样喜不自禁，他在 1981 年创作的《题金堂云顶石城慈云寺》一诗中，表达的是对南宋川中将领余玠抗蒙历史事迹的缅怀与凭吊。

题金堂云顶石城慈云寺①

觅迹松萝烟霭中，飘零大树响悲风。
兵烽云净归莲座，林杪鸦啼落暮钟。
古寺秋坟苔晕迹，龛灯黄卷木鱼功。
森然壁垒石城恨，月照苍林虎帐空。

诗人张天健凭吊爱国将领余玠的英雄事迹，也从侧面表达了诗人自身

① 张天健:《听雨西窗试剑鸣》，香港天马图书有限公司，1993 年，第 44 页。

献身于建设事业的远大抱负与磊落情怀。立功、立德、立言，依然是诗人从儒家文化传承中激发的志向与意趣。

20 世纪 80 年代，在揭批"四人帮""文革"十年祸乱的高潮中，伤痕文学成了最热络的话题。张天健《赠罗维城崔炳扬南流二友》①一诗，对 1958 年被"发配"西昌边地劳动，仍怀有难以抚慰的感伤与痛楚。

每忆南流事渺茫，不堪回首月如霜。
土楼半枕惊心梦，响哨催人莳夜秧。
露冷天河知倒夜，星沉鱼肚待朝光。
东山日出还驱倦，又扛银锄快上冈。

向西风回首，百事堪哀。回思 1957 年的反右斗争，这首诗多用白描手法，真实地记录了夜晚被驱迫插秧的景况，在如霜的寒月下，露冷天河，星沉鱼肚，身体乃至灵魂都冷得发抖了，一心盼着天亮。没想到还未及入眠，又被催促荷锄上山坡干更繁重的农活。如此没完没了的折腾，究竟是为了什么呢？只能留给历史去解读了。此诗多少有些唐代边塞诗的风味，但更多的是杜甫忧民忧时的沉郁顿挫，忧忿深广。张天健的诗沿着传统的现实主义道路一步步跋涉奋进！

他写于 1989 年的《渝州寄怀》②是一首在重庆七妹家探病竟误疑自己患癌症的感伤之作，此时诗人还未能完全走出伤痕文学的阴影。

我念瑛卿泪涌流，此生濡沫苦春秋。
梦中犹是桃花面，心上难忘举案俦。
明月寒堂情琐细，绳床二稚喜啁啾。
何期日曜天星返，语笑西窗午夜头。

诗人对与妻子青春期相依为伴的挚爱描绘得多么铭心刻骨："梦中犹是桃花面，心上难忘举案俦。"既有秀美如桃花绽放的青春记忆，又有着举案齐眉的难忘怀念。对儿子的嬉笑欢歌积淀为心中的永恒。企盼的是旭

① 张天健：《听雨西窗试剑鸣》，香港天马图书有限公司，1993 年，第 97 页。
② 龙郁：《诗家（第七卷）》，香港天马出版有限公司，2013 年，第 8 页。

日丽天，笑语西窗，哪怕谈笑至深夜五更也难尽兴的恋家之情，何其真挚而又绵长！这首诗，令人联想起杜甫离乱中那首《月夜》："今夜鄜州月，闺中只独看。遥怜小儿女，未解忆长安。香雾云鬟湿，清辉玉臂寒。何时倚虚幌，双照泪痕干。"试作对比"桃花面"与"玉臂寒"，"小儿女"与"二雉"，想象中"倚虚幌"与"天星返"，"语笑西窗"与"双照泪痕"，"有迹无痕"是他宗唐学杜的充分体现。

严羽在《沧浪诗话》中讲："律诗难于古诗，绝句难于八句，七言律诗难于五言律诗，五言绝句难于七言绝句。"张天健经长年累月地对古典诗句的沉潜涵咏，五律七律、绝句长歌，皆有深湛的研究，此诗不仅对仗精工，且无论开头还是结尾，皆不同凡俗。唯其至难至艰，方显其高深造诣。"何期日曜天星返，语笑西窗午夜头"与"何时倚虚幌，双照泪痕干"，这期盼，这向往，这憧憬，出之以何其明媚而又暖心烫肠的诗歌意境，赠内人以遐思远想。

寻踪吊古，此乃诗文书写不尽的主题题材，张天健于1993年，目睹逍遥津公园张辽塑像空存，园荒草瘦，感慨系之，撰写《合肥逍遥津》①：

逍遥立马大刀横，难阻无情逝水生。
割断山河怀旧主，平均水寨护新盟。
千军勇破汉家阵，一将凌威曹氏营。
可惜英雄豪气尽，斯人憔悴合肥城。

进入20世纪末期，张天健养精蓄锐，元气淋漓。

此诗可以见出他在改革开放的浪潮中胸襟日渐开阔，且善养浩然之气，其诗风也日渐宗唐学杜具有阳刚之美。诗人漫游合肥，凭吊三国时曹操手下大将张辽，抒发了横刀立马的英雄气概，深情地赞颂张辽"千军勇破汉家阵，一将凌威曹氏营"的虎威熊胆，气冲霄汉。结尾笔锋陡转直下，"可惜英雄豪气尽，斯人憔悴合肥城"。时至1993年，改革开放已胜利进行了十多年。然而对于历史文物古迹，大多仍处于荒芜状态。人们热衷于经济建设，凡事钱字当头，合肥市竟然将三国时曹营首屈一指的大将张辽都冷

① 龙郁:《诗家》(第7卷)，香港天马出版有限公司，2013年，第11页。

漠了，不也是人文建设中的一大悲哀吗？

三

进入新世纪，张天健已渐入老境，但他的格律诗词更臻成熟圆融。学习杜甫“晚节渐于诗律细”，他在青城山登上观日亭写的绝句尾联“脚窄因嫌容地少，眼宽转喜得天多”。著名唐诗专家陶道恕教授评此联“格律工细，放置观日亭嵌挂绝佳”。他于 2002 年去云南所写五言绝句，意象豁然开阔而又明净：“滇海同舟客，春城旧雨楼。南天余别梦，回首白云秋。”（《怀云南老作家欧小牧》）精短 20 个字活画出在春城昆明与作家欧小牧在滇池泛舟的愉悦心境。而今思来，别梦依稀，天高云淡，情也悠悠，赠人无限感怀。

他于 2001 年写的《忆母》感情更为凝重。“补缀忆劬劳，梦回泪怛叨。寒冰轮半月，冷照旧凋袍。”张天健对慈母之爱已在散文集《逝水流伤》中尽情描叙过了。这首五言绝句，师承唐人孟郊《游子吟》“临行密密缝，意恐迟迟归”，而又自出机杼，“寒冰轮半月，冷照旧凋袍”。孝子张天健以寒冬冷月，清淡的光辉映照着破旧的衣袍，回想慈母对己身的关爱，由此凝淀为记忆的永恒，其情感之真挚与悲怆，直透衷肠。《乐山国际龙舟会记盛》[①]：

凌云大佛坐滔滔，百艘龙舟激水号。
击鼓惊闻巾帼力，投鞭似忆武夫篙。
齐挥玉臂千支楫，劈断洪波十丈涛。
最是潮头争奋勇，一声娇叱夺旌旄。

诗人元气淋漓，笔酣墨饱，诗风之遒劲高迈，远胜于昔日。乐山市三江环抱，诗人历来甚赞乐山得天独厚的地域优势，“天下之胜在蜀，蜀中当首推嘉州”，古嘉州今乐山，早在唐代便打造出了名震全球的乐山大佛，三江交汇的宽阔河道，是划龙舟的最佳选择，更何况是名震遐迩的国际龙舟会。诗人笔力千钧，着意描绘女子龙舟队悍勇拼搏的矫健英姿：“齐挥玉臂千支楫，劈断洪波十丈涛。”其阵势之宏大，龙舟竞渡之劈波斩浪，勇往直前，诗

① 张天健：《听雨西窗试剑鸣》，香港天马图书有限公司，1993 年，第 56 页。

人描绘得何其热烈壮观。不禁让人想起苏轼那些钱塘江观潮的诗篇，“伫立潮头旗不湿”之神奇骁勇。张天健明写乐山龙舟会，实则隐喻与象征，我国迈入改革开放的新世纪，人民群众思想解放，各项建设事业皆以劈波斩浪、披荆斩棘的豪迈英姿奋勇争先，不断创造出层出不穷的世界奇迹。这首诗是时代精神的引吭高歌，也是张天健再造艺术青春的有力表征。“最是潮头争奋勇，一声娇叱夺旌旄。”此时紧紧扣住青春女性之别开生面、之不让须眉，在妖娆的欢呼声中夺得旌旗何其令人眼睛发亮，语惊四座。诗人选准了切入的最佳视角，以陌生化手法酣畅淋漓地描绘出了改革开放初期这场国际龙舟会百舸争流的盛况。

《题南京朝天宫重辉》[①]，诗人洞穿历史风烟，数说不尽的六朝古都的旖旎繁华，霸业苍烟已随雨打风吹去，诗人凭吊石头城，怎能不发思古之幽情呢？

钟阜战云袖敛收，朝天几度焕崇楼。
虹桥卧地穿天堑，铁索沉江锁石头。
国厦晋城攀比丽，官堤老柳可怜幽。
秦淮细说繁华梦，霸业苍烟夕照秋。

此诗用典之高妙，文化涵蕴之深厚广博，皆达到了新的力度与高度。且不说师承唐代诗人刘禹锡，即以北宋王安石而论，张天健亦从王的《金陵怀古四首》得到了借鉴。事隔近千年，当代诗人张天健对南京城的历史变迁又有了更多的缅怀与沉思，诗人猛烈抨击了历代君王一味贪求宫廷的豪奢富丽，且一代又一代互相攀比，却对“官堤老柳”视而不见，任其不断衰败。诗人由此感喟“秦淮细说繁华梦，霸业苍烟夕照秋”。说不尽的金陵繁华，做不尽的秦淮梦想，不也都一派夕阳残照，秋风飘零吗？诗人储蓄于胸中的几多忧忿与感慨化而为诗，不也启人深思吗？其弦外之音，韵外之致，达于至境。

张天健于2000年创作的《寒夜奉母沉疴》[②]较前面那首写母亲的五绝更为情沉词痛，牵心动肠，易于引起读者的共振共鸣。

---

① 龙郁：《诗家》（第7卷），香港天马出版有限公司，2013年，第6页。

② 龙郁：《诗家》（第7卷），香港天马出版有限公司，2013年，第10页。

夜夜新愁衰鬓斑，弥留母病泪潸潸。
应知难别终须别，犹望回还又不还。
药灶腾烟炉鼎沸，绳床冷被五更残。
荣枯默默仰天问，碧落冰寒月一弯。

已如前述，张天健对老病慈母的关爱与照护在散文集《逝水流伤》中曾有过细腻而又真切的描述。然而诗不同于纪实散文，它更多的是强烈而又集中地作用于心灵情感，更能引起众多读者的共鸣。这一切皆让诗人作了绘声绘色、烛照心灵的生动描绘，“应知难别终须别，犹望回还又不还”。人同此心，心同此理，这种母子连心贴肉、生离死别、难分难舍的人间真情，让诗人张天健用朴实无华的诗歌语言写绝了。结局“荣枯默默仰天问，碧落冰寒月一弯”。老母行将撒手人寰，儿子悲怆得仰天长叹的情景，诗人用“碧落冰寒月一弯”这一萧瑟凄寒而又冰清玉洁的诗歌意象来呈现，他学杜甫沉郁顿挫，欲吐不吐之情，更见其寄意遥深，纸短情长。我们惊喜地发现张天健的诗进入新世纪后更为情深意远，炉火纯青。

张天健进入八十高龄所写《卧病军医院读〈张志烈文录〉及诗》：“白驹驮梦竟匆匆，度尽流年风转蓬。洗眼君文新起凤，劳心我著旧雕虫。书行地远金无价，诗诵榻前玉可攻。病树余身遥祝酒，难堪序说愧攀龙。”[①]张志烈是著名的古典文学研究专家，张天健以八十高龄卧病住院，仍不忘一面品读《张志烈文录》及诗，一面写成这首七律，高度赞扬张志烈“书行地远金无价，诗诵榻前玉可攻”。足见诗人对文友的著述何等珍视与厚爱，即便卧病在床，也吟诵不绝。张天健对文学事业之执着，与对友人研究成果和诗歌创作之推崇达到了物我两忘的胜境。

再说七绝《赠别诗人梁上泉》：“玉垒山间梁上泉，敲金戛玉响岷川。扬波一别千秋堰，诗落南桥云水天。”短短二十八个字，即赞誉了梁上泉诗名远震巴渝蜀州。“上泉兄前来都江堰一游，一转眼便扬波作别”[②]，而他那敲金戛玉、掷地作金石声的名著诗篇像星辰一样撒满了云水碧天。此诗用词之精粹，气象之阔大与情感之真挚，令人赞叹。

① 龙郁：《诗家》（第7卷），香港天马出版有限公司，2013年，第12页。
② 龙郁：《诗家》（第7卷），香港天马出版有限公司，2013年，第13页。

诗人于2010年，与三弟、四弟、七妹、天华、小妹畅游三峡，凭吊屈原故里，吟成七绝《九畹溪屈原故里》："行舟九畹问香溪，树蕙滋兰路欲迷。灵谷空回声远近，薜萝寒翠染征衣。"众所周知，屈原深爱自己的祖国楚国，他徒有报国之志，在张仪和郑袖等人的挑拨之下，丧失了昏庸的楚怀王的信任，悲愤得只能披发行吟泽畔，他那些瑰丽的诗篇多以香草美人喻示志向之高洁。当代诗人张天健连同家人走访屈原故里九畹溪自会有几多感怀！他望见四处都是树蕙滋兰，心中怎不默默吟诵屈原那些历两千多年而不朽的灿烂诗篇呢？诗人用"灵谷空回声远近"来描状屈原爱国主义精神承传发扬之千古不息，以"薜萝寒翠染征衣"抒写伟大爱国诗人屈原遗存的薜萝寒翠的清芬之气，一路远行漫游。屈原诗的美质美韵宛似鲜花美女般令人情意缱绻，流连眷顾。

此外，还有《2012年追悼王文才师逝世三年》。王文才于20世纪50年代至20世纪90年代任教于四川师范大学中文系，堪称一代宗师，尤以张天健与他情感弥笃，不仅亲聆其教诲，还一道下乡到西昌劳动。诗人怎能不掬出心中的悲哀与崇敬呢？"半世师缘大去哀，亲承咳唾愧成才。何期垂手程门雪，雪满冠裳心不灰。"[①]弟子张天健受赐于恩师的谆谆教诲，终成效法前贤的古典文学研究领域的一代英才，纵使垂手程门，雪洒衣冠也矢志不渝。诗人情感之诚挚感人肺腑。

四

张天健的格律诗，涉及各式各类，姿彩纷呈，令人品尝不尽。他于1998年去贵阳参加"中国唐代文学国际学术研讨会"，有缘游览风景名胜红枫湖，兴之所至，撰写长歌《贵州红枫苗寨风情游作长歌并赠梁超然教授》，这首长歌对苗寨风情绘声绘色的描绘，分外吸摄人心。"……苗家备有风情酒，戏作风情度苗乡。俄顷手环银钏响，雪肤花貌摆裙妆。玉手纤纤红绸带，系挂游客结成双。亲昵耳语挽新郎，先生心地要大方。对对相连款款步，簇簇拥拥木楼房。芦笙木鼓伊鸣起，清茶清酒散芬芳……"谢榛在《四溟诗话》中说："长篇古风最忌铺叙，意不可尽，力不可竭，贵有变化之妙。"读张天健这首描写苗寨风情的长歌，贵在出奇制胜。全诗约60行，诗

① 龙郁：《诗家》(第7卷)，香港天马出版有限公司，2013年，第14页。

人凭借敏锐的艺术直觉对苗寨风情有着身临其境般的深切感受和体验，诗人善于紧紧抓住苗寨不同于内地也有别于其他民族特殊的风俗趣闻，予以绘声绘色、出神入化的艺术抒写。这不禁让人联想到白居易的《琵琶行》和《长恨歌》。"玉手纤纤红绸带，系挂游客结成双。"连游客也由观众牵系成演员，这在过去的诗篇中是稀奇的景观吧！"对对相连款款步，簇簇拥拥木楼房。"诗人巧用双声叠韵，将苗寨婚礼描绘得多么新颖别致，惟妙惟肖。"旋作彩球悬上方，对口吻球人吉祥。"诗人活画出了苗寨不同于其他地域的风情特色，给人以陌生化的新奇之美，读之脍炙人口，当视为张天健晚年诗歌的精品力作。

五

张天健不仅写多姿多彩的格律诗，还擅长填词。

《江城子·昆明农贸市场街》："滇游处处惹情长，走山冈，渡河梁。千里寻踪，金碧正辉煌。夕照昆明街市火，相映衬，日天长。 南音杂沓市声忙，菜青香。果蕉黄。老腿宣威，贡品入寻常。最是过桥应记取，挑米线，醉斜阳。"[①]这首词上阕写景，描状昆明市周围的旖旎风光，突显街市之灯火辉煌。下阕如数家珍般描绘水果食品之丰富多样，名贵小吃，最吊胃口。词之市井化与通俗化，让张天健牢牢把握住了，彰显了其有别于诗的艺术特色。

《定风波·忆昔》："每忆身同不系舟，倚天长剑失封侯。军干随营驰火檄，情逼。从戎走马笔空投。五类箍头成一咒，难度。年光欺鬓水东流，回首长天阴雨处，已休。也无风雨也无愁。"[②]此词概述了词人坎坷的人生命运。往事不堪回首，那阴晦的年代像噩梦一样经过之后便消逝了。结句"也无风雨也无愁"，可以解读成急风暴雨的英雄时代已成过去，继之而来的是平平淡淡过日子的"散文化"时代。在这和平宁静的岁月里，张天健自有其锦心绣口，不乏海德格尔所倡言的"诗意的栖居"。再如《唐多令·励志》[③]：

---

① 龙郁：《诗家》（第7卷），香港天马出版有限公司，2013年，第25页。
② 龙郁：《诗家》（第7卷），香港天马出版有限公司，2013年，第25页。
③ 龙郁：《诗家》（第7卷），香港天马出版有限公司，2013年第26页。

生憎未戈刀，青萍万里豪。赴戎机，鸭绿擒骄。挫尽昂藏军旅志，书一卷，向诗骚。

董笔试初操，锋锥屈贾毫。偃长刀，啸傲文韬。刁尽朱颜人未老，思犹壮，欲吞曹。

这首词堪称张天健厚积薄发的压卷之作，词人承接上词抒写的罹难，继之以中晚年的人生价值选择。在“文韬武略”之间，因其青少年时代与从军失之交臂而选择了文学道路，终在学术研究与散文、诗歌创作上一展风采，以其文韬而蜚声文坛和学术界。塞翁失马，安知非福?! “啸傲文韬。刁尽朱颜人未老，思犹壮，欲吞曹。”这是何等高慕远举的凌云壮志！曹操诗云：“老骥伏枥，志在千里，烈士暮年，壮心不已。”屈指数来，这已是我给八十多岁的张天健的文学创作与学术研究撰写的第三篇长文了。我欣喜地看到张天健进入晚年后依然焕发着诗文创作与学术研究的青春风采。到老不服老，如同海德格尔存在主义所弘扬的，生命固然短暂，亦当满怀悲情向前冲，最终获得“诗意的栖居”。

作为符号的疾病：论文学中的疾病隐喻

谭光辉[1]

一、疾病符号的意义层级

疾病的本义是生理上或心理上发生的非正常状态。许多学者所说的“疾病符号”并不是指将疾病作为一个符号来使用，而是指“症状”(symptom)。据说此词的词源为 semeiotics，为希波克拉底所创[2]，被皮尔斯发扬光大，成了现在符号学的一个通用称谓。可见，“症状”与“符号”本就同源。西方人认为症状就是符号，该符号的意义就是疾病。疾病是看不见的，而症状是看得见的，这个关系也正好与符号/意义的关系相同，只有意义不在场才需要符号[3]。符号的功能是表达不在场的意义，症状的功能是显现看不见的疾病。

然而在文学研究中，当人们说“疾病符号”时却并不是这个意思。在文学界，“疾病符号”至少有两个意思。第一个意思是在文学作品中，一旦作家写到某种疾病，由于对作品的文学性解释压力，疾病常被作为一种多义性符号，读者相信该符号的意义另有所指，而不是仅指疾病本身，因此疾病

① 谭光辉：博士后，四川师范大学文学院教授，研究方向：中国现当代文学、符号学、叙述学。

② 李思屈等：《广告符号学》，四川大学出版社，2004 年，第 7 页。

③ 赵毅衡：《符号学》，南京大学出版社，2012 年，第 46 页。

就被作为隐喻使用或解释。第二个意思是指在文学研究中,把“叙述疾病”这个事件看作一个符号,并由此展开“为何如此叙述疾病”的意义探讨。虽然所指不同,但是原理一样,不论在哪种情况中,意义都是不在场的,所以需要符号来表达。

上文谈到的疾病符号的三个意思,形成一个链条形的相互关系:

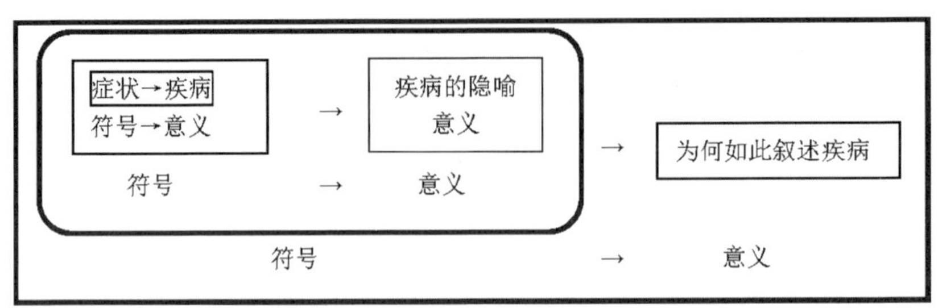

从这个图示我们可以清楚地发现,意义解释是分层次的,符号本身的构成性因素可以是非常复杂的。当我们在使用“疾病符号”这个词语的时候,首先必须明确我们处在哪一个层次。我们把此图示从内到外分为三个层次。第一个层次的符号是“症状”,就是疾病的征象;第二个层次的符号是“症结”,就是文化问题的表征;第三个层次的符号是“症候”,就是通过“症候式阅读”发现的意识形态的呈现方式。从分工上说,第一层次是医生的事,第二层次是文学家的事,第三层次是批评家的事。但是,在文学领域,医生并无明显的位置,所以文学家不得不同时扮演医生的角色,仔细观察记录各种患不同疾病的人的症状,以使描写准确,医儒一家。

在有关疾病的文化研究中,最近被讨论最多的话题是疾病的隐喻。福柯认为,“19 世纪的心理学在其抽象的划分中促使人们对疾病做纯粹负面的描述;而且每种疾病的符号学都太过简单,只限于描述消失了的能力”①。这里所说的 19 世纪的心理学对疾病的研究,处于第一个层次,“描述消失了的能力”就是只谈“症状”,所以“太过简单”。他由此认为:“事实上,疾病能够抹去一些东西,也能突出一些东西;它在一个方面废除,却是为了刺激另一个方面;疾病的本质不只是存在于它挖出的空洞中,也存在于用来填满这个空洞的替代活动的积极完满中。”②这就涉及疾病的隐喻。

① [法]米歇尔·福柯:《精神疾病与心理学》,王杨译,上海译文出版社,2014 年,第 15—16 页。

② [法]米歇尔·福柯:《精神疾病与心理学》,王杨译,上海译文出版社,2014 年,第 16 页。

他提醒我们，不但要注意疾病的症状，更要注意疾病作为一个整体为人带来的其他意义。当下关于疾病的文化研究，很多都是这个层面的问题。

苏珊·桑塔格的《疾病的隐喻》一书讨论的主要问题，起点即在第二个层次，重点在于第三层次。她在"引子"里即开宗明义地宣称："我的主题不是身体疾病本身，而是疾病被当作修辞手法或隐喻加以使用的情形。"即是说，她讨论的，其实是意识形态。她的目标，"是尽可能消除或抵制隐喻性思考"，"我写作此文，是为了揭示这些隐喻，并借此摆脱这些隐喻"[①]。"揭示隐喻"是第二层次，而要"摆脱隐喻"，就只能是意识形态革命。

在近年来关于疾病隐喻的诸多讨论中，处于第三个层次的比较多，主要谈某作家、某作品中的疾病隐喻，并由此展开意识形态讨论。《症状的症状：疾病隐喻与中国现代小说》一书讨论的主要就是这个问题："每当中国社会明白自己在做什么，'中国人病了'的讲述就处处出现，'东亚病夫'就成为中国人激烈的自我批判的武器；每当中国社会不明白自己在做什么，中国人就没有病了，中国文学也就不写疾病。"[②]写疾病还是不写疾病的选择，受制于意识形态。李音的讨论对此进行了必要的引申，强调了晚清时期知识分子对中国病状的发现过程，"20世纪中国的国民性话语铭刻着'疾病'思维的烙印"[③]。邓寒梅的专著《中国现当代文学中的疾病叙事研究》先谈疾病叙事，再谈疾病隐喻，最后谈疾病叙事的伦理学问题，有一个逐级上升的过程[④]。对中国现代小说的疾病隐喻研究，基本上都是在这个思路中展开。换句话说，中国现代文学的疾病隐喻研究，本质上主要是文化研究和意识形态研究。

二、疾病隐喻与文化元语言

上文所论的中国现代文学关于疾病隐喻的研究方法是符合桑塔格的基本思路的，也是很有道理的。这是因为"疾病隐喻"研究并不是侧重"疾病"研究，而是侧重"隐喻"研究。既然研究隐喻，就是在研究一种表意方

① [美]苏珊·桑塔格：《疾病的隐喻》，程巍译，上海译文出版社，2003年，第5页。

② 谭光辉：《症状的症状：疾病隐喻与中国现代小说》，中国社会科学出版社，2007年，第2页。

③ 李音：《再造"病人"——19世纪与20世纪之交中国文界"疾病隐喻"的发生》，《文艺争鸣》，2012年第9期。

④ 邓寒梅：《中国现当代文学中的疾病叙事研究》，江西人民出版社，2012年。

式。赵毅衡认为文化是“社会相关表意活动的总集合”,“意识形态即文化的元语言,它是文化活动的评价体系”①。所以疾病的“隐喻”研究是一种文化研究,而关于“疾病隐喻”的研究就是意识形态研究。由于“意识形态”这个词语常常会让人联想到“政治意识形态”从而产生不必要的干扰信息,现在通用的中立词语是“文化元语言”,意思是说,意识形态是文化的元语言,这是一个符号学概念,而不是一个政治概念。

疾病本身不是文化,因为疾病是一个实在的痛苦,是关于身体的真相。疾病的症状也不是文化,因为症状只是疾病的自然呈现。但是讲述疾病就是文化,讲述症状也是文化。任何实在的事物,只要有讲述,就必然有讲述者。只要有讲述者,就必然有意向性。只要有意向性,就必然片面化。只要片面化,就必然非客观,就必然是“表意”。所有的讲述,必然是“表意”的,也就必然是构成文化的基本单元。哪怕是一个病人向医生讲述自己的症状,都只能被视为文化的一部分。西方学界谈得比较热闹的话题,正是疾病如何通过隐喻与文化、意识形态发生关系,比如麦克弗森认为将女性更年期视为疾病就是通过隐喻的方式进行一种社会形态的建构,真木阳子从对艾滋病的交流能力的研究中看到的是隐喻和讽刺,艾伦·布兰特通过艾滋病研究流行病的社会意义,桑塔格的《疾病的隐喻》也是一样的研究路子。

虽然疾病本身并不是文化,但是疾病却可以通过影响人而影响人类文明的发展。威廉.H.麦克尼尔的《瘟疫与人》用这样一种方法叙述历史:把传染病列入历史重心,给它应有的地位,“疾病,特别是传染病,乃是‘人类历史的基本参数和决定因素之一’”②。由于疾病直接影响人本身,当然也会作用于因人而存在的文化。文化的形成,不但与健康人的表意相关,还与病人的表意相关,更与被疾病消灭了的应该存在而实际上不存在的表意相关。现在的文化形态,可以看作经过疾病选择之后的结果。疾病与文化的直接关联便在于此:疾病通过消灭一部分文化的创造者形成现有的文化形态,通过消灭文化的讲述者选择关于文化的记忆。所以,疾病在人类文化史上,扮演了极其重要的角色。西格里斯特感叹道:“任何两种现象之间的差别,最大的莫过于疾病和文明之间的差别,前者是一个物质的过程,而

① 赵毅衡:《符号学》,南京大学出版社,2012年,第240页。

② [美]威廉.H.麦克尼尔:《瘟疫与人》,余新忠、毕会成译,中国环境科学出版社,2010年,第5页。

后者则是人类精神最伟大的创造。可是，这两者之间的关系却非常明显。”[①]

当然，疾病与文化的关系，不是单向的，文化对疾病同样产生着重要影响。特罗斯特发现，人类的生活方式、交往、行为模式、适应环境的技巧以及感受和信仰等，均会影响患病的概率[②]。但是关心疾病隐喻的学者却并不关心这个话题。影响顺序一交换，就变成了一个环境问题或医学问题，所属学科就归属到流行病学或医学人类学，而疾病隐喻的研究，始终是一个文化问题。

正是由于疾病之于文化有如此重要的作用，因此人类早期关于疾病的讲述就不得不带上神谕的色彩。又由于史前时期记录资料的匮乏，先民如何讲述疾病很难有准确的史料可考。但是对疾病的神话性认识仍然可以见诸《旧约》等早期文献乃至原始部落的传统习俗之中。在之后的史书记载中，疾病的巨大作用常常被历史学家轻描淡写地处理，麦克尼尔认为原因如下：“当流行病确实在和平或战争中成为决定性因素时，对它的强调无疑会弱化以往的历史解释力，故而史学家总是低调处理这类重要的事件。”[③]这种非科学的态度着实令人头疼，直接的后果便是让历史在历史学家理解的理性中发展，而疾病因其偶然性、非理性而在文明发展史上没有位置。非常重视疾病文化作用的，反而是作家，比如加缪的《鼠疫》。在此之前，重视疾病的文学作品早已数不胜数，特别是浪漫主义对疾病无比重视，这让桑塔格花了不少的篇幅来论述浪漫主义与肺结核之间的关系。

肺结核与浪漫主义的关系，已经完全不同于疾病之于人类文明的影响。前者是一个发生在叙述层的事件，后者是一个发生在故事层的事件。肺结核影响的是叙述者，所以决定了叙述作品的风格；瘟疫影响的是人物，所以决定了关于人类的故事走向。托马斯·曼的巨著《魔山》与此二者均不相同，托马斯·曼的妻子因肺部感染在瑞士达沃斯肺病疗养院住了三个星期，他陪她同住，观察其中各种患病人物，从而有了《魔山》的素材。叙述层和故事层的人都染上了疾病，意义就显得更是与众不同。当叙述层的人

---

① [美]亨利·欧内斯特·西格里斯特：《疾病的文化史》，秦传安译，中央编译出版社，2009年，第1页。

② [美]詹姆斯.A.特罗斯特：《流行病与文化》，刘新建、刘新义译，山东画报出版社，2008年，第1—2页。

③ [美]威廉.H.麦克尼尔：《瘟疫与人》，余新忠、毕会成译，中国环境科学出版社，2014年，第3页。

物染上疾病之时，受影响的往往就不是历史的走向，而是对历史的解释。叙述层受到疾病威胁最大的，就是作家。

作家患病，是疾病隐喻研究的一个重要话题。然而事实情况却是，作家患病并非隐喻，而是事实。作家患病，影响的是心情，是作家对生命的理解和对世界的解释。心情变了，情绪就变了，叙述的风格也就变了。对生命的理解变了，包含在其中的哲学基础就变了。对世界的解释变了，他的整个文化系统也就变了。疾病加快了生命的进程，也就加快了作家对世界的解释速度。通常情况是，他迅速地回到内心世界，传达自己对世界的感受和认知，因此浪漫主义就成为首选的方法。不论感伤还是激情，主观化色彩加重似成不得已。受到疾病影响最大的，是作家的世界观和人生观。世界观和人生观，实际上就是文化的元语言。

作家患病，确实是个大问题，完全可能影响文化的形态，这给文学研究中的作家研究提供了充足的理由。图姆斯曾说："生病时，过去、现在和将来的意义可能以其他方式发生改变。"[①]身心关系，只有在生病的时候才会突显得如此明白。维拉·波兰特轻松地列举了一大批患病的作家，认为"疾病促使他们创造了非凡的成就或者过早地丧失了创造力"[②]。不仅如此，他认为疾病与文学的关系，可能在如下方面产生关联：患病的作家、患病作家的疾病记述、疾病题材和主题、作家医生与医生作家、医生作为文学作品主人公、作家作为医生[③]。在他列举的这六类关联方式中，与作家有关的占四种。另一个主要关联方式，是与作品内容相关的，或者人物作为患者，或者人物作为医生。当疾病影响到讲述者的时候，就不仅影响文化元语言，而且会影响历史的发展方向。巴姆认为："气候、饮食、疾病和意识形态事实上在组成历史的决定力量中有时起到决定作用这个事实必须被完全地认识到。"[④]其中没有说到的是，疾病对意识形态也会产生重要影响。进一步说，不仅疾病会改变社会和人，即便是医学语言也有类似的作用，刘虹等人认为医学语言不但有治病的作用，还有致病的作用[⑤]。所以

---

① [美]S.K.图姆斯：《病患的意义：医生和病人不同观点的现象学探讨》，邱鸿钟等译，青岛出版社，2000年，第81页。

② 冯黎明等：《当代西方文艺批评主潮》，湖南人民出版社，1987年，第545页。

③ 冯黎明等：《当代西方文艺批评主潮》，湖南人民出版社，1987年，第545—548页。

④ [美]阿尔奇.J.巴姆：《有机哲学与世界哲学》，江苏省社会科学院哲学研究所巴姆比较哲学研究室编译，四川人民出版社，1998年，第31页。

⑤ 刘虹、张宗明、林辉：《医学哲学》，东南大学出版社，2004年，第193页。

有医生总结出“治癌先救人，救人先救心，救心从改变认知开始”的临床经验[①]。医学语言的语用功能，让作家相信可以通过类似的语言方式对社会进行治疗或产生影响。

当疾病成为文学作品的题材的时候，生病的就不是作家而是人物。作家以何种态度对待他笔下的病人，仍然受控于文化元语言。此时的作家，角色与医生类似。恩格尔哈特认为：医生不仅描述和评价疾病，而且会用疾病语言形成一种社会现实，“把一位患者表征为有病不仅是说这位患者具有一个应被解决的问题并且这个问题可以用医学的术语来说明。它还把这个人置于社会角色上而会有一定的社会反应”，所以医生用疾病语言把病人置于社会实践之内[②]。这也是桑塔格最关心的问题，不但医生对疾病的叙述，整个社会对疾病的叙述都对病人构成压力，逼迫他们进入某种设定的语境而携带意义，对疾病的叙述使病人成为符号。决定病人符号意义的隐含动力，就是文化元语言。作家如何叙述疾病和病人，受控于整个文化元语言。正是由于这个原因，解释病人的符号意义及其背后动力，就成为解读文化元语言的一个重要依据。

问题的复杂性还不止于此。上文所说的病人，是作为社会人的病人。在文学性叙述中，病人不仅是社会人，还是一个隐喻或象征；疾病也不仅是一种具体的疾病，还是一个社会现实的影射。有了这样一个隐喻关系，文化元语言就不仅是叙述疾病的动力，还是叙述社会的动力。人体与社会被理解为同构性的存在，社会文化元语言便模仿、借用疾病叙述的元语言，使社会文化描述变得像一张医生开具的诊断书。潘一禾把拉伯雷比喻为“给封建社会疾病开刀的医生”[③]；刘鹗在《老残游记》中设置一个有医生身份的主人公，然而该医生首先看到的，却是关于社会的病症：“举世皆病，又举世皆睡。真正无下手处，摇串铃先醒其睡。无论何等病症，非先醒无治法。具菩萨婆心，得异人口诀，铃而日串，则盼望同志相助，心苦情切。”[④]鲁迅弃医从文，然而他“作为一个医生的思维方式一直都没有改变，他只是从一个肉体的医生变成了一个灵魂的医生”[⑤]。中国现代作家的医生思维，让

① 孙增坤、何裕民：《召回医学之魂：何裕民教授医学人文杂谈》，上海科学技术出版社，2014 年，第 167 页。

② ［美］恩格尔哈特：《生命伦理学的基础》，范瑞平译，湖南科技出版社，1996 年，第 232 页。

③ 潘一禾：《故事与解释：世界文学经典通论》，浙江大学出版社，2014 年，第 77 页。

④ 刘德隆：《刘鹗及〈老残游记〉资料》，四川人民出版社，1985 年，第 74 页。

⑤ 谭光辉：《症状的症状：疾病隐喻与中国现代小说》，中国社会科学出版社，2007 年，第 162 页。

作家与医生拥有了极其相似的元语言。由于这个原因,对中国现代文学的疾病隐喻的现有阐释方式就显得很有道理。

三、疾病隐喻的语用功能

与疾病有关的叙述,至少有三种不同的组合方式:有病的叙述者讲述健康人的故事,健康的叙述者讲述病人的故事,有病的叙述者讲述病人的故事。但是,叙述的奇妙性就在于,无论叙述者是否采用病人的视角,接受者都会自动地将叙述者理解为正常人。这个道理其实比较好理解:如果真把叙述者视为与我们不一样的非正常人,接受就会受到阻碍,所以读者会自动跟上叙述者的思维方式,在阅读时变成与叙述者一样的人。当然,这里所说的"正常人",是指精神方面的正常,而不是身体方面的健康,因为从本质上说,叙述者并不是一个人格,而是一个框架[①]。若叙述声音自称"我"身患疾病,患病的其实是一个人物,而不是叙述者。叙述者的身体疾病是无法被叙述的,叙述者是否精神有病,接受者只能从他的叙述逻辑之中感知。一旦感知该叙述者真的有病,接受就会遭受拒绝。比如,《狂人日记》看起来似乎是一个精神有病的叙述者在讲自己的故事,事实上这个理解是不对的,没有人愿意真正乐意去看一个精神病人的自述。正确的理解方式是,《狂人日记》讲的是一个自认为精神有病的人物的故事,而讲述这个故事的叙述者是清醒正常的,不然他就无法完成讲述。

所以,有关疾病的叙述,不大可能被理解为由病人讲述,叙述者必然被理解为正常人。疾病叙述中的患病者,只可能是人物。哪怕叙述者自称身患重病,自称疯子,接受者也只能按照理解一个患病的人物的方式去理解他。比如最近几年的一部流行小说《天才在左疯子在右》,充斥着一个个所谓"精神病人"的话语,但是全书却自称是"精神病人访谈手记",精神有病的,便是人物。当这个作为人物的"精神病人"的话语过于强大的时候,他便会引领读者判定他为一个正常人,甚至视之为"天才"。这在现代叙事学理论那里可以找到原因:当读者对一个人物的内心生活、动机、恐惧等有很多了解时,就更能同情他们。持续的内视点导致读者希望与他共行的那个

① 谭光辉:《作为框架的叙述者和受述者——论第一人称、第二人称叙述的本质》,《河南师范大学学报(哲学社会科学版)》,2015年第1期。

人物有好运，而不管他所暴露的品质如何[①]。

反过来说，即便我们知道作者是有病之人，也无助于我们彻底理解他的作品，患病的作家与作品中描写的病人不在一个层面。塔拉斯蒂说得很有哲理："然而我们能根据语境更好地理解艺术家吗？例如疾病叙述语境？举例来说，瓦格纳是个自恋狂，患有夜惊症。这意味着我们能更好地理解他的音乐吗？此理解方法事实上是一种人身批评，特别当人们试图理解一个人留下来的符号时。用皮尔斯的术语来说，这是通过类型符看个别符，通过单符看质符，通过型符看单符。"[②]作者是个型符，作品是个单符，当然不是一回事。

一旦疾病进入叙述，就只能是一个被叙述、被审视、被判断的对象，而不会导致读者变成一个与该对象一样的病人。人都有自认为正常的原始冲动，该冲动导致疾病叙述的叙述层永远显示为正常。上文说过，患病的也有可能是作家。如果作家患的是身体疾病，除非他把自己变成作品中的一个人物，否则无法被知晓。如果作家患有精神疾病，那么他的精神紊乱便有可能在叙述中体现出来，让叙述者精神上存在问题。由于读者会因持续的内视点而自动同情叙述者，因此该叙述者的价值观就极有可能对读者产生精神上的影响。由于这个原因，作家在叙述疾病的时候自然会根据读者的该种需求而自动调适，逼迫自己趋向正常。

因此，作家在叙述疾病的同时，还可能对疾病实现治疗作用。盖斯特·马丁等人发现："叙述是一种医疗方式，那些患者把自己的故事作为理解自己和他们的各种关系的过程"，"患病的叙述本身并不是疾病，而是由此引发'基于把生病看成是某个时刻，在此刻可能出现特别变化'的改变。人们通过叙述改变了自己的生活"[③]。其意思是说，叙述疾病，是为了更为恰当地估量自己与他人的关系，从而实现关系的正常，回到正常人的思维状态。这大约可以看作"大局面反讽"的另一种实现方式。叙述疾病，其实是希望回到健康；疾病隐喻，其实是为了消除隐喻，因为"反讽是成熟文化的表意形式"[④]。将近现代中国比喻成一个病人，目的是希望中国健康发展，显示

① [英]马克·柯里：《后现代叙事理论》，宁一中译，北京大学出版社，2003年，第23—25页。

② [芬]埃罗·塔拉斯蒂：《音乐符号》，陆正兰译，译林出版社，2015年，第20页。

③ [美]帕特丽夏·盖斯特一马丁等：《健康传播：个人、文化与政治的综合视角》，龚文库、李利群译，北京大学出版社，2006年，第44页。

④ 赵毅衡：《符号学》，南京大学出版社，2012年，第217页。

了叙述者的正常；将当代中国描述得无比健康，反而显现了叙述者的诸多问题。叙述可以看作一种对历史的解释。由于“对历史进程意义的解释，可以成为历史发展的动因”[①]，所以现代文学中的疾病叙述与疾病隐喻，就彰显了现代作家治疗国家之病、推动历史发展的努力。

① 赵毅衡：《符号学》，南京大学出版社，2012年，第386页。

论吴子尤的生命意义：慢性病、女生与“狂”

赵秋阳[①]

一、艺术才华与慢性病

苏姗·桑塔格在《疾病的隐喻》一书中充分地论述了慢性病之于人生的重大影响。她认为自19世纪以来最引人注目的两类富含隐喻的疾病是结核病和癌症，因为这两类疾病不但是慢性病，而且在其出现的年代都是不治之症。无法治疗带来绝望感，慢性又留给患者足够的时间。同时，这两种病不肮脏，让患者能够显示出足够的优雅。特别是肺结核，是“生命的加速燃烧”，患者面色潮红，食欲性欲旺盛，情绪高涨，但又濒临死亡，惹人怜爱，成为浪漫主义者的首选之病。拜伦曾揽镜自照，竟说出这样的理想：“我该得肺病死掉才好。这样，那些女人都要说：看那可怜的拜伦，他快死掉的样子多有意思！”癌症与之相反，至今仍令人感到不体面，“要美化这种疾病，似乎是不可想象的”[②]。但是二者也有共同处，它们都被理解为“热情病”。桑塔格想说的很多，对“热情”的描述，只是其中之一，但是却点中了要害。慢性绝症，只要足够优雅，就能够让人热情地、积极地投入生命可

---

① 赵秋阳：四川师范大学国际教育学院讲师，研究方向：中国现当代文学。

② [美]苏珊·桑塔格：《疾病的隐喻》，程巍译，上海译文出版社，2003年，第20页。

能的想象之中。

慢性疾病的文学隐喻可以很浪漫,但是它的现实隐喻却令人极其沮丧。家人朋友对此话题唯恐避之不及,目的可能是减轻患者的心理压力。患者可能被贴上病人的标签,使人与之远离。病人被视为异类,得不到最基本的权利保障。所以桑塔格说,"看待疾病的最真诚的方式——同时也是患者对待疾病的最健康的方式——是尽可能消除或抵制隐喻性思考"①。然而即使不作隐喻性思考,疾病也不能给人带来更优雅的生活。疾病缩短了生命的时间,让患者必须在更短的时间内完成对生命的体验和思考,让生命在加速的状态下走完它的历程。患病作家和艺术家,其作品中所包含的生命体验,也便得以在加速的状态下迅速走向成熟。

孟子的看法也许可以作为佐证:"人之有德慧术知者,恒存乎疢疾。"他认为不是艺术家偶然患病,而是因为患病所以才成就了艺术家,疾病是艺术才华的原因。当然,"恒存乎疢疾",关键在于一个"恒"字,病要拖得久。如果是急性病,不但成就不了艺术家,反而可能扼杀天才。

另一个有趣的统计恰好可以作为反面的证明。有人在20世纪90年代前五年对中科院和北京大学等单位的死者平均年龄做过统计,发现死亡平均年龄是53.34岁,远远低于当时国人70岁的平均寿命,分析认为原因是收入低、工作重、锻炼少、压力大等②。另一份调查涉及面更广,数据源自国家体改委,知识分子平均寿命低于全国平均寿命10岁,北京市平均低20岁。分析其根源,是"慢性疲劳综合征"③。这样看来,孟子说的"有德慧术知者"的英年早逝,很可能是因为工作性质。才华过多,用脑过度,加重了病情。这样,疾病与才华,就互为原因,互相推动,加速了生命的燃烧,也加速了才华的显露。

二、疾病与吴子尤的"狂"

不论从哪个角度看,吴子尤都可以划入"英年早逝"的行列。这位天才的少年作家,生于1990年,卒于2006年,16年生命只是短短的一瞬,却有

① [美]苏珊·桑塔格:《疾病的隐喻》,程巍译,上海译文出版社,2003年,第5页。

② 李大银、尹玉洁:《知识分子"英年早逝"原因及对策探讨》,《聊城师范学院学报(哲学社会科学版)》,1995年第3期。

③ 杨锋:《英年早逝祸起"慢疲"》,《知识就是力量》,2004年第7期。

划破夜空的流星那样的灿烂。有人做过一个中国“90后”十大少年作家排名，吴子尤排在第一。吴子尤可能是死亡时年龄最小的作家，因为多数作家，16岁时还不能被称为作家，16岁就死亡的作家更少，16岁就因慢性病而死的作家更是少之又少。他的一生，是对疾病与艺术关系的最好诠释。吴子尤在《谁的青春有我狂》序言中说，“偏偏我又生了这么大的病，这真是上帝送给我的最好的礼物！作家多，但得病又写病的作家少；病人多，但病人是作家的少。”[①]正是疾病，加速了吴子尤艺术才华的爆发。母亲柳红总结说：“14岁生病以后，身体的痛苦，成就了思想的升华。”[②]吴子尤自述说：“我是触摸到了死亡的温度的人，连死都经历了，还怕什么？”“我给你们看我的生，给你们看我的死，我的爱，我的痛，分享那感受。”正因为对死亡的触摸，才让少年作家过早地体会到生命的意义。正因为他还是少年，才让这种生命体验带上了纯净的本质。正因为无所畏惧，才让生命彰显出强烈的冲击力。又因为他的乐观旷达，才使这段极端的经历得以与人分享。

吴子尤对文学与生命的理解，几乎可以用一个“狂”字概括。轻狂的少年，遭人讨厌，但是吴子尤的“狂”，让人爱怜动容，原因在于他的“狂”不是“轻狂”，而是一种沉重的“狂”，一种深邃的“狂”，一种睿智幽默的“狂”，一种干净的“狂”。

在狂与非狂之间，年少的吴子尤已经进行过深入的思考，《新狂人日记》表达了这种带有哲理的反思。这是一个带有隐喻意义的故事，“要想除掉疯思想，只有没思想”。因为只有没思想，人才趋向同一。只有思想同一化，才无所谓“疯狂”。所以，只要人有自己的独立思考，都会被视为疯狂。社会力图维持“正常”，而人想体味生命的精彩。要体味生命的精彩，就要拒绝同质化的思考。所以这个“狂”的第一个内涵，就是思考的自由。思考的自由带来文学的怪异，所以他在《我看文学》中说：“文学让人惊奇处就在于它出自怪人之手……而文学，也不得不是一种怪异、似笑非笑、让人沉醉的产物了。”

吴子尤说这话的时候才11岁，那时还没有生病。11岁便已经开始寻求精神的独立，难怪生命会精彩得比常人早。《我的创作经历》中他做了描述：“四岁听故事，五岁说相声，六岁看卓别林电影，七岁开始试文笔，八岁

① 子尤：《谁的青春有我狂》，少年儿童出版社，2005年，第7页。
② 子尤：《谁的青春有我狂（纪念版）》，少年儿童出版社，2007年，第2页。

转向写作，这一切密不可分。”可喜的是，天才的少年，并未像区寄那样过早才尽，而是在不断学习的过程中体悟了思想的魅力。这可能与其父亲吴国盛所从事的西方哲学研究有一定关系。这时的吴子尤，虽然思考还显稚嫩，但已找准了思想的方向，方向的核心是自由。《我们的爸爸死了》中写道：“我们的爸爸死了，自由的感觉忘记了岁月的蹉跎。”不循旧例，是自由思想的外在表现。母亲柳红在《谁的青春有我狂（纪念版）》中的前言用“妈妈的话：子尤自由，自由子尤”作为标题，解释取这个名字的本意就是谐音“自由”，意味深长。

自由思想让文学想象不拘一格，同时又带有一定的孤傲与幽默。在《〈大唐读书〉节目访谈》中，虚构了一个盛唐电视台对王勃与骆宾王的电视采访，显然是以少王骆二人自比，大加提倡不拘一格的作文写法，笑侃世人扭曲畸形的眼光。在《论天才和其他》中，这种态度更加显露无遗：“20 世纪出生的天才作家里，女的只有一个，张爱玲。男的就是我，子尤。”他认为天才有三个特点：一是对外部世界不太关注，更多的是关注自己的内心；二是会有很多人爱他们，但是他们更需要所有人的宽容；三是母亲或父亲或多或少地在他的一生中有所影响，但天才一般不会屈服于父亲的设计。三点的核心在第一条，天才只关注内心，而且内心也不会被外在影响改变。他赞成胡兰成对天才的看法，说天才能够不被时代和各方面的影响所限制，有天趣。这里面的核心，就是对自己聪明的充分自信。

对 20 世纪其他作家的否定，充分显示了吴子尤的自信。这里面有不招人喜欢的语调，因为他用一句话否定了一大群。他说，女作家里面，冰心连才女都算不上，苏青太过现实、积极。男作家里面，巴金、茅盾只有一腔热血，没有太多才气；李敖是才子，需要显摆；胡兰成仗的就是读得多。自己才是才子，具有点石成金的本领。不论怎样，这个自信，这份傲气，不得不引人侧目。

十几岁而具有幽默的能力，让他具有了狂的资本。幽默感不是人生而具有的，而是一种元语言能力。生而具有的，只是拥有这套元语言的潜质。幽默能力并非每一个人都能具备的，它需要一个智慧的心灵，还需要语言文化的雕琢与格式化。“天才”的心灵首先要潜质好，并且受到了正确的引导，没有受到不良程序的污染。从这个角度说，吴子尤确实具备了天才的条件。良好的家庭文化氛围，使他具有一个干净的心灵，没有受到不正确的教育引导，本身具有的强大的接受能力，使他很早就拥有了幽默感，虽然这个幽默能力还没有完全发育成熟。

幽默能力首先需要一个乐观的心灵。悲观的人爱钻牛角尖，看问题只看一个方面。乐观的人喜欢多方面看问题，所以总能发现同一个陈述中的意义落差。吴子尤身患绝症，但是从来没有悲观。母亲柳红记录下他患病后的精神状态："子尤一直表现得非常坚强和乐观"，"他多数时间在笑"。"儿子真是个妙不可言的人。除了有笑眼，能发现笑料，会欣赏笑，并笑对疼痛，笑对困难，笑对人生。"这种态度，即使在成年人中也极难见到。永远以一颗乐观的心灵理解世界，用乐观的态度对待生命与人生，是我们理解精彩生命的前提。吴子尤的心灵非常人之心灵，由此可见一斑。

在经历了一次重大的抢救之后，吴子尤仍然想用幽默的口气说话。在《生死间的随想》中说，"现在真是不愿意用说笑的语气来讲它"，但他还是讲了笑话。之后，他展开了关于生命的思索：1.人死的是肉体，灵魂剥去依然存在；2.肯定没有天堂和地狱；3.灵魂跑到哪儿去了？4.可能没有来世。虽然没有答案，但是濒临死亡让他更深入地去思考了关于灵魂的问题。

吴子尤对宗教的看法，有马克思主义色彩，"天堂地狱是人以自己的是非来造的，自然界是没有是非的！"在人处于重病中的时候，特别是在临近死亡的时候，多数人宁可相信宗教中的观念，宁可相信有来生，有天堂。毕竟，临死时的心灵多数是柔弱的，有一个宗教精神支撑，至少可以带来些许慰藉。但在吴子尤那里，科学思想占了上风。应该说，父亲的科学哲学研究，可能深深地影响了少年吴子尤，他在精神上没有给自己安排一个来世，也没有躲进宗教的避难所里，他勇敢地面对即将让灵魂消亡的死亡。从这一点说，吴子尤是坚强的，他的"狂"里包含了坚强的内涵。

睿智，是吴子尤"狂"的原因，也是"狂"的核心内容。十来岁的年纪，已经具有了相当深刻的思想和驾轻就熟的文学表现手法。写于 2003 年 4 月的《一个孤独者的赛跑》，很有鲁迅《野草》的味道，2005 年 5 月的《因为那被埋没的声音》又带有史铁生式的悲天悯人。吴子尤还写了不少电影评论和书评，其老练程度，并不亚于中文系普通本科生甚至研究生，而且从中可以看到王小波的语调和调侃水平。比如《卓别林电影元素》，就是一篇精彩的酷评。

三、吴子尤的“干净”

自始至终,吴子尤有一个干净的灵魂。这是因为他没有受到过多的世俗世界的污染,更没有过多的不美好的阅历。吴子尤的精神追求是自由的,他的文字中也有很多的批判和反思。但是他的批判和反思,没有阅历丰富的作家那么多的悲观、玩世不恭和饱经世事的老辣,而是表达了纯洁而自然的少年猜想和希望。

2001年9月,吴子尤患痢疾住院,口述《心的感伤》,此时吴子尤11岁。“我躺在思想的病床上”,“看见人类罪恶的心房”,“让我感觉到梦是那么的渺茫”。其中透露出的是少年对人生的各种猜想:人生可能有罪恶,但具体是什么罪恶,少年并不明白。他只是意识到可能有一个美好的对立面存在,因为“一切达到极限的东西/终究会被黑暗夺去希望”,“上帝创造了一切/也终究会让梦堕落”。2003年,吴子尤写了《感叹》,道出了其中原因:“我惶恐,我无助,因为我怕人类不负责任,最终失去了上帝给予的天赋”,因为“他们渴求取之不尽的贪欲,最终,陷入泥潭”。

应该说,吴子尤广泛的文学兴趣,从小接受的文学熏陶和培养,以及具有自由思想氛围的家庭环境让他有了一个独特而深邃的观察视角和思考出发点。对人世的洞察当然没有那么深,但是对心灵内部的些许波动和对自我的自然人性的微妙观察与反思,让他触碰到了人性的弱点。他本人以坚定而纯净的人性中的美好面,克服了种种贪欲,将其净化为一池碧波荡漾的春水。

吴子尤还没有走到懂得男欢女爱的年龄就走了,但是并不意味着他没有过对异性纯洁而美好的想象。他在多篇文章或诗作中,写出了这种美好的想象,让我们体味到男女感情产生之初的纯净。《罢了,不想她了》:“以为自己是她心头的蓝天成了一片白云,无所停留使脑海里有设想千种,到她面前你就无欲无求。”少年的爱情开始萌芽,但是这种对异性的向往可能只是一种本真的倾心,没有任何的功利和欲念,没有丝毫的非纯洁成分。这是一种宁静而安详的、美丽而又飘忽的情感,是心灵与心灵沟通的渴望,是人类最充分地理解沟通的自然状态。

在《情人节,我给女生打电话》中,少年讲述了一个并非爱情却令人心动的故事。吴子尤细致地描述了自己在情人节给上海女生怡劼打电话的过程,其中的期待、紧张、兴奋之情,把纯洁的感情产生之初的那种状态描画得活灵活现。从中我们既可以看到少年心灵的纯洁,又可看到他的乐观、孩子气的贪玩和幽默的人生态度。当然,这与母亲的怂恿鼓励以及开放而豁达的态度密不可分。情人节这个电话意义非同一般,这可能是少年一生中最激动最紧张的一晚,他初尝了与女生交谈的滋味,心灵却干净得像银杏树梢抖落的冰雪。在《羞涩小男生系列歌词》中,吴子尤再次回味甚至想象了这种羞涩的异性之爱,再现了从少年角度观察到的对异性的理解。这种让人激动得心驰神往的青春记忆,足以勾起成人的驻足回眸。他在《献给我永远的》里写道:"不要嘲笑我春心萌动的痴情人生何曾再有过这记忆的稚嫩。"是啊,正是稚嫩的作家,记录下了稚嫩的感情,勾起了我们最心动的回忆,保存了人性中的美好。吴子尤说过,"疾病代表着苦难,女生预示着希望"[①]。柳红收集了吴子尤病中所写的关于女生的故事集《英芝芬芳华蓉》,集子中记录了子尤与六个精彩的、美丽的、优秀的女生的故事。按吴子尤的说法,女生天然的美丽,是一种纯净的美。所以,写女生的故事越多,反而越能说明吴子尤灵魂的洁净。

吴子尤的干净,还包含了他对生命本能的热爱。虽然吴子尤笑对疾病,但是这仅仅是因为他乐观开阔的心胸。他并不惧怕死亡,也不渴望死亡,而是认为人的自然本性就是求生的意志。这种热爱不是对某种健全的、完整的生命的热爱,而是对一切的求生意志的热爱。可以说,这种爱之中包含了一种具有人性本原意义上的对"生"的执着,一种干净的执着。

四、疾病、女生与生命的意义

在身体层面,吴子尤饱受病痛折磨。病痛的意义在于这让他沉重地思考人生的意义和人性的弱点,从而建立起一种顽强的意志和坚强的自信心。疾病象征着生命的沉重面。可以说,吴子尤的"狂"在很大程度上来自病痛,这让他反而能够以更加自由和无所顾忌的品格去玩味生命。两年很短暂,但是对天才少年来说已经足够了。在这两年中,他经历了"一次大手术,两次胸穿,三次骨穿,四次化疗,五次转院,六次病危,七次吐血,八个月头顶空空,九死一生,十分快活"。吴子尤经常谈上帝,虽然他可能并不信上帝,上帝只是生命赋予者的一个代称。上帝给了吴子尤一个解释生命的出发点和理由,甚至因为疾病是上帝给予的,所以"将疾病视为财富,从中

① 子尤:《画天:子尤的世界》,东方出版社,2007年,第173页。

得到无限收获”。

女生象征着生命的精彩面。吴子尤说，“身在病房，我与疾病为伴，享受不尽；和女生在一起，则初尝思念的滋味”“在疾病之神不停地将死亡的烟花爆炸在我头顶时，我却每日高歌着女生的名字”。女生是生命的精彩面，也是生存的动力之一，象征着纯洁的感情和幸福。吴子尤小学时的古文家教老师陈玉明说：“子尤眼中的世界是单纯而美好的，子尤笔下的人生是浪漫而幸福的。”确实，女生的存在使子尤有了拜伦之于肺结核式的浪漫，李泓冰在《愧对子尤》中回忆说：“他甚至在手术和上药过程中，总拿着一面小镜子细细观察自己，声称是为了描述给女生听，让她们震惊、心痛，而子尤就喜欢她们那一刹那的表情。”当然，对女生的爱和亲近她们的渴望，丝毫没有淫邪的痕迹，更没有肮脏与卑劣，女生只是一个生命的隐喻。吴子尤试图在精神世界中找到并安置这样一个隐喻，以使短暂的人生绽放出美丽的花朵。

之所以要安置这样一个隐喻，是因为生命需要理由。子由在模仿食指的《相信未来》的同名诗中写道：“相信未来/因为我相信人间的温情/相信未来/因为我相信人性中残存爱。”选择生是自然的规律，选择喜欢女生当然也是自然的规律。这样，生命便在自然规律的作用下，显得既那么平和，又那么自然。对女生的爱，既没有淫邪，也没有功利，是生命的纯洁和美好的那一面。

疾病让吴子尤的生命活得轰轰烈烈的、不同寻常，女生让吴子尤魂牵梦绕，令人心动，还有什么遗憾呢？生命的意义绝对不在终点，而在过程。吴子尤很懂得如何把有限的生命过程变得充满意义，他更懂得如何在苦难中享受，在享受中反省。人生的意义在于生命过程中的情感体验、理性思考，更在于对这个体验与思考过程的记忆和审美化地对待。李商隐说，“此情可待成追忆，只是当时已惘然”。吴子尤的天才情怀，让他过早地懂得了这句千古名言的真正含义，在他身处其中的时候，他没有“惘然”，而是时刻保持着清醒，在经历的同时，就把经历转化成了记忆，享受着上帝赐予每个生命的幸福。其实，只要懂得这一点，生命的长与短又有多大的差别？

生命永在，自由永在。子尤永在，幸福永在。只可惜，很多人，哪怕长命百岁，也不一定真正理解生命的意义所在，幸福感恐怕还不及吴子尤百分之一。这可能才是最令吴子尤痛心疾首，虽去犹忧的真正原因。

探索生命之路

——吴子尤与疾病

石妃利　谭光辉[①]

吴子尤，因患有恶性肿瘤于2006年去世。生前出版了作品集《谁的青春有我狂》。“春来秋去永无涯”，1990年的4月，万物复苏，迎来了子尤的降生。2006年的10月，万物凋零，送别了子尤的辞世。十六个短暂春秋中，吴子尤经历快乐与痛苦、希望与绝望、亲与爱、生与死，向我们展示了他“灿烂绚丽”的生命。

英年早逝的吴子尤通过独特的文笔与见解，向世人展现出了非凡的精神与灵魂。一个充满青春活力、才华横溢、潇洒狂妄的男孩，在病痛来临之时，通过文字书写了他在疾病抗争下的坚强，诉说了他在面对苦痛时的乐观幽默，展示了他对生命的赞颂和渴望，宣告了他灵魂的豪情与狂妄。在与疾病共处的日子里，吴子尤用他短暂的人生，演绎出了“生命”的真谛。一个充满爱的少年，他的“生命”不会因为肉体的腐烂而终止，而是会长留在每个人的心中，在人们的心灵深处绽放出一朵鲜艳的玫瑰。

---

① 石妃利：四川师范大学文学院硕士研究生，研究方向：中国现当代文学；谭光辉：博士后，四川师范大学文学院教授，研究方向：中国现当代文学、符号学、叙述学。

一、乐观幽默的天真少年

在《鲁豫有约》中，吴子尤带着一脸的稚气向我们讲述了第一次发病的情况，笑谈当时历史老师处理突发情况的不恰当，认为老师不应该让同学们安静地坐在座位上，而应该让同学们共同见证这一时刻的到来。吴子尤曾经这样说过，这个世界"作家多，但得病又写病的作家少；病人多，但病人是作家的少。我经历了生病，在这过程中写出了无数文字"①。他认为疾病带给他的是其他作家无法拥有的财富和才华。每当吴子尤提及自己的肿瘤，总说这是上帝送给自己最好的礼物。吴子尤"是天真的，他会一脸高兴地讲述自己的友情和爱情的故事"，讲述自己遭遇到的一切，就像一个稚气孩子般，用微笑去面对身体的疼痛和心灵的考验。

三年的病痛抗争，吴子尤用文字记录下了自己的波澜壮阔。2005 年他出版了自己的第一本作品集《谁的青春有我狂》。这本书收录了他十六年短暂人生中的文字，特别是与疾病抗争三年间的"生命书写"。《谁的青春有我狂》，整个基调未带任何"忧伤"的色彩与氛围。一开始，序言文字中所呈现的少年子尤，就是一个乐观的孩子。文中讲述了自己在幼年经历父母离异，年少经历疾病苦痛之后，仍然认为自己是一个幸运的孩子，自己的未来有着无数美好的可能。字里行间，充满了积极、乐观、向上的人生态度。在《生死间的随想》中，吴子尤记述了在 5 月 4 日发病的情景，事后他认为那时发病离开这个世界也挺好的，可以称为"五四归魂"。但当吴子尤在电脑上打出"五四归魂"这四个字时，居然自己笑疯了，足见吴子尤的乐观与幽默。在书中，他写过很多相声和情景喜剧。在《漫画迷》《真理交响曲》《我爱我班》中，吴子尤意图娱乐自己的同时，也娱乐别人。他用有限的生命，带给了大家快乐。无论是观看吴子尤生前的影像，还是阅读他的文字，都能够感知到：这是一个快乐的精灵，对我们进行的一场关于"精神"与"灵魂"的洗涤。这个十六岁男孩的短暂身影虽已不在，人们却不会忘记少年子尤的稚气与天真，更不会忘记他的幽默与乐观。吴子尤"始终坚持自己的信念：微笑着面对所有人"。

---

① 吴子尤：《谁的青春有我狂》，少年儿童出版社，2005 年，第 7 页。

二、勇于挑战的坚强少年

本该“生命灿烂”的十六岁，却笼罩上了死亡的阴影。在与病魔斗争的三年里，一次次手术，一次次化疗，一次次病危的背后，隐藏着吴子尤的坚强。从十三岁病魔降临时的感慨文字：“一次手术，两次胸穿，三次骨穿，四次化疗，五次转院，六次病危，七次吐血，八个月头顶空空，九死一生，十分快活”，到十六岁生命将逝时的潇洒文字：“在游戏的童年里，原本该孩子荡的秋千，变成魔鬼抢过来荡，那你就不要胆怯，干脆也坐上去，和魔鬼勾肩搭背一起玩”，“坚强”这个词，一直在吴子尤的精神和灵魂中永存。值得一提的是，“坚强”，并非指吴子尤拥有刀枪不入、钢铁般的坚强，而是一种痛苦忍耐下的“坚强”。一次次的坚持与忍耐，仍会流下难受的泪水。哭泣并不代表懦弱，每一次哭泣背后的重新出发，更加鼓励他坚强地走下去。所以，吴子尤在自己的文字中，并不讳于发出这样的呼喊：“出了医院门，我就倒在树旁一阵猛吐，那风刮得更起劲，带着我的泪水不知吹向何处。离家短短几百米的路，实在走不回去了。”

吴子尤的骨血里，不仅被赋予了坚强，还透着一股勇于挑战的精神。他在与病魔抗争的几年里，把每一次病魔的发作看作一次挑战，他从未选择过放弃“活着”的权利。他在化疗的过程中，有的只是“临上战场的刺激”，却没有任何紧张。在生病之前，吴子尤由妈妈柳红悉心培养，从小视野是开阔的，爱好是广泛的。相声、话剧、电影等方面，都想去尝试和挑战。正因为这种从小养成的性格，使得他在面对肿瘤时，也能够做到不胆怯，和“肿瘤”这一魔鬼一起玩。

三、拥有“闪亮灵魂”的豪气少年

吴子尤是一个快乐的精灵，同样也是一个豪气的侠客。《谁的青春有我狂》的命名就完全可以看出吴子尤的豪气。他曾经说过：“20 世纪出生的天才作家里，女的只有一个，张爱玲。男的就是我，子尤。”“狂妄”的吴子尤并不让人反感与厌恶。可以这样说，吴子尤欣赏自己、迷恋自己、甚至迷恋自己创造出的世界，并坚信“自己的世界”一定色彩缤纷、灿烂绚丽。子尤认为这样的世界理应被人注目、欣赏，所以他把自己短暂的十六年生命放映给世人,"我给你们看我的生,给你们看我的死,我的爱,我的痛,分享那感受",并且认为关于"生、死、爱、痛"的"记录与分享这种体验的机会是多么难得呀"。他甚至设想过在自己的葬礼上,照片应该是彩色的,每一位来宾只需带来一枝红玫瑰。

曾经看过一篇关于吴子尤的文字采访。"子尤很真实,不论是他的喜欢还是讨厌。他小小的世界的确很精彩。"吴子尤的世界是精彩、灿烂的。他认为只有"灿烂"地活着才是生命的意义。活着的每一时刻都应该去享受生活、享受生命。吴子尤的生命很短暂,却足够波澜壮阔。他的这股豪气,让人自叹不如。

快意少年,人虽死去,却永存人心。鲁豫曾经这样感慨:"子归天堂,虽死犹生。"这也正道出了吴子尤对"生命"的理解与领悟。吴子尤想过很多,也写过很多"人"与"灵魂"的东西。在他心中,"灵魂是永生的,是超脱的,是无形的,是智慧的,是灵巧的,是坚不可摧的","人死的是肉体,他的灵魂依然存在"。

四、堆满爱的生命

"我畅快一十四载,交得真心朋友,陶醉于爱人与被爱,心如一片月,有希望,有寄托","如今一病,更见到生的渴望、死的轻易、人的无力。一切本来清晰分明,但有了种不服输的,夹杂着爱的精神力量在里面,感觉就复杂多了。就因为这一个个美好的人,我才热爱生活"。可见,吴子尤的生命是用"爱"包裹的人生。来自同学的爱、朋友的爱、母亲的爱,久久缠绕着他。他在爱海里呼吸,得以生存。正是因为外界的"爱",鼓舞着他,陪伴着他,才给予他坚持下去的勇气。吴子尤"闪亮"人生的筑成,也是因为有爱的包围。吴子尤认为一个精彩的生命是需要爱与被爱的。

在吴子尤短暂的生命中,"爱与被爱"围绕着两类人。一类是母亲,一类是朋友。在学校里,吴子尤就和一些志同道合的朋友排练话剧和小电影。排练的过程中充满了欢笑和汗水。而这些回忆和同学则成了病痛时期子尤的"开心果",让他可以一直做一个快乐的孩子。另外,在病痛期间,温暖他的,还有这样一群女孩。吴子尤曾说过:"有两个词汇是布满我思绪的每一个角落,即疾病与女生。"就是这样一群女生,给吴子尤带来了温暖与感动。他们彼此之间保持通信,讨论天南地北,谈论天马行空。

"子尤"取自由的谐音。柳红曾说过:"我亲爱的儿子子尤是世界上最美、最真、最善、最有智慧、最有涵养、最有境界、最有趣味、最明事理的好孩子。"柳红女士对吴子尤的爱,是令人动容的。柳红对儿子的爱,使她并不会因为他的逝去而一蹶不振。吴子尤曾说过:"我老说自己不是病人,要求妈妈在任何时候都得美丽,她也是最懂这句话的,从来都这么做。"所以,在儿子葬礼那天,柳红女士理了个头,穿着最美丽的衣服来和儿子告别。在吴子尤逝世后的这几年,妈妈柳红一直在更新吴子尤的博客。上面记载了母亲柳红每天的痕迹:运动、朋友聚会、旅游、读书会……柳红用自己的方式来怀念和守护自己的孩子。而在子尤受病痛折磨的时期,也正是由于柳红女士的爱,使得吴子尤在短暂生命的旅程中,有了非凡的价值与意义。在《我心痛的妞妞和〈妞妞〉》中,吴子尤就向人们述说了妈妈是怎么疾风暴雨般救他的,述说了妈妈和他是如何在疾病中一起坚持、一起陪伴、一起努力的。文中有这样一段话:"我妈妈从未放弃,她也恐惧,她也伤心,要知道她是与我相依为命的单身妈妈,你便可想而知其痛苦和重担。她也想到可能子尤活不长了,但在行动上尽全力为自己的孩子努力争取任何一个可能存活的机会,哪怕无力回天,也无怨无悔。"可见,对于母亲所做的一切,吴子尤是感激的。在他的笔下,母亲是这样的能干:"我这个妈妈不是一般的妈妈,而是个从五岁开始跳舞,到三十五六岁还跟金星跳舞的妈妈";在他的笔下,母亲是这样的美丽动人:"她的衣服宛若桂林的山水,裙子上染出的一色碧湖好像在为我壮行","戴着墨镜风风火火地来了,裙子异常漂亮,好像桂林的山水"。他与母亲的爱是互通的,你明白我所想,我明白你所思。正是因为这份爱,成就了吴子尤坚韧而勇敢的生命。

“从容”跑警报的“智趣”与“谐趣”

——施蛰存、汪曾祺同题散文《跑警报》比较

李直飞[①]

“跑警报”是抗战时期许多中国人的特殊体验，这种体验如此的深，以至于在许多作家笔下都出现过。抗战尚未结束，施蛰存就写出了《跑警报》，四十多年后，汪曾祺又以同题写了一篇散文，同样是“跑警报”，由不同的作家来写，其趣有同有异。

一、“跑警报”的“从容”

尽管施与汪叙写这一段体验间隔了四十多年，但有趣的是两篇散文都不约而同地着力表现警报之下人们的“从容”。在施蛰存笔下，不单是“我”“这会儿比从前从容得多了”，而且大多数“人们并不惊慌，我没有看见一个惊慌的脸”[②]。汪曾祺则认为“唯有这个‘跑’字于紧张中透出从容，最有风度，也最能表达丰富生动的内容”[③]。两篇散文甚至连刻画“从容”的细节也有着许多相似，施文中描写了一个没有家的流浪人听到预行警报之后，

① 李直飞：云南大学博士后，云南师范大学文学院讲师，研究方向：中国现代文化与文学。

② 施蛰存：《路南游踪》，云南人民出版社，2008 年，第 2 页。

③ 汪曾祺：《忆昔》，北京联合出版公司，2014 年，第 226 页。

"就慢慢地先踱出城，准备上西山或黑龙潭赏花去了"[①]；汪文叙述了一个姓马的同学"背上一壶水，带点吃的，夹着一卷温飞卿或李商隐的诗，向郊外走去"[②]。情致竟如此的相似！就是在紧急警报已拉响，人们在等紧急警报的时间中，两文刻画的"从容"也惊人的相似，施文：

于是荒山上开了游园会：带着纸牌的会在坟前供桌上造桥，带着口琴的会靠着墓碑吹一阕救亡歌曲，女学生会一边结绒线衣，一边唱歌，小孩子会做开金锁银锁的游戏，有伴的人可以谈海天，讲说前年他在武汉怎么样几乎被炸死，或是在山西怎么样打游击，没有伴的就从口袋里掏出一本书来读。

……这里有的是卖点心的。西点，核桃糖，山林果，白酒，米线或饵块，随你挑选。[③]

汪文：

昆明做小买卖的，有了警报，就把担子挑到郊外来了。五味俱全，什么都有，最常见的是"丁丁糖"。

……大都先在沟上看书、闲聊、打桥牌。[④]

两文的描写如出一辙。为什么不同的作者回忆起人们"跑警报"来所想到的都是"从容"呢？两文给出了不同的答案，施蛰存认为：

经过了种种艰苦而流亡到昆明来的人，他们都经验过非常可怕的，或许是根本没有警报的空袭，一向生长在昆明的人，或没有真正遭逢到轰炸的人，这警报声就替他们担保敌机此刻还没有飞到头顶上。[⑤]

而汪曾祺则认为：

---

① 施蛰存:《路南游踪》，云南人民出版社，2008年，第2页。
② 汪曾祺:《忆昔》，北京联合出版公司，2011年，第227页。
③ 施蛰存:《路南游踪》，云南人民出版社，2008年，第4页。
④ 汪曾祺:《忆昔》，北京联合出版公司，2011年，第229—230页。
⑤ 施蛰存:《路南游踪》，云南人民出版社，2008年，第2—3页。

> 日本人派飞机来轰炸昆明，其实没有什么实际的军事意义，用意不过是吓唬吓唬昆明人，施加威胁，使人产生恐惧……我们这个民族，长期以来，生于忧患，已经很“皮实”了，对于任何猝然而来的灾难，都用一种“儒道互补”的精神对待之。①

尽管二人给出的原因有着细致的差别，但同样都看透了日军的“空袭”伎俩，“现在，差不多每天下午，我又得温习或操练两三年前的功课了”，有着一种“蔑视”的“底气”：“我们就可以听到早已期待着的警报汽笛。”这种“底气”从何而来？仔细考察，则源自二人心中对抗战的必胜信念。

施蛰存在抗战时期辗转南北，尽管颠沛流离，但始终对抗战关注有加，曾为自己对抗战无所建树自责：“……虽然至今还相信文章救国，是一切救国行动中最渺小的，然而我连这一点渺小的功绩也不曾建立。”②尽管生活艰辛，“毅力”的精神正是抗战所必需的：“即使我们不幸而独感苦痛，为了国家民族的最后胜利，也不能不用从来没有的毅力去担荷这生活之艰辛了”③，因此，作者大声疾呼，“我们既然还得继续着抗战下去。那就是说，我们还得继续地把那种坚毅精神保持下去。直待最后胜利的获得”④。而汪曾祺四十年后的回忆，则直接表明了这种从容，“皮实”“不在乎”，正是我们中华民族取得抗战胜利的因素：“这种‘不在乎’精神，是永远征不服的。”⑤尽管施、汪二人的政治立场、精神气质各不相同，但二人都对抗战前途表现了乐观、对抗战时期民众表现出来的坚忍表现出了赞赏的态度，正是这些构成了二人在散文中表现人们“从容”“跑警报”的基调。

二、“跑警报”的“智”与“谐”

尽管有着“从容”“跑警报”的相同基调，但施蛰存的《跑警报》与汪曾祺的《跑警报》还是表现出巨大的差异性。

① 汪曾祺：《忆昔》，北京联合出版公司，2011年，第232页。
② 施蛰存：《北山散文集》，华东师范大学出版社，2002年，第533页。
③ 施蛰存：《路南游踪》，云南人民出版社，2008年，第9页。
④ 施蛰存：《北山散文集》，华东师范大学出版社，2002年，第528页。
⑤ 汪曾祺：《忆昔》，北京联合出版公司，2014年，第232页。

1.施蛰存"跑警报"的"智趣"

施蛰存的《跑警报》以自己为视角，依次叙述了为什么要"跑警报"、以前"跑警报"的经历、"跑警报""从容"的原因、"跑警报"中人们的行为、警报解除之后人们的神情，显示出完整的逻辑性出来。在"跑警报"的过程中，"我"冷静而细致地记录着"跑警报"中的所见所感，时时加以理性的分析，比如开篇："近来，昆明人又紧张起来了。很抱歉，我似乎应当说更紧张起来才好，哪一个昆明人不是从抗战开头就紧张着呢。"①在"又"与"更"之间斟酌，似乎在时时提醒"我"与读者要追求思维的缜密。再比如对人们"跑警报""从容"的原因分析，经历过警报的人是已经生死置之度外，没有经历过警报的人则还不知道害怕，这种条清理晰的论述使读者时时感到作者的"可靠"。

在这种理性的分析中，散文又不时以反问的口气提醒读者作理智的思考："人们说那是一个有鬼魂等候着机会讨替代的地方，警报发作时，我还不逃跑吗？"②"小贩子既然也得跑警报，为什么不可带便做买卖？"③"倘若我的呆想能够实现，不是一个奇迹吗？……谁愿意在未死之前先将生命的秘密显示给旁人呢？"④这样的反问大量出现，使作者更加"理直气壮"，也让"跑警报"变成了一种理性的思考。而作者又以一个"跑警报""过来人"的身份，时刻向读者昭示着他的经验，"在你的想象中，倘若以为人们一定是很惊慌了，那是错的"⑤"你怕警报老不解除，肚子会饿吗？不用耽忧，也不必像广西人那么样抬了饭锅风炉上山，这里有的是卖点心的"⑥，这些话对着读者娓娓道来，似乎时刻在为读者做着打算，既透露出作者的冷静思考，又拉近了与读者的距离，"诱惑"着读者顺从他的分析。

作者时时对"跑警报"中的人和事进行反思，很容易就升华到了对生命的叩问上，文中多处显示了"我"对人生的感悟："虽然我不很知道，像我这样一个渺小又微贱的躯体要怎样牺牲才够得上'有谓'，既然人们都认为在空袭时被炸死是'无谓'的，谁又甘愿断送了生命更被奚落呢？"⑦"我想我

---

① 施蛰存：《路南游踪》，云南人民出版社，2008年，第1页。
② 施蛰存：《路南游踪》，云南人民出版社，2008年，第1页。
③ 施蛰存：《路南游踪》，云南人民出版社，2008年，第4页。
④ 施蛰存：《路南游踪》，云南人民出版社，2008年，第5页。
⑤ 施蛰存：《路南游踪》，云南人民出版社，2008年，第2页。
⑥ 施蛰存：《路南游踪》，云南人民出版社，2008年，第1页。
⑦ 施蛰存：《路南游踪》，云南人民出版社，2008年，第1页。

们可以给它们题一个名字，叫做个警报行李。这是最尊贵的、最精选的行李……我从每一个人所携带的东西中间，可以了解这个人的生命。”[①]这种在严酷的环境下，对生命价值的思考，别有一番滋味。

而作者的这种理性思考中，又时常带有着针砭时弊的情感，嘲讽之意不时露出笔端。最为明显的是对富人“跑警报”慌张的刻画，既有对富人大包小包装进汽车慌张“跑警报”的素描，也有对富人慌张“跑警报”说理似的理性分析，将富人的慌张与普通人的从容对比，“他们的生活复杂，不比我们，一条毡子就完事”，嘲讽是有力的。但作者的嘲讽似乎还不止于此，在对人们“从容”表示赞赏的同时，大约也暗含着嘲讽。散文开篇的时候就说：“近来，昆明人又紧张起来了。很抱歉，我似乎应该说是更紧张起来才好，哪一个昆明人不是从抗战开头就紧张着呢。好吧，让我说更紧张罢，因为最近又得天天跑警报了。”[②]这里说昆明人因为“跑警报”变得更紧张，可散文通篇都在描写昆明人“跑警报”“从容”的样子，并没有因为“跑警报”而带来紧张感。“跑警报的时候是唯恐敌机来得快，既跑到了目的地之后，却又唯恐它们老是不来”，在冷静的叙述中，隐含的是作者对人们当时心理的一种讥讽。在最后的结尾，作者又如此写道：

> ……便听见解除警报的汽笛了，那是一个得到了安慰的病人的叹息。于是荒山上的人们也随着舒松地长叹着，提起他或她的宝贵的行李回城了——没有逃跑的人都站在大门口，用嘲讽似的眼色看着这些徒劳往返的男女，仿佛在说：“早知不来，何必跑！”于是过路的人回看他们一眼，仿佛说：“万一竟来了呢？”但立即扭过头来对同伴说：“明天可不跑了。”同样也不会有什么意见，反正知道他明天还得跑。[③]

将一般市民在警报解除后的“幸灾乐祸”、“嘲讽”、侥幸又无法揣摩的心理刻画得惟妙惟肖，显示出了对“跑警报”的一种无奈，“跑警报”之下抗战的沧桑感油然而生，同时又隐含着对国民性的刻画。

2.汪曾祺“跑警报”的“谐趣”

相对于施蛰存《跑警报》在“从容”之下含有的紧张感，也许是由于拉开

① 施蛰存：《路南游踪》，云南人民出版社，2008年，第4—5页。

② 施蛰存：《路南游踪》，云南人民出版社，2008年，第1页。

③ 施蛰存：《路南游踪》，云南人民出版社，2008年，第5页。

了时空的距离，汪曾祺的《跑警报》更显得从容有致，甚至充满了幽默浪漫的情调。散文开篇就以雷宗海先生的上课为例：

班上有个女同学，笔记记得最详细，一句话不落。雷先生有一次问她："我上一课最后说的是什么？"这位女同学打开笔记来，看了看，说："您上次最后说：'现在已经有空袭警报，我们下课。'"①

非常风趣生动地再现了当时西南联大师生在"跑警报"情况下的日常生活。沿着这种笔调，作者写了许多在"跑警报"中的趣事："跑警报"时卖丁丁糖、吃炒松子、联大学生借机谈恋爱、侯姓同学送伞、借逻辑推理去捡金戒指、趁"跑警报"洗头、煮冰糖莲子……作者娓娓道来，妙趣横生，甚至连对人生的思考也显得别有风味：

这些防空洞不仅表面光洁，有的还用碎石子或碎瓷片嵌出图案，缀成对联。对联大都有新意。我至今记得两副，一副是：

人生几何

恋爱三角

一副是：

见机而作

入土为安

对联的嵌缀者的闲情逸致是很可叫人佩服的。前一副也许是有感而发，后一副却是记实。②

同样是写"跑警报"下对人生的思考，在施蛰存笔下更多的是一种感慨、反思，而汪曾祺这里侧重显示的是人们在"跑警报"下的一种情致，一种氛围。

在这种带有幽默情调的笔墨下，作者又时时流露出其他的情致，比如叙述跑警报的地址，大西门外的古驿道：

① 汪曾祺：《跑警报》，《昆明的雨》，云南人民出版社，2011 年，第 226 页。

② 汪曾祺：《忆昔》，北京联合出版公司，2014 年，第 229—230 页。

大西门外，越过联大新校舍门前的公路，有一条由南向北的用浑圆的石块铺成的宽可五六尺的小路。这条路据说是古驿道，一直可以通到滇西。……赶马的马锅头侧身坐在木鞍上，从齿缝里嗞嗞地吹出口哨(马锅头吹口哨都是这种吹法，没有撮唇而吹的)，或低声唱着呈贡"调子"：

哥那个在至高山那个放呀放放牛，
妹那个在至花园那个梳那个梳梳头。
哥那个在至高山那个招呀招招手，
妹那个在至花园点那个点点头。

……马锅头押着马帮，从这条斜阳古道上走过，马项铃哗棱哗棱地响，很有点浪漫主义的味道，有时会引起远客的游子一点淡淡的乡愁……[①]

这些描述看似与"跑警报"已无关了，反倒有一些民俗或人类学的味道，这种诗意的怀古幽思与战争当头"跑警报"的紧急情形形成了反差，但从全文来看，作者岔开出去叙述的笔调与整篇散文是一致的，这些笔墨反而形成了散文笔调的摇曳多姿，成为其中不可或缺的一部分。除了这种人类学味道的浪漫主义"幽思"，就是写景，在汪曾祺笔下也独具风格：

这地方除了离学校近，有一片碧绿的马尾松，树下一层厚厚的干了的松毛，很软和，空气好，——马尾松挥发出很重的松脂气味，晒着从松枝间漏下的阳光，或仰面看松树上面的蓝得要滴下来的天空，都极舒适外，是因为这里还可以买到各种零吃。[②]

在"跑警报"的当口，还能真切地感受到"很重的松脂气味""松枝间漏下的阳光""蓝得要滴下来的天空"，除了"从容"之外，还显示出了别样的韵味。

汪曾祺《跑警报》中的这种"跑警报""从容"中带有幽默，同时也不缺乏别样的情致，被一些研究者概括为"谐趣"，"本文作者所追求的，应该不是一般的情趣，而是谐趣"[③]，就是这种"谐趣"，让同是描写"跑警报"之下的

---

① 汪曾祺：《忆昔》，北京联合出版公司，2014 年，第 277－228 页。
② 汪曾祺：《忆昔》，北京联合出版公司，2014 年，第 228－229 页。
③ 孙绍振：《在灾难面前的深度幽默——读汪曾祺的〈跑警报〉》，《福建论坛(社科教育版)》，2007 年第 5 期。

“从容”,汪曾祺与施蛰存显示出了不同。

三、“智趣”与“谐趣”的背后

施蛰存和汪曾祺同样在昆明体验过“跑警报”,又同样写出了当时人们“跑警报”的“从容”,但两篇散文的格调却明显不一,在“智趣”与“谐趣”的差异背后,是写作者写作的年代、抗战的体验及自身性格的不同。

1.写作年代的差异呈现的不同。施蛰存的《跑警报》写于1940年,正值抗战进行时,民族生存的压力陡增,必然对其认为无利于抗战的精神给予批评。尽管施蛰存经常被视为“袖手旁观”于抗战之外的“隐士”,但从施氏当时的作品来看,显然事实并不如此。从其《跑警报》来看,我们就不难发现施蛰存对抗战的态度,“跑警报”过程中对富人发国难财的讽刺,对“跑警报”时表现出来的国民性格弱点的暗嘲,都表现出了施蛰存对“文化抗战”的思考,而“虽然我不很知道,像我这样一个渺小又微贱的躯体要怎样牺牲才够得上‘有谓’”[①],似乎也隐含着其对不能直接上战场的遗憾。施蛰存坚持“文化抗战”,认为自“五四”以来的中国文化始终没有形成一个“坚强的系统”,“但‘游离性的民族文化’,‘更足以招致民族精神的涣散’。抗战以来,文化人的信仰和行动都自觉集中于‘抗战救国’上,这种‘民主主义的文化’虽‘方具雏形’,已使民族精神‘振奋起来,集中起来’。”[②]按照施蛰存的这种观点,他对有利于抗战救国的文化是赞成的,对民众在抗战中表现出来的坚韧是许可的,因此赞许人们在“跑警报”中表现出来的“从容”,但又始终警惕散沙式的游离性的文化,对于富人的不“从容”,对于不利于抗战的民众精神给予理性的反思就显得极有必要了。而汪曾祺的《跑警报》写于1984年,民族生存的压力得以摆脱,作家得以从容打量那一段历史,时值文化寻根兴起,发掘优秀的传统文化因子成为写作潮流,汪文对人们“从容”“跑警报”抱有赞许也就在情理之中了。

2.生活体验不同呈现的差异。从时间上来看,施蛰存在云南生活了近三年,而汪曾祺在昆明生活了足有七年。三年的生活,显然未让施蛰存完全融入昆明的文化中去,因此,在他所写的关于云南的文字中,大多是带有

① 施蛰存:《路南游踪》,云南人民出版社,2008年,第1页。

② 孔刘辉:《施蛰存抗战时期的文化活动考论》,《中国现代文学研究丛刊》,2015年第3期。

外人看云南的感觉，哪怕是对其任教的云南大学，比如《怀念云南大学》，作者与云南大学之间仿佛始终隔了一些距离，因此在写《跑警报》的时候，也是以外地人看本地人的视角，处处出现反思也就不足为奇。而汪曾祺多年在昆明求学、工作，昆明被其视为“第二故乡”，对昆明的感情要比施蛰存深。在多篇写作昆明的作品中，作者都将自己视为昆明人的一分子，因此，作品给予人们更多的亲切感，也能更多地发现当地人的优点，进而欣赏当地人从容的性格。

3.作家的性格差异导致的作品风格不同。根据学者的研究，施蛰存的性格偏向于感伤性格及内倾型人格[①]，感伤及内倾无疑都会导致他对世界更敏感，进而更易带有悲观的色彩。当施蛰存在昆明的时候，尽管已经开始由作家向学者转型了，但在《跑警报》中，我们依然可以看到施氏所擅长的心理分析，不难从中读出施氏对世事的沧桑及无奈感来。而汪曾祺在《跑警报》中所叙说的“不在乎”态度，与其本人的性格也有着相似之处。汪氏虽然经历了抗日战争、解放战争、“文革”等重大历史事件，但对生活却始终保持着一种乐观主义的平民化生活态度。对日常生活的热爱，对民间审美观念的认同，激发了他创作的热情与灵感。表现普通人的生活和平凡的人性美，成为汪曾祺作品最突出的特点。《跑警报》中的人物同样具有这些特点。

尽管是建立在类似生命经验上的同题散文，施蛰存及汪曾祺在文中也都表现出了相当多的一致性，但由于作家写作的年代、个体经历及性格的不同，两篇散文还是呈现出了更多的不同，一个显得“智趣”，一个偏于“谐趣”。这种题材类似但风格迥异的散文，给我们立体地了解那一段特殊时期的体验提供了不可或缺的经验，具有不可替代的文学写作意义。

① 黄献文：《风格即人——论施蛰存的性格、气质对其创作的影响》，《上海大学学报(社会科学版)》，1999年第2期。

论《西征记》的得与失

张　磊①

宗璞以一篇《红豆》走红文坛，终其一生痴心不改，笔触始终对准知识分子，描写他们内心世界的喜怒哀乐，表现他们的人格魅力。到了桑榆暮景之年，宗璞克服重重困难，仍笔耕不辍，为我们带来了优秀经典之作《野葫芦引》。宗璞先生这份坚持、这份韧性，值得当代文坛中的作家们学习。

《野葫芦引》以抗战时期西南联大的生活为背景，生动形象地刻画了中国老一代知识分子的人格操守和情感世界，以及他们对亲人和朋友的大善、对祖国和民族的大爱、对入侵之敌的大恨、对亡国之祸的大痛。《西征记》为《野葫芦引》第三部，主要写明仑大学学子们报效国家参加远征军，在滇西与日本侵略者作战的故事，本文拟分析《西征记》的得与失。

一、宗璞写作《西征记》的用意——为大学生远征军正名

写一部反映抗日战争时学校生活的长篇小说，这一想法宗璞早在五十年前就有了。宗璞曾多次申明，完成《野葫芦引》是她的责任。她觉得自己生在学者家庭，就应该把历史的真实面目留下来给后人看。宗璞先生执着于《野葫芦引》的创作并不在于为个人留名，而在于为当代及今后的知识分

① 张磊：文学硕士，四川司法警官职业学院副教授，研究方向：中国现当代文学。

子“留史”、为社会“立言”。“她希望借助于对抗日战争时期中国几代知识分子可歌可泣事迹的记载，来鼓舞现代人的生活意志，陶冶与提升现代人的性情与品格。”[①]为此，宗璞在《野葫芦引》中刻画了一系列知识分子的形象，如学富五车、方正、沉稳、正直、坚定的孟弗之，仗剑一生、忧国忧民、用自己的生命践行“舍生取义”的老一代知识分子吕清非，知识渊博、坚持正义、激进的江昉……

到了《西征记》，宗璞以抗战末期的远征军与滇地边民携手反击日寇入侵为故事背景，把她小说中的人物直接置身于战场上，接受血与火的洗礼和考验，多方位、多层次地铺陈这场战争的残酷、悲壮，反思战争和人性，以此来塑造这群明仑大学知识分子的爱国情操和人格魅力。在此底色上，宗璞又一唱三叹地将英勇献身的学子们的心声展示出来。为此，宗璞不惜让其喜爱的主人公詹台玮在腾冲战役中英勇牺牲。她写道：

詹台玮的眼睛闭上了，永远，永远不能再睁开。病室内外，整个的医院，整个的村庄，从此延伸开去的大片土地，一片寂静。

我们的玮玮死了。

我们的玮玮他死了！嵋心里有一个巨大的声音在喊。这声音像战鼓，咚咚地敲着，从四面八方传过来。[②]

此时无声胜有声，宗璞把悲痛化作力量，甚至直接跳出来以第一人称复数的写法来表达自己内心的感受。

《西征记》着眼为中国远征军“立言”，为一代共赴国难的大学生远征军“立言”。他们曾为抗击日本侵略者捐躯报国，他们的热血曾洒在滇西大地上，他们的精魂应该得到后人的祭奠。宗璞在《西征记·后记》中明确写道：“‘驱敌寇半壁江山囫囵挑，扫狼烟满地萧索春回照，泱泱大国升地表。’《西尾》这几句词，正是我希望表现的一种整体精神。”[③]这是宗璞先生对大学生远征军的肯定，也是她写此书的重要目的。宗璞在书的后记中也谈到，如果没有她的胞弟冯钟辽的亲身亲历和不厌其烦的讲述，她写不出这

---

① 陈新瑶：《难解的情结：宗璞与儒学思想》，《淮北职业技术学院学报》，2009年第4期。

② 宗璞：《西征记》，人民文学出版社，2009年，第208页。

③ 宗璞：《西征记》，人民文学出版社，2009年，第328页。

本书。同时她又指出，在滇西大战中英勇抗争的中华儿女才是这本书的主要创造者，她完成这本书只是对历史的一个交代而已[①]。从这里，我们可以十分清晰地看出宗璞写作《西征记》的真实用意：为中国大学生远征军正名。

由于众所周知的政治原因，中国远征军一直尘封在历史的记忆中。很多参加过远征军的人，后来都受到过不公正的对待。在《西征记》中，宗璞先生以国家利益为重，客观地、实事求是地再现了中国远征军所做的贡献以及滇西大反攻中大学生远征军所做的牺牲。

二、塑造了一系列抗战英雄

《西征记》以嵋和詹台玮为中心，呈放射状覆盖整篇小说，再现了滇西大反攻的全景图：中国军人与美国士兵协同作战、不怕牺牲，在当地各族人民积极配合和支持下，在大学生志愿者的帮助之下，中美联军终于夺取了滇西反攻的胜利，收复了失陷两年多的腾冲、龙陵等地。

整部《西征记》，宗璞用力最多、给读者留下印象最深的是小说主人公玮和嵋。按照当时的规定，他们本来不属应征之列，但出于作为中国人的责任，两个人都选择了投笔从戎、报效祖国。在小说中，宗璞没有人为地拔高主人公的思想境界，用玮自己的话说，"作为志愿者也是本分""他越来越觉得救亡的职责是在所有的中国人身上，他也要分担"[②]。玮本来可以很好地活下去，不去前线，有太多的理由让他留下来，生物化学需要他，殷大士需要他，但腾冲战场更需要他。为了能把玮从战场上拉回去，玮的父母动用关系试图把他留在后方，殷大士专门利用特权赶到玮所在的部队，想留住玮，但他还是义无反顾地去了腾冲战场。初到战场的玮被认为是公子哥，但玮却用自己出色的翻译和一次次工作成绩赢得了尊严和别人的信任。

小说中关于玮牺牲一节尤为感人，宗璞反复渲染战斗的残酷、接通通讯电缆的重要性，她先是让谢夫生死不明，进而用了一连串动作来刻画她心目中英雄玮的形象，"玮没有一点犹豫，一个箭步窜了出去，冲过街道，跳

① 宗璞：《西征记》，人民文学出版社，2009年，第328页。
② 宗璞：《西征记》，人民文学出版社，2009年，第6页。

过矮墙，来到树下”[①]。然后又用一段带有意识流意味、具有抒情色彩的文字来表现玮弥留之际，对生活的眷念和对和平的渴望：

> 玮确实在离去，可是他舍不得离去。他用尽了力气睁开眼睛看这个世界，窗外一小块蓝天，窗前一颗普通的树，都是那么美好。他记得天空本来是很大的，高远而辽阔的，田野本来是宽广的，无边无垠。他多么想再看一看大片的天空、田野、河流、树木，还有在这中间生活的每一个人，每一个生命，告诉他们，活着多么好。他本来应该接续父母活下去，应该接过萧先生的工作，应该拉着殷大士的手。可是他还没有起步，却转了一个方向，向那一片小草走去了，要复归于那一片小草中间了。
>
> 玮从他那干涩的嘴唇中吐出不连贯的声音，人们分辨出这四个字：祈祷和平。[②]

这里没有任何豪言壮语，但活生生的一个高大英雄的形象通过宗璞的生花妙笔矗立在了读者的面前。我们一起和主人公玮亲身经历了战火的考验，目睹了英雄的牺牲，玮身上那种献身精神得到了很好的提炼与升华。

嵋是《西征记》中塑造最成功的另一个人物形象，嵋在江昉先生所讲授的“国殇”精神和玮的从容投军行为的感召之下，不顾庄无因等人的劝阻，毅然和自己的好朋友李之薇一起，穿上军装，成为伤兵医院的一名志愿护士。在某种程度上，宗璞借助于嵋的双眼和感受，来描写战争，表现自己对战争的看法。嵋从军之后，亲身经历了生与死的考验，目睹了人生的苦难和不幸：医院丁医生的严谨作风、敬业精神和陈院长的善恶交织的人性，无意中读到的无名女兵偶然留下来的遗信，意外掉队之后邂逅阿露和本杰明的奇特际遇，随同彭田立队长说服马福土司的所见所闻，以及表哥玮的英勇牺牲，无不在嵋的成长过程中起到了人生启蒙的意义[③]。经历战火洗礼的嵋，再也不是涉世不深充满幻想的懵懂少女，她开始思考生与死、战争与和平等形而上的问题。“……好像一张温柔的网。网外面，有数不清的苦

① 宗璞：《西征记》，人民文学出版社，2009年，第193—194页。

② 宗璞：《西征记》，人民文学出版社，2009年，第207—208页。

③ 王春林：《一部感人肺腑荡气回肠的精神史诗——评宗璞长篇小说〈西征记〉》，《扬子江评论》，2010年第1期。

难。国家、社会、家庭、个人，一道道难题纠缠在一起，人生的路大概这样，解不完的一道道难题。”[①]正是由于嵋的这些思考的存在，这部主要描写战争的长篇小说，方显出一种别样的思想深度和悲悯的人道主义情怀[②]。

《西征记》中人物是全方位、立体的，除了成功塑造玮与嵋之外，宗璞还把她的艺术视野辐射到国民党高级军官如严亮祖、高师长等人身上，也辐射到像瓷里土司、马福土司这样的地方土司身上，同时也关注到下层劳动人民如福留、苦留、老战以及少数民族少女阿露等人。甚而如美国联络处布林顿、谢夫、飞行员本杰明，连同日本战俘吉野都进入到宗璞的艺术视野。一代抗日名将严亮祖，曾为国家和民族的解放立下了汗马功劳，却留下“中国人不打中国人”的遗言之后，杀身成仁，显示出高尚的精神风范。作为普通民众一员的老战，在战争中修路搭桥，而无情的战火损毁了他的家园，夺去了他的妻儿。在目睹妻儿坠桥的瞬间，老战丧失了记忆。在丁医生和嵋的帮助，老战找回了过去。宗璞的高明之处在于，她通过老战这样一个小人物的遭遇，来表现战争给无数普通人心灵所带来的精神创伤，从而达到反思战争、诅咒战争的目的。

三、《西征记》的缺失

《西征记》是一部以中国远征军收复滇西战役为背景的小说，从这一角度来看，可以称其为战争题材的小说。但宗璞非常清楚，“写这一卷书，最大的困难是写战争。我经历过战争的灾难，但没有亲身打过仗”[③]。所以，宗璞很担心，凭借第二手的材料，会不会把小说写成报道？不过，宗璞很快找到了写作法门，“困惑之余，詹台玮、孟灵己年轻的身影给了我启发”[④]，她把小说的视角聚焦在玮和嵋的身上，尾随着玮和嵋的深入战争来展示战争，通过玮和嵋的感受来感触战争。这种做法很聪明，但毕竟缺乏了直接经验，导致宗璞笔下的战争呈现出另一副模样。如攻打畹町外围最后的主要据点，宗璞没有正面描写战争，而是通过布林顿和冷若安拿着望远镜远

① 宗璞：《西征记》，人民文学出版社，2009年，第324页。

② 王春林：《一部感人肺腑荡气回肠的精神史诗——评宗璞长篇小说〈西征记〉》，《扬子江评论》，2010年第1期。

③ 宗璞：《西征记》，人民文学出版社，2009年，第327页。

④ 宗璞：《西征记》，人民文学出版社，2009年，第327页。

远地看这场战役:"又是一阵厮杀。枪炮声、呐喊声撼动了整个山头。"[①]"中国军队顺利地打下了畹町,缴获了大批物资。"[②]滇西的最后一场战役就这样以我方的胜利草草收场,战争在这里不过是一座桥一道程序,推动了故事的发展。再来看一场丛林阻击战,宗璞花费了大量笔墨写高师长和彭田立意识到敌人可能会偷袭,而我方又无兵可用,只好把嵋派上用场,和彭田立等人一起体验这场战役。他们花了一晚上的时间急行军费了半天口舌,让嵋道出阴阳历的差异,说服马福土司出兵阻击日寇。我们不用提这一说服过程的可笑,单说这场偷袭战:"一场厮杀开始了。敌人以为走小路是妙计,不会遇到抵抗,而他们恰恰是自投罗网。一阵枪响过后,已消灭了大半敌人……这是一场血腥的搏斗,却没有呼叫呐喊,只有刀棍相碰和沉重的喘息声,还有受伤的人忍不住发出的惨叫。"[③]这就是宗璞式的战斗场面,看来有点儿戏,简直就是在写报告,我们无法体会到一丝战斗的激烈,就这样战役结束了,日本人全是纸糊的,一阵枪响后,日本人全被解决了。战争在她的小说中成了一种道具、一种装饰,成了推动故事发展的线索。

由于宗璞未能亲临战场,所以对于战争的描写是欠缺的,进而造成了参战人员形象的单薄。苦留是这场战争中国民党的下级士兵,他从被动地卷入这场战争,到被拉壮丁参与这场战争、抗击日本侵略者,我们除了知道他有凄惨的家事,与敌人作战比较勇敢,比较幸运地从战场上捡了一条命之外,对于他的世界知之甚少。但是宗璞偏要表现她先入为主的主题——远离战争、渴望和平,让她笔下的业已成为小军官的小人物苦留逃出军队,找他喜欢的、同样命运坎坷的青环结婚。我们不知道苦留为什么要离开军队。是受到共产党的宣传鼓动?是目睹战争残酷后人性的发现?还是为了爱情甘愿放弃用鲜血换来的官位?

还有游击队队长彭田立,宗璞更是将他塑造得富有传奇色彩。关于彭田立我们通过高师长的介绍了解到他"能双手打枪,百发百中,而且多计谋、善用兵"[④]。至于他从哪里来,小说结尾他又到哪里去,作者不知道,我

① 宗璞:《西征记》,人民文学出版社,2009年,第253页。
② 宗璞:《西征记》,人民文学出版社,2009年,第254页。
③ 宗璞:《西征记》,人民文学出版社,2009年,第227页。
④ 宗璞:《西征记》,人民文学出版社,2009年,第118页。

们更无从知晓。他像风像雾又像雨，和他的弟兄们来无踪去无影，神龙见首不见尾。“只听得一声呼哨，游击队员们都钻入树林不见了，他们好像不是一个个走的，而是忽然消失了。洞边地上干干净净，什么也看不出来了。”[①]以至于嵋认为“彭田立若是披上斗篷，就是侠盗罗宾逊。”[②]当然这里有少女爱幻想的成分，也从另一方面说明彭田立这个人物的不真实。宗璞对这类人物不了解、不熟悉，完全凭借着想象和别人的只言片语，主观臆造了这样一个形象飘忽的人物。

另外，宗璞在塑造人物时，由于人生观、价值观、世界观和理念的不同，还夹杂着个人的不理性情绪，导致一些人物漫画化，出现了一些跳梁小丑般的人物。如蒋姓学生，原文这样写道：

这时，后面有一个年轻人快步跟上来，绕到了弗之前面，唤了一声：“孟先生。”弗之认得这人，是中文系学生，似乎姓蒋。他小有才名，文章写得不错，能诗能酒，也能书能画。“孟先生。”那学生嗫嚅着又唤了一声。弗之站住，温和地问：“有什么事？”蒋姓学生口齿不清地说：“现在四年级学生全部征调做翻译，我……我……”弗之猜道：“你是四年级？”那人忙道：“是，正是。不知征调有没有例外？”“什么例外？”“我的英文不好，不能胜任翻译。并且我还有很多创作计划……”“无一例外。”弗之冷冷地说，并不看他，大步走了。

蒋姓学生看着弗之的背影，忽然大声说：“你们先生们自己不去，让别人的子弟去送死！”

弗之站住了，一股怒气在胸中涨开，他回头看那学生。学生上前一步：“只说孟先生是最识才的，叫人失望。”弗之转身，尽量平静地说：“你，你无论怎样多才，做人的道理都是一样的，不能打折扣的，一切照规定办。”弗之走得很慢，自觉脚步沉重，回到住处时，只见院子里腊梅林一片雪白。[③]

宗璞寥寥数笔将蒋姓学生那种贪生怕死、猥琐懦弱的形象淋漓尽致地刻画出来。宗璞这种写法在她的《南渡记》《东藏记》中也尤为突出，如精于

① 宗璞：《西征记》，人民文学出版社，2009 年，第 250 页。
② 宗璞：《西征记》，人民文学出版社，2009 年，第 224 页。
③ 宗璞：《西征记》，人民文学出版社，2009 年，第 3 页。

算计、花心的钱明经只落得妻离子散，博闻强记、学贯中西的尤甲仁只配住在刻薄巷，为生活奔波周旋在众人之间、苦心经营咖啡馆的香阁更是被打入异类。宗璞在处理艺术真实和生活真实时，往往带着某种情绪，将西南联大旧事写到小说中，给小说留下了很多瑕疵，甚至因此惹了官司。

四、小结

宗璞在其耄耋之年，不顾高龄，且目疾日益严重，"全凭口授"从事创作。《西征记》最大的成功之处，在于塑造了一系列知识分子及大学生抗战英雄形象。同时客观上达到了替大学生远征军正名的目的。另外，由于宗璞没有亲历战争，其小说也存在着不足之处：《西征记》中的战争呈现出别样风貌；参战人员形象单薄、飘忽不定，观念大于形象；塑造人物时，由于采用漫画法，出现了一些跳梁小丑般的人物。

瑕不掩瑜，虽然《西征记》存在一些小瑕疵，但它仍是一部优秀的作品。

蜀山
讲坛

从“民间文学”到“口头艺术”：“表演研究”的新观点

王杰文[①]

什么叫“民间文学”？大家会觉得这个概念有问题吗？

当我们说“现代文学”“当代文学”“外国文学”与“古典文学”这些概念时，大家脑海里一定会浮现出一些重要的作家或者一些重要的作品，一句话，都能够列举出一些经典的文本来。可是，提出“民间文学”时，我们一般不会有这样的想法。仅这一点现象，就可以说“民间文学”有它的特殊性了。

1998年到2001年之间，我在北京师范大学中文系学习“民间文学”。当时，我们那个专业就叫“民间文学”，我们把研究“民间文学”的学科称作“民间文艺学”。那么，到底什么叫“民间文学”？如果我们把“民间文学”这个术语翻译成英文的话，它是“folk literature”。“folk”是什么意思呢？是“民间、民众”的意思；“literature”这个单词的词根是和“文人、文字、书写”有关系的。可是大家冷静下来想一想，“folk”所指的那个群体是不识字的，他们讲述的故事、传说、神话是通过口耳相传流传下来的。比如你的老奶奶给你唱个摇篮曲，讲个狼外婆的故事，讲个八洞神仙的传说，讲个女娲补天的神话，等等，都是口头讲述的。口头用英文来说，就是“oral”，我们

---

① 王杰文：中国传媒大学艺术研究院教授，博士生导师，研究方向：民俗学、艺术人类学、艺术社会学与表演。

现在习惯上把这个概念翻译成“口头性”，就是强调人与人之间面对面的交流与讲述。上一辈人直接讲给下一辈的人听，那时，他们大多不识字。所以我说，“民间文学”这个概念本身有内在的悖论在：“民众(folk)”这个单词本身意味着不识字的个体或者群体。可是它的后面又加了个“文学(literature)”，这个单词内涵的意思就是“文人与文字”。本来是一群不识字的人口头讲的东西，结果被弄成了“文学”。

可以这样说，在2000年之前，中国的民俗学界几乎还没有人发现这个术语内在的矛盾。当时的中国民间文学研究者们是怎样开展研究的呢？一般情况是这样的，比如，他们会跑到大西南来，找到某个少数民族地区，最好是像咱们四川某个地区的某个偏僻的农村，千方百计、费尽心思，“偶然”碰到一个会讲故事、会唱歌的“民众(folk)”，他们习惯上把他们称为“农民”“民间故事专家”“民间歌手”等，他们把他会唱、会说的东西记录下来，打算回去之后搞研究。可是，请大家注意！就是在这个时候，你会发现，开展民间文学研究工作时，专家学者们忽略了一道重要的工序：这些“民间文学”是怎么来的。事实上，在多数情况下，它们是某个人(即民间文学的采风者)把民间会讲故事的人所讲的东西进行文字化处理了以后，公开出版的结果。他们习惯上把这个已经出版整理后的东西当成开展民间文学研究的第一手资料。可是大家想想看，这个经过整理的“民间文学”的“文本”与“口头讲述”的对应“母本”相同吗？

我在北京师范大学中文系学习的时候，“民间文学”专业是被安置在“现当代文学”下面的。现当代文学是作家文学，作家文学是文字化的。学习现当代文学的同学们要阅读作家文本，他们阅读“文本”的理论工具是“文学理论”，所以，所有学习现当代文学的同学都会重点学习“文学理论”。有“文本”，有“文学理论”，现当代文学专业课程体系算是十分完备了。“民间文学”这个学科呢？由于厕身于现当代文学专业，所以，我们也强调“文本”，也要寻找自己学科相应的理论。当时，我们的“民间文学”有“三套集成”搜集整理而来的大量文本，那么，相应的理论应该是什么？至少我在北师大读书的时候，老师们同学们集体关心的问题是我拿到这个民间文学的文本后要研究什么。

大体来说，有这么几种。第一种，研究起源。比如说神话里有关于这个世界是怎么来的、苗族怎么来的、彝族怎么来的、人类从哪里来、日月星辰怎么来的、植物怎么来的的相关叙述。全世界各个国家的人民都有相类似的讲述,这就是民间文学中与“起源”相关的叙述。所以,从很早的时候开始,民间文学的研究者们就提出了这样的问题:比如“狼外婆”的故事是谁创作的?既然全世界的人都在讲狼外婆的故事,那么到底是谁发明了“狼外婆”?无论是非洲的黑人、北美洲的印第安人还是北极圈的因纽特人,不同的人都在讲同一个故事,这不是很神奇吗?到底是谁发明了它?第一代民间文学研究者想处理的问题就是怎样穷尽各地的文本,比较、发现哪个地区的“文本”是最原始的,这是当时关注的主要问题。在这里面产生了各种各样的学派,其中有一个非常著名的学派,就是“芬兰历史地理学派”,它是芬兰的民俗学家发明的一种民俗学方法,其中最具有代表性的人物是科隆父子。卡尔·科隆是何等人物呢?他十分了得,懂得十多门外语。科隆父子把来自全世界的同一主题、同一母题的故事搜集起来进行比较研究,然后推测某个故事最早起源于哪里,进而推测说明这个地方是文明的起源地。这种研究方式的影响十分久远,最近还有人在从事相应的研究,比如中国有一个学者做了“狗耕田的故事”的起源与传播的研究,他说,既然日本人也在讲,中国人也在讲,那么,到底是谁影响了谁?大家不必管他研究的结论如何,只要注意到,这些学者都是在借用二手资料在开展研究就可以了。比如说,卡尔·科隆精力再充沛,语言天赋再强大,也不可能跑到全世界各地对一个故事的不同版本进行全面的搜集,他借用了你我他搜集的材料,他看的是二手的、文本化的资料。所以这个学派的这种起源研究大概在20世纪年代40年代至20世纪50年代就已经开始被质疑,渐渐地,大家基本形成了共识——这样的研究方法该抛弃了。

尽管“起源式研究”基本上是被抛弃掉了,但是它遗留下来的这种研究方式与基本理念依然在其他学派中有所流传。其中有两种大家可能比较熟悉,一种叫形态学研究。学文艺理论的人都知道有一个人叫弗拉基米尔·普洛普,这个人在苏联搜集了某一则幻想故事的五十个版本,再在这五十个版本中抽取出三十一种功能,就是某一个片段的叙事的功能,这三十一种功能构成了某种叙事公式。他认为,某一类型的幻想故事都会遵循着类似的一个公式。还有一种叫类型(母题)研究,在很多民间故事、传说、歌谣、神话中有很多母题。比如说龙的形象、巫婆的形象,在很多故事里面有着某种固定的象征含义。母题研究在20世纪60年代也非常兴盛,甚至由母题研究后来又细分出了“母题素”的研究。

从一开始的“起源、传播研究”到后来的形态研究、母题研究、母题素研究、结构研究等等，所有这些研究都建立在一个前提之上，那就是借用了文本化的“民间文学”资料，用我的话说就是“二手资料”。这是20世纪60年代之前做“民间文学”研究的人的基本模式和套路。也就是在20世纪70年代前后，国际民间文学研究界开始对“民间文学(folk literature)”这个概念产生了质疑。他们觉得起源研究、母题研究、类型研究等等这些研究意义不大，因为类型、母题、起源、传播的研究都是具有某种推测性的，它们不可能穷尽所有资料。于是，民间文学的研究者们开始转向另一个问题。一开始，有人提出要做“意义”的研究，渐渐地，民间文学研究的关键词变成了“意义”。“意义”意味着什么？比如，讲一则“狼外婆”的故事，讲一则笑话，当我说要研究这则故事或者笑话的“意义”的时候，马上就会出现一个问题：谁的“意义”？是讲笑话的人的“意义”呢，还是研究者从笑话中得出来的“意义”？如果“意义”就必然要联系到讲述者的话，这可能意味着研究的对象都不同了。这里甚至可以联想到托马斯·库恩在他的书里谈到的“范式的转型”。比如说，过去研究民间文学是有一个人跑到某些地方，把口头讲述的资料搜集起来加以文字化的简化，然后整理出版，我们看到的就是书面文字。可是谈到“意义”的时候，民间文学的研究者就必须亲自面对讲述者，因为这个“意义”是“我(研究者)”理解“他(讲述者)”的“意义”。从这个时候开始，民间文学研究的范式变了，因为它关注的问题变了，他开始谈论“意义”的问题了。

语言学家罗曼·雅各布森有一篇著名的论文，名字叫《结束语》。罗曼·雅各布森作为结构主义语言学的大师，在这篇论文里画了一张图表，他说在任何交流行动当中，都会涉及六个元素。哪六个元素呢？首先得有一个“信息的发送者”，比如说讲故事得有一个讲故事的人；得有“信息的接受者”，也就是听众；得有讲述的内容，即要传递的信息；用什么符号来讲，比如说汉语、英语、法语；是通过声音的方式还是图表的方式，即媒介；媒介借助的是什么样的符号体系。所以，这六个元素是：信息的发送者、信息的接受者、信息、信息的语境、符号、媒介。大家把这个图表好好来想一下，就可以发现，传统的民间文学研究者研究的目光仅仅局限在这六个元素中的“信息”中，却忽略了谁讲的、讲给谁听的、在什么语境下讲的、借助于什么样的符号讲的、借助于什么样的媒介讲的这五个因素。正是通过罗曼·雅各布森的这篇论文，整个民俗学界把研究的问题、研究的方法转向了“表演”。这就是我今天要讲的关键词“表演”。民间文学的研究者们原来借用的是别人的二手资料来开展研究，关注的问题是“起源”“形态”“母题”等问题。当转向“表演”的时候，他们讨论的问题就是“形式”“功能”“意义”了。显然，在整个范式转型前后，民间文学研究所关注的焦点不一样，研究的方法也不一样。

这个时候，我们再把“表演”指向的“口头艺术”研究称作“民间文学”研究，显然极不相称了。民间文艺学的核心概念从“民间文学”转向“口头艺术”，是整个国际民俗学界研究范式转型的标志之一，就是从“文本”转向“表演”，从“文本”转向“语境”的问题。这是我想说的第一点。

第二点就是说从“文本”转向“表演”，从“文本”转向“语境”，到底在具体的研究方法上有什么样的潜力？诸位也许知道，旧有的“民间文学”研究是一种比较式的、固化的类型研究。无论是“狼外婆”的故事研究也好，“天鹅处女”的故事研究也好，“两兄弟”的故事研究也好，或者“灰姑娘”的故事研究也好，“青蛙王子”的故事研究也好，它们在全球范围内流行，意味着什么？意味着无论你是韩国人还是日本人，无论你是非洲的刚果人还是北美的印第安人，只要你讲的是同一类型的故事，就意味着它的结构是相同的，否则你不能叫同一类型的故事。格林童话里边有“灰姑娘”的故事，中国在南北朝时期就有“叶限姑娘”的故事，它和“灰姑娘”的故事在类型上极其相似。这意味着什么呢？当我们谈“民间文学”这个概念或者“口头文学”这个传统概念的时候，它就意味着它是某种“类型”，“类型”这个概念意味着什么？它意味着有一个固定的套路，那是大家直观地就可以判断出来的，比如这是一则“灰姑娘”的故事，那是一则“两兄弟”的故事，大家一听之后，都能判断出来，都能知道。任何一个民间文学的讲述者、信息的传达人，只要是在讲民间故事，就意味着他受“类型”的限制。但是，反过来讲，一个优秀的民间故事讲述者，他的创造性却往往被我们忽略了，我们新的关键词是“口头艺术”，我们把它叫“艺术”，就意味着“创造性”，意味着虽然有一个框架来限制讲述者，他必然得讲“两兄弟”的故事，“天鹅处女”的故事，但是他讲出来的故事就是和我们这些非民间故事讲述者讲出来的不一样，他讲出来的故事让你觉得真好听，甚至大家都爱听。这个地方就有他创造性的一面，也就是说真正的民间故事的“表演”，即讲述活动本身同时具有两个方面：一方面意味着高度的结构化程式，另一方面是创造性，这才是口头艺术的“表演”。那么，“口头艺术的表演研究”就意味着要关注一个人在一个特定的语境当中，是怎么来处理这个矛盾的。它是一个“过程”，表演者在怎样的时空语境当中，怎样动用他脑袋里面传承的，记在他脑子里面的他人讲述的东西，结合当下的语境，创造出了一个不一样的民间故事的过程。

“表演研究”就是谈“结构性”和“能动性”之间的相互关系的学术研究。这里，有的同学可能会有所质疑。比如有的人会说，表演研究在研究一个特定的民间故事或民间歌谣的表演者的表演活动的时候，是如何把他的这个活动和日常生活区别开来？“表演”和“非表演”之间的区别是什么？日常生活中讲述口头传统的那些人不是像舞台表演那样在特定的时间、特定的地方，幕布拉表演开始，他是突然地开始给我们讲一个故事，看到什么了？看到望江楼了，看到薛涛的雕塑了，他就给你讲一个薛涛的故事，是突然地给你说一个故事。他是怎么把他的表演与日常生活区别开来的？你怎么样才能把握到这样的机会？这是一个困难，很多人会提出这个问题来。

第二个，假如你去做一个口头艺术的研究，你也会碰到这样的问题。任何一个表演者在特定的语境中开始进行讲述活动之前，都一定有一个漫长的学习和准备的过程，他要讲一则“天鹅处女”的故事，是因为他看过或是听别人讲过，我们每一个研究者听到这个人在讲这个故事时，我们只是看到当下的他在讲述，可是我们并不知道他过去听到的同一版本的故事是什么。换句话说，我们每一个人所看到的这个“表演”都只是当下的一次“表演”，你怎么能够把当下的“这一个表演”和之前的“表演”联系起来呢？这是又一个问题。

第三个，某人在特定的语境中进行“表演”，比如说，我今天在这里“表演”，你们大家现在听到的是我现在在讲“表演”，你知道我之所以这么去讲这个“表演”背后社会的、人格的背景是什么？你听到的是我讲述出来的东西，你怎么知道我为什么要讲“表演”？同样，我们大家听到或者看到的是某个人在讲“天鹅处女”的故事，可是，他为什么讲它，和他日常生活的社会环境会不会有什么影响？我们怎么才能看得出来？

针对上述问题，国际民俗学界提出了一系列的概念来处理，其中一个非常重要的一个观点叫“语境化”或者叫“文本化”。什么是“语境化”或者“文本化”呢？我给大家举个日常生活的例子：“杜甫草堂”，很多同学肯定都去过，这里面有个陈列室，陈列室里面告诉我们说，从宋代开始“杜甫草堂”就被一代又一代人翻修，最终成为现在这个样子。“杜甫草堂”如果在杜甫在世的时候也这么阔，杜甫也就不会写《茅屋为秋风所破歌》了。所以，你要知道现在我们看到的这个东西是从宋代以来历代重修之后变成现在这个样子的，这是一个不断物化的过程。诸位试想，哪本史书会记载“杜甫草堂”？他那个茅草屋一开始，会是怎么个样子呢？显然，我们今天所见到的“草堂”，都是来自各种书籍与文章里面，不同时代文人的想象。今天的“杜甫草堂”博物馆里特地树立了一尊杜甫的雕像，旁边搭了一个茅草屋，上面有几根茅草。以前是不是真是这个样子的呢？这是不是想象出来、建构出来的呢？但是从宋代开始直到清代，再到民国年间，哪怕是到现在，不同时期，人们都还在不断地重修。民间故事也是这样的，从一开始，可能只有一个粗略的版本，在历史的进程中，历代的讲述者不断地根据现实的需要不断加减，一再地“语境化”，最终就变成现在这个样子了。跟“杜甫草堂”不断被建构的历史过程一样，口头艺术的讲述过程也是一个不断被“文本化”、不断被“语境化”的过程。所以，从“表演”的角度来讲，研究口头艺术，我们增加了两个术语，一个叫“文本化”，一个叫“语境化”。如果我们要去研究“杜甫草堂”被建构的历史，我们需要关注在什么样的语境下，由何人基于何种目的建构出了一个新的“杜甫草堂”，我们研究口头艺术要关注类似的问题。具体来说包括两个步骤：第一步，假如今天有同学给我录音，那我现在讲的内容是口头性的，你回去之后，要把我口头讲述的内容转变成书面的内容。想想看，你怎样来把我讲话时的动作、夸张的表情、语调的高低缓急等结合在一起转录成文字文本？其实，这里就涉及“文本化”的问题了。简单来说，就是“口头的”转成“书面的”，怎么转译的问题。之前，我们以为，书面的东西就等于口头的东西，这能相等吗？我即兴说话的时候，有可能前言不搭后语。这些前言不搭后语的地方恰恰反映了我内心的矛盾，甚至反映了我内心里面很多私密的想法。你在把它“文本化”的时候，为了照顾到文字文本表达的需要，你可能会在无意识之间把它逻辑化、书面化了。大家可能看过别人直接整理出来的发言稿，那些直接转译出来的稿子，基本上是不通顺的。在没有语境，没有辅助材料的情况下，有可能无法真正理解它。所以,“文本化”的过程本身成为民俗学在研究口头艺术时首先要关注的问题。假设一下:假如你跑到某个村子里去,碰到了某个讲述者,他讲了一个故事,你把它记录下来了。你仔细想想看,这里边会不会有某种“权力关系”隐藏在里面呢?你这个书写者会怎么样把别人的声音压抑下去,然后把你的声音强加到别人的声音上?“文本化”的过程中,有这个问题在里边,这是“民间文学”的研究者们从来都没有考虑过的。

民俗学家发现“文本化”存在两个问题:第一个是“文本化”的过程中翻译媒介的问题,就是“翻译”的问题,所以,反过来,我们现在想想,过去,我们把“民间文学”这个概念直接等同于“口头艺术”,现在看来是不是有问题呢?你直接拿别人整理出版的文本,一定要说这就是对老百姓的“文学”的研究,但事实真的是这样吗?转译者在“表征”老百姓的时候,其中有个“权力”的问题存在。比如我来采访你,我可能问了很多很多的问题,但是我要把我对你们的采访内容,放到我的学术论文里来。现在不是很时髦做“口述式”的研究吗?受访者说的话太多了,不可能都放到我的文本里去,所以,我总得有个选择,那么,试想想看,这个“选择”与“摘取”的过程,就是你作为作者决定怎样代替或者表征受访者的过程,这里面也有权力关系在里边。所以,“文本化”的这两个层面里边都可能存在着问题。民俗学家首先敏锐地感觉到的一点是:民俗学自诩是代表民众的,结果却在把他们的口头的语言转变成书面语言的过程中,把人家日常的交流转变成学术语言的过程中——这个双重的“文本化”过程里边强加了某种权力关系。

第二个是“语境化”的问题。有关“表演”的观念,是国际民俗学界许多前辈学者和同仁们一起努力的成果。今天,我在这个时空语境里给大家介绍“表演”,就意味着我把别人的关于“表演”的概念从人家的学术论文的语境里边抠出来,放到这个新的语境里面来了。把别人的观点从人家的语境里边抠出来是一个“去语境化”的过程,放到这个新的语境里边是“再语境化”的过程。在这个意义上,所有的讲述都是“语境化”的过程,都是从别人的语境里面走出来,再走到一个新的语境里面去的过程。巴赫金的《文本、对话与人文》里面也讲到过这个问题,巴赫金说,我们每个人每天讲的话,大家会认为是“我”自己这么说的。其实大家都忘了这么一个事情,那就是每个人都在学习说话,从我们开口学习说话到现在,刚开始你是学习——鹦鹉学舌,爸爸妈妈教你说什么你就学着说什么,后来是你在幼儿园的老师教你的一些话，之后从小学到初中到大学，你听过别人的很多很多的话。刚开始，你会说鲁迅先生说过："世上本没有路，走的人多了，也便成了路。"到后来，就把"鲁迅说"给省略掉了，你说"世上本没有路，走的人多了，也便成了路"，这样一来，你就把鲁迅给"吃掉了"。你以为你自己在说话，其实你是把别人的话"去语境化一再语境化"了。所以，"语境化"这个概念非常重要，它意味着我们所有的人在所有的表演或者讲述当中，或者说在发送信息的过程当中，都在"去语境化一再语境化"，这里边也涉及了我们怎样应用这些民间文学资源、口头传统以及其他各种来源的知识，来应付我们周围的社会生活这样一个"策略"问题。

事实上，无论我们是谈"文本化"也好，"语境化"也好，都基于"表演"这个概念。正是"表演"这个概念把"口头传统"、主体和他所处的社会关联起来。从"民间文学"的研究转向到"口头艺术"的"表演"研究，民俗学界讨论的问题是"文化""社会"和"个体"之间的关系问题。我刚才讲了，这个研究范式和之前那些民俗学家们面对别人收集出来、整理出来的文本，探讨什么起源、形态、母题、结构的那个研究范式大不相同。这个"转型"对于我们这些关注"民间文学"或者学习"民间文学"的学生来讲是非常非常重要的。在这个"后范式"的时代，如果我们仍然去关注某某民间故事的起源点在哪里，它的结构、它的母题素是什么，我觉得似乎有一种"年代错误"的悖谬在里面。

我今天说的这个"表演"的概念，对于"民间文学"的研究来讲，意味着要把"民间文学"这个相对封闭起来的边界突破了。正是"表演"这个概念使得民俗学这个学科，或者说民间文艺学这个学科和其他的学科可以嫁接在一起。在这里，我要转向今天讲座的第三个问题。

现在，在人文科学与社会科学的各个学科里面，可能都会谈到一位法国学者——皮埃尔·布迪厄，都会讲到他理论里面的一个核心词汇，"实践"，他的《实践理论大纲》或者《反思社会学导引》里面都用了"实践"这个概念。上面说过，民俗学的新研究范式叫"表演研究"，"表演"这个概念是我们从英文里翻译过来，我们中国的民俗学家们把"performance"翻译成"表演"，但实际上呢，在英文双解词典中，"performance"第一个英文解释就是"practice"，"performance"就等于"practice"。我想说的是，民俗学的表演研究，其实是上述"实践论"转向的具体体现之一。也就是说，现在，我们处在一个跨学科交流的时代，没有哪个学科说我把自己封闭起来，和别的学科不必建立关系也可以发展，绝不是这样的。前几年，民俗学作为一个小学科还没有人能瞧得起它，可是现在，借助于“非遗”保护运动，民俗学和人文社会科学界很多学科建立了新的学术对话。正是因为借助于“performance”这个概念，民俗学和社会学家、人类学家以及人文学界的专家们之间的对话逐渐多了起来。

在布迪厄的“实践”这个概念里边，有一个核心的思想，它和表演理论非常接近。大家可能知道，在所谓人文社会学界“实践论”转向之前，有一个非常著名的学派“结构主义”。20世纪70年代，整个人文社会科学界都在讨论一个问题：在这个社会当中，主体到底是受一个系统结构的支配制约，抑或相反，主体是系统结构的创造者？在“实践论”之前，结构主义者们强调，要研究相对独立的文化现象，就要在纷繁复杂的文化现象背后抽取出一个二元对立的结构来。他们认为，任何时代的人都无法摆脱这个结构，人在结构面前几乎是非常渺小的，每个人不过是结构的代言人。可是从布迪厄、吉登斯以及萨林斯等人开始，他们一方面同意主体是受结构塑造的观点，他们也同意，即使是再有创造性的个体，都是其所属的文化哺育出来的孩子，其血液里面都流淌着其父母文化结构的基因。但是，他们更加强调另一点“实践”。“实践”意味着创造，“实践”意味着有突破规范体系、结构的可能性。这就意味着：在这个社会文化的处境当中，我们到底只是被动地服从这个文化体系与社会结构，还是有可能在了解这个规范体系的前提之下，来突破我们既有的这些文化体系与社会结构？

作为口头艺术的“表演理论”，从它自己学科传统的研究对象出发，讨论的问题和整个人文社会科学界的“实践论”的转向合拍，这就是我们现在包括社会学、人类学、民俗学关注的核心话题。我们面对各种各样的“实践”的时候，我们应该考察的是什么样的传统被延续下来了，什么样的创新被纳入传统当中，是谁创造了它，我们能够怎么创造它？你想要它是什么样子的？我们现在对很多新的创造很不满，那么我们希望它怎么样？“实践论”或者叫“表演理论”可以告诉我们说你想要它怎么样？这个地方又赋予人积极主动的一面。举个极端的例子，我们在座的诸位从性别的角度来讲我们都是男生女生，但是我昨天在跟一个偶遇的喇嘛聊天的时候我就说，人没有固定的本性，“我们是谁”是通过我们的言行举止、衣着打扮表现出来的“我们是谁”，没有什么是固定的东西。“我想要是谁”，“我想成为谁”的问题就是你想把自己创造成一个什么人的“表演”的问题。

讲座后问答

问：王老师，您好！我本科是学音乐的，我们在做课题时做了一个民间音乐的收集整理，老师刚刚说了一个“语境化”的问题。我们在采集民歌的过程中就遇到这么一个问题。从音乐艺术来说，在不同的语境状态下，一个人唱同一首民歌可能前后唱两遍是不一样的，那我们通过一种什么形式把这首歌的最原始形态呈现出来呢？在回来记谱过程中最麻烦的事是在“文本化”中没办法把它的肢体语言、情绪甚至方言呈现出来，尤其是少数民族的更不好还原。我们往往按照我们的经验尽可能去还原它原始的状态，但仍会存在一些问题，所以想问下老师，怎么用一种最好的方式去把它呈现给后面的人呢？

答：不仅仅是在研究民歌时会遇到这样的问题。我也曾经做过陕北的民歌研究，同一个人在不同的语境中唱的不一样。如果说民间的表演就是因人、因语境而有不一样，那么，我们还要问“怎么样才能把那种原生态的唱法记录下来”这个提法本身就是个问题。我们记录下来的这个东西，只能说是在什么时间、什么地点以及谁的记录，而不可以说它就可以代替民间千姿百态的表演。比如我们某天把“天鹅处女”的故事作为民间故事记录下来，然后定义它是标准版本，可是全世界的人基于不同的语境都在表演不同的文本，谁又有这个权利去把它定义为“标准版本”呢？所以，我认为，这个问题本身就是个问题。当然，我并不是说这项工作没有价值，我们是在特定的时空语境下开展的记录工作，它留下了当时那个时空中表演的剪影，这个记录本身就是有价值的，但是它不能代替民间表演的千姿百态。

问：王老师，您好！您刚刚提到一个“文本化”的概念，民间文学的范式也在转变，但是仍存在一些问题，比如我们要去田野拿到第一手资料，但是在记录的时候还是会出现一些问题，比如语言等，就不可能拿到最原始的，我研究的是德昌傈僳族的口头文学，我是把它放在民族生活中来看口头文学是怎么样，然后对其研究的，这就涉及文学与生活的关系，也是刚刚老师提到的“语境化”的问题，但是就出现一个问题，就是采集来的东西应该按照什么类型来分的问题。德昌傈僳族人在婚礼中会祝祷祖先，两个人唱的却不一样，这就是刚刚老师说的问题，我在给它分类时是按照传统歌谣来分还是把它综合起来按照它的某些特征来分？

答：这个问题曾经是民间文学史上最重要的问题。相当长一段时间里，民俗学家们所做的工作就是给老百姓的口头传统分类，但是每个民族的分类依据又不一样，比如按照史诗来划分，但是汉族没有史诗，蒙古族和藏族都有史诗。而且，少数民族有很多仪式歌也是汉族没有的，那么问题就来了，“类型”在民俗学界是一种理想的模式，是理想的模型，可是老百姓可能有他自己的分类方法；同样内容的仪式歌在仪式的表演中或者在非仪式的表演中都是不一样的。学术界自己用的“类型”，从形式的角度去划分和从语境的角度去划分标准是不一样的，那么到底应该采用谁的标准，这就涉及民俗学的伦理问题，换句话说，作为民俗学家，你想通过这个问题干什么？你是想认识这个对象吗？还是让对象去表达“我是谁”？前者有个“表征”的权力关系在里面，即“文化霸权”的关系在里面。反过来讲，在这种关系中，民俗学研究这个工作，不是为了去压抑别人而是基于一种平等的策略——我们民俗学家是作为一个沟通者而不是作为一个他人声音的代表。

民俗学现在反思的一个问题是，他们到底是在“表征”别人呢还是让别人来自我表征？尤其是现在的新媒体时代，Wi－Fi 全覆盖的时代，我们跑到藏区的某个角落里面，可能有某个老奶奶都在朋友圈里晒照片呢。所以，我们有什么权利去“代表”别人呢？是你（作为研究者）脑子里原本有一个东西，只是借着别人的文化说你自己？还是说让你来开口以你为媒介来说我自己，这涉及学术伦理的问题，也涉及书写表达民俗志的这个问题。这个问题很大。

问：老师，您好！听了你的讲座后，我这里产生了两个疑惑。说起民间文学的转向，从以前的范式到你所说的“口头艺术”或“表演理论”，它确实是一个非常大的转向，但是我有一个比较困惑的地方，我们的研究到底是为了什么，是追求什么东西，现在好多的学术研究追求的是它的真，以及我们怎样更加接近这个研究对象或者说研究主题，我在想我们很多时候的“表演理论”或者口头陈述理论回到场景里面要尽量解决的就是求真的问题，这是很重要的。20 世纪五六十年代的很多收集者们收集之后创作，创作了之后又让老百姓去看以便于激发他们的一些热情，这都是有一定目的的，但那个目的都不再是求真了，在有些学者比如刘宗迪老师的文章里甚至可以看出允许研究范式的多元化，我们现在说民间文学走向一个学科危机的状态，有学者在反思中说我们单纯转向走可能会引发一些危机，这和我们今天所说的“表演理论”会不会一样本身就存在一个危机呢？我觉得这种反思是很有道理的，比如说我们觉得现在研究的范式就很好，以前的就不太好了，会不会有点强调今天的这些好像是先进的理论？

第二个问题是我们本身在强调求真时，我们说要回到语境里面去，在采集研究过程中不仅仅要关注它本身的文本内容还要关注它的形式以及整个的文化背景，我们研究者进去之后很关注这些东西并且出来后我们要呈现一个作品，我们到底是要拿出一个什么东西呢？是一本书还是其他什么呢，但不管是书还是论文还是其他所有的形式都存在一个表述危机，这好像是 20 世纪六七十年代后很多学科存在的问题，呈现的作品都是选择过的，我在想这样的一种研究范式是一种很大的研究转换，但是这种转换是不是就一定要取代以前的那种研究方法呢，以前的很多理论在今天仍然具有强势地位，比如列维·斯特劳斯讲结构和神话，但是我们今天仍有很多学者追随他的脚步，还是觉得他讲得好，我们是不是过于强调现在研究范式的好处了呢？就比如我们想的农耕一定比游牧好，但是很多牧民就没这样觉得。我对口头传统很感兴趣，前段时间我们文学院的熊良智老师在《中国社会科学》上发表了一篇名为《口头传统与文人创作——以楚辞的诗歌生成为中心》的论文，用口头程式理论去解决楚辞研究史上的问题，这种理论是很有用，但走到一定地方的时候，是不是要反思除了您刚刚所说的一些问题，回到一个大背景下会不会还有这样一种表述上的危机？

答：你将我刚才讲话中有漏洞的地方抓得很准。第一个问题，研究范式的转换是不是就是新旧之争。新范式就一定比旧范式好吗？很多人都会谈到这个问题。是不是说“表演”研究的范式要比之前的也就是我刚刚谈到的那些个范式更先进呢？显然不能这么说，我想更准确的表达应该是这样的——它们关注的焦点不太一样，关注的问题也不一样。但重要的问题在于，如果想要继续之前的研究范式，必须得反驳“表演”理论对它们的批判。这个工作是那些守旧的研究者们尚且无法提供的。比如芬兰历史地理学派，我们都知道：第一，它的研究材料基于二手材料；第二，它的二手材料不可能被穷尽；第三，它是一个具有推测性的研究方式，所以，我们都可以直接批判它的缺憾，但是，支持"芬兰历史地理学派"的学者有没有呢？当然有！不过人数极少。它的研究方法的缺陷在于其停留在认识论的层面。芬兰学派的民俗学家从来不谈"民"的问题，目前，主流的学者认为这个研究方法是过时的，因为它仅仅把民间文学当作一种"知识"。

我个人更赞同反思之后的"表演"研究，因为"表演"理论具有极强的反思意识，过去，我们对"表征"背后的权力关系讳莫如深。曾几何时，一切教科书都在强调研究工作要"客观公正"，可是，正是"表演"研究告诉我们，根本不可能有"客观公正"，因为一切的"在场"都在影响着对方的"表演"，一切的表征都是"约等于"，都不可能是它。"表演"理论让我们知道我们不可能客观，反过来让我们对于主观性保持警惕。

第二个问题是关于刘宗迪对当前民俗学研究的实证主义的批判，首先，我认同他对中国民俗学研究领域中实证主义的批判，但是，我又反对他把这种研究倾向归因于"语境"论。这是中国民俗学界对"语境"概念的误用导致的。其次，正像前面所说，罗曼·雅各布森给大家提供的人际交流的六要素，这里面包括了信息的发送者、信息的接受者、信息、语境、符码与渠道等，"表演"研究从来没有把研究的范式局限在一个方面，相反，它包括了应该出现的种种可能性。在周作人倡导民俗学的那个年代，他提倡"文学的与研究的"两条路。可是我刚刚说了，罗曼·雅各布森的六要素，其中有一条就是发送者，信息的发送者，这难道不就为"文学的"研究预留了可能性了吗？中国还没有哪位民俗学者站起来说我研究了口头艺术表演的"口头性"，因此，我并不认为"表演研究"将这块土地给屏蔽掉了。第三，我们再来说"表征"的问题，我还在慢慢思考，表征的背后还有个"文字"乃至视觉霸权的问题在。民族诗学的创始人想到创造各种符号来表达口头诗学，这当然是十分重要的发明与创造，但是，它基本上仍然是停留在视觉的层面，可是，我们为什么不能用多媒体来记录口头艺术呢？现在，多媒体手段方便又快捷。因此，民俗学家应该渐渐习惯并学习使用多媒体技术，立体地呈现口头艺术。

谢谢大家！

动态

大西南文学的多民族跨学科理论建设与创作研究

——第二届“大西南文学论坛”综述

王海军①

由中国当代文学研究会、云南民族大学、滇西科技师范学院、云南省文艺评论家协会、四川师范大学大西南文学研究中心联合主办，云南民族大学文学与传媒学院、滇西科技师范学院文学院承办的第二届“大西南文学论坛”于2017年9月8—11日在云南临沧召开。来自北京大学、中国社科院民族文学研究所、天津师范大学、湖南师范大学、四川外国语大学、四川师范大学、云南民族大学、西南民族大学、西北民族大学、西藏民族大学、大理大学、乐山师范学院、《民族文学研究》《当代文坛》等全国高校、科研机构的专家、学者八十余人参会，论坛取得了丰硕成果。

一、“大西南文学”的理论建构

继首届论坛倡立后，本届论坛继续对“大西南文学”这一概念的确立、美学特征、文化意义等进行深入拓展与理论建构。

“大西南文学”的主要发起人，澳门大学中文系主任、四川师范大学讲座教授朱寿桐就“大西南文学”概念的文化、学术意义展开剖析，他认为“大

① 王海军：四川师范大学文学院博士，四川省电视艺术家协会会员。

西南”是在革命、战争时代遗留下来的一种深情的且带有理想化的文化命名，代表着特定时代人们对于祖国的希望，饱蘸着民族情怀的“大西南”概念，其突出的政治命意能使大地块文学以及相应的地域文学具有先声夺人的文化效果。四川师范大学大西南文学研究中心执行主任白浩教授做了大会主题发言，论述了“大西南文学”的山地文明特性与文化美学精神，他认为由大西南山地文明的封闭自足性而产生的文化人格上的封闭性与自足性，在近代格局中具有了自卑与自大的新体现形态；由历史边缘文化离心传统而产生了任性自由与反权威精神的一体双面；文学发展动力机制上，生态多样性与文化多样性使得“大西南文学”风格绚丽，并具备了与拉美文学爆炸相似的爆发逻辑，尤其是其中的族群多样性使其文学爆发力将从传统的巴蜀汉文化圈向“西南夷”的中间圈转移。评议人北京大学高远东教授对此学术命题的开拓意义及细部建构给予了高度评价。

四川师范大学谭光辉教授从“大西南文化”与“大西南文学”概念成立的历史条件和精神内涵角度梳理“大西南”概念的来龙去脉，认为“大西南”不但是一个军事地理概念，也是一个经济圈层意义上的概念，更是一个特征为内敛、无争、悠闲的“虫文化”概念。天水师范学院王贵禄教授在西部文学的大视野中考察了文学的地域性与地域文学边界间的关系，从基于地域性与超越地域性入手判定了“大西南文学”的出场路径，从“大西南文学”的文化地理版块角度判定了“大西南文学”的在场形态。四川师范大学王海军博士从大西南文学的命名策略及“文化场域”角度论述“何以为大”，认为“大西南文学”不只是空域范围的延展，而且是在合逻辑的基础上对“文化场域”的自然追问，也是对人类活动从文化角度的整体性构想，以及建立在文化多元性基础上对文化趋同性的追认。四川师范大学房锐教授指出“巴蜀”其古代意义与近代意义的区别、“西南夷”与“大西南”的区别。她特别提出在研究“大西南”时要注重外国人尤其是日本人对该地区的考察资料。重庆工商大学邓伟教授认为地域文化在中国现代文学的现代性追求中，是一种弱势的存在，且存在着一个悖论，即中国现代文学地域文化意义的生成是基本指向民族国家的，地域文化存在的前提是对国家的认同，故而在很大程度上，它的指向反倒游离于地域而指向于宏大的象征意义。《民族文学研究》副主编刘大先进行了三方面的归纳点评。首先，他指出这些发言进一步明确了“大西南”的空间范畴，“大西南”概念的生产和推动过程是一个空间建构的过程，它不但是一个物理的、地理的空间，更是军事的、历史的和经济的空间，同时也是一个文化的空间；其次，重绘“大西南”版图透露出积极参与当代中国文化建设的愿望，文化研究和文学研究应该被纳入中国当代的文化建设中来，这是“大西南文学”研究的现实意义所在；最后，“大西南文学”研究其实是文学研究范式的转移问题，是一种新的方法论，也是一种本土文化复兴的想望，更是一种世界观的转换。

二、 大西南多民族与区域作家群落研究

“大西南文学”具有绚丽多元的区域文化精神，其中多民族文化与文学尤为突出，论坛对此的研讨尤为丰富深入。

云南民族大学教授李骞对当代大凉山诗人群的民俗记忆做了深入的研究，认为当代大凉山彝族诗歌的字里行间充满着浓郁的民俗气息。民俗文化对于当代大凉山彝族诗人群的影响是极为深刻的，它不但是作家和作品的表现对象，也影响了作家的精神气质。诗人们借助民俗激活了鲜活的记忆，这些记忆正是当代大凉山彝族诗人群艺术风格的典型标志。周口师范学院刘启涛博士认为对当代大凉山彝族诗人群仅做创作状况的考量是不够的，当代大凉山彝族诗人群的浮现主要得益于地方性文化、生产和传播机制、较为健全的文学内循环系统这三方面。滇西科技师范学院韩艳娇教授认为小凉山形成及保存着独特的人文地理环境，拥有着独特的民族色彩、地方气息与文化内涵，从 20 世纪 80 年代起至 20 世纪 90 年代初逐渐形成了“小凉山诗人群”。他们崇尚自然和灵性的书写，具有强烈的家园意识和民族情感，保有对故乡变化的敏感，并以原乡的守护者姿态呈现。昭通市文联副主席艾自由认为新时期以来，昭通作家群与昭通文学现象撑起了云贵高原璀璨的文学星空，昭通作家群已形成了一支实力雄厚、风格各异、老少相扶的创作群体对昭通文学的特征、短板与突围透视做了全面的考察。四川师范大学赵亚宏教授认为《风土什志》承载着抗战时期众多学者对西部乡土的考察与关注，彰显着他们面向普通民众的立场和大爱情怀，其中关于藏区民间文学与文化的呈现，既是编者和学人们在抗战时期对生命感知的文学生活，亦是对藏语世界多元化生活的诗意阐释。西南民族大学彭超教授认为诗意、浪漫是藏族故乡书写的基调，藏传佛教是原乡依恋的精神依托，故乡书写显示出当代藏族女性在现代与传统之间对传统

文化的倾斜。西藏民族大学胡沛萍教授认为当代藏族小说中知识女性形象的出现，为当代藏族文学增添了一种新的文化审美景象，这不仅仅意味着一种新的文化观念的萌生、发展，同时也昭示着当代藏族女性自我意识和女性主体意识的觉醒。滇西科技师范学院胡辉副教授论述1995年由云南民族出版社1995年出版，2014年再版的《傣族文学史》美中不足，提出有必要进行修订。广西艺术学院张默瀚教授以《珠郎娘美》《丁郎龙女》为例论述侗戏里婚姻观念的民族特色。

本次论坛还可喜地打破现当代时限，将关注视野拓展到古代文学与文化领域，使"大西南文学"获得了更为深厚沉实的理论支撑。西南民族大学徐希平教授认为西南少数民族汉语诗文别集的文献研究和整理情况较为薄弱，对其的整理与研究可以探讨中华多民族文学相互影响、相互促进的发展过程，故具有十分重要的学术价值和深远的现实意义。西北民族大学多洛肯教授认为明清时期纳西族文学家族的形成原因与当时的自然生态风貌、政治制度的推动、文教事业的发展、文学家族家庭环境四个因素最为密切。明清时期纳西族文学家族不但为纳西族培养了一大批杰出人物，而且保存和弘扬了地域文化与民族文化，这为进一步阐释纳西族文学家族的内在核心创作价值提供了宝贵经验。云南民族大学学术团队活力四溢，昂自明教授论述了民族民间母语文学作品的文化传承功能，龙珊教授认为古典彝文诗论不但体现了反映对象的枝叶繁茂与丰赡变化，而且也体现了创制主体毕摩身份的特殊性与复杂性，更体现了古典彝文诗论的诗学价值。周雪根副教授对云南文学史上最早的诗歌总集《沧海遗珠》进行了考论，王淑英副教授认为西双版纳傣族史诗《巴塔麻嘎捧尚罗》"演述传统"的最终形成是世俗权利、原始宗教与南传佛教得以和谐共处的结果，也是本土神话故事、历史传说与佛教教义、佛经文学相结合的产物。

区域文学、抗战文学是"大西南文学"历史与现实学术研究的突出板块。西南民族大学李光荣教授认为西南联大后期在闻一多的发动下所形成的朗诵诗热潮与民主思潮协同并进，遂促成昆明一场声势浩大的朗诵诗运动。西南联大的朗诵诗运动上承重庆，下启华北，中出昆明，处于中国朗诵诗运动的关节点上，因而不但地位独特，而且对我国的朗诵诗运动具有中兴意义。云南民族大学王佳博士认为空间特质、历史背景和时间特质是昆明文化空间的三个重要方面，这样的视角不但确立了抗战时期云南本土文学的“主体”意识，而且打通了“外来”和“本地”，并赋予战时“外来”文学以新的研究视角。云南师范大学李直飞认为由于类似的经历，施蛰存与汪曾祺写出了同题散文《跑警报》过程中的“从容”，这种“从容”源自作家们对抗战必胜的信念，表现出了作家们极强的爱国热忱。广西师范大学刘铁群教授认为抗战时期的“旅桂作家群”与桂林在乱世中的邂逅是他们人生中一段独特的生命体验，他们用自己的文字从不同侧面生动地描绘出了抗战时期桂林的自然与人文风貌。广西师范大学鹿义霞教授从超验之维与生命之思的角度对桂西北当代小说的神秘书写做了总结性回顾。她认为神秘语境的有意味营造和神秘故事的有意识铺设，是“桂西北作家群”引人瞩目的特征之一，这种神秘性书写寄寓着作家对自然、对生命和文化的一种特殊认知，不但张扬着地域性创作气质，而且裹挟着民族文化密码，表现出他们对当下生态问题、生存忧患和文化诗学的审视和思考。云南民族大学李瑛教授认为云南军旅文学具有独特的价值和多样意义，其清新的风格、战斗的生活以及少数民族现实与社会历史的内容，都是云南文学史上不曾有过的特色。

三、 作家个案研究

对于作家作品个案的细密研究是“大西南文学”研究的基础，本次论坛在经典作家作品与时下热点新锐两方面齐头并进。

南京大学王彬彬教授认为郭沫若的《蔡文姬》存在三个版本，其中初刊本更能显示郭沫若的创作动机，郭沫若本意为曹操平反，全面肯定曹操，因此引发争议，对史实的重新审视显得很有必要。四川郭沫若研究中心主任、乐山师范学院廖久明教授细密梳理“盘肠大战”论争的过程，认为编排问题在其中发挥了非常重要的作用，他提请编者和研究者高度重视编排问题。四川师范大学刘永丽教授认为郭沫若的“反传统”思想集中表现在《凤凰涅槃》中，诗人所创造的新世界无疑展露出诗人心中的理想世界是以西方的现代性为目标的。这种观念，在某种程度上展示了中国文人被殖民的程度。四川外国语大学晏红教授论述了巴金文学创作中因心理障碍而表现出的“分裂”问题，“分裂”主要是指巴金前期文学创作的激情喷涌和深沉内敛中隐含的来自中国传统文化与西方价值理念双重矛盾的撕扯，而这一时期巴金的魅力与意义正在于面对这种分裂而表现出的真诚和生命的整体性投入。湖南师范大学周仁政教授对湘西民俗从崇神、婚恋、巫鬼、歌乐四个方面进行分析后认为，湘西独特而丰富的民俗文化内容借助于沈从文小说得到了新的阐释、传承和传播。四川师范大学王琳副教授在巴蜀文化的视野下考察了李劼人的创作心理，发现李劼人的文学创作与巴蜀文化精神之间有着紧密的内在联系，这有助于观照李劼人及其文学创作。许昌学院赵牧副教授分析了何其芳的成都经验及其创作转型，认为何其芳的文学应该被视为西南文学的一部分，何其芳在成都因为“周作人事件”而与京派文人不睦的冲击，对于他此后的文学转型所起到的作用被学界普遍地忽视了。天津师范大学刘卫东教授认为在“十七年”中，“人性”和“阶级性”的矛盾问题在现实层面被不断提出，但在理论层面并未得以解决，围绕《达吉和她的父亲》的论争，可以看到文艺理论界对“人性论”的理论来源追溯及个人现实考量。

阿来研究受到重视，乐山师范学院李康云教授认为阿来的文学创作打破了西部文学失语的局面，创造了跨族别写作的人类写作意识，提供了哲学高度的文学表达，具有划时代的意义。周口师范学院冯庆华博士认为学界对阿来作品中的“傻子”、宗教、自然等词语关注率较高，这些关键词共同构成一个表征系统，阿来通过这个系统来解释世界。内蒙古河套学院副教授张玮认为《尘埃落定》中以“傻子”少爷为核心进行的描写，其所具有的人性光辉和神秘色彩、愚钝与智慧彰显着不同寻常的耀眼光辉。山东师范大学张丽军教授认为吉狄马加的诗歌不仅是彝族的、“大西南文学”的，更是中国当代文学的、人类的原生态文学艺术。四川师范大学李国太博士认为阿库乌雾长期坚持彝、汉双语创作，这种“文化混血”和“文学混血”是当代中国少数民族诗人、作家无法规避的现实。滇西科技师范学院李雪华对文学中的历史记忆——《我的团长，我的团》中的远征军书写进行了阐释。大理大学于昊燕教授认为1957年的《红豆》与景颇族作家穆直玛波2004年的《鸽血红》都是通过爱情悲剧讲述人生在“十字路口的搏斗”，但同一命题在不同时代不同民族区域的文学作品中“错行”重复，勾勒出国家历史的“浸润渲染”式影响。

在昔日“阿佤人民唱新歌”的临沧，本届论坛对大西南文化与文学的研讨硕果累累。在理论研究上由对“大西南文学”这一概念的质疑到积极建构与运用；在学术视野上，古代与现当代并驾齐驱，对经典作家和多民族作家（藏族、傣族、彝族、侗族、纳西族、景颇族等）研究热情高涨，学风扎实又富有活力；在学术团队上，多省份、多学科学者共聚一堂，老中青群贤备至，建立起深厚的学术友谊，为"大西南文学"研究开拓出可持续发展的机制。在会议上，云南省文艺评论家协会副主席蔡雯还与四川文艺评论家协会代表会谈，对云南、四川两省评协加强合作达成了共识。